稲賀敬二コレクション

INAGA Keiji Collection

全6巻

1

物語流通機構論の構想

編集——妹尾好信

解説——田中貴子

笠間書院

『古事記』　書・島本田鶴子

物語流通機構論の構想

稲賀敬二コレクション　1

【凡例】

○本シリーズは、単行本未収録の論文を収載する。

○初出を尊重しつつも、読みやすさを考慮して、次のような変更を加えた。

●初出論文の明らかな誤植は訂正した。

●初出掲載誌（書）の性格に関わる表現で、不要と思われるものは削除または変更した場合がある。

●文字は、新仮名・新漢字に統一した。

●副詞・接続詞・代名詞・形式名詞などは多く仮名に開いた。

●文脈が取りにくいと思われる場合のみ、句読点の付け方を変更した。

●書名・作品名・雑誌名は『　』で括ることを原則とした。

●初出を各論文の末尾に示した。

○校正に関しては、大山範子・小川陽子両氏の協力を得た。

物語流通機構論の構想—目　次

第一部　主役交替の現象学

三　遠い昔と身近な昔（『古事記』から『万葉』へ）［変質する「昔」］

四　読者が参入する物語世界

五　物語の制作工房――「作者」誕生以前――

六　文壇と社交

七　女流作家の書斎

第二部　物語の形成過程と流通機構

物語流通機構論の構想

第一部　主役交替の現象学

0 開幕の口上——意図する内容を要約すると——

主役が脇役に座を譲り渡すことによって、それまで語られてきた物語の相貌はどう変わるか、あるいは、組み立てられていた構想の主役と脇役の役割の逆転現象は、どんな時に起こりうるか、そういう問題をとりあげるのが、「主役交替の現象学」である。

『竹取物語』はだれでも知っている。しかし、物語に語られている竹取の翁には、もうひとつ、別の顔がある。『万葉集』に登場する竹取の翁である。『竹取物語』では脇役に甘んじている翁が、『万葉集』では「自作自演の主人公」をつとめる主役であった。さまざまな舞台で、翁は、常に翁として主役をつとめる名優であった。(一—1)ある日の一幕で、かぐや姫は脇役として登場する機会をえた。間もなく翁が主役の座をかぐや姫に譲り渡した。この「主役転換・主役交替」は、「自作自演」体制を変質させ、作者と俳優の分業を生んだ。私の「主役交替の現象学」はこういうところから始まる。

こうして、作者が作者として自立すると、物語も変質する。本書では、まず、竹取の翁の変貌と、翁の手を離れた主役かぐや姫の、当初の多様な舞台構成とを見ていく。従来、かぐや姫の求婚者は、三人あるいは五人というのが常識だった。しかし、求婚者四人の『竹取』もあったし、帝の求愛を拒否するかぐや姫と、求愛に応じて帝の后になるパターンもあった。「なよ竹のかぐや姫」と呼ばれる以前に、「さき竹のかぐや姫」とも呼ばれたらしい、な

どなど。(一—2、三—7)

「自作自演の主人公」は、文学の世界にだけ存在するものではない。政治の世界の英雄たちは、自分の行動原理に従って自分の運命を演出する。英雄の誕生は自作自演の成果である。しかし、ここでも自作自演の主役のまわりに、多くの脇役が登場する。そして、ひとりの英雄が創りだした歴史は、歴史物語の作者たちによって再構築され、語り伝える人々によって変形される。ある場合には、その過程の中で歴史にも「主役転換・主役交替」現象が現われる。『古事記』の中の古代の英雄たちの舞台と、竹取の翁の演ずる舞台とには、共通する構造がある。その共通性のかなめに、私は「作者」を位置づける。(二—3~三—6)

「自作自演」の時代が終わって、英雄も人間的になり、翁も舞台の前景から退場したあとには、物語の中で特別に色付けされた主人公が幅をきかすことになる。作者は、もはや俳優にはなれない。時あって、清少納言のように自作のなかで主役の俳優のように振る舞ったり、日記文学と呼ばれる作品の中で、主役らしい役割を演ずることもある。近代になってからの私小説も、その流れである。

作者は、ある日、突然、作者として自立することになったのか。どうも、「主役転換・主役交替」だけが、作者を自立させた要因ではない。既存の枠の中へ、自由に出入りする訓練の結果、作者たちは自分の方法をみがきあげていったようである。このあたりの話題も、『万葉集』から『大和物語』へと辿ってみると、舞台裏がうかがえそうである。(四—8・9)

しかし、こういう作者たちが、「主役交替」の推進者であったようにも思われる。

欲張って、九世紀の文壇構造にも触れようかと考えたが、これは耳慣れない人物をたくさん登場させなくてはならなくなるので、本書ではこのあたりを駆け足で通り、伊勢・中務母子でこれを代表させ(五—10)、大斎院と紫式部との交渉から『源氏物語』の成立前後までの九世紀末、十世紀初頭の文壇・社交をめぐる話でまとめることに

した。（六―12・13、七―14・15）

全体の流れの中で、私の考えた問題はもうひとつある。

「竹取の翁」は、その名の示すとおり「翁」である。「老」を《異相》として拒否する若年層がいる。しかし、そういう《異相》を、老年層は人間一生の自然な、避けられぬ推移として受け入れる。ここでは、《異相》は本質ではなく、継続的な現象の一過程である。《変化》するものに対する認識には、こういう二つのタイプがある。（一―1・2）

《力》についても同じことがいえる。狂暴な《力》は嫌悪される。しかし、ある日から突然その狂暴な《力》を放棄して、人が変わってしまう例がある。これも《変化》だが、そこにあるのは相反するように見えて、じつはひとつものの表と裏をなしているのだ。

こういう認識を基本に置くと、二重人格的な人間の二つの相も、実は自然のものとして受け取ることができる。（二―3・4）

現代人の目には一貫性のない《不可解》なものに見えても、それを《不可解》としない感覚がありうることになる。

物語の作者たちは、この矛盾を内在する人間の本質を、手をかえ品をかえして、描こうとする。時代的にいえば、こういう認識や感覚は中世までは、確実に続いていた。

こういう作者に対する読者の方も、作品を受け取る時、いろいろ変わった反応を示すことになる。紫式部が物語を書き進める模索の中で、浮かんだり消えたりした構想を、「輝く日の宮」「桜人《さくらびと》」「狭筵《さむしろ》」「巣守《すもり》」などの、今日ではその痕跡を通してわずかに垣間見ることしか許されぬ散逸部分を手がかりにして復元しながら、部分が全体に組

み込まれるプロセスを、私は「系列化集合」「非系列化」などの概念で説明してみた。（八・九）

複数の関心事を並行して扱うために、項目のつながりが辿りにくくなる点を考慮し、全体の構成意図が捉えやすいようにと考えて、見取り図を最初にかかげた次第である。

一　主役の座・竹取の翁の退場

［物語と舞台］

一条兼良著『花鳥余情』第２冊（著者旧蔵）

1　娘たちにからかわれる「竹取の翁」（『万葉』の『竹取』）

「竹取の翁」は何者か

記憶の中に深く刻みつけられた歴史的記念碑を、誰もが持っている。それを折ごとの話題にする。『古今集』の序文は、「柿本人麿なむ歌の聖なりける」といい、「人麿なくなりにたれど、歌のこと留まれるかな」と述べる。『古今集』の序文を書いた紀貫之にとって、柿本人麿は歌道の記念碑的存在であった。『竹取の翁の物語』を『源氏物語』（絵合の巻）は「物語の出《い》で来《き》はじめの祖《おや》」と呼んでいる。紫式部の脳裏には物語の歴史の中の『竹取』が、このように位置づけされていた。歴史の流れを捉えることは誰にでもできる作業ではないけれど、その流れの中に聳える記念碑は誰の目にもはっきりと見える。

『竹取物語』は、古くは『竹取の翁の物語』と呼ばれた。「かぐや姫の物語」（『源氏物語』蓬生の巻）は、内容に即した呼び名だが、それをわざわざ『竹取の翁の物語』という別名で呼ぶ必要はない。当初からの正式な名称は『竹取の翁の物語』だったはずである。では、「竹取の翁」とは、いったい何者なのか。物語の冒頭に、「今は昔、竹取の翁といふ者ありけり」と紹介されているから、物語の書名も「竹取の翁」になったのか。どうもそんな単純な理由ではないようである。『万葉集』（巻十六）に「竹取の翁」はすでに登場している。「昔、老翁あり」と紹介されているから、八世紀をはるかにさかのぼる人物である。『万葉集』に登場する「竹取の翁」は、かぐや姫の発見者でもない。この翁は、いつから、かぐや姫とかかわりを持つようになったのだろうか。

長歌を詠む翁

『万葉集』巻十六に見える竹取の翁の歌は、長歌と反歌二首、これに相手の娘子九人の応える歌が加わり、一つの歌群をなしている。翁の長歌は『万葉』の中でも屈指の長編で、しかも難解だから、全文を引用したりする代わりに、要約して筋を追うことにする。

「昔、有リ二老翁一、号ケテ曰フ二竹取ノ翁一ト也」(昔、老翁あり、名づけて竹取の翁という)

と、書き出しに漢文の場面説明がある。歌集だから、これは詞書と呼んでもいいが、「昔、竹取の翁といふものありけり」とでも書き直せば、歌物語の冒頭になる。この翁が、春三月、野遊びに出かけて丘に上ると、そこには先客の九人の娘たちが、摘んだ若菜で羹《あつもの》をつくる準備に熱中していた。火を起こすのに手こずっていた彼女たちは、「こっちへ来て手伝ってよ」と翁を誘う。「嗤《わら》ひ」ながら翁に話しかけると書いてある。「嗤」という字を使ったのは、お爺さんをからかってやろうという彼女たちの気持ちをあらわす。

「はいはい、かしこまりました」と翁は、うやうやしく娘たちに近づいて一座に加わる。しばらくすると、娘たちは、「このお爺さん、だれが呼んだの」「私じゃないわ、あなたでしょ」と、笑いまじりでことばを交わし、中には、「こんな年寄りのお相手なんか、まっぴらよ」と、言いにくいことを口にするのもいる。普通の人なら、いたたまれなくなって、こそこそ逃げ出すところだが、翁はあわてる風情などちっともない。「いやはや、思いがけず美しい皆さんにお目にかかった。貴女がたの美しさ、この世のものとも思えないわい。察するに貴女たちは仙女だな」と、相手をほめあげる。お世辞とわかっていても、ほめられれば悪い気はしないものである。その呼吸を心えての発言だから、翁はなかなか世なれた人物である。

おもむろにことばを継いで翁は、「不躾に貴女たちに近づいた私の失礼をつぐなわにゃならんが、歌を詠んだら許してくれるかね」。こうして、翁は自作の長歌を歌いあげるのである。

翁の青春回想

長歌は、まず、「みどり子の若子髪には」と翁の幼児の時代から説き始め、「稚《ちご》が髪」のころ、「童髪」のころと、自分の年頃を髪で区切りながら、その時々の衣装を述べる。

《赤い頬つややかな貴女たちの年頃にはね、黒髪を立派な櫛で手入れして、「取り束《つか》ね」て総角《あげまき》のヘアスタイルにしたり、「解き乱り」「童髪」に変えてみたり、それに似合う舶来品の飾りをつけた衣など着用してさ、着飾ったものよ。華やかだったな、あの時代は!》

直立不動の姿勢で、こんな文句を口にしては、効果があがるまい。翁は思い入れよろしく、身振り手ぶりをまじえながら熱演してみせたに違いない。何しろ、若い娘さんたちへのサービスなのだから。翁はここで青春時代の恋の場面も加えて、色をつけることを忘れない。

《稲置《いなき》のお嬢さん、これは彼女の方から熱をあげちゃって、私の身の回りの品などプレゼントしてくれた。そんなのを身につけて、ぴかぴかの黒い靴なんか履いてさ、庭に降り立った私の姿、皆さんに見せたかったな。するとね、恋敵のもう一人のお嬢さんも、負けじと贈り物を届けてくる。若いころは、女性にもててもてて、しょうがなかったものさ》

「退莫立」などという表現が、プロポーズする二人の女性の鞘当ての場面には出る。「まかりな立ち」(『日本古典文学全集』)、「そけな立ち」(『新潮日本古典集成』)などと訓《よ》まれている。「行ってしまわないで」と引き止めるのか、「退《そ》け」とライバルをにらみつけながら、一方では愛する男性に向かって「お立ちにならないで」と哀願する様子なのか、いずれにせよ、翁が一人で演ずるとなると、よほどの演技力を発揮しなくては、観客からの拍手は期待できないだろう。

《彼女から貰った帯を、きゅっと腰にしめ》という所では、「すがるのごとき腰細に」などとある。じが蜂みたいな細い腰というのは、漢籍にも出てくる女性美の表現である。それをダンディな青年のスタイルの比喩に使うのだから、聴衆はどっと笑う。続いて、「まそ鏡、取り並《な》め懸けて、おのがなり、かへらひ見つつ」――鏡に映った自分の姿を、うっとりと見つめるナルシズム。この演技で、また観衆は笑うだろう。そんな男なんか、本当にいるかしら……。

《野辺では鳥が、空では天雲が、町を歩けば行き交う人が、皆、足を止めて、私を振り返って見たものさ》

翁の回想の中に描かれる青春時代は、りりしい男ぶりよりも、女性的な側面が強調されている。目の前にいるのは仙女たちである、という建前で翁は演技しているのだから、翁の青春像も、相手にふさわしく、仙境に遊ぶ伊達《だて》男《おとこ》めかしたものになっているのだろう。

年はとりたくないものよ

一転して、今の翁の現実にたち戻る。

《あんなにちやほやされた私が、年とった今は貴女たち若い娘さんに、近づくのも拒否されて……、やれやれ、年はとりたくないものよ、でもね、「いにしへの賢しき人も、後の世の鑑《かがみ》にせむと」「老い人を送りし車」を「持ち帰」ったというからね》

「持ち帰りけり、持ち帰りけり」のリフレインで長歌は終わる。

ここに見える、「老い人を送りし車」を「持ち帰」った賢人とは『孝子伝』に伝えられる原穀《げんこく》の話。「老いた爺さんなんかに用はない、山に棄てて来い」と、親不孝者の父から命ぜられた原穀は、爺棄て用に使った乗り物を持ち帰った。「こんな縁起の悪いものを、なぜ持ち帰った」と父が怒る。原穀は、「お父さん、あなたが老いた時に、これは再利用できますから」と答えて諫めた。不孝者の父が悔悟して、爺様を迎えに山中におもむいたことは、いうまでもない。

関敬吾『日本昔話集成』には、「爺ころばし婆ころばし」という崖へ、六十歳になった爺婆を棄てる話がある。爺を乗せたもっこを、父と子とが棒でかついで運んでゆく。崖についた時、子は「棒ともっこは持ち帰ろう」と言う。「なぜだ」と、父が尋ねると、子は、「あなたを棄てる時に使うんだ」と答えた。自分にも同じ運命が待ち受けていると気が付いては、他人ごととは思えない。結局、爺を家に連れ帰って、大切に孝養を尽くしたという。ここでは、「車」がもっこに変わっているが、中国の『孝子伝』は、古くから日本に伝えられて、日本全国に広がり、土着したらしい。

翁は「年とった私を笑っている貴女たちだって、間もなく私のように老いるんだよ」、あるいは「老人を見棄てないでくれ」と、長歌をしめくくったわけである。長歌に添えられた反歌二首には、長歌の原穀の故事を通していいたかった翁の心がこめられている。

死なばこそあひ見ずあらめ生きてあらば白髪子《しろかみ》らに生ひざらめやも

若死にしたら、こんな経験もせずにすむだろうが、生きていれば貴女たちも白髪頭になるんだよという、原穀の

故事から導かれる結論の一つである。もう一首は、

白髪し子らに生ひなばかくのごと若けむ子らに罵《の》らえかねめや

これは、前歌を受けて、貴女たちに白髪がはえたら、私のように貴女たちもきっと馬鹿にされますよという。これも原穀の故事の読み方の一つである。

両歌に「白髪」ということばがある。翁の長歌が「みどり子の若子髪」の時から、「髪」で年齢進行をたどった終着点でもある。

仙女たちとのオラトリオ

この翁の歌を聞き終わった彼女たちの反応が「娘子《をとめご》らが和《こた》ふる歌九首」である。

まず、一人が「私たちは、翁の歌に聞き惚れているだけでいいのかしら」と、皆の顔を見渡す。

はしきやし翁の歌におほほしき九《ここの》の子らや感《かま》けて居《を》らむ

これを受けて、残る八人が先を争って心情を披瀝する。まず、次の彼女が、「恥ずかしいけれど、そんなことは言っていられない、邪魔の入らぬ先に、早い者勝ちよ、私、お爺さんの腕の中に抱かれたいわ」と言い出す。

恥忍び恥を黙《もだ》して事もなく物言はぬ先に我は寄りなむ

以下は全員が異口同音に、歌の第五句に同じことばの「我は（翁に）寄りなむ」を繰り返す大合唱である。舞台で演ずれば、まさにオペラ風の終局場面である。オペラよりオラトリオといった方がいいのかもしれない。オラトリオとは、「祈祷者に属するもの」「祈祷者の場所」を意味することばから転じた語で、宗教的物語に取材した筋に独唱曲・合唱曲、オーケストラを組み合わせた歌劇である。最初の頃は教訓的な対話を取り入れたラウディ（中世イタリヤの素朴で民謡風な単声賛美歌）だった（小泉治『新版音楽辞典』）。「後の世の鑑にせむと」「老い人を送りし車、持ち帰りけり」という翁の素朴な教訓的なお説教が、大きな反響を引き起こす。仙界の男女めかした翁と娘子たちが登場して織りなす神事劇である。

ただ、「我も寄りなむ」の繰り返しは、九人の乙女の七人目までであって、最後の二人の所で調子を変える。八首目は、

住吉《すみのえ》の岸野の榛《はり》に匂ふれど匂はぬ我や匂ひて居らむ

初句は、翁の長歌の中の、「住吉の遠里小野のま榛」で染めた衣という表現を受けている。「にほふれど（染め付けても）にほはぬ我」とは、人と同調しない意地っ張りの私なのだという自己評価である。だから、彼女の歌は、作りも他の女性のと違うのだろう。しかし、その彼女も、結局、「匂ひて居らむ」、皆さんの仲間に私も入るわと折れて出る。「匂ひて居らむ」の表現は、最初女性の歌にあった「感《かま》けて居らむ」と響き合っている。最後の一人が、「友のまにまに」「我も寄り、匂ひ寄りなむ」と歌いあげて、一連の歌群を表現の上からもうまくまとめあげている。これらは、主題と変奏に当たろう。

翁は舞台を支配した

竹取の翁は、長歌の作者というだけではない。最初、「失礼のつぐないに、歌でもひとつ」と切り出して、身ぶり・手ぶりよろしく演技を始めた時の翁は、「観客席」の九人の女性たちとは別の空間、「舞台」の上の人であった。しかし、演技に魅了された観客は、「聞き惚れているだけでいいのかしら」という観客の一人の発言を合図に、いっせいに、「観客席」から「舞台」へ駆け上ってしまった。竹取の翁は長歌の作者であるだけではなく、観客を巻き込んで大きな舞台を完成させる主役であり、かつまた指揮者・監督でもある。

観客席はこれで空っぽになったのかといえば、そうではない。当初は九人の娘子しかいなかった春の丘の野外観客席には、この新しい舞台の演劇を眺める新しい観客たちが、いつの間にか、集まってきている。別の言い方をすれば、当初設定されていた舞台と観客席は、じつは舞台の中に仮に設けられていた作中劇の空間だったことになる。

登場する九人の娘子は、本来は七人の娘子だったのではないかという説がある。それを中国で好まれる九の数に合うように増補されたというのである。だが、「九」の数に合わせるというのは、定本としての台本を定める時の論理であって、本来は舞台で演ずる時間的な制約や配役の都合から、演出家の裁量で増減されていたであろう。増減はあっても、主役は竹取の翁ひとりだけであって、彼が登場しなければ、劇は始まらないのである。

舞台の上には、翁と女性たちがいる。自分の役割は歌を唱えるだけ、それが終われば前景から退くというのでは演技にならない。歌は抑揚をつけて長くことばを引きのばしながら、その間、いや歌い終わってからも、動作で演技を続けることになろう、翁の長歌、反歌、女性数人の歌が、台本にあれば、相当時間の一幕ものになる。観客席から舞台へ上って、登場人物のひとりとして飛び入り参加するのもいただろう。指名されて舞台に上るのもいただろう。

時代が下って、中世、神事能、勧進能などの公的な催しには、冒頭で「翁」が演じられる。筋だてらしいものはなく、父尉《ちちのじょう》、翁面《おきなおもて》、三番猿楽の、三人の老人による祝祷の歌舞が原型で、世阿弥の時代には、露払い（後の千歳《せんざい》）、翁、三番叟《さんばそう》の三人を中心とする儀礼曲として整備されたという。なぜ最初に「翁」なのかというのは、いろいろ問題が多いが、この伝統も、さかのぼれば「竹取の翁」のあたりにまで行き着くのではあるまいか。『大鏡』が常識を絶した高齢の老人、大宅世継や夏山繁樹を登場させるのも、昔の歴史を語らせるのに便利だという理由からだけではなかったであろう。『伊勢物語』の主人公在原業平が、時あって「翁」と呼ばれるのも、なにやら同じような事情が背景にありそうである。話題をあまり広げ過ぎると収拾しがたくなるから、話をもとに戻そう。

「竹取の翁」は、古く愛好されたオペラ舞台の監督であり、かつ、常に主役を演ずる代表的なキャラクターの一人だった。特定の個人である必要はない。舞台に上る時は、だれでも「竹取の翁」を名乗る仮面劇である。

【追記】

『宇津保物語』の初秋の巻、帝が内侍のかみと物語する場面に、

「やがても候ひ給へときこえむとすれど、さまざまに過ぐしがたき事なむ、この月にはある。十五夜に、かならず御迎へをせむ。この調べを、かかる事にたがはぬ程に、かならず十五夜にと思ほしたれ」、内侍のかみ「それは、かぐや姫こそ候ふべかなれ」、上「ここには玉の枝（「たまはた」の本文を改訂）、贈りて候はむかし」、内侍のかみ「子安貝は近く候はむかし」……

螢の光で彼女の顔を見ようとする場面の会話である。文脈から見て、「子安貝」は『竹取物語』の難題を念頭に

置いた発言か。玉の枝は遠い、子安貝なら近くにあろうというのだろうか。仁寿殿の女御を暗に指すという解釈に重きを置けば、『竹取』との距離は少し離れる。『宇津保物語』の成立した頃には、すでに「子安貝」の難題は『竹取物語』の中にあらわれていた。求婚者三人から五人への成長は、十世紀前半には出来上がっていたかもしれない。しかし、それでも、三人、四人、のテキストは並行して生き残って、五人の求婚者のテキストとともに読者の前にあったのだろうと、私は想像する。

『万葉』の竹取の翁の長歌は、『竹取』の翁の後日譚か、それとも、現存『竹取』の原型か。

原型ならば、彼は九人の女の一人を屋敷に連れ帰り夫婦になったはずだ。近隣の人には彼女が竹の中から見付けて、みるみる大きくなったのだと披露した。ところが、求婚者が現われたものだから、結婚するチャンスを失い、果ては帝まで求婚する具合に展開したのだろう。翁と結婚する気になった女性だから、帝の申し出には従っただろうが、そのうち面倒になって、いとまを貰って翁のもとへ里帰りを口実に、どこかへ姿をくらましてしまった。帝も翁も、そのまま行方不明では沽券にかかわるから、天女になって昇天したといいふらしたのだ。事実、彼女は神仙譚の天女か『遊仙窟』の女をモデルにしたところもあっただろう。

後日譚なら、姫の行方不明の後、また九人の女に会った時の、懐古譚ともよめる。「すがる」の出てくるところ、『今昔竹取』の連想が生きているか。「さすたけの」の枕詞も「さきたけ」の『竹取』と繋がるかもしれない。三人、四人、五人と求婚者が増加するのも、『万葉』の女が原型七人、増補されて九人というのをめざしたのかもしれない。しかし、その数ほどは難題を作り出しかねたのだろう。

2　翁の手を離れるかぐや姫（王朝の『竹取』）

脇役に後退する翁

『万葉集』の竹取の翁は、春の野原で若い乙女たちにからかわれても怒ることなく、自分の青春回顧を語り聞かせる。幕切れ近くなると、娘たちは「我は寄りなむ」と、翁への好意をあからさまに口にするようになった。

第一幕はこれで終わったが、続く第二幕はどんな展開を示すのか。

「あの若い乙女たちに、敬老精神の大切なことを説き聞かせて、皆が私のファンになった様子だが、あの中の一人と恋の道行きとしゃれこむ、若い頃の情熱などは、もう私にはない」。そんなことを思っていたある日、翁は、かぐや姫を竹の中から発見して、その養育にすっかり熱中してしまった。――こうなると、第二幕は現存『竹取物語』の世界になる。

別な展開。翁は九人の娘のひとりに熱をあげて、こっそり彼女を家に連れ帰った。「この娘は、竹の中から見つけたんだが、三月の間にすくすく大きくなってね」などと、当分は世間体をごまかしていたが、求婚者がひきもきらぬ有様になって、翁は困り果ててしまった。かぐや姫と相談した結果、求婚者には難題を課して撃退する作戦をたてた。それでも諦めぬ連中が、手をかえ品をかえ、偽物などを携えてやってくる。とうとう翁は、姫を隠れ家の別荘にかくまって、世間には「月の世界へ彼女は帰っていった」ということにした。私なら、こんな筋を思いつく。

だが、翁が主役であるかぎり、その青春は回想の中にしかない。そして翁には、もう未来はない。翁に代わる若い男性主人公を登場させる方法もある。しかし、世評定まった翁に代わる男性主人公が、翁と同じ人気を獲得することは、一朝一夕には困難だ。それに、若い男性主人公には先輩格が存在する。唐の張文成（六六〇～七三三）の伝奇小説『遊仙窟』である。主人公張成が道に迷って一夜の宿を求め、崔十娘《さいじゅうじょう》と五嫂《ごそう》の二人の女性の歓待を受ける物語——書名から仙女の世界での出来事を連想するのは当たらない。超自然的な要素はなく、才子佳人の教養あふれた会話のやり取りで、崔十娘は花魁《おいらん》、五嫂は遣手《やりて》、張成は遊里の客という扱いである。山上憶良をはじめ万葉時代の知識人もこれを愛読している。

竹取の翁にせよ、『遊仙窟』の主人公にせよ、これは一人の男性に対して複数の女性を配する。発想の転換をすれば、一人の女性に対して複数の男性を配する構図が思い浮かぶであろう。その一人の女性を竹取の翁と結びつければ、観客の馴染みの舞台の延長上の話になりうる。新規に設定された主人公を売り込むよりも、これは効率がよいはずである。かぐや姫はこうして生まれた。現存『竹取』と似た世界である。

しかし、この新しい舞台構成を推し進めると、竹取の翁は主役の座から脇役に後退する結果になる。「竹取の翁の物語」は、次第に「かぐや姫の物語」になっていく。

新脇役の求婚者集団

万葉時代の翁は、成り行きに従って、時には道化役もこなしていた。かぐや姫が主役、求婚する貴公子たちが脇役をつとめ、翁の出番が減少すると、翁のつとめた道化役は求婚者たちに課せられることになる。求婚者たちは単なる求婚失敗者に終わらず、滑稽な失敗者を演じなくてはならない。

また、万葉時代の脇役をつとめた娘たちは、舞台の都合によって人数の増減が可能だった。新たな脇役である求婚者も、人数は便宜的に扱われた。五人に定着するのは後のことである。

『今昔物語集』巻三十一の第十三話に「竹取ノ翁、見付ケシ女ノ児ヲ養ヘル語《コト》」というのがある。「三寸」の背丈が「三月」で並みの人になる高度生長の過程や、竹の中から黄金を見つける致富譚などは、現存『竹取』と同じである。「上達部、殿上人」が求婚する経緯までは、現存『竹取』と変わるところがない。しかし、求婚者を撃退する作戦内容に違いがある。難題が現存『竹取』の五課題に対して、『今昔竹取』は三課題である。三課題なら求婚者も三人と短絡してはいけない。「心ヲ尽シ」求婚してくる者たちに対して、「女、初《ハジメ》ニハ『空ニ鳴ル雷《イカヅチ》ヲ捕ヘテ将《モテ》来《キタ》レ、其ノ時ニ会ハム』ト」いう。「次ニハ『優曇花《ウドングエ》ト云フ花』」、「後《ノチ》ニハ『不打《ウタ》ヌニ鳴ル鼓《ツツミ》』」と課題が示してある。

「初ニハ」「次ニハ」「後ニハ」という書き方は、最初の男、次の男、最後の男と解するのは無理だ。最初の求婚者集団には、次の求婚者集団には、ということになろう。第一集団を撃退した後、また第二波が求婚のために門前に押し寄せてくるのである。第三集団で終わりというわけではない。舞台の都合では、まだぞくぞくと集団を追加することが可能なのである。総計して、求婚者の数が何人になるかは、見る人の想像にまかせるのである。

課題に挑戦するあまたの者たちは、これらの品の入手方法を物知りに尋ねたりする。率直に「そんなの、無理だよ、あきらめなさい」と忠告してやればよさそうなものだが、世の中には、知ったかぶりをしたい奴や、金をまきあげるのによい相手がいないかと、目を光らせている悪党がごろごろしている。そんな連中にそそのかされて「家ヲ出《イデ》テ海ノ辺《ホトリ》ニ行キ」「世ヲ捨《ステ》テ山ノ中ニ入リ」、むだな努力を続けるうちに、「或ハ命ヲ亡《ホロボ》シ、或ハ不返来《カヘリキタラ》ヌ輩《トモガラ》」も数多かった。

個別課題による舞台設定

『今昔竹取』では、求婚者を三集団とし、集団別に課題の数を三つにしぼった。一集団一課題方式は、現在の試験制度と同じである。しかし、集団別課題方式となると、「こちらの課題より、あちらの課題の方がやさしい、不公平だ」などと、ぼやくのも出てくる。本当は、どの課題だって解く力を持っていないくせに、そういうのに限って文句をいうものである。

複数集団に集団別課題を出す方式の代わりに、集団から代表者を選んで、ひとりひとりに個別課題を出す方式がある。現存『竹取』のやりかたである。

石作りの皇子――「仏の御石の鉢といふものあり、それを取りて賜へ」

くらもちの皇子――「東の海に蓬萊といふ山あるなり、それに銀《しろがね》を根とし、金《こがね》を茎とし、白き玉を実として立てる木あり、それ一枝賜はらむ」

いま一人（右大臣安倍御主人《あべのみうし》）――「唐土《もろこし》にある火鼠の皮衣《かはぎぬ》を賜へ」

大伴の大納言（大伴御行）――「竜《たつ》の首に五色に光る玉あり、それを取りて賜へ」

石上の中納言（石上麿足）――「燕の持たる子安の貝、取りて賜へ」

課題がおのおの違えば、不平が出る可能性がある。それで、この五人を一集団として一堂に集めた上で、個別課題が出されたことを、その場で公表し、全員に納得させた。「この課題は嫌だというなら、無理しなくてもいいの。その代わり求婚申し込みの権利はそれで喪失ということになるのよ」という最後通牒を出題者は心の中で準備していただろう。

三人目の安倍御主人だけが、実名をあげずに、「いま一人」と書かれる。これは最後の人間を指示する表現だから、求婚者三人というのが、もとの形だったのだろう（片桐洋一「新編日本古典文学全集」『竹取物語』解説）。最初の三人にはおのおの人物の性格特徴が記されているのに、あとの二人にはそれがない。はじめの三人は、にせ物にせよ、指定された品を持参しているのに、あとの二人は品物を手にすることなく終わっている。あとの二人は追加された可能性が多い。私も大筋としてはこの説に従いたい。

優曇花と蓬萊の玉の枝

『今昔竹取』と現存『竹取』の原型とは、難題の数が三課題である点、一致する。しかし、課題の内容は違う。両者の間でかかわりのありそうなのは「優曇花」と「蓬萊の玉の枝」である。

くらもちの皇子は、技術者六人を動員して、足掛け三年かけて「蓬萊の玉の枝」の模造品を極秘のうちに作成した。帰国披露式典を開いた頃、迎えの人々は、彼が「優曇花」を持ち帰ったと大騒ぎする。「優曇花」は『今昔竹取』に見えた課題で、「蓬萊の玉の枝」とは別物である。

くらもちの皇子は、持ち帰った珍花を、むき出しのまま振りかざして都大路を練り歩くわけではない。「長櫃に入れて、物おほひて」運んでいくのだから、迎えの人々は長櫃の中身の品を誤認したわけである。また、こう書くことによって、先行の『今昔竹取』を否定し、今ここに語られる新版『竹取』こそ、正統の物語だと主張したのだという解釈もある（片桐洋一、前掲）。私の立場でいえば、迎えの人々の誤解は、別の舞台の何幕めかに演ぜられた求婚者集団の一つに出された課題を、思い出してもらうために、台本に書き付けられたことになる。すなわち、くらもちの皇子は、集団別課題が与えられた時の第二集団の一員で、前には「優曇花」の取得にさんざん頭を悩ました経験の持ち主となる。「優曇花」は、金輪王が出現する時、あるいは如来が世に現われる時、花を開くという。『法華経』方便品などに見えるが、『法華文句』『法華義疏』などによると、その開花のチャンスは三千年に一度となっている。その産地まで辿り着いても、期が熟さねば手に入らない。「優曇花」取得の架空冒険旅行の辻褄を、どう合わせようかというのが、彼の悩みだった。当時の知識では、これがクワ科イチジク属の落葉高木で、ヒマラヤ山麓に産することなどは、分かっていなかったのだ。

ところが、最終五人の求婚者に選ばれた時、新たに与えられた個別課題は、「優曇花」ではなく、「蓬萊の玉の枝」の新課題になった。くらもちの皇子は、小おどりして喜んだ。「今度の花については、三千年に一度開花するなどという条件がない、偽物製造作戦は、前から考えていたのだから」。彼は、さっそく細工人たちを呼び集めて、偽物の作成に取りかかった。こんな筋だてを私は想像してみる。

「さき竹」のかぐや姫と「なよ竹」

『今昔竹取』と現存『竹取』とを結ぶ線上に、もう一つ資料を位置づけてみよう。

『源氏物語』の中世の代表的な注釈書『花鳥余情《かちょうよせい》』には、絵合の巻の注として、『竹取の翁の物語』の梗概を記している。梗概は現存『竹取』とほぼ同じであるが、かぐや姫の名前が「さき竹のかぐや姫」となっている。現存『竹取』の「なよ竹のかぐや姫」とは違う。「さき竹」というのが耳遠いことばだから、後の注釈書は『花鳥余情』を引用する時、ここを「ささ竹」と改めてしまっているものもある。

だが、「さき竹」ということばは、記紀・万葉の時代から文献に見える。「さき竹」は、割って裂いた竹で、「さき竹の」は、たわむさま、あるいは背中合わせになるさまの形容に使われる。「さき竹の背向《そがひ》に寝しく今し悔しも」(『万葉集』巻七)は、すねて、あるいは、ふてくされて、相手に背中を向けて寝たことが、今では悔しく思われるという男女の仲を詠んだ歌で、これは枕詞の例。なお、『万葉集』巻七は、「柿本人麿歌集」「古歌集」の歌を集めた巻である。

この歌の例からすると、「さき竹のかぐや姫」は、男に背を向ける結婚拒否の女性の性格を象徴していることになる。

また、『万葉』の用例から離れて、ことばの意味だけから考えれば、「さき竹の」は、彼女の出生の事情からの名称かもしれない。「筒の中」が光っているからといって、これを鋸で輪切りにしては、中の生命が危険にさらされる。割る方が、まだしも危険率が少ない道理である。こうして外の空気にふれた女の子だから「さき竹のかぐや姫」――これでも意味は通じる。

「さき竹のとををとををに」（『古事記』上巻）の用例では、「とをを」、たわむさまに続く枕詞である。これは、しなやかな竹で、折れそうで折れない「なよ竹の」女性の性格と極めて近い。

「なよ竹」「さき竹」、どちらが本来のかぐや姫の名前か。現存『竹取』の写本は古いものでも近世初頭、『花鳥余情』はそれより古い中世の注釈書だから、ことによると「さき竹のかぐや姫」の方が古い呼び名かもしれない。一歩譲って、中世には「さき竹」「なよ竹」両方の呼び名で、かぐや姫は呼ばれていたと考えられる。『今昔竹取』では、「さき竹」「なよ竹」はおろか、「かぐや姫」という名前すら書かれていない。竹の中から発見されて、姿を消すまで無名のまま「女」と呼ばれていた女性が、次第に名前を獲得していった過程を考えることができる。

求婚者四人の異本『竹取』

一条兼良の『花鳥余情』は、文明四年（一四七二）の成立。これより少し早く、永享四年（一四三二）に今川範政の『源氏物語提要』がある。これは物語の筋のダイジェストに注釈を合体させた本である。絵合の巻の注は『花鳥余情』と全くといってよいほど、同じである。煩雑になるが、対照させて注の本文を見ていただこう。

『花鳥余情』	『源氏物語提要』
I、竹取の翁、万葉十六に竹取老翁のことあり、それは	（この部分なし）

物語にいへると相違せるなり、物語の大意をいはば、

竹取の翁、野山に竹を取りて(A)使ひける中に、もと光る竹一筋あり、見れば三寸ばかりなる人いとうつくしうて居たり、三月ばかりに、よき程なる人となり、かたちけうらなること世になく、屋の内、暗き所なく光りみちたり

この子の名を、(B)さき竹のかぐや姫とつけつ、世界のをのこ聞きめで、ついせうしけり

（この一句なし）

竹取の翁、野山に竹を取りて(A)売りけり、中に、もとの光る竹あり、見ればその竹の中にたけ三寸ばかりなる人あり、いとうつくしきこと限りなし、これを得て養育しければ、三ヶ月ばかりに、程なく姫となる、かたちきよらかなることたぐひなし、家の内、暗き所なく光りみちければ、この姫の名を、(B)さき竹のかぐや姫と名つけたり、世の人、聞くにめで、見るに心をまよはしける、

ここに(C)心を尽くしし人、四人《ヨタリ》あり

Aの部分、現存『竹取』は「使ひけり」で、A′「売りけり」のようなことばは、現存『竹取』にはない。B「さき竹のかぐや姫」という呼び名は、『提要』にも同様にB′「さき竹のかぐや姫」とあるので、当時の一般的な本文と認められる。『竹取』の「なよ竹のかぐや姫」の本文とは異なる。兼良・範政の時代の「竹取」が、現存『竹取』と相違していたことを示す微証である。特に『提要』の末尾のC′「心を尽くしし人、四人あり」とあるのに注意したい。

『花鳥』『提要』は、Ⅰに続いて、次のⅡのように「竹取」を要約する。

Ⅱ、このかぐや姫のいふやう、「ゆかしく思ひ侍る物を見せ給はんに御心ざしの程は見ゆべし、つかうまつらん事も、それに定むべし」といひて、
a、石作りのみこには、「仏の御石の鉢を給へ」
b、くらもちのみこには、「蓬萊の山にしろがねを根とし、金をくきとし、白き玉を実としたる木あり、それが枝を折りて給へ」
c、いまひとりには、「もろこしにあなる火鼠の皮ぎぬ給へ」
d、大伴の大納言には、「たつの首なる五色に光る玉、取りて給へ」といふ

姫のいふやうは、「わがゆかしく思ふ物を見せ給はんに御心ざしの程は見ゆべし、つかうまつらん事も、それに定むべし」といひてまづ、
a、石作りのみこには、「仏の御石の鉢を給へ」
b、くらもちのみこには、「蓬萊の山に白銀を根とし、金をくきとし、白玉を実としたる木あり、その枝を折りて給へ」
c、いまひとりへは、「もろこしにある火鼠の皮ぎぬを給へ」
d、大伴の大納言には、「竜の首なる五色の光る玉を取りて給へ」といふ

この部分には、現存『竹取』の五人の貴公子ではなく、ａｂｃｄの四人の貴公子と、それに対する難題があげてある。『提要』Ⅰ末尾の「心を尽くしし人、四人あり」というのに合うが、当否の判断は後に触れる。

Ⅱ冒頭の「ゆかしく思」うものを「見せ給はんに」という本文の特色は、現存『竹取』古本系統の本文の特色に一致する（中田剛直『校本狭衣物語』校異参照）。Ⅱｃ「いまひとり」と、ここだけ実名をあげぬ書き方は、現存『竹取』と同じ本文をそのまま踏襲した要約であることを示している。「さき竹のかぐや姫」のように現存『竹取』と相違する部分もあり、一致する本文も含むテキストが、範政の時代の「竹取」である。そして兼良の引用するものと範政の引用するものとは、ほとんど同文であるから、これが当時の流布本の地位を占めていたことになる。

次のⅢの部分においても、同様であるが、一点だけ、大きな相違を示す。

Ⅲb、くらもちのみこ、たくみらを入れ、隠れ居て玉の枝作り出でて持ちておはしたるに、たくみ、「玉の枝作れる禄をいまだ給はらず」とて来て憂ふ、この時、かぐや姫、

まことかと聞きてみつればことの葉をかざれる玉の枝にぞありける

といひて返しつ

c、右大臣あべのおほしは、もろこしの王けいといふ人に、「火鼠の皮、買ひておこせよ」とて、多くこがねを取らす、尋ねえたるとて送る、かぐや姫、「火に焼かんに焼けずはこそまことと思はめ」とて、火の中にうちくべて焼くに、めらめらと焼けぬ、それより、あへなしといふことは始りける、

(D)この五人、いづれも心ざしとげずなりぬ

b、くらもちのみこは、たくみらをして、隠して玉の枝を作り出でて持ておはしたるに、たくみ、「玉の枝作れる禄、いまだ給はらず」とて憂ふ、姫これを見て、

(歌の上句、欠か)ことの葉をかざれる玉の枝にぞありける

といひて返しつ

c、右大臣あべの大ほしは、もろこしの王けいといふ人に、「火鼠の皮、買ひておこせよ」とて、多く金を取らす、尋ねえたりとて送る、かぐや姫、「火に焼かんに焼けずはこそまことと思はん」とて、火中にうちくべて焼くに、めらめらと焼けぬ、それより、あへなしといふ詞は始るなり、

さて、(D')この四人、いづれも心ざしとげずなりぬとなり

ここでⅡにあげた人物の中から、二人を特に取り上げたのは、『源氏物語』絵合の巻の注釈だからだ。しかし、

Ⅱで四人しか人物をあげずにD「この五人」と書く『花鳥余情』と、D′「この四人」と書く『提要』と、いずれを信じたらいいのだろうか。『提要』を信ずれば求婚者四人の『竹取』が存在したことになる。

中世の読書家たち

『花鳥余情』と『提要』とが、同文の注を記する例は、この他にもたくさんある。一方が他方を盗用したのではなくて、十五世紀のこの二人の学者、兼良と範政とは、一時代前の十三、四世紀の古注を引用し、その結果、同文の注があらわれるのである（拙著『源氏物語の研究―成立と伝流―』昭和四二年、笠間書院）。現代なら無断で他人の著作を盗用すると著作権侵害で訴えられる。古い時代は、まことに大らかなよき時代だったのである。多くの場合は、何から引用したかを付記しているが、それすら省略してしまうことがある。現代の学者は、そのおかげで出典探しという仕事にありついているわけである。

『花鳥余情』は先行する古注を引用して絵合の巻の注を書いたが、自分の目で『竹取』を点検してみたら、求婚者は五人だったものだから、「四人」を「五人」に書き改めた。その時、当然、Ⅱの部分に、書き落とした「燕の子安貝」の課題を書き加えなくてはならないところだが、大らかな中世の学者は、そこまで面倒な仕事を続けることはしなかったのだろう。こういう態度は、この時代に共通する。兼良や宗祇の源氏講義を整理して、牡丹花肖柏が「聞書」をまとめたのは、『花鳥余情』の成った四年後の文明八年（一四七六）五月である。これはさらに増補を重ねて『弄花抄』となった。『弄花抄』の絵合の巻の注には「或いは蓬萊の玉の枝、又は火鼠の皮、また、燕の巣の中なる子安貝など取りて来む人に、逢ふべし」と三課題をあげて、その中から『花鳥余情』と同じく絵合の巻に登場する二人の注にしぼっている。『弄花抄』は兼良のあげる石作りの皇子、大伴の大納言をあげず、兼良のあげていない燕の子安貝を加えているわけである。肖柏は、求婚者の数には触れていない。

面倒な話を紹介したついでに、古注を諸注が摂取する状況を次ページに参考としてあげておこう。『異本紫明抄』は、建長四年（一二五二）に第一次整理、文永四年（一二六七）に第二次整理を行なった『源氏』の注。『河海抄』は十四世紀の中頃、四辻善成の手になった注釈。東山文庫本『七毫源氏』は『源氏』の古写本であるが、行間や欄外に『河海抄』頃の注を豊富に書き入れている。

帝の后になったかぐや姫

兼良の注と範政の注は、「五人」「四人」の求婚者の数こそ違っていたが、梗概を述べる部分は、同文で先行の古注を引用していた。『花鳥余情』は先に引用した部分だけで注を終わっている。『源氏物語提要』には、その続きがある。帝の求婚にかかわる部分である。『提要』が記す梗概は現存『竹取』と大きな違いがある。現存『竹取』では、かぐや姫は帝の求婚をこばみ続けている。『提要』が記す梗概によると、かぐや姫は帝の后になっている。

このよし、帝、聞こし召して、勅使たてて都へ召して、これを后にそなへ給ふ。

先の貴公子たちの求婚失敗を受けて、「このよし、帝、聞こし召して」と続いている一連の文脈だから、これも散逸古注にあったのだろう。「勅使たてて」というところは、現存『竹取』と同じである。現存『竹取』では「内侍《ない》中臣《なかとみ》のふさこ」が派遣されているが、かぐや姫は会おうともしない。「国王の仰せごとに背いたというのなら、私を殺してちょうだい」と拒否の姿勢を崩さない。『提要』はここをさらりと書き留めているから、かぐや姫はすなおに都へ出かけていったのだろう。現存『竹取』のように、帝が翁の邸へ行幸なさることも、なかったようである。

参考

I、この事は、みな竹取の物語の心なり。かぐや姫、竹の中にて出で来たる天人にて家の内を照らし、時の人いかでこのかぐや姫を得んといへり。ありがたき事どもを言ひて、これらを得させたらば会はんといふに、火鼠の皮も蓬萊の玉の枝も、いつはり作りたるものにて、火に焼け、光なし。もも敷きの御光にも並ばず、遂に空へのぼる事なり。今案。（『異本紫明抄』）

II、これは宇津保の物語の心なり。俊蔭、賢き者にて、もろこしへ渡さるるに、風に放たれて波斯国へいぬ。梅檀の木の下に琴を引きて遊ぶ所に至りぬ。琴を習ひ極めてけり。時ならぬ霜雪を降らせ、天地を動かす。日本へ帰りて名をあげたる事なり。今案。（『異本紫明抄』）

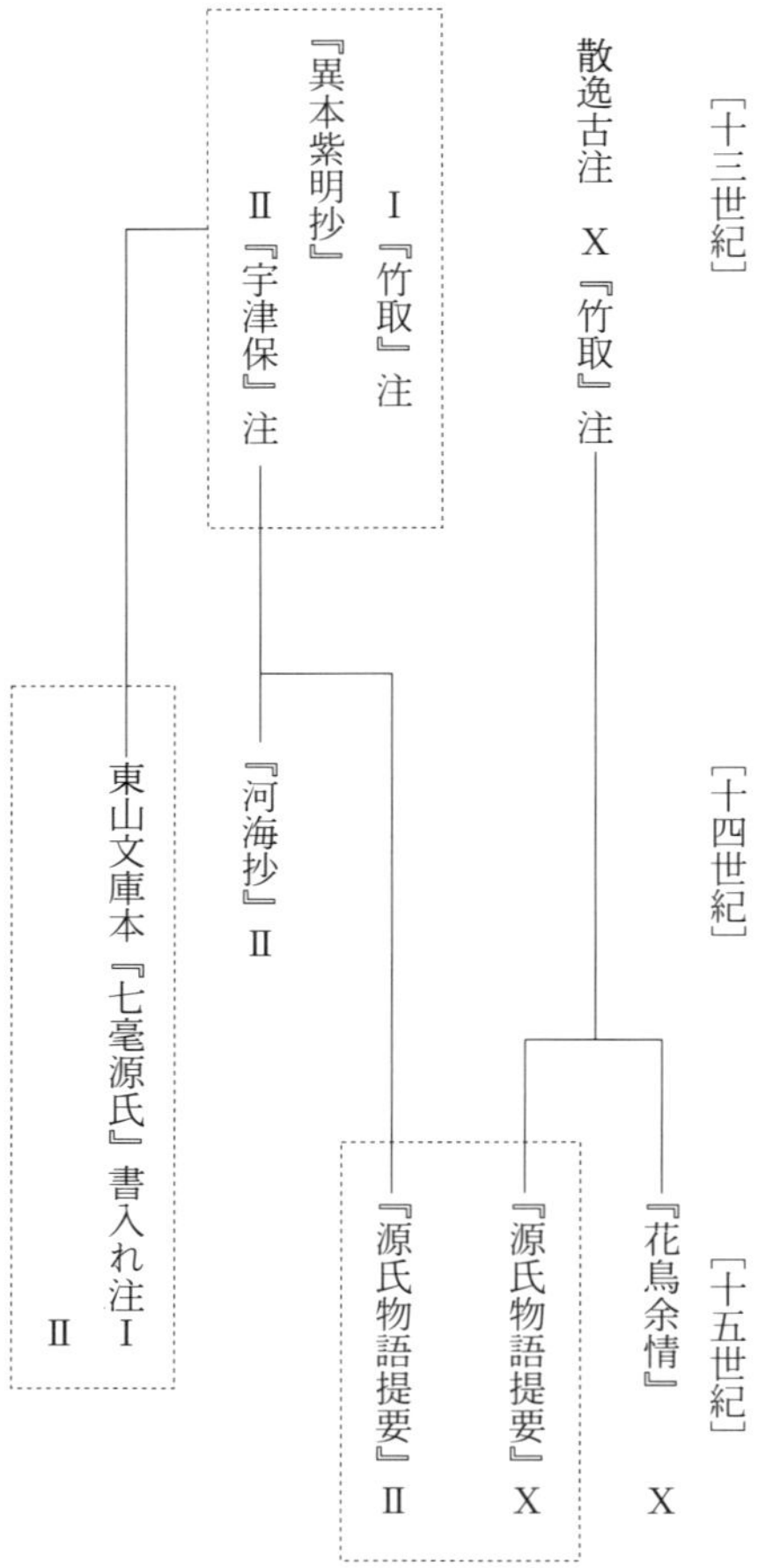

しかし、彼女は最後まで帝のお側に仕えていたわけではない。

この翁、富士の山の麓に住みしに、后、遂に御暇を申して、富士の麓に帰り給ふ。帝、御名残惜しみ恋ひ慕ひ給ふ。姫は富士の山より天女となりて上り給ふ。

彼女は、帝においとまをいただいて、富士山麓の翁の邸に里帰りし、間もなく富士山の頂から天女となって昇天した。月の世界から八月十五夜に、迎えの者たちが、飛ぶ車を持参して、かぐや姫が昇天する現存『竹取』のラストシーンは、『提要』の梗概からはうかがえない。

『今昔竹取』では、勅使の派遣などという面倒な手順は省いて、帝はみずから翁の邸に行幸され、美しい彼女をご覧になるや、「連れ帰って后にする」と宣言なさる。彼女はこれに答えて、「我レ后ト成ラムニ無限《カギリナ》キ喜ビナリトイヘドモ」と帝の好意を謝したうえで、婉曲にこれを辞退し、その場で、帝の目の前で、昇天してしまう。輿を持参した迎えの者が空から現われる点は、現存『竹取』に近い。範政が紹介する『竹取』は現存『竹取』とも『今昔竹取』とも一致しない。『提要』に見えるのと類似した『竹取』に触れる前に、すこし話題を変えて、こういう場面に帝が登場することの意味を検討しておこう。竹取の翁の登場する『万葉』以前の時代から、『竹取の翁の物語』の骨格が形成される頃まで、物語の世界で、帝はどのような役割を担わされていたのだろうか。

二　二幕構成の一生（古代英雄の生涯）

［記紀の世界］

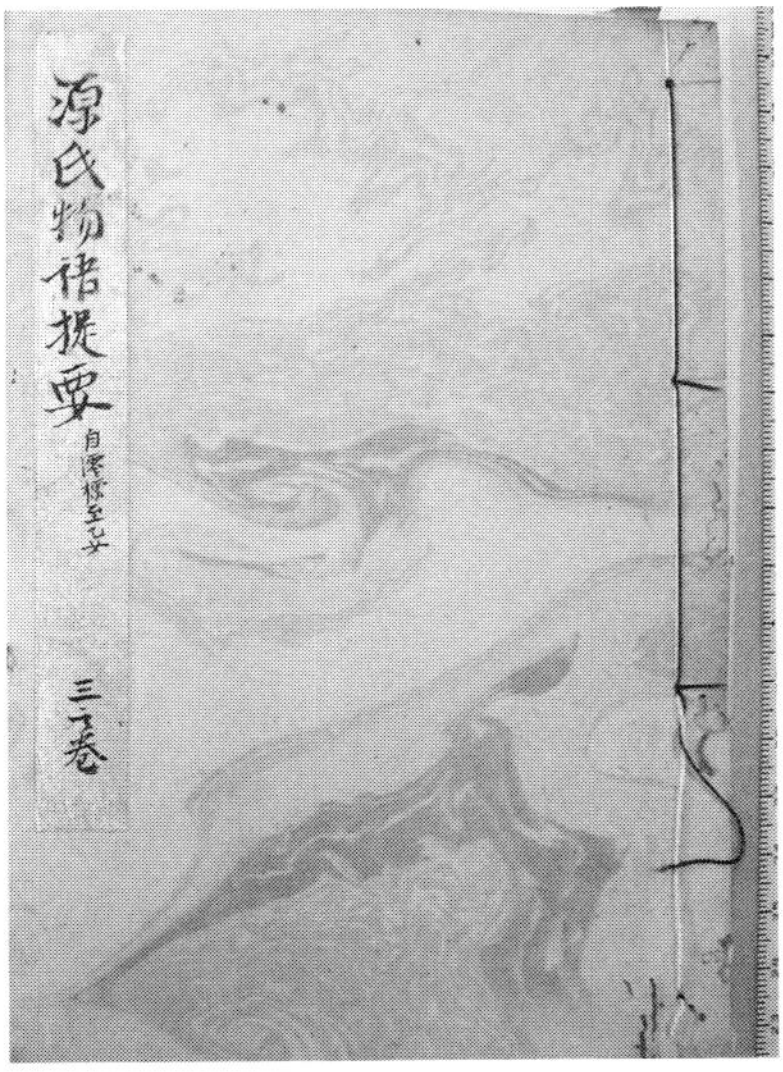

今川範政著『源氏物語提要』（文化８年写）
第３冊（著者旧蔵）

3　伝承的英雄物語の方法――ヤマトタケル――（記紀の英雄）

なぜヤマトタケルから始めるのか

『万葉集』で長歌を詠んでいる「竹取の翁」が、実在の人物だったか否かは、さだかではない。「竹取の翁」は、舞台に登場する時の、仮面を付けた時の、配役の呼び名だったかもしれない。これに比べると、古代の天皇、帝は、仮に伝承的な存在だったにしても、はるかに実在感がある。

天皇、帝は、古代においては英雄であった。しかし、古代の英雄と直接面識がある現代人はいない。私たちが知り得るのは、記録を通して、歴史物語の世界に現われる英雄である。

物語に登場する英雄は、読者たちの関心と共感と支持を得て、はじめて「英雄」の座につく。『古事記』上巻は神々の世界だから、そこに繰り広げられる物語の神々が人間的に描かれていようとも、読者はそれを自分たちの世界と同じものとは受け取らない。私たち読者は、せいぜい別の世界へさまよい込んだ異邦人の目で、まわりを眺めることになる。中巻からは人の世の物語になる。

中巻の冒頭に登場する神武天皇は、最初の君主であり、英雄と呼ぶにふさわしいが、神武天皇の生まれたのは神代の時代である。読者との距離は、依然として埋められない。中巻を読み進んでいったあたりで登場するヤマトタケルが、読者を引き付ける理由のひとつは、これが人間の世の物語として、読者に共鳴されるところがあるからだろう。

しかし、『古事記』や『日本書紀』に描かれたヤマトタケルと、私たちが思い浮かべるヤマトタケルとは、相当のずれがある。美化された英雄像の一面だけが拡大されていくように思われる。まず、ここのあたりから話しはじめるのが適当であろう。

畏怖感を与える力——小碓と呼ばれた時代——

ヤマトタケルの物語は、『古事記』の景行天皇の御代のところから始まる。天皇が播磨の国の女性との間に生んだ子供の中に大碓《おおうす》・小碓《おうす》の二人がある。名前の類似性からもわかるように、この二人は双生児であった（『日本書紀』）。二人が成長してからの最初の事件は、天皇が美濃の国の兄姫《えひめ》・弟姫《おとひめ》の美貌の姉妹の噂を耳にして、これを呼び寄せる使者として大碓を派遣した時のことである。大碓は現地で二人の姉妹の美しさを目にすると、父天皇には無断でこの姉妹を自分のものにしてしまった。そのままではすまされないから、大碓は別の女性を天皇のもとに連れていってごまかした。天皇はすぐにかえだま事件に気づいたが、責任追求などはなさらなかったようである。しかし、大碓は父を裏切ったわけだから、父天皇と顔を合わせたくない。一緒に父子同席するのがルールだのに、朝食会には欠席することが多くなる。

事態を憂慮して天皇は小碓に、「兄の心をときほぐし、善導するように」と仰せになった。五日を経過したが大碓は姿を見せない。心配した天皇が小碓に尋ねると、「もう済ませた」という返事。「どうやったのだ」という天皇の問いに、小碓は答えてこう言った、「朝、兄が厠に入った時、待ちぶせて、ひねり潰し、手足はもぎ取って、遺体は菰に包んで投げ棄てました」と。厠に入った時とは、武器を身につけぬ無防備の状態をいう。計画的な殺人である。天皇は「ねぎ教へさとせ」と小碓に命じたのだが、小碓はこの言葉を誤解、あるいは曲解して「鎮圧せよ」という意味に受け取ったようである。今日でも「かわいがってやる」というのが、暴力的ないじめをも意味するのと同じである。

それにしても、兄を突然おそって殺害し、遺体をばらばらにして菰にくるんで遺棄するという行動は、尋常のことではない。ことの次第を平然と語ってみせる小碓の言動は「力」と神経の太さを証明するものではあるが、それは親近感よりも読者の恐怖感を喚起する。

天皇は小碓の力の凶暴性を恐れ、彼を遠ざけるために、九州の熊曾《くまそ》討伐にさし向けることとした。『日本書紀』によると時に十六歳、『古事記』ではこの時、髪のスタイルを少年の髪型に変えたと記して、年齢の記述に代えている。『竹取』の翁も長歌の青春回想で繰り返し「髪」に触れていたことを、読者は記憶しておられるであろう。

自力を恃む戦略――ヤマトタケルの名――

小碓は、叔母ヤマトヒメの衣装を貰い受けて出発する。伊勢神宮の斎宮である叔母の衣装を貰うことによって神威を身につけることになるのだと説明されているが、熊曾の邸に潜入し、童女の姿に変装して熊曾に近づくのには、この叔母から貰った衣装が役立つ。神威に助けられることよりも、彼が緻密な戦略家であったことを説明する条件と見る方がよさそうだ。彼は自分の少年の髪型にちょっと手を加えると童女のスタイルになることも知っていた。少女に変装した自分が、魅力的な美少女となりうることも、計算していた。この戦略なしには、厳重に警護の兵が配置されている相手の邸へ近づくことは不可能なのである（そういえば『竹取』の翁も青春時代は女性的な一面が強調されていた）。

新築落成祝賀の宴にまぎれこんだ彼を、熊曾建《くまそたける》兄弟は、側へ招き寄せる。宴たけなわの時、彼は熊曾の襟首をつかみ、懐に隠し持った剣で胸を刺し貫く。弟建が逃げる。階段を駈け下りる弟建に追いすがって背の皮をむんずとつかみ、剣を「尻より刺し通し」た。弟建が叫ぶ、「その刀、動かすな。一言申したいことがある」と。彼は自分たちより強い相手の素性を確かめたかったのである。

小碓は、相手を押さえつけたまま、答える。「吾は、纏向《まきむく》の日代《ひしろ》の宮《みや》にいまして大八島国知らしめす大帯日子淤《おほたらしひこお》斯呂和気《しろわけ》の天皇の御子、名は倭男具那《やまとをぐな》の王ぞ……」云々。景行天皇の王子であるぞと、正式に堂々と名乗れば、こういうふうになる。『平家物語』などの武者たちの長い名乗りの原型である。これを聞いた弟建は納得し、「自分の名を、あなたにさしあげよう」と相手を称賛する。こうしてヤマトタケルの名前がここに成立する。

九州遠征に見える力と作戦計画(「知力」)に、読者は喝采する。しかし、弟建が喋り終わると、ヤマトタケルは、「ほぞち」(熟した瓜)を切り裂くように相手を殺害する。今度の遠征では、天皇から敵の命を奪うことを命ぜられているのだから、命令に忠実な処置である。しかし、すでに抵抗の意思を失った相手を、情け容赦なく殺害する非情性に首をひねる読者もあろう。兄を殺害した事件ほどではないにせよ、読者にはすなおに納得しかねる。抵抗感が残る。

追加強調と特質の累加

帰途についたヤマトタケルは、迂回して出雲へ向かう。出雲建《いずもたける》を討つためである。ここでも、戦略優先である。まず彼と盟友の契りを交わし、相手を欺く。次に、木刀を真剣のように見せかけた贋物を腰につけて、相手を水浴びに川へ誘う。先に水から上がったヤマトタケルは、相手の剣と自分の贋物の剣とを取り替え、後から陸に上がった出雲建に決闘の挑戦状を突き付ける。贋物の剣は、抜こうとしても抜けない。ヤマトタケルは、出雲建をだまし討ちにして、勝利する。知力の勝利といえばいえるが、英雄らしい颯爽とした勝ち方ではない。読者は、無条件で拍手を送る気持ちにはなるまい。

このように展開する『古事記』のヤマトタケル物語も、『日本書紀』では筋書きが少し違っている。『日本書紀』

には、景行天皇の九州遠征が在位十二年目から十九年秋まで足かけ八年に及ぶ記事になっている。これは『古事記』には全く見えない。二十七年秋、九州がまた騒がしくなったので、今度は十六歳のヤマトタケルが派遣されることになる。この年齢から逆算すると、ヤマトタケルは父天皇が九州遠征に旅立った年に生まれたことになる。

天皇が美濃の兄姫、弟姫を迎えるために大碓を派遣する話が『古事記』にあった。『日本書紀』でも、同じ話が、天皇の九州遠征出発の前年に記されている。しかし大碓・小碓の二人は同日に生まれた双子の兄弟だと『日本書紀』は明記しているのだから、記・紀の矛盾は大きい。

そして、『古事記』はこの事件に引き続き、小碓が兄を殺害した話を記載しているけれども、『日本書紀』では、ヤマトタケルが東国遠征に旅立つ頃も、大碓はちゃんと生きている。天皇は東国遠征には大碓を派遣しようとしたのだが、臆病者の大碓は逃げ隠れて、行こうとしない。見かねて、ヤマトタケルがふたたび東国遠征をかって出たということになっている。

ヤマトタケルの九州遠征は『日本書紀』にも出てくるが、帰る途中で出雲まで足をのばして出雲建を討つ記事は、『日本書紀』に見えない。『日本書紀』では崇神天皇の記事に『古事記』のヤマトタケルの歌と同じ歌謡を配して類話が見える。

これらを総合して考えると、『古事記』のヤマトタケルの物語は、その力と知恵とを強調することを軸にした意識的構成である。厠に入った機会に相手を倒すというのは『日本書紀』（履中天皇）の記事などにもある類想を採用・脚色したのであろう。かといって、『日本書紀』の方も、事件経過の年月を合理的に記載しようとして無理を重ねている。これも脚色がある。こちらは、ヤマトタケルよりも天皇の権威を強調するように八年に及ぶ九州への天皇親征記を作り上げている。両者ともに、目的にあうように古い伝承を集合体させて物語や記事を作っている。「集合」は物語の成立を考える私の基本観点の一つだが、これは後に触れる。

ヤマトタケルの、時には過度に流れる力の強調は、なぜ起こったのか。もう少し先まで眺めてみよう。

隠された弱気

力と策略を縦横に駆使して、向かうところ敵なしの強さを発揮していたヤマトタケルが、突然に弱音を口にするようになる。西国遠征から帰るとすぐ、天皇は東国遠征を命じた。ヤマトタケルは伊勢神宮におもむき、叔母ヤマトヒメに面会して涙を流す。はじめてヤマトタケルが「泣」くのである。「西国遠征から帰還して間もないのに、天皇は東国遠征に出発せよとおっしゃる。天皇は私が早く死ねばよいと願っておられるのだ」、こう言って彼は泣く。『日本書紀』では勇躍、「をたけび」をあげて出発する。『古事記』では、ここから悲劇の英雄ヤマトタケルの物語の色合を強くする。

相模の国造《くにのみやつこ》の術中にはまって、野原でまわりから火をかけられる危難に遭遇するような失敗は、西国遠征では見られなかった。ヤマトヒメから貰った草薙《くさなぎ》の剣と袋の中の火打ち石のおかげで、草を切り払い向かい火を放って難を逃れたが、これも事前に作戦を立てて行動する積極性とは逆の、受動的な対応である。

走り水の海（今の浦賀水道）では、激浪に翻弄されて、なすすべなく、后のオトタチバナヒメが夫に代わって入水する犠牲的行動によって、ようやく身の安全を保つありさまである。

服従しない者たちを平定したとは、繰り返し書かれているけれども、西国で見せた武勇伝はまったく書かれず、入水して果てた妻を懐かしんで回想したり、筑波から甲斐の国まで何日かかったかと、ためいきをついたりの連続である。疲労の色が濃い。

あげくの果ては、草薙の剣をミヤズヒメの所へ置いたまま伊吹山へ出かけ、相手の力を過小評価したのが裏目に出て、大氷雨にうたれて発病する。杖にすがって都をめざす途中で、伊勢の尾津のあたりでは、昔ここへ置き忘れてしまった剣が、そのまま残っていたのに巡り合って、歌を詠んだりしているけれども、剣を置き忘れて行くとは、いったいどうしたことだろう。よほどあわてて出発したとしか考えられない。

ようやく能煩野《のぼの》まで辿りついて、「やまとは、国のまほろば、たたなづく、青垣、山ごもれる、やまとしうるはし」以下の望郷の歌を残して、ヤマトタケルは死ぬ。

白鳥となってヤマトタケルの魂が空を飛翔していく幕切れはすばらしいが、杖にすがってとぼとぼと歩みを進める姿は、どうも東国平定を果たした凱旋将軍には似つかわしくない。ヤマトタケルの物語の前半に力溢れる英雄を描いたのは、後半の悲劇的英雄の最後を際立たせるための意識的な構成である。

挫折した帝王への夢

悲劇的構成は読者の共感を誘う。この悲劇的英雄を描く時、『古事記』はその配偶者を「后」と書く。オトタチバナヒメは「后」と書かれている。『日本書紀』は「王に従う妾」と書く。ヤマトタケルが死んだ時、都にいた「后」「御子」たちが現地へおもむいたと、『古事記』は書いている。また、ヤマトタケルの葬の時に歌った四つの歌は、今に至るまで「天皇之大御葬」の時に歌われるとある。『日本書紀』はこのようなことをいっさい書かず、かわりに天皇の嘆きだけを記す。どうも『古事記』におけるヤマトタケルは、天皇に準じた扱いがされていることになる。『常陸国風土記』にも「ヤマトタケルの天皇」と書かれているのと合わせ考えると、ヤマトタケルが天皇に準ずる英雄だった可能性がいよいよ強くなる。そのような扱われ方をされる点で、彼は『源氏物語』の光源氏に一歩近づくのである。光源氏も最後は天皇に準ずる、臣下最高の地位まで上った。

景行天皇は傑出した息子ヤマトタケルが、天皇の地位を窺うおそれありと判断して、彼を西へ東へと、遠征に派遣したのかもしれない。ヤマトタケル自身も、そういう野望をいだいたことがあったかもしれない。極端にいえば、ヤマトタケルは都の朝廷に対抗できる東国王朝建設のために、東へ向かったのではなかろうか。ヤマトタケルの母は播磨の国の人である。一方、景行天皇の後をついで天皇になった成務天皇の母は美濃の国の人である。ヤマトタケルは西日本を従えた勢いをかって、東日本の拠点をも押さえれば、おのずから次期の天皇たりうると判断し、勇躍して東国に向かったのかもしれない。それが予想に反して苦戦を強いられ、期待した成果をあげえぬまま、命を落とした。

あるいはまた、公然と父景行天皇に反旗をひるがえし、東国を席巻して都へ攻め上る途中、病をえて、雄図むなしく絶命したとも想像できる。一代前の垂仁天皇の時代にも、佐保彦が佐保姫を語らって天下を掌握しようとして自滅した話がある。読者は、佐保姫・佐保彦に反逆者としての嫌悪感を抱かない。それどころか、この二人の運命に同情の念さえ抱く。彼らは皇位を継承しても不思議はない人物であると、当時の人々は彼らを暗黙のうちに支持しており、彼らは英雄物語の主人公となりうる資格を持っていたのではないかと私は想像する。しかし、彼らを英雄物語の主人公にするエネルギーは、ヤマトタケルの方に転化されたのだ。

英雄の性格のひとつとして、もっとも親しい人（ここでは父）の信頼を裏切ることがあるという条件を、加えておきたい。これも光源氏に通ずる一性格だからである。

4　古代英雄像の性格――オオハツセ（雄略天皇）――（記紀の天皇）

降伏を正当化する論理

『古事記』下巻では、仁徳天皇の皇子たちが次々に天皇の位につく。履中・反正・允恭の三天皇である。兄弟の間にも不信やわだかまりはあったから、無事平穏に万事が推移したわけではない。允恭天皇は病弱を理由に位を継ぐことを辞退しようとした。これも、わずらわしいトラブルに巻き込まれたくなかったからだろう。允恭天皇がなくなると皇位継承争いが勃発する。

木梨軽王《きなしのかるのみこ》が位を継ぐはずになっていたが、彼は同母妹軽大郎女と道ならぬ恋におちてしまった。妹は体が光り輝き、衣を通して周りを照らす美貌の持ち主であったという。このスキャンダルで国民の支持を失い、かわって信望を集めた穴穂が即位した。安康天皇である。

木梨軽がかくまわれている家を穴穂が取り囲んだ時、その家の主は穴穂にこう述べている。「あなたは、兄さんを攻めてはいけません。兄を武力鎮圧したりすると、世間の人に笑われますよ」。こう言って、彼は木梨軽をみずからの手で捕らえて、穴穂に引き渡した。木梨軽は伊予の国へ流されて、後を追ってきた軽大郎女とともに自殺する。『日本書紀』では相思相愛の二人の死を『古事記』のように美化したりはしていない。

ここで注意したいのは、木梨軽を一度はかくまいながら、戦うこともせずに彼を穴穂に引き渡す時の論理である。事態の推移を眺めて、とてもかなわぬと判断して、無条件降伏するのではない。強力な皇族を相手にしながら、相

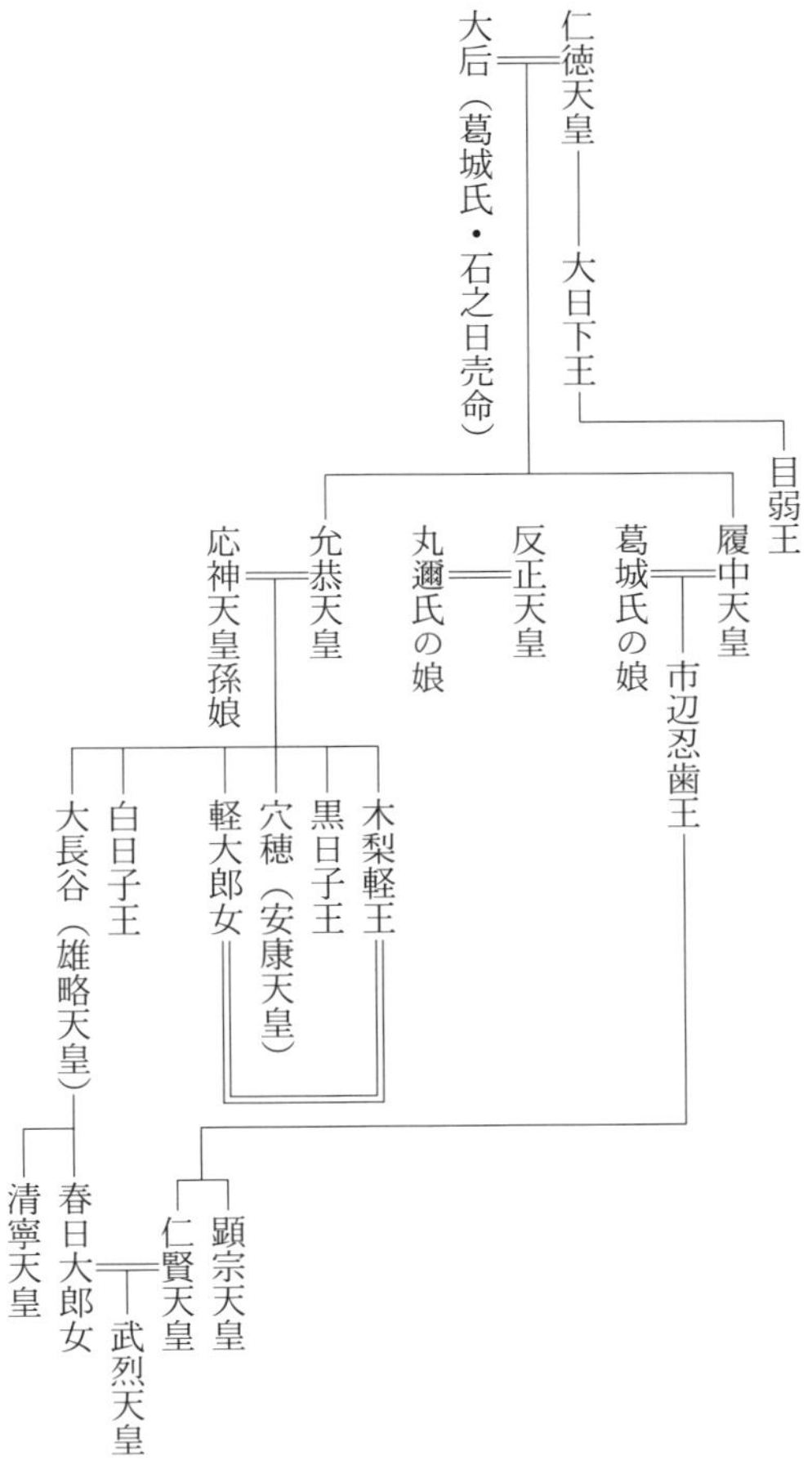

手を納得させうる論理で取引をする豪族の姿を私は感じる。豪族は皇族に助言し、その行動を抑制しうる力を備えてきているように思われる。

失点続きの皇族側

安康天皇は父の異母兄弟の大日下王を滅ぼし、その妻（允恭天皇の娘か）を皇后とした。この経緯も、いろいろな事件がからんでいるのだが、煩雑になるので触れない。

皇后の連れ子（大日下王の子）目弱王《まよわ》は、父の殺害された真相を知って天皇が熟睡しているすきを伺って、父の仇をうつ。目弱王は七歳だと書いてあるからこれもヤマトタケルと同じ英雄の片鱗をのぞかせている。この事件を知った大長谷は、目弱王討伐に立ち上がる。「当時、童男」と『古事記』は記している。これに先立ち彼の縁談についての話題を扱っていたことなど忘れたように、『古事記』は大長谷を年若い英雄にしたてあげる。大長谷は、まず兄の黒日子のもとへ出かけて、相談する。兄はてきぱきとした反応を示さない。大長谷は怒って、兄の襟首をつかみ、一刀のもとに兄を切り捨てる。次に白日子のもとへ走る。この兄も反応が鈍いとみるや、大長谷は兄の襟首をつかみ、ひきずって行って、穴を掘り、兄を生き埋めにする。腰の辺りまで埋めた時、兄は圧死した。両眼「走り抜けて死」んだという。まことに、すさまじい。「天皇の地位にある兄が殺害されたという大事件に、のほほんとしているとは、許せぬ」というのが大長谷の言い分であるが、だからといって二人の兄を血祭りにあげるという行動は、読者の共感を呼ぶ英雄像からは遠い。この種の「力」は正義とは認めにくい。ヤマトタケルと通ずる一面である。事実としては、皇位継承権のありそうな兄弟を殺害するというのが大長谷の主目的であったろうが。

死を賭して信頼に応える豪族

大長谷の軍勢が目弱王のいるツブラの邸を包囲する。両軍の射る矢が、葦のように飛び交っている最中、進み出た大長谷は矛を杖にし、家に向かって問いかける。「わしが言い交わしたお前の娘は邸の中にいるか」。邸から鎧を脱いだツブラの大臣が姿を現わす。彼は丁重に拝礼して答える。「先日、あなたが求婚なされたカラヒメは、この葛城の五つの屯宅《みやけ》ともども、持参金つきでさしあげよう」。そして言葉を継いで、「貴方に敵対する意思が私にないことは、お分かりいただけよう。しかし、私自身は貴方に降伏しませんぞ。その理由は、目弱王が私を頼って来たからだ。そもそも昔から今にいたるまで、臣下の者が王族を頼って庇護を求めた例は聞いているが、王子が臣下に庇護を求めた例を知らない。貴方と戦って勝ち目のないことは私もよく知っている。しかし、私ごとき者を頼って来られた目弱王を、私は死んでも見捨てるわけにはいかない」。こう言って、ツブラは再び武器を手にして戦い続ける。死を決しての戦いである。

最後にツブラは目弱王に告げる。「傷だらけになり、矢もなくなった。戦闘継続は不可能だ。いかがいたしましょう」。王子は答える、「いたし方ない、お前の手で私を殺せ」。ツブラは王子を刺し殺し、返す刀で自刃して果てた。

ツブラが大長谷に述べた論理には嘘がある。木梨軽がかくまわれている家を穴穂が取り囲んだ時、その家の主は穴穂に「あなたは、兄さんを攻めてはいけません。世間の人に笑われますよ」。こう言って、彼は木梨軽をみずからの手で捕らえて、穴穂に引き渡している。王子が庇護を求めて臣下の邸に逃げ込んだ例はある。ツブラは〈木梨軽を引き渡したあんな男とは、私は違うのだ〉と胸を張っているのである。ツブラは豪族葛城氏の名誉を死を賭して守ろうとしているのである。

このあたりの『古事記』の叙述は『日本書紀』とはだいぶん違う。白日子は大長谷に切り殺されたが、黒日子は目弱王ともどもツブラの邸に逃げ込んでいる。ツブラの名文句も大長谷との交渉過程の発言になっていて、娘カラヒメと葛城の屯宅とを献ずるのも、罪を免れるための条件提示のにおいが強い。この条件に大長谷は耳をかさず、火を放ってツブラの邸を焼き、ツブラ・目弱王・黒日子は焼死したというのが『日本書紀』の記すところである。ツブラの英雄像は相対的に矮小化される結果になっている。『古事記』は逆に、大長谷に対するツブラの言動が、読者に豪族ツブラを英雄視させる組み立てになっている。英雄は作られる存在である。

日常論理を越えるカリスマ性

大長谷の性格の残忍な恐ろしさの強調は、まだ続く。

市辺忍歯《いちへのおしは》は履中天皇の子、大長谷とは従兄弟の関係である。大長谷と市辺忍歯とが鹿狩りに出かけた。狩場に到着した夜は、両者別々に野営した。翌朝、早く目覚めた忍歯は馬で大長谷のテントに乗り付け、大長谷の家来に向かって、「まだお目覚めでないのか。早く申しあげろ。夜は明け離れた。狩場へ出かける時間だ」と言い残して、先に出発した。ところが、これを取り次ぐ家来は大長谷に忠告して、こんなことを言う。「気にくわぬ言い方をする王子だ、御用心なさい。武装して行かれるのがよろしかろう」。注釈では「まだお目覚めでないのか」という、とがめる口調や、「いまだ日も出ぬ」暗い時に来て「夜は明け離れた」と言ったりする忍歯のことばへの反発から、家来が口にした言葉だとするが、主人の意向を熟知している家来が、主人をたきつけたのだと考えた方が理解しやすい。『古事記』は、忍歯がこの言葉を軽い気持ちで口にしたと、わざわざ説明しているのが生きてくる。大長谷はただちに、鎧を着して、その上に通常の衣をまとい、弓矢を取って馬にまたがり忍歯の後を追う。馬を並べた瞬間、大長谷の矢が忍歯を射落とした。馬から飛び降りるや、忍歯の体をずたずたに切断し、これを馬のかいば桶に詰め込み、「土と等しく埋」めてしまった。殺害の証拠を残さぬ完全犯罪である。

この事件の扱いも『日本書紀』では、大きく異なっている。大長谷は安康天皇が皇位を市辺忍歯に譲るつもりだったことを恨み、狩りにかこつけて忍歯を誘い出し、鹿と誤認したふりをして忍歯を射殺したと書いている。皇位継承の怨念に発する計画的犯罪である。『古事記』はこれを理由なき殺人事件とすることによって、衝動的に残忍な所業にも及ぶ大長谷の性格を強調する。ヤマトタケルの場合にも、現実にはあったかもしれない帝王への夢は、あからさまには語られていなかった。大長谷の場合も、皇位継承上の競争者を意図的に抹殺する行動という印象は表面に出さず、英雄がまわりの者に与える畏怖感には、非情ともみえる、常識の域を越えた恐ろしさも含まれているのだということを、読者に伝えようとしているかのようだ。カリスマ性にも通ずる古代英雄の一面である。

雄略天皇の晩年

大長谷若建命《わかたけるのみこと》は即位して雄略天皇となる。埼玉県行田市稲荷山古墳から出土した鉄剣の銘は「ワカタキル大王」とあって、「タキル」は「タケル」の古形であり、雄略天皇を指すと考えられている。

雄略天皇の即位前の記事は、血なまぐさい事件の連続であった。即位後の世界は一変する。即位後は歌物語的日常世界の連続である。強い力の世界から悲劇的世界への変化が、ヤマトタケルの場合であった。雄略天皇の場合は、力の世界から日常の世界への変化であるところが、ヤマトタケルとは違う。歌物語的な日常世界とは、どういうものか。

雄略天皇がまだ若かったころの話。三輪川のほとりで洗濯をしている童女がいた。たいそう美しい。「お前は、誰の子か」――これは質問というよりは、求婚の第一歩である。相手が素直に答えれば、プロポーズが受け入れられたことになる。これが当時のルールだった。

童女は「私の名前は、引田部の赤猪子《あかいのこ》と申します」と答えた。猪は霊獣として扱われ、その住む山を守る部民が引田部である。天皇は「今に迎えをよこすから、他の男と結婚しないで待っておれ」と約束して、お帰りになった。

赤猪子は天皇のお召しを待ち続けた。ひと月がたち、半年が過ぎ、とうとう彼女は八十歳になってしまった。実際の歳ではなく、八十は数の多いことをいうのだが、話はこの数をそのまま受け取った方がおもしろい。彼女は考えた、「随分あれから歳月が流れた。私もすっかりお婆ちゃんになって、容色も衰えた。天皇のお召しなど、もう当てにはしていないけれど、約束を忘れずに待ち続けた私の気持ちだけは、理解していただかなくちゃ、いつまでも心にしこりが残ってやりきれないわ」。「百取《ももとり》の机代《つくえしろ》の物」（結納の品を昔はこう呼ぶ。『古事記』の上巻にも見えることば）を人に持たせて、天皇にお目どおりを願い出た。

天皇は、そんな昔の約束など、とっくに忘れておられたので、「お前はどこの老女か、何の用で来たのか」とお尋ねになる。赤猪子は、「某年某月、天皇のお約束、お忘れになりましたか。お約束のお迎えを待ち続けて、とうとう八十年が過ぎました」と、彼女の思いを述べる。天皇は驚いて、「いやはや、すっかり忘れていた。だのに、お前は約束を守り、私の迎えを待って、女盛りの歳を無駄にしてしまったとは、かわいそうでもあり、いとしくもある」と感動して、内心は約束を守って結婚に踏み切ろうかともお考えになったが、この歳では、いかんせん、彼女の方もかえって困るだろうと思い返し、彼女をねぎらい、多くの禄の品を与えて彼女を帰した。この時の二人の贈答歌が記録されている。

「白檮原《かしはら》童女《おとめ》」とは、彼女の住む三輪山周辺、さらには三輪の社に仕える女性に彼女をたとえることによって、神に仕える女性とは結婚できないと、老齢ゆえ結婚できない事情を婉曲に表現したのであろう。「若くへにゐ寝てましもの（若イ時ニ結婚スレバヨカッタニ）老いにけるかも（コンナニ歳トッテシマッテハネ）」と天皇は詠みかけ、女は「斎《つ》き余《あま》し誰《た》にかも依らむ神の宮人」と天皇の「白檮原童女」という呼びかけに応え、「花蓮《はなばちす》身の盛り人ともしきろかも（女盛リノ人ガ羨マシイ）」と嘆く。

以下も吉野川のほとりで出会った童女との結婚や、葛城山で一言主の神と出会った話など、いずれも歌謡を伴う歌物語が続く。かくて天皇は百二十四歳、「己巳《つちのとみ》の年の八月」というから、西暦四八九年におなくなりになったと『古事記』は締め括っている。『竹取』の翁と比べて、述べたいことは多いが、ここは読者が自由なファンタジーを楽しんでいただきたい。荒々しい前半生に対して、後半生は出雲の地で、「八雲たつ出雲八重垣」と結婚賛歌を歌いあげるスサノオの命の描き方をなぞったかたちである。

政治とはかかわりのない世界に閉じこめられる天皇、英雄の晩年に注目しておこう。それでいながら、天皇は、いくら年をとっても「翁」とは呼ばれない。

伝承の一面化

雄略天皇の即位後の扱いは、後々の伝承の方向性と性格を決定づけたようである。『万葉集』巻一の巻頭は、「泊《はつ》瀬朝倉宮《せのあさくらのみや》」にあって天下を治めた天皇の時代の歌から始まる。「大泊瀬《おおはつせ》稚武《わかたけ》の天皇」、雄略天皇の歌が『万葉集』の冒頭にかかげられる。

籠《こ》もよ　み籠持ち　ふくしもよ　みぶくし持ち　この岡に　菜摘ます児《こ》　家聞かな　名告《の》らさね　そらみつ
やまとの国は　おしなべて　我こそ居《を》れ　しきなべて　我こそいませ　我こそは　告らめ　家をも名をも
（「日本古典文学全集」の読みによる）

〈籠もきれいな籠をさげているね。菜を掘るへらもきれいなのを持っているね。この岡で山菜をお摘みのお嬢さん、あなたの家が聞きたい。名乗ってくださらぬか〉と、歌の前半は、「お前は、誰の子か」と赤猪子へのプロポーズと同じスタイルである。

「そらみつ」はヤマトにかかる枕詞で、以下は〈この大和の国は、ことごとく私が治めている、隅々まで私がとりしきっている国だ。――これが私の名乗り、私が先に家も名もあなたに告げたのだから、あなたも私の気持ちを受け入れてくれ〉というのである。

男が女に名前を尋ねるのは求婚のルールだが、男の方が先に身元をあかすのは、女性をくどくための技巧とみてもいい。なにしろ素性の知れぬ男が毎晩通って来るようになる三輪山伝説などのような話もある。相手の不安感を除去し、しかも自分が名乗ったのだから次はあなたの番だというのは、上手なくどきかたと申すべきだろう。後の時代になると、光源氏のように、夕顔に身分を明かさず恋の冒険を楽しむタイプもあらわれるけれど。

ともかく、赤猪子の話から、『万葉集』の巻一巻頭歌につながる歌物語の世界は、平和そのものである。『日本書紀』雄略天皇二年冬十月の条の末尾に、天皇を評して「以レ心為レ師誤殺レ人衆（自分の判断を絶対の基準とし、誤って人を殺すことが多かった）」ので「天下誹謗言、大悪天皇也（はなはだ悪い天皇だとの世評があった）」と書いている。中央の豪族たちを支配して統一国家を完成しつつ、同時に朝鮮半島との外交にも意を用いなければならなかった時代の天皇としては、自分の判断を絶対のものとし、躊躇することなく決断実行することが、統率者として責任を果たすうえで不可欠だったのであろう。現代人の感覚で批評することは実情にあうまい。反発もあったが人気もあった。結果的には、雄略天皇を支える人気の方が、後々は受け継がれ、伝承される人物像はそれにふさわしいかたちで定着していったのであろう。

雄略天皇とスガル

『古事記』『日本書紀』は八世紀の始めに成立した。八世紀の後半、延暦六年（七八七）ごろに出来た『日本霊異記』は九世紀の始めまで増補された部分もあるが、その冒頭の第一話に雄略天皇が登場する。主役は天皇の側近の随人、少子部《ちいさこべ》のスガルである。『日本書紀』雄略天皇六年三月の記事には、彼が「少子部」のスガルと呼ばれるようになった由来が記してある。天皇は養蚕事業振興策の一環として、スガルに蚕《こ》を集めて来いとお命じになった。思いついたらすぐ実行をモットーとする天皇だから、細かい説明抜きで、「こを集めて来い」と仰ったのだろう。スガルは「蚕」を「子」と誤解して、孤児をたくさん集めてきた。天皇はにっこりお笑いになって、「この嬰児たちは、お前が養え」と、彼に「少子部」の連《むらじ》の姓《かばね》を賜った。スガルが国立孤児養育施設の責任者になった話である。このスガル、天皇が磐余《いわれ》の宮の別荘のベッドでお后とうちくつろいでおられた時、それとは知らず、その部屋に飛び込んでしまった。天皇もお困りになったろうが、スガルも目のやり場がない。ちょうど雷鳴が空にとどろいた。天皇は「スガルよ、お前は雷さまを呼んで来ることができるか」と、その場を取り繕うために難題をお出しになる。スガルはその仕事を引き受けて、赤装束に赤い幡桙《はたほこ》をかざし、馬に乗って出かけた。「天皇のお召しであるぞ、雷よ、おりてこい」とどなるものだから、雷は怒った。おれに命令するとは、けしからん――怒り狂って足ふみすべらした雷は、豊浦寺の近くに墜落して動けなくなってしまった。腰を打ったのだろう。

スガルは籠に入れて雷を天皇の御前に連れて行く。雷は籠の中で雷光を発しながらあばれている。恐くなって天皇は捧げ物を献じて雷を帰してやった。この場所が今の明日香村の雷《いかずち》の岡である。まもなくスガルがなくなった時、天皇は手厚くこれを弔って、墓碑銘に「雷を捕らえたスガルの墓」と記した。

これを空から眺めた雷、「おれの不名誉を後の世まで伝えられては沽券にかかわる」と碑文を記した柱を蹴ったり踏んだり、暴れ回ったまではよかったが、裂けた柱に挟まれて身動きができなくなった。天皇はかわいそうだと、雷を裂け目から救出してやったが、ショックが大きかったのか、雷は虚脱状態で七日ばかりは、そこを動けずにいたという。天皇は新たに墓碑銘を作り直した。「生きても死にても雷を捕らえたスガルの墓」。

『日本書紀』雄略天皇七年七月の記事に、スガルが天皇の命を受けて、三諸《みもろ》の山の神を捕らえに行く話がある。スガルが捕らえて来た大蛇の描写や、それを放った由来で「雷」の地名が生まれたというのも『日本霊異記』と軌を一つにしている。

無鉄砲な願望をすぐ口にするところは変わらないが、雄略天皇も語り継がれるうちに、人間的な側面が強くなっていくようである。蛇足ながら、スガルなら「雷」を捕らえて、かぐや姫との結婚に成功したかもしれない。ただし、彼の雷神捕獲戦術は、だれでも真似れば成功するという種類のものではない。

三　遠い昔と身近な昔（『古事記』から『万葉』へ）

［変質する「昔」］

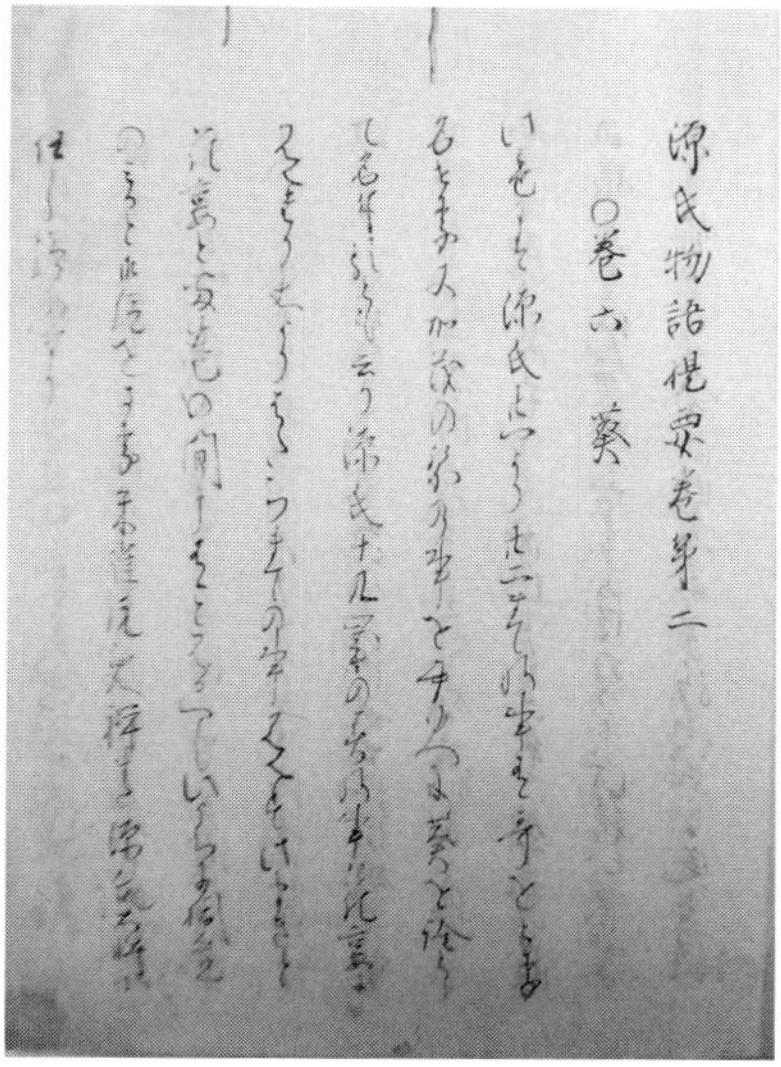

今川範政著『源氏物語提要』（6冊本）
第2冊（著者旧蔵）

5 『古事記』の終末――継体天皇の周辺――

無視される話題――清寧天皇の即位前後――

『古事記』に話を戻そう。雄略天皇がなくなり、その子清寧天皇が即位した。『日本書紀』では、葛城のツブラの娘カラヒメの腹に生まれた清寧天皇を皇太子に定めた雄略天皇の遺詔に「吉備の稚姫《わかひめ》の腹に生まれた星川皇子は皇位を継承するに足る器ではない」と異例に近い拒否の意志が示されている。そして、雄略天皇の崩御後には、星川皇子の母稚姫が星川に皇位継承のための実力行使を示唆し、星川の兄磐城《いわき》皇子が母をいさめたが、星川母子は耳を貸さず、遂に攻められて自滅したことが記されている。雄略天皇の妃には丸邇氏の娘もいるが、これには男御子がなく、皇位継承の争点は葛城と吉備の対立図式になっている。星川反乱の事件には、軍船四十艘が吉備から星川救援におもむいたことも『日本書紀』に見えている。一方、雄略天皇の遺詔を受けて星川を討ったのは、大伴室屋《おおとものむろや》の大連《おおむらじ》たちであった。中央と吉備との対立図式でもある。

『古事記』は一切これらの事件には触れず、清寧天皇の即位に続けてすぐ、この天皇には皇后もなく、また御子もなかったと書く。天皇の死後、その後継ぎがなかったという状況を述べるのである。後継者を探した結果、雄略天皇に殺された市辺忍歯の妹が皇位についた。男性の天皇適任者がない時は、前朝の后や皇女が暫定的に中継ぎする慣行であったらしい。

難航する後継者決定

『古事記』はここで播磨国に身を隠していた市辺忍歯の二皇子が発見されて、顕宗、仁賢の両天皇が出現する。履中天皇系の皇統復活である。殺された父の仇を報ずるために雄略天皇の墓の破壊を提案する顕宗天皇に対して、兄はみずからその仕事を引き受け、御陵のかたわらの土くれ一塊を掘り起こし、報復の私情と天皇の絶対性尊重の道義との調和を実現してみせた。この兄弟の行動は、〈忠ならんと欲すれば孝ならず〉などと思い迷ったりするのではなく、矛盾する両者を調和させる現実的な解決法を示す。中国の儒教的な徳を現実の中でいかにして実現するかの道を示しているともいえよう。

仁賢天皇と春日大郎女（雄略天皇の娘、母は丸邇氏の娘）との間に生まれたのが武烈天皇であるが、清寧天皇と同様に皇后もなく、また御子もなかった。ここで仁徳天皇の皇統は絶えた。

『古事記』は応神天皇五世の孫が継体天皇になったという結果だけを記す。応神天皇の子が一世という数え方だから、五代前の祖先が天皇だったのである。天皇五世の孫までは王と称することができるという継嗣令の規定があり、五世の孫までは皇位継承権があったともいわれるが、仮にそうだとしたら、皇位の正統性を主張しうる限界まで幅を広げて人選がなされたことになる。人材不足である。

『日本書紀』によると臣下たちは天皇候補者を探すのにずいぶん苦労したようである。大連《おおむらじ》大伴金村が提案した最初の天皇候補者は、仲哀天皇の五世の孫であった。丹波国の今の亀岡市のあたりにいた倭彦王《やまとひこのおおきみ》である。大臣《おおみ》巨勢《こせの》男人《おひと》や物部大連麁鹿火《あらかい》たちの賛同を得て、迎えの一行が出発した。ところが、倭彦は見慣れぬ大軍が自分の方にやって来るのを見るや、驚き色を失ってしまう。彼は山中に逃亡して行方知れずになってしまった。天皇崩御が十二月八日、二十一日に候補者決定、そして新天皇擁立案は失敗に終わった。

末裔からの皇統復帰

明くる新年四日、大伴金村が、今度は彦主人王《ひこうしのおおきみ》の子で、応神天皇五世の孫を候補者として提案する。応神天皇は仲哀天皇の子供で、母は神功皇后。神功皇后の朝鮮半島出兵の時、その胎中にあったので応神天皇は又の名を胎中天皇とも呼ぶ。毛並みはよいわけだが、記・紀ともに中間の系譜を記していない。『日本書紀』の古注釈『釈日本紀』の引用文献の一説を参考にして、ようやく彦主人王までの系譜が判明するというありさまである。仁徳王朝の時代、それ以前の天皇の子孫の所伝は次第に忘れられたためであろう。

金村の提案は、巨勢大臣・物部大連に支持され、一月六日、君命を受けたしるしの旗をなびかせて、迎えの一行は越前国へ向かう。

彦主人王の子が越前に住むようになった経緯は『日本書紀』によると、次のように記してある。彦主人王は近江国高嶋郡の三尾（今の滋賀県高島町）の別荘にいたころ、越前の三国《みくに》（今の福井県三国町）の振姫《ふるひめ》の美貌を伝え聞いて、迎えて妃とした。男子が生まれたが、その子がまだ幼い時、彦主人王はなくなった。振姫は故郷で父母に孝行しながら子供を養育したいと考え、越前へ帰ったのである。こうして天皇候補者リストに名のあがった時、五十八歳となっていた。継体天皇を四十八歳崩御とする『古事記』とは矛盾するが、『日本書紀』の記述そのものとしては矛盾はない。

突然の使者の到着を迎える態度は、倭彦とは違って、帝王の威厳を備えていた。しかし使者たちの懇請に対して、疑念をさし挟まなかったわけではない。応諾の意思表示をのばしているうちに、河内馬飼首《こうちのうまかいのおびと》荒籠《あらこ》からの情報がもたらされる。信頼する荒籠からの連絡で豪族たちの真意を知り、意を決して故郷をあとにした。大伴金村たちが忠誠を誓っても、天皇の位につくことに辞退の意を繰り返し、即位は二月四日となっている。末裔からの皇統復帰の背後には、うかがい知れぬ判断と決断と行動の積み重ねがあったであろう。歴史的な事実としては、継体天皇が対立者を打倒する道程があったであろうが、それは記録されていない。事実とその記録との間には、常にこういう落差がある。この落差をどう利用するかによって、記録は虚構に近づき、文学への傾斜を深めていく。

ここには、帝王の位を力で手に入れようとする皇位継承の争いとは別な世界がある。そのお膳立てをするのは、大伴金村をはじめとする豪族たちである。自分の力で手に入れたものではない。当然このあたりから、英雄としての皇族像は、従来とは変質してくる。

新興の豪族・蘇我氏

継体天皇を擁立したのは大臣や大連であった。大臣は臣《おみ》の姓《かばね》を持つ氏族から、大連は連《むらじ》の姓をもつ氏族から出て、ともに朝廷の最上部に位置して天皇を補佐する。臣姓の豪族は、巨勢のように地名を氏の名とするものが多い。土地に根をはった豪族である。連姓の豪族は、大伴のように担当職務に関係のある名を氏とするものが多い。大伴は朝廷に特定の職務で仕える伴の有力者という意味である。両者はその性格の違いから、対立することもあったが、継体天皇擁立に際しては意見の一致をみたのである。

継体天皇の長男が安閑天皇、その同母弟が宣化天皇、続いて継体天皇の子供で仁賢天皇の皇女の腹に生まれた欽明天皇が位についた。蘇我稲目が大臣、大伴金村は失脚した。大連の大伴・物部二家の一角が崩れ、大連の物部、大臣の蘇我の両豪族が対立する形となる。

次の敏達天皇は欽明天皇の子である。父稲目、その子の大臣蘇我馬子は仏教支持派で、大連の物部守屋たち反仏教派と対立していた。『日本書紀』に、こんな話がある。敏達天皇がなくなった時、大臣馬子が刀をつけたまま、死者の霊に向かって述べる誄《しのびごと》を奏上した。大連の物部守屋はこれを見て、「大きな矢に射られた雀みたいなざまだな」とあざわらった。次に守屋が誅を奏上する。手足が震えたのは悲しみの深さを表すのだろうが、馬子はこれを笑って、「鈴を付けたらよかろう、よく鳴るぞ」と悪口を言う。天皇の死をいたむよりも、お互いの敵意ばかりがむきだしになっている。

敏達天皇がなくなり、その弟の用明天皇が即位されても、馬子と守屋との二人の実力者の対立は続いていた。用明天皇の皇后は欽明天皇の皇女で天皇の異母妹である。その腹に聖徳太子が生まれる。天皇の庶弟穴穂部皇子と守屋、敏達天皇の皇后（敏達天皇の異母妹、後の推古天皇）と馬子という提携関係が深まっていく。

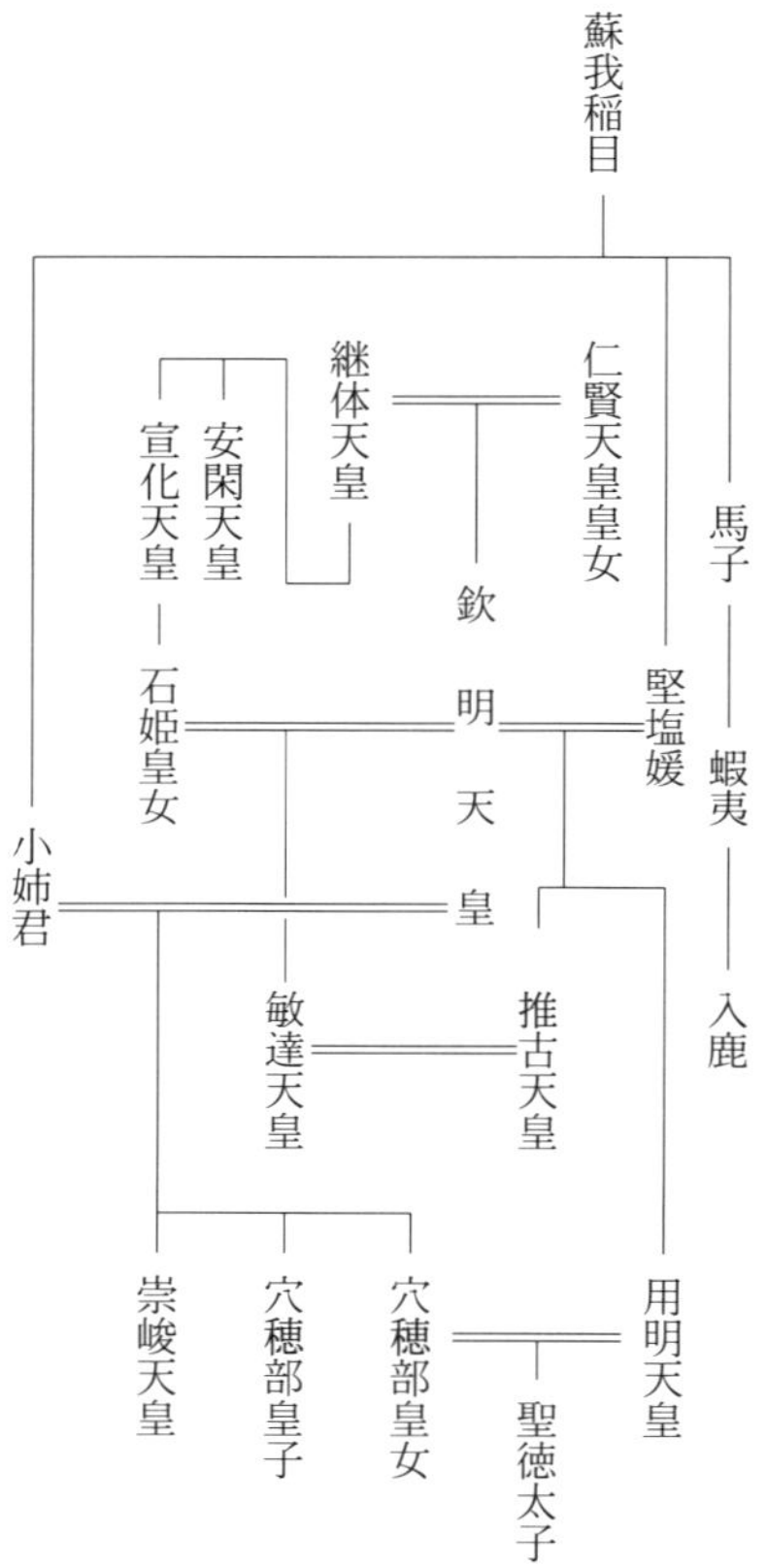

用明天皇の崩御直後、守屋は穴穂部皇子の擁立を図ったが、陰謀は露見して失敗に終わった。『古事記』はこれらの事件に触れない。『日本書紀』は、時の人々が、「蘇我馬子の妻は物部守屋の妹であって、馬子は妻の計略を用

いて守屋を殺した」と語り合ったと記している。このことばが、どんな意味を持つのかは定かでない。

崇峻天皇はこういう動乱を経験して位についた。守屋討伐の戦いにも参加しているが、特に顕著な働きをしたようにも見えない。活躍するのは聖徳太子と馬子であり、しかも勝利は、彼らが戦勝を誓願した仏法のおかげであることが強調されているだけである。

自分自身の活躍によって皇位についたわけでもない崇峻天皇は、在位五年、馬子の策謀で暗殺された。なぜ崇峻天皇と馬子とは、にくしみあう関係になったのか。崇峻天皇の後をついで即位したのが推古天皇であることを考えると、蘇我稲目の二人の娘とその子供達の人間関係や、外交政策なども、複雑にからんでいたのかもしれない。

女帝は英雄になれるか

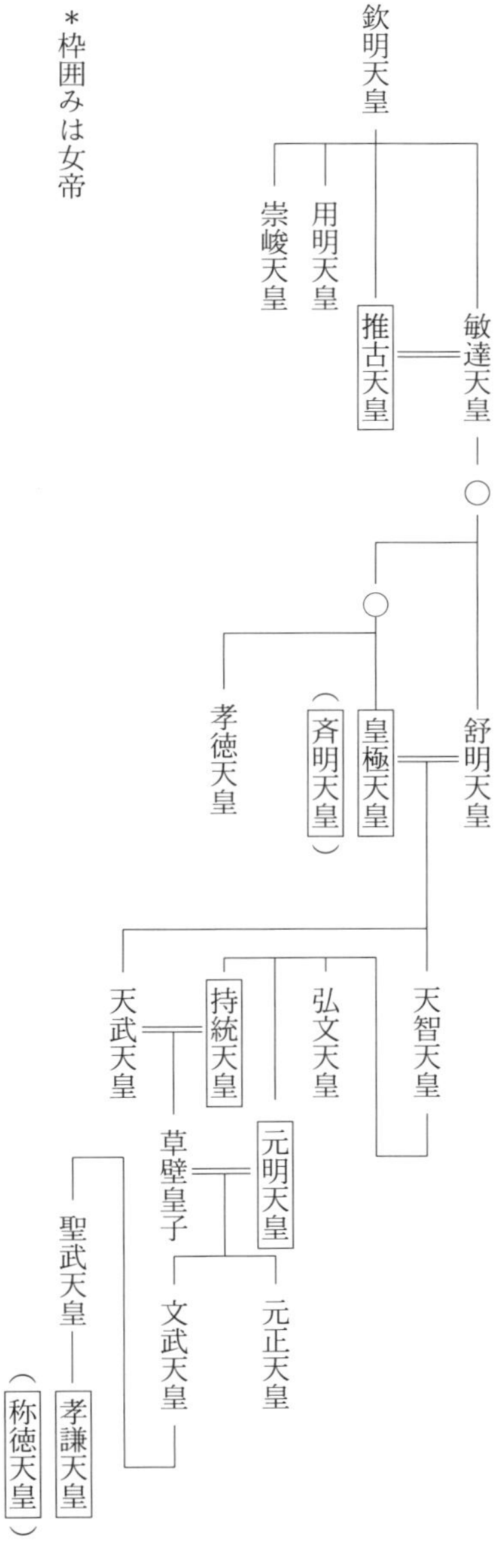

＊枠囲みは女帝

伝承の時代のヒミコの実像はよくわからない。神功皇后の絵に描かれた姿はりりしい。だが、推古天皇は「英雄」という枠には納めにくい女帝である。しかし、この女帝の後、奈良時代の末まで、ずいぶんたくさんの女帝が現われる。その過程で、英雄の性格も変化したのではあるまいか。

皇位継承の候補者が幼少だったりして、すぐに即位することが困難な場合など、中継ぎのかたちで女帝が登場する。しかし、だれでもよい、というわけにはいかない。女帝は天皇あるいは皇太子の配偶者で、かつ彼女自身も皇族である。それだけではない。経済的な基礎もしっかりしていて、男性の天皇と比べても遜色のない権威と見識を備えていなくてはならない。政治を私物化しようとする蘇我氏など有力な豪族の策謀もあろうが、女帝の出現は女性に新しい英雄のかたちの可能性を与えたであろう。

推古天皇の三十二年冬、大臣馬子が天皇の直轄領である葛城の県《あがた》を賜りたいと申し出た。ここは葛城氏の本拠であったから、同族であることを論拠として馬子はこういう要求を持ち出したのである。これに対して天皇は、「自分の母も蘇我氏であり、大臣は自分の叔父である。だから、大臣の言うことを聞き入れなかったことはない。しかし、自分の治世にこの県を失うような事態が起こると、愚かな婦人が天下を治めたためだと、非難されよう。そうなると、私が不明な天皇だったというにとどまらず、大臣である馬子も不忠の悪名を後世にのこすことになる」と弁じて、この申し出を却下されたという。力で圧倒するのではなく、論理の筋を通して説得する。これは聖徳太子のなくなった二十九年の三年後の話である。女帝は聖徳太子の補佐なしにでも、自己主張の論理を組み立てることができるのである。言いにくいことを、言いにくい相手に、うまく言える技術を備えていることは、なんでもないようだが、すぐれた資質に数えてよい。

では、聖徳太子の方はどうか。有名な話だが、片岡山の飢え人に、太子は食を与え、自分の衣を与えた。数日後、飢え人は死んだ。手厚くこれを葬り、さらに数日後、「あの者は凡人ではあるまい、真人《ひじり》であろう」と太子は人を遣わして墓を調べさせる。使いはこう報告した、「屍は消え失せて、太子からもらった衣だけが、棺の上に置いてありました」と。太子はその衣を取って来させて、これをご着用になった。人々は不思議がって、「聖人だけが聖人を見分けることができるというのは、なるほど本当なのだなあ」と、ささやきあった。聖徳太子は英雄であるよりは、聖人の範疇に属する。

6　新しい時代へ——天武天皇前後——

『万葉』の開幕——巻頭の構成——

『古事記』の世界は推古天皇で終わる。次の舒明天皇からは『万葉集』の世界になる。『万葉』にはこれ以前の歌も含まれているが。いわば、元明天皇の時代の人々にとって、推古天皇までは「古事」、古代史に属し、舒明天皇から後が近代・現代史にあたる。『万葉』に現われる竹取の翁の誕生した「昔」は、推古朝以前である可能性がある。

推古女帝の晩年には、それまで天皇を補佐した聖徳太子も蘇我馬子もすでにあの世へ旅立ってしまっていた。相談相手のない老女帝は、はやく死んだ彼女の子、竹田皇子のことを思い出しながら、自分のなきあとの後継者候補をだれにするか、迷っていた。聖徳太子の長子に山背大兄《やましろのおおえ》、敏達天皇の孫に田村皇子がいる。二人の父は、いずれも天皇のポストの最短距離にいた。その子供たちだから毛並みは申し分ない。彼女は病床に二人を呼ぶ。いっしょに呼んだのではない、個別に招いている。『日本書紀』には彼女が述べた言葉が記してある。表現は違うが、どちらに対しても軽々しい発言を慎むようにというのが基本になっていて、その分、曖昧な内容である。その翌日、女帝はなくなった。天皇の言葉をめぐって、臣下たちの解釈は割れた。慎重に重臣たちの動向を見守っていた大臣蘇我蝦夷《えみし》が断を下し、田村皇子が即位した。舒明天皇である。

『万葉集』巻一の巻頭歌は雄略天皇の長歌である。古代英雄の代表歌の地位を与えられたもの。その次に「大和には　群山あれど　とりよろふ　天の香具山」に始まる長歌があって、香具山からの展望を「うまし国そ　あきづ島　大和の国は」と歌ったのが舒明天皇である。古代英雄の伝承歌を受けて、『万葉』の現代を告げる歌である。『万葉』には、これに続いて天皇の遊狩に従った時の臣下の歌などが並ぶ。

雄略天皇は推古天皇以前の「古事」古代を代表する英雄である。その歌を巻頭に据え、次に新しい時代の幕開けを担う舒明天皇とその時代の歌を配する『万葉』の配列は、意図的な編集である。

中継ぎの長期続投——斉明天皇——

舒明天皇は在位十三年で、六四一年になくなった。ここでも後継者は決まっていなかった。皇后宝皇女が皇位を継いだ。皇極天皇である。即位二年十一月、蘇我入鹿が斑鳩《いかるが》の宮を襲って、山背大兄を殺害する事件が起こる。有力な皇位継承候補者の抹殺をねらった入鹿の行動を、父蝦夷も怒りののしったという。中臣鎌子（後の藤原鎌足）は、舒明天皇の皇子、皇極天皇の子である中大兄《なかのおおえ》と手を握り、蘇我一族の有力者蘇我石川麻呂を仲間に引き入れて、六四五年六月、大極殿で入鹿を殺害した。女帝は事前に何の相談も受けていなかった。翌日、蝦夷は邸に火を放ち自殺した。

新政府のスタートにあたって、女帝は中大兄に位を譲ろうとしたが、中大兄は辞退して皇極天皇の弟、軽皇子を推す。軽皇子は舒明天皇の子、古人大兄皇子を推す。古人大兄の母は馬子の娘だから、蝦夷・入鹿がいなくなった今となっては、身の保全が精いっぱいである。彼は出家して吉野に入った。

こうして軽皇子が即位して孝徳天皇となるのだが、実力者中大兄との間はしっくりいかなかったようである。中大兄は、六四九年に大化改新の功労者蘇我石川麻呂を自殺に追い込んだ。石川麻呂の弟、蘇我日向《ひむか》の密告を真に受けて石川麻呂を死に追いやった中大兄は、後に後悔したというけれども、実は計画的にことを運んだのだろう。頃あいをみはからって、中大兄は孝徳天皇を孤立させる。孤立させるのも計画的な臭いがする。

大化元年以来、建設を続けて完成した難波長柄豊碕宮《なにわながらのとよさきのみや》に移ったのは六五一年（白雉二）、そして六五三年、中大兄は都を大和に移したいと提案する。遷都の理由も定かでないから、天皇はこの提案を許さない。しかし、中大兄は皇極上皇はじめ百官を引き連れて飛鳥の川辺《かわべ》の行宮《かりみや》に移った。孝徳天皇の皇后間人《はしひと》皇女まで同行したから、天皇はひとり取り残され、翌年なくなった。そして、皇極上皇がふたたび皇位についた。斉明天皇である。中大兄は依然として皇太子の地位にとどまった。あせらずに機の熟すのを待ったのであろう。

敗者の風貌――有馬皇子――

六五八年（斉明四）、斉明天皇が紀伊国の牟婁《むろ》の温泉に出かけた留守に、蘇我赤兄《あかえ》が有馬皇子に謀反をすすめた。有馬皇子は孤独の中で死んだ孝徳天皇の子である。赤兄は蘇我石川麻呂をおとしいれた日向の弟で、中大兄の腹心の部下である。計画実行の謀議散会の夜、赤兄は手の者を差し向け皇子の家を包囲する一方、急使を紀伊国に送って、事態を報告する。捕らえられた皇子は紀伊へ護送され、中大兄の尋問を受け、十一月十一日、藤白の坂で絞首刑に処せられた。十九歳であった。

磐代《いはしろ》の浜松が枝を引き結び真幸《まさき》くあらばまたかへり見む

家にあれば笥《け》に盛る飯《いひ》を草枕旅にしあれば椎の葉に盛る
（『万葉集』巻二、一四一・一四二）

「松の枝を引き結ぶ」というのは、無事安全を祈るおまじない。飯を「椎の葉」に盛るのは旅だからだが、神に供える手向けだともいう。いずれも紀伊へ護送される途中の悲痛な心情を託した「自傷」の歌である。

策略にまんまとのせられて自滅した皇子という悲劇の主人公にもなるが、赤兄の挑発にのせられたにせよ、「私も、いよいよ武器を手にする年齢になった」と応じる皇子のことばや、作戦会議で、「都の皇居に火を放ち、五百の兵で牟婁の海上封鎖と、軍船による淡路航路の遮断を行い、天皇と中大兄を孤立させる」作戦をてきぱきと提案する有馬皇子の姿を伝える「或る本」の記述からは、英雄の風貌がうかがえる。中大兄の尋問に、「天と赤兄だけが知っている。吾、全く解せず」と応えるのも、謀反への関与を否定し助命を乞うことばではなく、一度決断したからは、いさぎよく、弁明をきっぱりと拒否する毅然とした対応の呼吸を私は感じる。

大笠の鬼――斉明天皇の死――

都に、中大兄の有力な対立者はもういない。しかし、この時期、阿倍比羅夫の津軽方面遠征からもわかるように、北方に問題を抱えていた。これと並行して朝鮮半島の情勢も緊迫の度を増していた。

百済、高句麗に攻められた新羅は、唐の支援を乞うて反撃に転じ、六六〇年（斉明六）百済は滅亡する。その遺臣たちは百済再興のために、日本の援助を求めてきた。斉明天皇は救援軍派遣を決意し、六六一年正月、六十八歳の女帝は西征の途につく。船団が大伯《おおく》の海、今の岡山県にさしかかった時、中大兄の娘で大海人《おおあま》皇子の妃であった大田皇女《おおたのひめみこ》が出産した。この女の子は所の名にちなんで大伯皇女と名づけられた。『万葉』の女流歌人のひとりである。

正月十四日、伊予の熟田津《にぎたつ》（松山市近郊）に着いた。額田王はここで著名な歌を残している。

熟田津に船乗りせむと月待てば潮もかなひぬ今は漕ぎいでな

（『万葉集』巻一、八）

額田王が天皇の命を受けて、船団の出発を告げる歌を代作したのだろうといわれている。満潮時の出発で一月二十三日（太陽暦三月二日）の夜だろうという。

九州に着いた天皇は五月、朝倉宮にお移りになり、七月、ここでなくなった。朝倉山の上に大笠をかぶった鬼が現われて天皇の喪のさまを見物していたという奇怪な話も伝えられている。中大兄は即位の式を延期して政治を行なう。これを「称制」という。称制の期間は六年に及んだ。万般の処理に忙殺される毎日だったのだろう。中大兄の娘、大田皇女の妹（後の持統天皇）と大海人皇子との間に草壁皇子が誕生したのも、このあわただしい時期であった。

古代英雄の復活——天智天皇と天武天皇——

百済救援の戦いの山は、六六三年七月、白村江《はくすきのえ》の決戦である。日本・百済連合軍は、唐・新羅連合軍の堅陣の前に惨敗した。即位していない中大兄と、同母弟で朝廷首席の大海人皇子は、敗戦後の態勢建てなおしのために協力してことに当たり、危機の回避に成功した。この二人の最高実力者の両方から愛された額田王という女性の心のうちは、きわめて複雑なものがあったであろう。彼女が大海人皇子との間にもうけた十市《とおち》皇女は、中大兄の子である大友皇子（弘文天皇）の妃となっている。そして、中大兄が即位して天智天皇となり、天智天皇の没後、大友皇子と大海人皇子との間に壬申の乱が勃発する。壬申の乱に勝利して、六七三年（天武二）大海人皇子が即位して天武天皇が出現する。ここまでの十年間は、激動の時代である。激動の時代の英雄は男性であった。女帝の時代の中に現われた男性天皇の英雄時代である。そして、これに続くのは、持統・元明・元正・孝謙（称徳）の女帝たちである。

継体天皇を即位させるのにまとめ役を果たした大伴金村の子孫に、歌人大伴旅人やその子家持がいる。金村の孫、大伴吹負《ふけい》は壬申の乱の功臣であり、その甥大伴御行《みゆき》は天武天皇の浄御原宮《きよみはらのみや》造営を賛美する歌を残している。

大君は神にしませば赤駒のはらばふ田井を京師《みやこ》となしつ
大君は神にしませば水鳥のすだく水沼《みぬま》を京師《みやこ》となしつ

「大伴御行……どこかで聞いた名前だな」と思い当たる読者も多かろう。現存『竹取』のかぐや姫求婚者の一人に、この同じ名前の男がいた。

また、大化改新以来、天智天皇を補佐し続け、天皇の信頼厚かった中臣鎌足は、天皇の即位の翌年病死したが、大織冠《たいしょくかん》と大臣の位を授けられ、藤原の氏を賜わった。その子不比等《ふひと》に連なる藤原氏は、平安時代の主役となる。新しい時代の準備は、この時期に着々と進行している。

ところで、竹取の翁は、八世紀にかたちを整えた『万葉集』に、「昔、竹取の翁と呼ばれるものがいた」と書かれる。その「昔」とは、これまで眺めてきた、ヤマトタケル、大長谷、『古事記』終末から『万葉』の時代にかけての、いつごろを念頭に置いているのだろうか。

7　『竹取』の「昔」 ――「今は昔」の本質――

模擬的相聞の世界

ここで、額田王を見なおしてみよう。彼女の活躍は、『万葉』の作品配列からすれば、皇極朝から持統朝まで、約四十年に及ぶが、その中心になるのは斉明・天智朝の十数年間である。残された作品は長歌三、短歌九首だが、この数は『万葉』第一期としては、ずばぬけている。中でも著名なのは、彼女が大海人皇子に詠みかけた歌である。

あかねさす紫野行き標野《しめの》行き野守は見ずや君が袖ふる（巻一、二〇）

《紫草の繁る標野を歩きながら、あなたは私に向かって、そんなに袖を振ったりなさって。ほら野守が見ているじゃないの》という。上三句は野守の動作を叙したものだともいうが、いずれにせよ、今は天智天皇のもとにある彼女に、盛んに袖を振って合図を送る大海人皇子が、ここにいる。そして、彼女の歌に大海人皇子はこう答える。

紫草《むらさき》の匂へる妹《いも》を憎くあらば人妻ゆゑに我恋ひめやも（同、二一）

《紫草のようにあでやかなあなたが好きでたまらないから、人妻とは知りながら恋してしまうのさ》

左注によれば天智天皇の七年（六六八）五月五日、近江の蒲生野の行幸の時のことである。この歌から、額田王をめぐる天智天皇、大海人の三角関係を読み取る解釈もある。しかし、そうではなかろう。この歌は『万葉集』では「雑歌」の部に分類されている。「相聞」（恋）ではない。だから、これは、恋の歌ではなく、公的な野の遊猟の後の宴席で取り交わされた即興的な、かけあいの贈答である（山本健吉・池田弥三郎『万葉百歌』以下、この説を採るものは多い）。深刻な悲劇的事実ではない。即興の演技である。

宴席に花を添える「模擬的相聞」（学燈社版『日本文学全史』一・上代）ということばを借用して、ここには一人の女性に複数の男性が恋をする『竹取』と同じ構図があると考える。恋する男性は帝であり、皇子である。竹取の翁を中心とするさまざまな舞台、多様に展開しうる関連した一幕一幕の演技は、こういう宴席でも行なわれたであろう。壬申の乱以後、『万葉集』第二期には、対座による四人構成の座の歌が多く見られるという指摘なども繋がっていくのだが、『万葉』自体の問題に多岐にかかわることは避けておく。

かぐや姫に求婚した帝はだれか

『源氏物語提要』が述べている求婚者四人の『竹取』では、最後に帝がかぐや姫を后に迎えることに成功した（一—2「帝の后になったかぐや姫」参照）。そこでは触れなかったが、『提要』では、その帝を欽明天皇だと実名をあげている。

欽明天皇は、継体天皇と仁賢天皇皇女との間に生まれ、天皇となった（三—5参照）。推古女帝の父であり、聖徳太子の祖父にあたる。その祖先に目を転ずると、欽明天皇の父継体天皇は、応神天皇の末裔である。欽明天皇の母は仁賢天皇皇女だから仁徳天皇の曾孫である。（三—5、系図参照）いわば欽明天皇は、応神天皇系と仁徳天皇系とが久々に合流した地点に生まれた天皇である。

また、観点をかえると、欽明天皇の子どもたち、敏達・用明・崇峻・推古の歴代天皇は、『古事記』の最末尾をになう天皇であり、次の『万葉』の「近代・現代」に対して、「古事・古代」の天皇である。『提要』が、かぐや姫を后に迎えた帝を「欽明天皇」だとするのは、『万葉』時代の人たちが「昔」と呼んだ竹取の翁の活躍時代と合致するようである。『万葉』時代の人々にとって、それは、遠い昔ではなく、「身近な『昔』」であった。

舒明天皇以後の「近代・現代」では、前節に述べたように、宴席で、目の前にいる天智天皇や大海人皇子（後の天武天皇）が、これも目の前にいる額田王をめぐって、模擬的相聞の世界を即興に演じて見せる世話物、現代劇が行なわれていた。同じような場で、時代物のレパートリーとしては、昔からの伝統的な出し物、「竹取の翁」主役の話が演じ続けられていたであろう。

身近な「昔」の可変性

かぐや姫に求婚した帝に実名の天皇を当てている資料は他にもある。いずれも中世に入ってからの資料であるが、実名の天皇を当てることは、中世になって始まったわけではない。『今昔竹取』では、「今ハ昔、□□天皇ノ御代ニ一人ノ翁有リケリ」と冒頭に記している。□□の部分は諸本が欠字になっている。人名、地名を欠字にしている例は、『今昔物語集』に多くあるから、ここもその一例である。特定の天皇の御代の話とすることは、すでに平安朝には行なわれていた。中世の資料はそれを受けているわけである。

『古今集為家抄』は、歌人藤原為家の著作ではないが同時代の成立と考えられている。これは、『提要』と同じく「欽明天皇」とする。『桂川地蔵記』『臥雲日件録抜尤』（文安四年二月二十日）『光源氏一部歌』などでは「天智天皇」とする。架蔵『古今集序注』をはじめ、片桐洋一氏の命名される古今集注『三流抄』の類では「天武天皇」とする。

なぜ、天皇の実名について異説が生まれたのか。おそらく当初は天智・天武朝において「欽明天皇」だという建前で行なわれていたものが、次の元明・元正天皇時代になると、身近な昔の天皇の時代を引き下げて、それが行なわれていた一時代前の天智・天武朝に転化されたのであろう。そういう傾向はさらに続いて、『詞林采葉抄』に見える「桓武天皇」まで登場することになった。

一方、身近な「昔」へと時代を更新する動きに歯止めをかけようと、逆に時代をうんとさかのぼらせる場合も現われる。『三国伝記』が「孝安天皇」とする例である。『三国伝記』の論理は、聖徳太子が黒駒に乗って富士山頂に至る『聖徳太子伝暦』の話の前提をなす設定だから、時代をさかのぼらせざるをえない。次のような展開である。かぐや姫を后に迎え七年を経過した時、彼女は予定の宿縁が尽きたと言い残して、飛天する。帝は姫のいる所に近付きたい一心で、富士山に登る。この時、帝の胸の恋のほのおが、姫から形見に貰った鏡に燃え移り、「俄に天に沸き上」がり、同時に富士山も隆起現象を起こして、一由旬ばかり高くなった。「一由旬」という古代インドの長さの単位ははっきりしないが、牛が荷車を引いて進む一日の行程に相当するという。これでは、少なく見積もっても、今の富士山三七七六メートルが二倍以上に膨張したことになろうか。

とにかく、このような経緯で、富士山の一角が即身成仏の悟りを象徴する場所となり、そこへ聖徳太子がおもむくという話の展開だ。だから、かぐや姫と結婚した帝は、聖徳太子以前の天皇でなくては困る。天智・天武両天皇は、これで出番を失う。大幅に時代を古くして、ヤマトタケルもまだこの世に現われぬ、「人王第六代の帝、孝安天皇」の御代としたのだろう。ちなみに、『水鏡』の「欽明天皇」の条には、この御代に聖徳太子がその母の胎内に宿ったという記事を書いたりしている。帝の時代をさかのぼらせる『三国伝記』の話が生まれるきっかけは、やはり欽明天皇とかぐや姫の組み合わせだったのではあるまいか。

玄棟の『三国伝記』は、応永元年（一三九四）八月十七日に、天竺・中国・本朝の三人が会合し、そこで話題になった話を編集したという建前になっている。だが、これは虚構で、成立は十五世紀中頃といわれている。これより少し下がって、文明十四年（一四八二）頃に成った『塵荊鈔』第七「吾朝人皇世系ノ事」には、「孝安天王」の条に、「天下治、一百二年、寿百三十七歳ニテ崩ズ。此年、十一月、金峰山顕現」とある。この天皇は各種霊場と結び付けられやすい天皇だったのだろう。

中世「竹取の翁物語」の多元性

これまであげてきた『竹取』の、相互の相違点となると、きわめて多い。『為家抄』では、かぐや姫は竹林の「鴬の卵《かひこ》」から誕生する。求婚者が「心を尽」くしても「翁、さらに聞き入れず」とあるから、翁主体の拒否権発動である。帝の派遣する勅使は「乙見丸」で、すべて現存『竹取』とは異なる。そして帝と結婚する。この点は『源氏物語提要』や『三国伝記』と一致する。『為家抄』のかぐや姫は、后として三年を経たある日、「我は、これ天女なり。昔、君に契りありて、今かく妻となれりといへども、縁、既に尽きたり」と宣言して、鏡を形見に置いて、姿を消した。「帝、この鏡を御胸にあてて嘆きたまひければ、思ひ、火となりて鏡につきて燃えけり。この火、すべて消えず」。これを富士の峰に置き、それが富士の噴煙となったと書く。『提要』の『竹取』は簡略に記しているが、結末部分は『為家抄』と同じ展開だったろう。

同じ古今の注である『三流抄』も、鴬卵誕生以下の展開は同じであるが、天皇を天武天皇とするところが『為家抄』との違いである。類型化すれば、次のようになる。

［誕生］

A、竹の中

B、鶯の卵

［呼び名］

a、呼称なし

b、なよ竹のかぐや姫

c、さき竹のかぐや姫

d、かぐや姫

e、鶯姫

［帝との結婚］

1、特定せず

Ⅰ、結婚拒否の完遂

2、孝安天皇

3、欽明天皇

4、天智天皇

Ⅱ、結婚容認（宿縁による期間限定）

5、天武天皇

6、桓武天皇

［求婚者］

（A）求婚者の特定呼称なし

（B）求婚者の特定呼称あり

①、求婚者数限定なし、難題内容不明

②、求婚者三グループ、三難題（求婚者三人、三難題）

③、求婚者四人、四難題

④、求婚者五人、五難題

［昇天の経緯］

《A》月界天女の素性説明あり

《B》月界天女の素性説明なし

(1)、迎えとともに昇天

(2)、単独の昇天

(3)、昇天経緯、不詳

これらの要素は相互に入り組んでいる。鎌倉時代の『海道記』では、誕生はBの鶯卵誕生だが、翁が発見したのは孵化後で、彼女は巣の中にいた。名前は、d、かぐや姫とe、鶯姫の二通りが使われる。『今昔竹取』は、彼女が「翁ノ子ニ成」った事情は不明であると、わざわざことわっているが、『海道記』では、「此姫ハ先生《センシャウ》ニ人トシテ翁ニ養ハレ」たので、「天上ニ生レテ後、宿世ノ恩ヲ報」じようとして転生したのだと因縁を説明する。

『海道記』の求婚者は、（A）求婚者の特定呼称なし、①、求婚者数限定なし、難題内容不明で、帝も1、特定せず、帝との結婚も、ぼかされている。帝が鶯姫の竹亭を訪問したところでは、「鴛鴦ノ契ヲ結ビ、松ノ齢ヲヒキ給フ」と書き、続けて「鶯姫、思フトコロ有リテ後日ヲ契リ申シケレバ」、帝は「空シク帰」られたという。これでは、Ⅰ、結婚拒否の完遂でもないし、かといって、Ⅱ、結婚容認（宿縁による期限限定）型でもない。

この煮え切らない態度を憂慮した天上界の面々は、「玉ノ枕、金ノ釵《カザシ》、イマダ手ナレザル先ニ」と「飛車ヲ下シテ」迎え取ってしまった。現存『竹取』のように、八月十五夜と予告するわけではないから、帝が防衛体制を敷く描写はなかったことになる。しかし、彼女は昇天の時、「不死ノ薬」につけて、

今ハトテ天ノ羽衣キル時ゾ君ヲアハレト思ヒイデヌル

の歌をよむ。これは現存『竹取』と同じ趣向である。

こうしてみると、現存『竹取』だけを「竹取の翁の物語」の唯一の代表例と考えるのは誤りであって、それどころか、現存『竹取』と同じものは当時の研究者・知識人の目に触れることは極めて稀で、てんでに違った「竹取の翁の物語」を読んでいたように思えてくる。

従来、これらの違いは、広く口伝えで伝承されていたという面からだけ説明されているが、私は書承によるテキ

ストとしての違いをもっと重視すべきではないかと考えるようになった。現存『竹取』は、多くの『竹取』の中で、比較的まとまりのよいものだったに過ぎない。一条兼良が求婚者四人の『竹取』から、五人の『竹取』に目を転じて『花鳥余情』に求婚者は五人だと加筆したり、今川範政が「さき竹のかぐや姫」と四人の求婚者が登場する『竹取』テキストで、帝の后になったかぐや姫物語を読んでいたというのは、荒唐無稽な推測ではなく、中世のテキスト流通の実相をよく伝えてくれているのではあるまいか。

求婚者五人設定の論理

『万葉』の時代の竹取の翁は、限定されない「昔」の人物とされていた。『竹取』では、物語の中の帝を特定し、あるいは物語の時代設定を特定の帝の御代として示す例が多くなる。帝を特定する論理として、私は「身近な『昔』の可変性」を考えた。求婚者五人を設定する論理は、天皇を特定する論理と連動しているように思われる。

登場する実在の帝は、天智天皇であるとか、天武天皇であるとか、特定の名をあげれば読者がすぐ納得してくれるという具合にはならない。しかし、その天皇と同じ時代の貴族たちが一緒に登場してくると、読者は安堵する。阿倍御主人・大伴御行・石上麻呂の三人は、壬申の乱における天武天皇の功臣、実在の人物である。『源氏物語』絵合の巻には「阿倍のおほし」「くらもちのみこ」の二人の名が見えて、この「阿倍のおほし」と実在の「阿倍御主人《みうし》」との対応や、「くらもちのみこ」は「藤原不比等」でありうるのかという、解釈で左右される問題が介在する。この二人だけでは、帝を天武天皇であると読者に納得してもらう傍証には、やや弱い。しかし、そこへ、大伴御行、石上麻呂の二人の実在人物を設定すれば、多少の曖昧さは残っても、この物語の時代は天武朝の頃だなと読者は納得する。特に研究的な姿勢を持ちながら作品を読む読者には、一番安心して読める内容になる。平安後期の歌学者たちは、そういう実証作業を好む人たちだったから、求婚者五人のテキストの安定性が支持されることになったのであろう。

さらにいえば、求婚者たちの名前によって、帝もおのずから特定できるということになれば、わざわざ天皇の実名まであげる必要はないということにもなる。「昔」あるいは「今は昔」で書き始められていた『竹取』は、こういう論理に立って、天皇の実名をあげる他の『竹取』に追随することはしなかったであろう。

「石作りのみこ」などの実名登場者が先なのか、それとも天武朝の実在人物の登場が先だったのか、これは決めにくいけれど、「身近な『昔』」の帝として、天武天皇を当てる『竹取』の出現と、その朝の実在人物を含む五人の求婚者の設定時期とは、連動していたと推定できる。

求婚者五人の『竹取』では、かぐや姫は帝との結婚拒否を貫き昇天する現存『竹取』に近いものになっていたであろう。その場合、帝の求婚を拒否する方法は、他の貴族たちを撃退する難題提出作戦とは次元の違う、「きと影になりぬ」という隠身の術の忍法行使の現存『竹取』と同じ筋になっていたであろう。帝に求婚の意思を放棄していただくための高次元の戦略である。後で彼女の真意を帝にご理解いただくためにも効果的な作戦であった（拙著『源氏物語の研究―物語流通機構論』笠間書院）。

なお、繰り返していうが、この新版『竹取』の出現によって、帝と結婚するかぐや姫の物語が、発行停止や廃棄回収されたわけではない。求婚者の数の違うテキストや、「なよ竹」ではなく「さき竹のかぐや姫」を名乗る「竹取の翁の物語」、あるいは鴬卵誕生の鴬姫ものがたりは、平安朝から中世にわたる長い期間、生きつづけていたのである。

『源氏物語』絵合の巻の場面理解

さまざまな『竹取』のテキストが平安朝にも並行して流通していたとなると、『源氏物語』絵合の巻の場面は、どのように読まれることになるだろうか。

絵合の左方は、「竹取の翁」の絵を持ち出して、こう弁ずる。

「なよ竹のよよに古りにけること、をかしきふしもなけれど、かぐや姫のこの世の濁りにもけがれず、はるかに思ひのぼれる契り高く、神代のことなめれば、あさはかなる女、目及ばぬならむかし」

傍線部は、現代の解釈では、「かぐや姫が人間世界の濁りにも染まず、帝や五人の貴公子の求婚を退けて、月の都に帰った」ことをいうと解されている。しかし、帝と結婚したかぐや姫物語の読者は、ここを「俗人どもの求婚には応じず、「帝との昔の契りを重んじて」雲井に登り帝の后になり、高い理想を貫いた」ことをいうと理解したかもしれない。

これは、私の勝手な解釈だけを述べているのではない。この左方のことばを受けて、右方の弁ずる部分について、享徳二年（一四五三）に成った祐倫の『光源氏一部歌』では、「かぐや姫ののぼりけむ雲井は知りがたしといふは、帝王の后になりたりし事なり」といい、さらに、「百敷きのかしこき御光には並ばずなりにけりとは、天智天皇の御もとには、住み果てざりし事なり」と注している。ここは通説では、「宮中にのぼって帝と並ぶ皇后の位につく光栄には浴」さなかったと解釈されているところである。祐倫は、「一度は結婚したが、「縁すでに尽きたと言い残して」最後まで帝に添いとげることはなかった」と解しているわけである。

祐倫の解釈は、「この世の契りは竹の中（にむすびければ）とは、鴬のかいごなり」ということばからも分かるように、鴬卵誕生のかぐや姫物語のテキストによった注釈であろう。どちらかの解釈が正しく、どちらかが誤っているというのではない。左方は自分たちの優位を主張し、右方は相手の欠点を指摘して優位に立とうと、お互いに張り合っているのであるから、両者の知っている『竹取』のテキスト内容、あるいはその解釈に食い違いがあっても、議論はちゃんと噛み合う結果になっているのである。

四　読者が参入する物語世界

『大和物語』（著者旧蔵）

8 歌物語からの逸脱

葦屋の娘と二人の男

『竹取』の求婚者たちは、おのおの求婚失敗と同時に物語の前景から姿を消す。これらの求婚者が、お互いに自分たちの苦労話を語りあったり、恋がたきの動静を探ったりというように、相互の交渉を持つことは全くない。

これとはパターンを異にする求婚物語の例を取り上げてみよう。一人の娘に求婚する二人の男が、最初から競争相手を強烈に意識しているケースである。竹取の翁と同じように『万葉集』に取り上げられるが、これは竹取の翁のように歌を詠む当事者ではなく、『万葉』歌人が取り上げた素材としての人物である。

『万葉集』巻九に「葦屋の処女《をとめ》が墓を過ぐる時に作る歌」の長歌と反歌（一八〇一〜一八〇三）がある。田辺福麻呂の歌集に出る歌だという。もう一つは同じ巻の、「菟原《うなひ》処女《をとめ》の墓を見る歌」の長歌と反歌（一八〇九〜一八一一）。これは高橋虫麻呂の歌集に出る歌だという。大伴家持も同じ素材を詠んでいる（四二一一）。前者の「葦屋の処女」は、歌の中で「菟原処女」と呼ばれているから、後者と同じ素材を詠んだものである。「菟原」は摂津の国の郡の名である。

男の名は、両者で違っている。前者には「信太《しのだ》壮士《をとこ》」の名が見える。これは和泉の国（今の大阪府和泉市信太のあたり）の男だから、芦屋の彼女にとっては、よそ者である。後者には、「茅渟《ちぬ》壮士」「菟原壮士」と二人の男の名を呼んでいる。「茅渟壮士」は「信太壮士」のまたの名である。「菟原壮士」は彼女の同郷人である。

求婚場面の異様な緊迫

田辺福麻呂の歌集に出る歌からは、二人の「壮士」が、めざす一人の女性を「あひ競ひ妻問ひ」したことしか分からない。彼女の墓は「道の辺《へ》近く、岩構へ、造れる塚」だという。今日、神戸市東灘区御影にある前方後円墳がそれで、東には「茅渟壮士」の墓、西に「菟原壮士」の墓といわれるものが配置されている。

高橋虫麻呂の歌集に出る歌の方は、相当くわしい。話題の女性は、八歳くらいの少女時代から大人の髪型にするころまで、隣近所の人にも姿を見せなかったというのだから、深窓の令嬢である。一目みたいと求婚者はひきもきらぬありさまであったが、中でも特に熱心だったのが、「茅渟壮士」と「菟原壮士」である。ただ、求婚するのに、この二人はなかなか威勢がいいのである。「焼き太刀の手かみ押《た》しねり」「白真弓、靫《ゆき》取り負ひて」、水火も辞せずという意気込みで二人は競い合っている。『万葉』の竹取の翁の青春像とは違うタイプの男性である。平安朝のなよなよとした貴公子の恋の場面とは雰囲気がまるで違う。二人の男が決闘を始めても不思議ではないほどの、緊迫した場面である。

彼女はこの状況を憂慮して、母に相談する。「取るに足りぬ私のために、あのお二人が争っておられる」「ますらをの、争ふ見れば、生けりとも、逢ふべくあれや」――生きていたとて結ばれるとは思われません。彼女は、こうして「黄泉《よみ》に待たむ」と死を選ぶ。

「茅渟壮士」はその夜の夢に、彼女の死を知った。彼はすぐ彼女の後を追う。「菟原壮士」は、「しまった、彼におくれをとったか」と天を仰いで慨嘆し、地団駄を踏み、歯噛みをし、「こうしてはおられぬ、負けてたまるか」と、これも彼女の後を追う。男はふたりとも同じように彼女の後を追うのだが、一つだけ両者には違うところがある。「菟原壮士」は「負けてはあらじと、かけ佩《は》きの、小太刀取り佩き」、彼の自慢の太刀を身につけたまま、どこまでもどこまでも彼女を追って行くのである。といっても、彼女のいるのは「黄泉」、死の国である。二人の男の行き着く先は死である。

一人の乙女のあとを追って二人の若者は死んだ。三人の死後、「親族《うから》どち、い行き集ひ」、後々までこの話を「語り継」ごうと、記念碑を作った。「処女《をとめ》墓《はか》、中に造り置き、壮士《をとこ》墓《はか》このもかのもに、造り置く」という墓の配置が完成する。反歌に「聞きしごと、茅渟壮士にし、寄りにけらしも」とあるから、彼女の本心は、よそ者の男の方に傾いていることを、まわりの人も感じ取っていたのだろう。

生田川物語の全容

『万葉』の歌を読んでも、三人が死に至った具体的な状況はとらえにくい。八世紀の人々が広く知っていたこの悲劇の状況を、『大和物語』が伝えている。『大和物語』は十世紀中頃に成立した歌物語作品であるが、その第一四七段は三人の悲恋物語が九世紀の頃には絵物語にしたてられていたことを我々に示してくれる。その筋書きは次のようなものであった。

津の国に住む女性とこれに恋する二人の男の物語である。一人は女性と同じ国に住み、「姓は菟原」、もう一人は和泉の国の男で「姓は茅渟」、この物語の枠組みは『万葉』に伝えるところと同一である。彼女は熱意のまさる男と結婚しようと考えているのだが、相手の男は優劣つきにくい。年齢・容貌・人柄・身分をはじめ、情熱の度合いもまったく等しいのである。情熱の度合いなど、どうやったら計れるのだということになるが、何しろ夕方に一人が来ると、もう一人も約束でもしたように同じ時刻に姿を表わす。プレゼントも同じ品が同時に彼女のもとに届くという有様であった。そんなことは起こるはずがないというのは、現代の人のいうことで、物語の世界ではしばしばありえぬことも起こるのである。互いにライバル同士でも、「正々堂々と競いあおう」という約束を交わして、それを実行していたのかもしれない。

女の方は、冷たい態度で臨んだら、どちらかが諦めるかもしれないと考えて、いずれからの贈り物も受け取らぬことにしてみたけれど、それで諦めるような男たちではない。親が見かねて提案する。「長年、熱心に通いつめているのに、返事もしてやらないで、ずるずる延ばしていては、相手にも申し訳ないし、第一世間体も悪い。どちらか一人に決めたら、もう一人は諦めるはずだよ」。こうして、親は、二人の男に提案する。「今日決論を出すことにします。あの川に水鳥が浮かんでいる。あれを射当てた人に娘をさしあげる」。

この女の家の近くの川が「生田川」、それで『大和物語』のこの話は生田川伝説とも呼ばれる。二人が水鳥を的にして弓の力量を比べるあたりまで読み進んで、読者は、『万葉』の長歌に「白真弓、靫《ゆき》取り負ひて」とあった、弓矢の使用目的のひとつは、これだったのかと納得する。

思惑はずれの結果

熱意の程に優劣がなければ、課題解決能力に名を借りた籤《くじ》引きで決着をつけるという発想は、『竹取』のかぐや姫が求婚者に出した課題方式と、一脈通じるところがある。かぐや姫の方は求婚者撃退のために難題を出した。生田川の話の方は、なんとか一人の結婚相手にしぼるのが眼目であるから、両者の目的は違うが。

物語には書いてないが、「もし水鳥を射るのに両人とも失敗したら、二人とも求婚資格剥奪」というのも条件のひとつになっていたかもしれない。両人とも失敗の可能性を考えるなら、両人とも矢を命中させる可能性も考えておかねばならぬところである。「その場合は、三回戦まで競技続行」とかなんとか。このあたりの詰めが甘かったものだから、親の予想しなかった事態となった。現代のように契約条件を綿密に検討したり、書き付けたりはしない時代のお話である。

親の提案に二人の男は、「いとよき事なり」と賛成し、すぐ弓に矢をつがえる。放った矢は、ひとつは水鳥の頭に、ひとつは水鳥の尾に命中した。ようやく自分の運命をいずれかに決めることができると、女は成り行きを緊張して見つめていたであろう。ところが、両人とも射当ててしまった。思い詰めた、せっぱつまった気持ちというのは、当人しか実感できないものである。女は生きることに賭けていた緊張が、ふっと切れてしまった。彼女は《もう生きているのが耐えきれなくなってしまった。川に身を投げてしまいましょう。この川は「生きる」ということばに縁のある生田川という名だが、それは名ばかりだわ》と歌一首を詠み残して、ざぶりと身を投じてしまった。

住みわびぬ我が身投げてむ津の国の生田の川は名のみなりけり

親はあわてる。こんな結末など予想だにしていなかったのだ。親の見込みが甘かったと批評することはやさしいが、ふりかえって見れば、これに似た浅慮を悔やむ例は我々のまわりにもよくある。大人は思い詰めた若い者たちの心を、十分に理解できないものである。

予期しなかったもう一つの事態が、同時に起こった。二人の男は、身を投じた娘のあとを追って川へ飛び込む。一人は娘の足をとらえ、一人は手をとらえた。この段階では、彼らの行動は、娘の救出活動だったはずである。だが、この二人は求婚の訪問にも太刀と弓を手放さなかった男たちだから、そのままの身なりで飛び込んでしまっただろう。いや、仮に少しは身軽ないでたちで飛び込んだとしても、娘の手と足を二人でひっぱるのは、溺れそうになっているのを救出する時のルールに合わない。かくて、三人は、ともに溺れて絶命することになった。

埋葬をめぐるトラブル

この幕切れは、『万葉』の長歌に描かれるのとは違う。『万葉』の彼女が身の処置に窮して「黄泉《よみ》に待たむ」と死を選ぶところまでは同じだ。が、『万葉』の「茅渟壮士」はその夜の夢に、彼女の死を知って、彼女の後を追ったのだし、「菟原壮士」も、彼に遅れをとったと、あわててあとを追ったというのだから、娘の死と二人の男の死とには、時間差がある。『大和物語』のように、三人の同時入水とはならない道理である。とすると、親の発案になる、水鳥を射る課題設定も、『万葉』時代の話にはなかったかもしれない。

『万葉』からは窺われぬもう一つの事態は、三人を埋葬する経緯である。「女の墓を中に」して「左右になむ男の塚ども、今もあなる」という結末は『万葉』と同じだが、『大和物語』では、墓の設置をめぐって、二人の男の親のいさかいが書かれている。

津の国の男の親は、和泉の国の男の親に向かって、「よそ者の墓に、この国の土を使うことはまかりならぬ」と、営墓作業を妨害する。和泉の男の親は、「和泉の国の土を船に運びて、ここに持て来て」息子の塚を完成したという。他国の者には、土ひとかけらでも勝手にさせないという不文律が、古い民俗にはあったともいう。そのくらいだから、娘の墓を中心に、二人の男の墓を左右に配置する設計も、いずれを右、いずれを左にするかという睨み合いがあったであろうが、物語もそこまでは立ち入って書いたりしてはいない。

『万葉』の竹取の翁の話は、『竹取物語』の中で翁が果たす役割と全く異なるものだった。生田川の話は、『万葉』の長歌から窺われる話と、細部では違いがあるものの、ここまでの輪郭は同じである。だが、『大和物語』の生田川の話は、この後に大幅な増補が加えられている。

死後の世界の争い

ある旅人が、この三人の墓の近くで野宿した夜のことである。激しい喧嘩の声が聞こえる。家来にまわりを偵察させたが、それらしい形跡はないという報告なので、空耳だったかと、不審に思いながら眠りについた。ところが、そこへ「血にまみれたる男」が現われた。「仇敵のためにさんざんな目にあった。復讐したいから、貴方のお持ちの太刀を貸してくれ」と懇望する。背筋が寒くなったが、いわれるままに太刀を貸してやった。――間もなく目覚めて、なんだ夢かと思ったが、傍らに置いた太刀はない。耳をすますと、先刻と同様に、激しく争う物音が聞こえる。

しばらくすると最前の男が現れて、喜色満面、「おかげさまで積年の恨みをはらし、奴めをうち殺しました。ご恩は末長く忘れません」と、今までのいきさつを語った。この男は「茅渟」、喧嘩の相手は「菟原」の男であった。ここでは、もう彼女よりも、二人の男が主役である。

実は、「菟原」の親は、息子を埋葬する時、弓矢、太刀など、息子が愛用していた武具一式を墓に納めてやったのだが、「茅渟」の男の親は、和泉の国から埋葬用の土を運ぶのに手いっぱいだったのか、副葬品までは手が回らなかったらしい。そのため、死後まで恋の成就にしのぎをけずる二人の争いは、いつも「茅渟」の男の敗北に終わっていたのである。「茅渟」の男は、旅人の夢に現われて、太刀を借用し、「菟原」の男をうち殺して凱歌をあげたのである。死んでも死にきれぬ二人の男が、死後の世界で再度繰り広げる決闘である。死後の決闘では、遂に血を流すに至っている。二人の争いは次第にエスカレートしていったようである。

生田川の話の前半では、男二人は競いこそすれ、互いに憎悪感を抱いているようには見えない。憎悪は、二人の親たちの口論のあたりから顕在化し、特に後半部の、死後の世界で二人が傷つけ合い血を流すに至って頂点に達する。この結末、後日談は、『万葉』の歌とのかかわりを跡づけることができないので、もともとの話にはなかったのではないかと言われている。では、この後半部の話は、いつ、どのようにして加えられたのであろうか。

9 絵巻の世界と読者

作者となれる女性たち

『大和物語』の生田川の話は、先に述べた前半部と後半部との間に、この話を享受する人たちの反応が具体的に記してある。「昔ありける」この生田川の物語を「絵にみな書きて、故后の宮に奉」った時、この絵を后の宮に仕える女性たちが集まって一緒に眺めるのである。

ここに「后の宮」とあるのは、宇多法皇の皇太夫人藤原温子（藤原基経の娘）である。温子は延喜五年（九〇五）出家、同七年（九〇七）、三十六歳でなくなった。后と一緒に絵を見ていた人々の中に「女一のみこ」がいる。宇多天皇第一皇女の均子内親王で、彼女は延喜十年（九一〇）、二十一歳でなくなっている。絵を見て歌を詠んだりしているから、均子内親王の幼少時代のことではない。生田川の絵が献上されたのは延喜初年、十世紀の初めの頃だろう。

この場には著名な女流歌人伊勢も同席していた。「伊勢の御息所《みやすどころ》」と書かれているのは、彼女が宇多天皇の寵愛を受けて皇子を生んでいるからである。彼女は温子と同年齢くらいで、温子が宇多天皇の女御になった仁和四年（八八八）頃、宮仕えに出たと推定されている。父継蔭が伊勢守だったので「伊勢」と呼ばれる。女御温子の弟仲平、兄時平は伊勢を手に入れようと競ったし、当代きってのプレイボーイ平中とも交際があった。華々しい男性関係の渦中の女性である。晩年は敦慶親王と結婚して、これも女流歌人として著名な中務《なかつかさ》を生んだが、これは後に話題とする。

この他に、当日、その場にい合わせたのは兵衛の命婦、これは藤原高経の娘だから温子の従姉妹。もう一人は「糸所の別当」、これは参議従三位春澄善縄の娘で洽子《あまねいこ》、『古今集』の歌人である。その他、侍女たち数人も同席していたろうか。皆が歌を詠む。生田川の話が描かれた絵を見ながら、彼女たちは、その作中人物になり代わって歌を詠むのである。

絵の中の「人に代りて詠」むというのは、屏風の絵を見て歌を詠む屏風歌の一種だが、歌を作るに先立って絵の場面を支える物語の世界を再構築するわけだから、彼女たちは、乞われれば自分の歌の背景をなす物語の展開を、自分の口で語らなければならないわけである。詠歌の能力と物語を組み立てる能力が、不即不離に噛み合わされている。彼女たちは物語の作者になれる女性である。

死後の詠歌、死後の贈答

絵の登場人物に代わって最初に歌を詠むのが、伊勢である。「男の心に」なり代わって詠んだ歌。

影とのみ水の下にて逢ひ見れど魂《たま》なき骸《から》はかひなかりけり

「水の下にて逢ひ見」るといい、「魂なき骸」というのだから、これは死後の世界の男の歌である。次に均子内親王が「女になり給ひて」詠む。これも、「限りなく深く沈める我が魂は」とあるから、死後の世界での女の歌である。男は《せっかく水底まで女を追っかけてきたのに、死骸は魂の脱けがらだった、これでは来たかいもない》とつぶやく。すると、口をきくこと叶わぬはずの女が、私の魂は「うきたる人に見えむものかは」《「魂なき骸」としか私を見ないあなたの目は、節穴なの、あなたは駄目な男ね》と、相手をたしなめるやり取りになっている。

次は后の宮の詠。「宮」とあるが均子内親王ではなかろう。

いづくにか魂を求めむわたつ海のここかしことも思ほえなくに

これは男になり代わって詠んだのなら、《どこと当てもない広い水底だから、魂をどこに求めればいいのか途方にくれてしまう》ということになる。亡き人の魂のありかを尋ねる『長恨歌』の想を踏まえた歌だから、これも女の死後のことである。伊勢が詠んだ歌の男は、水底で女の亡骸と巡り合って、愚痴をこぼし、死んだはずの彼女から叱られる。一方、もう一人の男は、どのあたりを目標にして、亡骸の捜索位置を決めようかと、これはまだ、岸に立ち尽くしている時の心境になるだろう。この三首で、入水直後の三人のさまが、描き分けられていることになる。

『長恨歌』による唱和と展開

兵衛の命婦は、入水直後の絵ではなくて、三人の墓が完成した絵を念頭においた詠歌を口にする。

つかのまも諸共にとぞ契りける逢ふとは人に見えぬものから

「つかのま」とは、わずかの間という意味に、「塚」すなわち「墓の中でも」というのを掛けた表現だろう。北村季吟の注釈では「塚の内にて、しばしも離れず、人知れぬ契りを交はす心なり」と解している。私は《彼女と親しくことばを交わす機会があったことなど、他人に悟られるようなドジは踏まなかった、それだけに、「つかのまの」はかない逢う瀬しかなかったけれど》と、下の句を読む。《人目を忍ぶその逢う瀬の時、死んでもあなたから離れないと、誓いのことばを交わしたんだ》と上の句へ続けると、これは『長恨歌』で玄宗と楊貴妃が「七月七日、長生殿」で、「夜半、人なくして」ひそかに、「天にあらば願はくは比翼の鳥」「地にあらば願はくは連理の枝」と、死後も変わらぬ愛の誓いを交わした場面と重なる。

兵衛の命婦は、こう詠むことによって、『長恨歌』を踏まえた均子内親王の歌に和しているのである。身分の高い人の詠歌を単発に終わらせないように配慮をするのは、仕える者の大切な心得である。

この歌で、昔から語られていた生田川の話とは違った舞台裏が用意されることになる。求婚する二人の男は、いずれも彼女に逢っていないという建前で話は進行しているが、実は彼女はよそ者の男の方に心引かれていた。しかし、よそ者との結婚には障害が多い。彼女はそれでも、「茅渟の男」と、こっそり永遠の愛を誓っていたのである。これは、『万葉』の歌に「聞きしごと、茅渟壮士にし、寄りにけらしも」とあるのとも符合する。「魂なき骸はかひなかりけり」と詠んで、彼女から「貴方は、駄目ね」とたしなめられた男は、死後になって、はじめて彼女の本音を聞いたことになる。

新しい話題の方向と展開

次に「糸所の別当」の歌、どうもこれが、先に述べた二人の男の死後の決闘の話を生むきっかけになったようである。

勝ち負けもなくてや果てむ君により思ひくらぶの山は越ゆとも

《あなたに恋して、心のたけを競いあい、暗部山を越えてあの世へ行っても》《勝負をつけずにすまされようか》、この上の句は「勝ち負けなしに終わってしまうかもしれません」という気弱な告白ではあるまい。《きっと勝負をつけてやる》という決意表明であって、これは、男両人とも変わらぬ思いだったであろう。今までの、特定の登場人物に成り代わって詠むのとは、スタイルを変えた詠歌手法を採用したのである。

こういう新提案が出ると、話題はそれに集中する。「彼女は、茅渟の男に心を寄せていたというんだけれど、結果は、どうなったのでしょうね」と、勝手な推測をめいめい述べることになる。茅渟の男の勝利を決定づけたのは、どんな場面だったのか。こうして、その座のひとりが語った物語が、先程の死後の決闘である。語り手は、自分の新提案に皆の支持を取り付けるために、目の前にある絵の新解釈をも付け加えたであろう。

女の墓をはさんで、二人の男の親が、「息子の墓を作らせろ」「いや、作らせん」と、言い争っている場面などは、女の墓を間にはさんで死後の決闘を開始しようとする二人の男の睨み合いの場であると、そういわれれば、「なるほど、そうね」ということになりかねない。なにしろ、皆の関心は死後の男女の心情の方に集中しているのだから。「あの絵、あれは死んだ後の二人のいさかいの場面よ。さっき糸所別当の洽子さんが、《勝ち負けもなくてや果てむ》とおっしゃったけれど、じつは、この二人、死んでから、こうして勝負がついたのよ」と、『大和物語』生田川の物語の後半部を語り始めたのがいた。こんな思いつきの後日譚は、気味悪い話だから、一座全員の支持は得にくい。しかし、この座で、伊勢や均子内親王たちの詠んだ歌をそのまま記録したように、一女房が思いつきで語った後日譚も、「いとうとましくおぼゆる事なれど」というコメント付きで記録された。『大和物語』は、そういう温子の御前での、ある日の記録を、「人の言ひけるまま」、ほぼそのままに収録したのである。

状況と心理の複雑化

「勝ち負けも」の糸所別当の歌の後に、さらに五首の歌がある。無名の女房たちがてんでに詠んだ歌と見ることもできるが、后の宮や伊勢など五人が、もう一首ずつ詠んだと見た方がおもしろい。次の一首だけが、「生きたりし折の女になりて」詠んだ歌。

逢ふことのかたみに恋ふるなよ竹の立ちわづらふと聞くぞ悲しき

第二句は「うふる」（植うる）とあるが、それでは意味が通らない。《逢うことが困難なので、お互いに恋しがる》という上の句と、《門前に立ち尽くしていると聞いて悲しく思う》という下の句から判断すると、彼女が生前、ひそかに思いを寄せていた「茅渟」の男に寄せる思いを詠んだことになろう。

身を投げて逢はむと人に契らねどうき身は水に影を並べつ

これも女の歌だろう。兵衛の命婦の歌の「つかのまも諸共にとぞ契りける」を受けて、「塚の中でも」と永遠の愛を誓ったが、「身を投げて逢はむと」とは契らなかったはずだのに、というのだろう。そう解すれば、これも女が「茅渟」の男に寄せる思いを詠んだことになる。

その次は、「今一人の男になりて」とある。この男は「菟原」の男だろう。だから、

同じ江に住むはうれしきなかなれどなど我とのみ契らざりけむ

と詠む。「菟原」の男は、彼女がひそかに「茅渟」の男に心を寄せていることなど知らないから、水底まで「茅渟」の男が側にいることが不満なのである。これに女は、答えていう。

憂かりける我が水底《みなそこ》を大方はかかる契りのなからましかば

私の解釈の流れからすれば、彼女は、《水底で逢うのはつらいわよ、あなたは「同じ江に住むはうれしき」などとおっしゃるけれど》と、迷惑顔をしてみせていることになる。

最後の歌は「また、一人の男になりて」とあって、これはどちらの男を指すのか、よく分からない。

我とのみ契らずながら同じ江に住むはうれしき水辺《みぎは》とぞ思ふ

「水辺」は先の「水底」と同じく、「身」を添えた表現。さっきは「など我とのみ契らざりけむ」と不満をもらした「菟原」の男が、女の返歌の真意を解さず、もう一度「同じ江に住む」うれしさを繰り返して、女の機嫌を取ったというところか。

これで、後半の五首は、最初の二首が兵衛の命婦の歌を受けて、女と「茅渟」の男との心の交流を説明し、後の

三首の贈答は女の、「菟原」の男に対する感情を婉曲に説明していることになる。状況は複雑になり、当事者たちの心理のひだも深くなる。

伊勢と『伊勢物語』

私の読み方によると、後半の五首には、「茅渟」の男に対する娘の思いは述べられているが、「茅渟」の男自身の感情表明を、だれも代行していないのである。「菟原」の男になり代わって詠まれた歌は出てくるのに。

そこで、この間、「茅渟」の男はどうしていたのだ、という声が起こるだろう。この経緯を説明し明確にしたのが「物語末尾の旅人の夢」の物語だったのであろう。武器を身に帯びぬまま埋葬された「茅渟」の男は、姿を現わせば「菟原」の男の武力によって制圧されて、発言の機会がなかったのである。旅人から借用した太刀で相手を「うち殺し」、その後は、邪魔者はいないから、彼と彼女は平穏永遠の生を生きた……そういう説明で、温子皇后のまわりにいた女性たちは、ようやく生田川の絵についてのお喋りを一段落にしたのである。

『万葉』の昔から人々の関心を集めた伝承の物語を、ただ聞くだけではなく、登場人物たちの、語られていない心の動きの細かなひだまで補足し、作中人物になり代わってそれを歌で表現してみようと試みる人々が、ここにはいる。さらに、語られていない死後の後日譚まで加えて、登場人物たちの運命を、ぎりぎりの極限まで明らかにしようとする。筋書きと事実だけを基本にして成り立っていた物語の世界を新しい形に再生する方法が、自然発生的に生まれてきているのだ。

死後の世界まで手を広げるのは行き過ぎのように見えるかもしれないが、「長恨歌」でも楊貴妃が死後の世界で生きているし、宇多天皇は「長恨歌の御屛風」の場面にふさわしい歌を伊勢に詠ませておられる。伊勢は玄宗と楊貴妃との立場に身をおいて十首の歌を詠じている（『伊勢集』）。死後の世界の物語を、一概に敬遠する必要はないのである。そして宇多天皇の「長恨歌の御屏風」の絵に書き加えられた伊勢・貫之の歌は、『源氏物語』桐壺の巻では、桐壺の更衣を失った帝が朝夕お眺めになる品として扱われる。価値高い遺品として、後々まで珍重されることになる。

『伊勢物語』は在原業平の歌を収めた家集を素材として『古今集』以前に成立し、『古今集』に素材を提供する一方、『古今集』からも素材を吸収しながら成長をとげて、今日見られる作品の輪郭を整えたと考えられている。だから、『伊勢物語』が誰の手によって作られたかは明確ではない。しかし、業平の歌とそれにまつわる話があって、それを核として、業平の生涯と運命を新しい形に再生しようという試みは、これまで眺めてきた温子皇后の周辺で伊勢たちが実践してきたものと同じ軌跡を描く。古くから、『伊勢物語』は業平の自記に伊勢が手を加えたものだという説がある。それで書名が「伊勢物語」となるのだと、書名の由来と結び付けられるものだから、この説はあまり支持されない。しかし、書名の由来説明から切り離して虚心に見れば、伊勢が物語を増補した可能性は極めて高いといえそうである。しかし、それは生田川の話の展開経過からも推測できるように、個人としての作家の作業であるよりは、一座の人々の共同作業の性格が強い。作家の誕生以前の時代である。

ついでに私の夢を申し添えよう。伊勢が作品整理に中心的な役割を果たしたのを知っている人たちが、『伊勢物語』とはひと味違う歌物語を作成した時、その書名を何としようかと相談した。「伊勢は父継蔭が伊勢の守だったのでつけられた女房名、継蔭は次に大和の守になったんだから、この作品の名前は『大和物語』にしましょう」――そんな空想が成り立つかどうか、次に伊勢の娘中務の周辺を眺めてみよう。

五　物語の制作工房

——「作者」誕生以前——

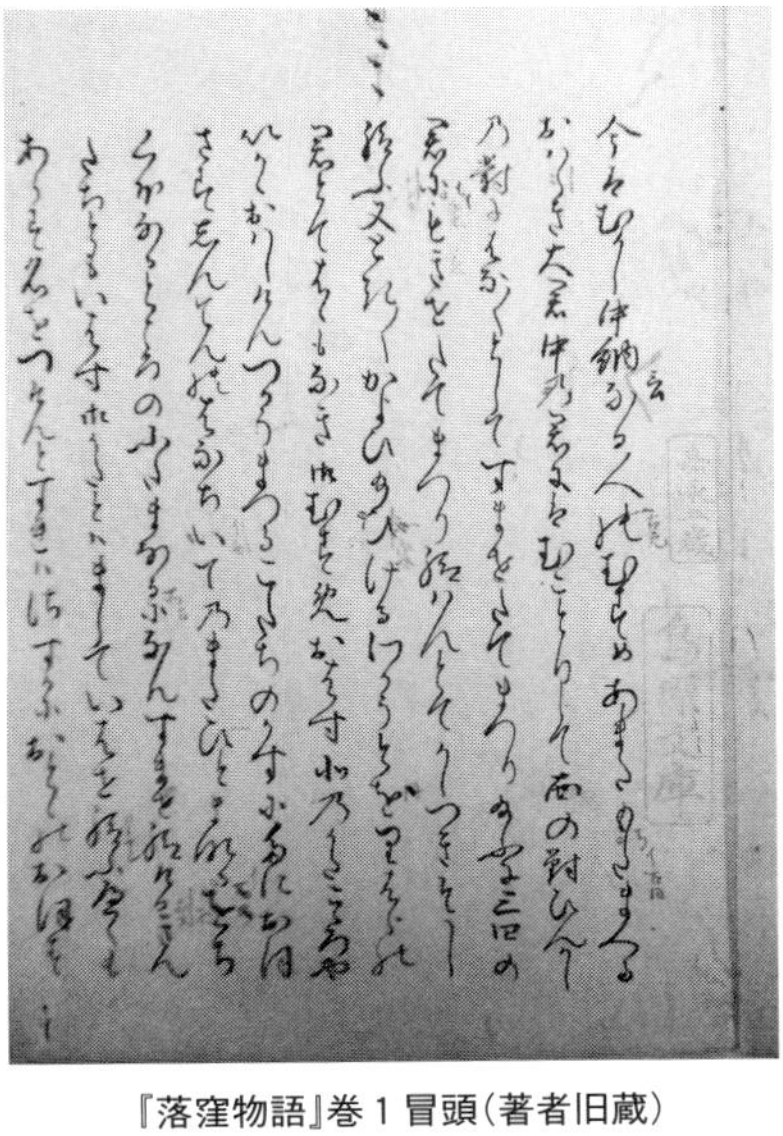

『落窪物語』巻１冒頭（著者旧蔵）

10 中務のいる町

伊勢と中務

伊勢は七条后温子が延喜七年（九〇七）になくなった後も、均子内親王のもとにいたであろう。均子内親王は異母兄の敦慶親王の正室であったが（『一代要記』）、延喜十年（九一〇）になくなった。伊勢が敦慶親王との間に娘中務を生んだのは、延喜十二年（九一二）頃と推定されている。伊勢は敦慶親王より十五歳くらい年上であるが、「玉光る宮」とその容姿を絶賛されて『源氏物語』の光源氏のモデルの一人にも数えられ、「好色無双」とも伝えられる敦慶親王（『河海抄』）と、宇多天皇はじめ多くの貴公子から愛された伊勢とは、年齢差を越えて意気投合するところがあったのであろう。延長八年（九三〇）、敦慶親王が四十四歳でなくなった時、伊勢は深い悲しみを歌いあげている。

悲しさぞ増さりに増さる人の身にいかに多かる涙なりけり
君によりはかなき死にや我はせむ恋ひ返すべき命ならねば（家集）

娘中務は、父親王の死をいたむ歌を残していない。伊勢の若い時からの数々の恋愛とそれをめぐる多くの男性たちのことを、中務は耳にしていたであろう。そういう母があれほど嘆くとは。そんな思いで彼女は、夫を失った母の悲しむ姿に圧倒されてしまったのかもしれない。中務自身も母に劣らず、その青春は多くの男性との交渉に彩られている。「子どもをもうけた相手への思いは、私の想像を越える深いえにしなのかもしれない」と気づいて、中務は大人になる一歩を踏み出した。ちょうどこの頃、中務と夫源信明との間に一女が生まれている。こうして、彼女は多彩な恋の季節に終止符を打った。

中御門のあたりに住む中務

中務の夫信明は源公忠の子である。公忠と敦慶親王とは従兄弟の関係である。公忠は「滋野井の弁」と呼ばれて天皇の信任を得ていた。中務と信明との間に生まれた娘が「井殿《ゐどの》」と呼ばれているのも、その住む「滋野井」邸にちなむものだろう。この邸は中御門北、西洞院西にあった（『拾芥抄』）。

井殿は一条摂政伊尹との間に光昭《みつあきら》と「大納言の君」と呼ばれる娘を生んでいる。中務の邸には、この他に「法師」と呼ばれる人物が同居していて、その「妻」である「麗景殿の宮の君」は尊子内親王に仕えていた。「法師」に「妻」がいるというのは奇妙に聞こえるかもしれないが、彼は井殿の異母兄弟で、幼時に実母と死別し、中務が引き取ったのだろう。彼は結婚はしたが、何らかの事情で早く仏門に入ったのだと、私は考えている。これもおもしろい人間関係だが、煩雑になるので、細かくは述べない（拙稿「王朝物語の制作工房」『古代文化』、平成五年五月参照）。

一条摂政伊尹は藤原師輔の長男、安和の変（九六九）で源高明が失脚した政変の後、摂政太政大臣実頼をはじめ長老、古参の先輩が相次いでなくなったために、左大臣をへずに天禄二年（九七一）四十八歳で、太政大臣にのぼった。井殿は伊尹の正室ではないが、生涯で最も幸福な時期を迎えたことになる。伊尹は翌年十一月になくなるから、幸福は長続きしなかったが。

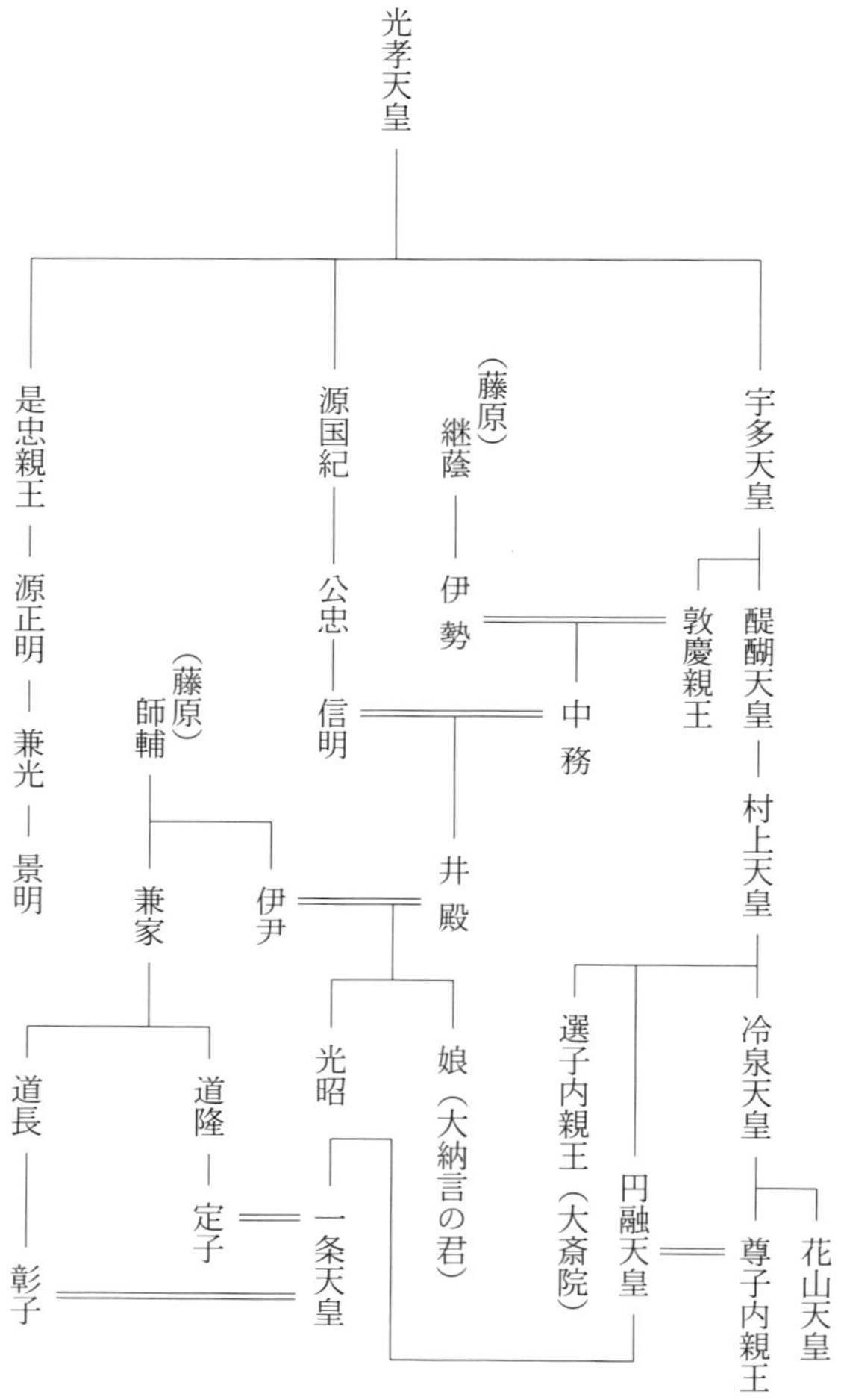

歌文資料センター

伊尹は天暦五年（九五一）、和歌所の別当に就任して『後撰和歌集』編纂事業を推進した。この前後に光昭や娘「大納言の君」が生まれているから、勅撰集編纂所の宮中の梨壺から帰る途中、伊尹は井殿のいる滋野井邸に足しげく立ち寄ったであろう。井殿の母中務は、『古今集』時代の代表的女流歌人伊勢の娘だから。

梨壺で編纂事業に参画していた清原元輔（清少納言の父）、大中臣能宣をはじめ、五人の編纂担当者の中で傑出したアイデアマンの源順《みなもとのしたがう》なども、資料の借用などの用務を兼ねて、中務の所へやって来たであろう。この当時、源順がどこに住んでいたかは確定できないが、天禄の頃には順は中務の邸の隣に住んでいた。「和泉の守順朝臣、垣を隔ててあるに」（『中務集』）という両家の位置関係を、順の方では「中の御門の家の南に、中務の君住む」（『順集』）と記録している。順が「和泉の守」になったのは、康保四年（九六七）、任期中でもよいし、任期の終わったあとの「前和泉の守」の頃でもよいが、およそ天禄の頃であろう。

中務と源順

隣合わせに住んでいても、お互いにそっぽを向いて、付き合いなど一切しない人間関係もあるが、中務と順は冗談を言い合う仲良しだった。順邸の梅の実が盗まれた。「垣を越えてしのびこんだ犯人は、中務邸の者だ」と、順邸の者がいいがかりをつける。中務邸からは、犯人の詮索には触れずに、「私のところには、まだこんなにあるから、どうぞ」と枝に付いた梅を順邸に送る。盗難見舞いというところだろう。順邸の方では、中務邸の者が犯人という推理を曲げない。「お宅の湧き水は井堰を無視して、我が方に侵入してくる。犯人も垣根を無視して侵入するんだから、梅の実は一つ残らずなくなってしまった」とぼやく。

井堰にもさはらず水の漏る時は前の梅津も残らざりけり

口喧嘩をするのではない。こういう歌を詠み交わしての喧嘩だから、たわむれのやりとりである。『中務集』と『順集』には、この同じ事件を、おのおのの立場から記録していて、おもしろい贈答歌群をなしているのだが、長くなるから全部を紹介することは略す（拙稿「王朝物語の制作工房」前掲、参照）。

源順は『宇津保物語』の作者である。この長編の成立過程は定説がないが、応和・康保（九六一〜九六八）の頃、「俊蔭」の巻の母体となる第一次『宇津保』が書かれ、第二次『宇津保』は天禄の頃から着手されたという説（石川徹『平安時代物語文学論』昭和五四年）をおおむねの基準と考える。

第二次『宇津保』の中で早く執筆されたと思われる「藤原の君」の巻に、一世の源氏正頼の子どもたちを紹介して、「四の君、左大臣殿の二郎左近中将源実頼の北の方、年十八」と書いている。「実頼」は、実在人物でいえば摂政太政大臣藤原実頼がいる。源氏ではないが、同じ実名を物語中に使うとなると、気を遣わねばならぬところである。実は実在の藤原実頼は、昔、中務と恋仲だったことがある。その時の二人の贈答が『中務集』『清慎公（実頼）集』に見える。両者は熱烈な恋歌を贈答している。その時期は実頼が「中将にはべりける時」（『新古今集』詞書）である。実頼が近衛中将だった延長六年（九二八）から承平元年（九三一）は、中務の推定年齢十八歳の頃にあたる。今は源信明の妻である中務だが、かつて「十八歳」の時、「左大臣」忠平の子で「左近中将」「実頼」と熱烈な恋をした――そんな経歴をわざとにおわす作中人物の紹介をしたのは、源順の遊びであり、その順のたわむれの筆を一番おもしろがる読者の一人は、中務であろう。

中務邸の隣に住む順は、『宇津保物語』の身近な読者として、中務を意識していた可能性がある。ことによると、順の制作する物語のスポンサーは中務であり、作品は中務を介して需要者に配給されていたのかもしれない。

景明と中務

一つの組織として活動するためには、役割を分担する専門家が必要である。それまでも組織活動やそれを支える専門家はいたであろうが、今日の目から見てその存在は、はっきり見えなかった。それが見えるようになったのは、それだけ活動が目的的になってきたためであろう。

中務のところに、よく出入りしている源景明も、自分の役割を心得ていた。彼はさっきの梅の実の盗難事件をめぐる両家のやりとりの時にも姿を見せて、歌を詠み、若い光昭を引き立てる役割を果たしていた男である。

彼は勅撰集に多くの歌を残す一流歌人ではない。しかし、彼の歌は、物語とかかわる場合が多い。『風葉和歌集』は鎌倉時代に編纂された物語の歌を集めた歌集である。この中に、「かはほりの中務卿の宮の女」の詠んだ歌がある。『かはほりの宮』という物語の作中歌と思われる。この物語は『枕草子』の「物語は」の段に見える物語である。ただし、皆さんが活字になっている『枕草子』をご覧になっても「物語は」の段に、この物語の名を見付けることはできない。『枕草子』は普通は藤原定家の書き写した三巻本と呼ばれるテキストを底本とする。これには『かはほりの宮』の物語の名は見えない。これとは系統を異にする前田家本や堺本と呼ばれる『枕草子』のテキストにだけ、この物語の名が見える。

『風葉和歌集』に見える『かはほりの宮』物語の歌は「あるかひも渚に寄する浮舟の」という上の句であるが、これは源景明の『新古今集』に入集する歌と一致する。おそらく景明の歌を物語が借用して、物語中の歌の上の句に使ったのであろう。

また、平安後期に成った短編物語集『堤中納言物語』の中の一編に『思はぬ方に泊りする少将』という作品がある。この物語の名前は、景明の「風をいたみ思はぬ方に泊りするあまの小舟もかくやわぶらん」(『拾遺集』)の歌詞を借りたものと考えられている。この『思はぬ方に泊りする少将』という作品の中に見える歌「思はずに我が手になるる梓弓」の歌は、同じく『拾遺集』に見える景明の旋頭歌と表現が類似し、何らかの関係があるように思われる。このほか、『堤中納言物語』の『花桜折る少将』の中にも、景明の歌を踏まえる表現がある。

景明の歌は、『源氏物語』以後の作品に直接影響を与えた痕跡が認められないので、これら景明の歌とかかわりのありそうな作品は『源氏物語』以前の作品であり、景明が同時代にだけ特別強い影響をあたえたものかと推定される。それは景明が、中務の邸に出入りしていた時期と一致するであろう。彼は、物語に取り上げうる効果的な言動を意識的に演技していた人物であったかもしれない。これを実例に即して説明するのは、長くなりすぎるので、ここでは省略する。

『後撰集』時代の曲がり角

『後撰集』の編纂にタッチした伊尹は、その後、政治的な仕事が忙しくなり、文化的な活動からは距離をおくことになったが、『後撰集』の編纂前後から伊尹を側面から支え、次第に当時の文化人との人脈を広げた中務の住む町は、文化的生産性を維持し続けた。

伊尹が生前、「大蔵の史生倉橋の豊蔭」という卑官の「翁」を名乗り、架空のペンネームを使って作成した家集は、自作ではあっても、編集の実務は中務邸を軸としたスタッフが担当したであろう。「翁」と自称する発想は『伊勢物語』の中で、業平がやはり「翁」と自称するのと同じ発想である。この「豊蔭の集」は、伊尹の死後も増補されて、『一条摂政御集』となった。集中に「惟賢《のぶかた》の君失ひ給（ひ）たるに、致仕の大納言と後の世には聞こえし重光の君」という詞書がある。伊尹の次男惟賢がいつ死んだかは明らかでないが、源重光はその伯父にあたり、彼が大納言を致仕したのは、正暦三年（九九二）のことだから、現存の『一条摂政御集』の形態は、一条朝に入ってから完成した。

伊尹がなくなった後も、中務の町のエネルギーは、なおしばらく文壇を支配したようである。その文壇の特色は、母伊勢の時代に開発された、古伝承の筋書きの中の登場人物に心理を付与し、筋書きを自由に発展させる柔軟な方法を継承しつつ、それを有効に機能させる組織活動のモデルを作った。中務の住む町の工房は、伊尹の死去によって、政治的経済的な支持基盤を失ったが、そのモデルは、大斎院選子から、皇后定子、中宮彰子など、一条朝のサロンの中に生かされることになる。

11　大斎院選子の周辺

幼くして斎院となる

伊尹の娘で正室恵子内親王（代明親王の娘）の腹に生まれた懐子は、冷泉天皇の女御となった。花山天皇の生母である。懐子は、父伊尹の後を追うように天延三年（九七五）になくなった。尊子内親王は賀茂の斎院であったが、母懐子の死で、斎院を退下した。替わって村上天皇の第十皇女選子が、十二歳で斎院となる。以後、五代の天皇の御代を通じて五十七年間、斎院として神事に奉仕することになった。斎院在任の最長記録を作ったから「大斎院」と呼ばれる。神に仕える身分だから、伊勢の斎宮と同様に結婚はもちろんできない。尊敬はされるけれども、あまり居心地のよい務めではない。父帝の崩御や母の死で退下の理由が成り立つわけだが、選子は斎院になる前に父母をなくしている。退下の理由が見つからぬまま、五十七年間を斎院として過ごすことになったわけである。円融天皇とは同母の兄妹の関係だから、天皇は陰に陽に選子のために配慮されたであろう。

兼通と兼家の兄弟喧嘩

伊尹がなくなった後、兼通と兼家との兄弟の争いがくりひろげられる。年は下でも官職・位は上の兼家が優勢だったが、兼通は妹である皇后安子からかねて貰って、お守りのようにいつも首にかけていた「関白は、次第のままに（兄弟の年齢順に）せさせ給へ」というお墨つきを切札にして、これを円融天皇に差し出し、結局、権中納言になったばかりの兼通は、一躍して関白・内大臣、そして太政大臣にのぼった。「孝養の心深くおはしまし」た円融天皇は「御遺言たがへじとて」、兼通の申し出を受諾されたのだと、『大鏡』は述べている。

兼通は娘を入内五か月で皇后とし、実頼の子右大臣頼忠と組んで、左大臣兼明を二品親王に復し中務卿の閑職に追いやると、その空きポストの左大臣に頼忠を昇格させた。

貞元二年（九七七）冬、病が重くなった兼通は、兼家の行列がこちらに向かって来るという報せを受けて、「仲の悪かった弟だが、見舞いに来てくれるか」と、少しほろりとした。ところが、兼家の行列は邸の前を素通りして、宮中に向かった。兼家はすでに兼通死去という情報を得て、天皇に関白職就任のお願いをしようと参内したのである。兼通は怒った。病をおして、宮中へおもむき、最後の叙目を行なう。関白職は頼忠に譲り、兼家の兼務していた右大将の職を解任して、これを権中納言済時に与え、兼通は最後まで兼家と和解しないまま世を去った。

頼忠はあくの強い人物ではなかったから、太政大臣になるとすぐ源雅信を左大臣に、兼家を右大臣に昇進させた。兼家の娘詮子は女御となり、天元三年（九八〇）六月、懐仁《やすひと》親王が誕生した。後の一条天皇である。兼家に運が回ってきたのである。

円融天皇と兼家

これで円融天皇と兼家との協調路線が確立されたのかというと、どうもそうではない。兼家の娘詮子が男皇子を出産した同じ年の十月、前斎院尊子が入内している。円融天皇の真意がどこにあったのか。尊子は麗景殿に参候したから「麗景殿の宮」と呼ばれた。先に触れた中務邸に出入りしていた「麗景殿の宮の君」（「法師」の妻）の宮仕え先である。しかし、彼女が入内した翌月、火事で内裏が焼けた。それで彼女は「火の宮」という芳しくないあだ名をつけられた（『大鏡』・『栄花物語』花山尋ぬる中納言）。その後は「麗景殿」ではなく、「承香殿」にいたので、「承香殿女御」と呼ばれている。

一方、円融天皇は御子誕生のけはいがないため「素腹《すはら》の后」と、これも芳しくないあだ名を奉られた頼忠の娘遵子を天元五年（九八二）三月、皇后にした。関白頼忠の顔を立てるためであろう。ところが、遵子立后の翌月、尊子が剃髪した。伊尹の子、中務の孫である光昭が死んだために、宮中を退出し、その数日後に剃髪したという。「邪気」のせいだとも「年来の本意」だともいうが（『小右記』）、どうもはっきりしない。「火の宮」という汚名に耐えきれなくなったのかもしれない。また、遵子立后のショックで、突発的に髪を切ってしまったのかもしれない。

遵子の立后は、兼家にとっても不愉快なことだったから、とうとう兼家は参内中止のストライキ戦術に出る。円融天皇は遂にこれに屈して、永観二年（九八四）、花山天皇に位を譲って退位。皇太子は詮子の腹の懐仁親王。兼家の将来への布石が着々と進行する。

円融天皇の心中

兼家の圧力で退位した円融天皇が、退位と引き替えに兼家と取引できるような余地があったかどうか、これは分からないが、新皇太子は円融天皇と詮子との間に生まれた懐仁親王なのだから、円融天皇も兼家も睨み合いを続けることは得策ではない。両者の関係は間もなく妥協点を見つけ出したはずである。

それよりも円融天皇が心痛めたのは尊子の運命である。《よかれと思ってやったことが、すべて裏目に出て、彼女は剃髪してしまった。彼女は斎院のままでいた方が幸福だったのかもしれない……斎院である妹の選子の将来はどうなるだろうか、あれには、父も母ももういない》

《剃髪してしまった尊子は、出家の志を貫くことが大切だ。これ以上、世間から笑われるような言動は、あってもらいたくない》。円融天皇が尊子に送ったのは『三宝絵』であった。源順の弟子の源為憲がその詞を書いた。現在残るのは『三宝絵詞』だけだが、おそらく「絵」は立派なもので、その制作は円融天皇のお声がかりの仕事だったろう。「詞」を為憲が書き終えたのは、永観二年（九八四）だった。序文によると、内親王からの依頼で書いたことになっている。あるいは「絵」が先にできて、その説明の「詞」を内親王がお求めになったのかもしれない。生田川の話を話題にするきっかけも、その「絵」からだった。

この為憲が書いた「詞」には、「物語といひて、女の御心をやるものなり」という著名な一句があって、平安朝の物語の歴史を述べるのには、必ず引用される。尊子に対してはそんな物語などに心を奪われずに、「御心ばへをも励まし、静なる御心をも慰」める糧として『三宝絵』と「詞」が贈られた。選子内親王の所は仏教禁制の斎院だから「女の御心をやる」物語が贈られたと、私は推測する。

『三宝絵』の「詞」の作成は、中務邸に出入りしていた源順の弟子、源為憲が請け負った。選子内親王の所へ送る「物語」も「絵」が主体だったろう。それは、『住吉物語』の原型になった「住吉（物語）の絵」だったと考えられる。

「住吉の絵」と「歌」の欠落

選子のまわりの斎院の日常詠歌を集めた『大斎院前の御集』という歌集がある。選子晩年の歌を集めた『大斎院御集』に対して、これは永観二年～寛和二年（九八四～九八六）頃の斎院初期の歌が集められているので「前《さき》の御集」と名付けられた。この集に「住吉の御絵、失せたりと聞きて」の詞書で、斎院の女房、「馬」と「宰相」の贈答歌が見える。選子は「住吉の姫君の物語」に大変ご執心だったようである。『今昔物語集』巻十九によると、「寝殿の丑寅の角の戸の間」には「住吉の姫君の物語」を描いた「障紙」が立てられていたという。集にみえる紛失した「住吉の御絵」が、どんな「絵」だったかは不明だが、もう一つ別な資料がある。
大中臣能宣――この人も中務邸に出入りした顔ぶれの一員だが――、その家集の一つに、

住吉の物語、絵にかきたるを、歌なき所々に「(歌) あるべし」とて、あ(ると) ころのおほせごとにて詠める

という詞書で、能宣は七首の歌を詠んでいる。詞書に述べるおもむきは「住吉物語の『絵』に、歌が欠けている部分がある、その場面の歌を作れと、ある貴所から仰せごとがあったので、能宣が七首の歌を詠んだ」というのである。例えば、

侍従の、姫君求めに、並びの池の樋《いひ》のつらに居たる所、
入りにしはそこぞとだにも言ひつけば玉藻分けてもとふべきものを

「主人公の侍従が行方不明の姫君を探しあぐねて、並びの池のあたりで物思いに沈んでいる場面の歌」で、歌は、姫君が入水した可能性をも考慮して、場所が分かれば水底までも探しに行く主人公の思いの深さを述べる。死後の世界まで追っかけて行くという発想は、生田川の話の男たちの心情と似たところがある。

気になるのは、これらの歌を注文してきた時の注文書が、物語の筋を忠実に伝えてきたのか、それとも能宣のよく知った筋だからと、簡単なメモで注文があったのか、あるいは「絵」の図柄を見て、場面の解釈は能宣に一任されたのか、このあたりがはっきりしないのである。能宣の詞書の性格がよくわからないのである。

古本『住吉』は幻の作品か

従来は、能宣の書き残した詞書七場面を、現存の『住吉物語』の筋と比較して、主人公が「侍従」であって現存物語の「四位の少将」と異なっている等の相違点が多く指摘できるものだから、これを古本『住吉』と考え、現存『住吉』は、その改作というのが定説に近くなっていた。私も、主人公を「侍従」から「四位の少将」へ変更する必然性を考えて、これは《十二、三歳の侍従の出現によって、従来の十五、六歳で侍従になる常識が崩れた結果、流行遅れになった物語を改めたのだ》と解釈した。それは関白道隆の子伊周《これちか》が侍従になった寛和二年（九八六）の頃がふさわしいから、改作された新版『住吉』の出現を、一条天皇在位初年と推定した（拙著『源氏物語の研究—物語流通機構論』参照）。これを、『大斎院前の御集』にある「住吉の御絵」紛失と結びつけると、どうもこれは本当に物語がなくなったのではなく、なくなったことにして、新版物語作成作業をスタートさせたのだと解する方がよい。

ただ、いまだに心にひっかかっているのは、《生田川の話の絵を見ながら、伊勢たちが絵から勝手に、あるいは自由に空想をはせていた、あれと同じく能宣の書き残した詞書七場面も、実際の筋からは離れた読者の想像の産物ではなかろうか》という思いである。そうなると、古本『住吉』は幻の作品になってしまうわけだ。

組織化された物語生産体制

しかし、古本『住吉』が実体のない幻の作品になってしまっても、大斎院の所で『住吉物語』が作品としての形を整えたことだけは、事実だろう。『大斎院前の御集』には、大斎院が「物語司」と「和歌司」の二部署を新設して、物語の制作の効率を高めようとしたことが記されている。

「和歌の頭に、すけなさせ給ふに」という詞書から、「和歌司」のディレクターが任命されたことがわかる。これに続いて、「物語の頭」と「和歌の頭」に任命された「すけ」と呼ばれる女房との間で、「歌は和歌司こそ書くべけれ」と物語司の方から仕事を押しつけると、和歌司では「作業分担の部署が違うからといって、あまりいじめないでよ」と答える、こんなやり取りの和歌贈答が続く。いうなれば、一つの物語を作るのに、そのストーリーは「物語司」で、物語の中の和歌を作るのは「和歌司」の仕事というように、分業分担制で、物語制作作業が進行しているのである。

今日の常識からすると、そんな分業作業で一つの物語を完成することが可能なのかという疑問が生まれる。しかし、『住吉物語』のストーリーの輪郭は、たとえば生田川の話と同じように、だれでも知っている既知の内容であるという前提が、ここにはある。そうであれば、そのストーリーを「物語司」が文章として完成する作業は、自主的に進めることが可能である。

また、その物語は「絵」にされていて、その絵の場面には、多くは歌が書き入れてある。歌のあるべき所に歌が欠けていると、能宣のような専門歌人に依頼して、その画面にふさわしい歌を制作してもらうことになっていた。大斎院の構想では、外部の職業的専門歌人に物語の歌の作成を依頼すると、歌としてはソツのない歌ができてくるけれど、物語の作中人物の心理をあれこれと膨らませながら享受していた自分たちの、おもしろい発想がまったく生かされていないことに、不満を感じたのだろう。外部の人に頼むよりも、いままでの皆のおしゃべりの成果を生かして物語中の和歌を新作するのが「和歌司」の仕事である。このように作業分担をきめれば、一編の物語の形を整理するのに分業分担制を採用しても、さほど障害がない。

こうして新物語が完成した。「物語司」は「物語の清書《きよがき》せさせ給ひて、古きは司の人に配」る。「物語司」のディレクターは、当初、荷が重すぎるとぼやいたりしていたが、めでたく重責を果たして、はればれとした顔で、皆に物語のコピーなどを配分している。

生田川の話などを、『住吉物語』や『落窪物語』のような、伝奇物語でも歌物語でもない新しい現実性を備えた物語に転生させ、『源氏物語』へ繋いでいく過渡的相貌のものに仕立てていったのは、大斎院周辺の女房たちの功績である。しかし、ここでは、男性知識人に替わって女性たちが物語制作の中心を担うことにはなったが、まだ個人としての作家の個性は明確になっていない。

中務邸に出入りした源順は『宇津保物語』をほぼ完成し、大中臣能宣が大斎院の求めに応じて物語の世界に足を踏み込み、源順が『住吉物語』の向こうをはって『宇津保』スタイルで書いた『落窪物語』を、その中で使った当のモデルの清原元輔に見せたり（拙著「新潮日本古典集成」『落窪物語』解説）と、男性は物語の第一次黄金時代を推進した。これと並行して、女性のための物語は女性自身で作成しようという気運も盛り上がった。

この気運を決定的に方向づけたのが、大斎院だった。時代を動かす大斎院の文化的戦略を、次に分析してみよう。

六　文壇と社交

『住吉物語』中巻（著者旧蔵）

12 大斎院の文化的戦略

選子の政治的感覚

斎院という場所は宮中と違う。斎院の女房たちと外部の貴族たちとの日常的な交流の機会は、宮中の女房たちの場合に比べて限られている。社交を通して文化的教養をアピールするには、限られた機会を有効に利用しなくてはならない。

賀茂の祭は、そういう意味で絶好のチャンスである。少し後のことになるが、寛弘七年（一〇一〇）四月の賀茂の祭りの時、道長は娘彰子の腹の三歳の敦成《あつひら》親王（後の後一条天皇）と二歳の敦良《あつなが》親王（後の後朱雀天皇）を膝に据えて祭を見物する。桟敷の前を斎院が通る時、「この宮たちを、ご覧になってください」と声をかけた。斎院は御輿の垂れ絹の間から、赤い扇の端を出してこれに答えた。

衆人環視の都大路の行列の主役である斎院だから、乗物から顔を出して道長に挨拶などできない場面である。道長はこの斎院の応対に、「なほ、心ばせめでたくおはする院なりや」と、たいそう感じ入って、「かかるしるしを見せ給はずは、いかでか、見奉り給ふらむとも知らまし」と斎院をほめた（『大鏡』）。これは社交上のちょっとした機転というにとどまらず、選子の政治的感覚を示しているだろう。皆が感心する中で、隆家（関白藤原道隆の子）だけは、「追従深き老狐《おいぎつね》かな」と、顔をしかめたという。隆家は選子のなにげない挙動の中に女性の政治力のにおいを嗅《か》ぎ取ったのだろう。

連歌で挨拶する女房たち

斎院の女房たちも、賀茂の祭りの社交のチャンスを十分に活用した。『大斎院前の御集』に見える賀茂の臨時の祭の日の一場面を紹介しよう。

A　臨時の祭、見て帰り参りて、しばしあるほどに、昼持たる青摺りの扇のつまを折りて、かく書き付けてやる、
　道綱の少将に、
ゆきずりに見つるやまがつの衣手を
とて、渡るほどに、さし取らせたれば、またあしたに、かざしの枝に差して、
めづらしとこそ思ひけらしな
とあり。さまざま参りて、これかれと、もの言ひしかばなるべし

この同じ時のことが、『実方中将集』（戊本）にも見える。『実方集』には異本が多く『実方中将集』（戊本）は流布本系の根幹部分を増補し、さらに「他本」の歌を追補した特殊な本であるが、十三世紀にはこの形態になっていたようである。歌はこの本にだけ見える。

B　臨時の祭の舞人にて侍りしに、斎院の人の物見車の前を渡り侍りしほどに、ふと言ひかけ侍りし
ゆきずりに見つる山ゐの衣手を
と、言ひ侍りしかば、

めづらしとこそ神は見るらし

Aは、賀茂の臨時の祭の見物に行った時、斎院の女房が、青摺りの扇の端を折って、そこに「ゆきずりに」の句を書き付けて、道綱の少将に送ったという。連歌をしかけたのである。

Bは、実方が臨時の祭の舞人となって奉仕した時、斎院の女房の物見車の前を通ったところ、女車からこんな連歌をしかけられたという説明である。

連歌の句はAが「やまがつ」、Bが「山ゐ」で違っている。「山ゐ」は「山藍《やまあゐ》」の歌語で、青色の染料で染めた衣をいう。「賀茂臨時祭」の舞人は竹の模様の青摺りの袍を着る（『花鳥余情』）。舞人の着る小忌衣《おみ》である。「やまがつ」は、「山賤」とたわむれに詠んだとも見られなくはない。しかし、これでは字余りになるから、「やまゐ」の誤写であろう。「ゆきずり」と「山ゐの衣」は縁語である。

斎院の女房は、「あなたたち、見馴れない着物をきているわね」と、からかって詠み、その返事は、Aでは、「この衣、『めづらし』と皆さんご覧のようですね」と応じ、Bでは「この衣、『めづらし』と神様はご覧のようですね」と答える。「めづらし」は、現代の「めずらしい」よりも意味が複雑で、愛らしいともなるし、稀なので立派であるとも、いろいろに解される。それを相手がどう解するかで連歌のおもしろさが生まれる。

それはそれとして、Aで答えたのは道綱、Bは実方が答えたことになる。Aは「見て帰り参りて、しばしあるほどに」とあるけれど、「渡るほどに、さし取らせたれば、またあしたに」とあるから、女房たちがまだ車から下りる前、道綱と出会ってこれに詠みかけたのだが、道綱は返事の下の句を翌日によこしたことになる。Bは物見車の中から詠みかけ、実方はすぐ返事したおもむきである。相手も違うし、返事のタイミングも両者にずれがある。

Aの末尾に「さまざま参りて、これかれと、もの言ひしかばなるべし」というのから判断すると、「ゆきずりに見つる山ゐの衣手を」と女房たちが詠みかけた相手は、一人ではなく、「さまざま」の顔見知りの相手に詠みかけて、「これかれと」贈答したので、さまざまな返事があったというのであろう。『御集』には、その複数の返事が記録されていたであろうが、類似した返事ばかりなので、『御集』の整理段階では道綱の返事だけが残って、実方の返事は脱落してしまったものと思われる。A・Bからこれを実方と道綱とが取り交わした連歌だと見るむきもあるが、それでは『御集』にこの贈答が収められた理由がなくなる。挨拶には、同じことばを繰り返しても構わない、挨拶に答える相手が意表をついた洒落た返事を返せば、これは話題になるのだ。

道綱・実方・道信

『蜻蛉日記』の作者の腹に生まれた兼家の子道綱は、天元六年（九八三）左近少将、寛和二年（九八六）六月蔵人、十月に右中将となった。実方は小一条左大臣師尹の孫で、父が早世したため、叔父済時に養われた。母は道長の室倫子の姉であった。円融・花山両天皇にかわいがられ、当時の宮廷歌壇の花形であった。永観二年（九八四）二月左少将となっているから、道綱とは同僚である。斎院の女房たちとの連歌は、永観二年十一月二十七日の臨時の祭の時だったかもしれない。翌年の臨時の祭の時は、道綱が中将に転じた後になってしまう。

ところで、『実方中将集』（戊本）によると、実方と藤原道信との贈答歌があって、この二人も一緒に臨時の祭の舞人を務めたことが分かる。「道信の中将、臨時の祭の舞人に二人ありしを、もろともに四位になりて後の、祭の日」に二人が歌を贈答している。あの時、「山ゐ（井）の水に」二人で影をならべたなあなどと、過去を懐かしむ回想の贈答である。

二人はともに四位になったという。実方は寛和二年（九八六）七月に従四位下になっている。道信は永延二年

（九八八）正月左少将、三月従四位下。とすると、四位になった二人が歌を贈答した「祭」は、永延二年四月の賀茂の祭の時で、舞人をともに務めたのは、それ以前の数年のことになる。ことによると、道信は道綱・実方と同じ日、斎院の女房と同じ連歌をやりとりしたかもしれない。

実方は陸奥守となって赴任し、長徳四年（九九八）かの地で死んだ。道信はそれより早く正暦五年（九九四）に死んだ。豊かな才能を持つ者は、若くして死ぬ。

道綱は寛仁四年（一〇二〇）まで生き長らえた。和歌を母が代作してやったと『蜻蛉日記』に見えるから、斎院からの連歌の返事が翌日になってしまったのも、てきぱき対応のできない彼の性格のせいだったかもしれない。

中宮定子と斎院選子

社交的な交際範囲の拡張につとめる選子は、折ごとにあちこちへ贈り物をする。

『枕草子』の雪の山の話は、長保元年（九九九）正月前後の話である。昨年末に降った雪で庭に作った雪の山が、何日消えずにいるか、これが中宮定子のまわりの女房たちの話題になっていた。清少納言は、この賭けに勝ちたいと念じ続けている。人々の予想に反して、雪の山は年を越した。新年一日の夜、新雪が雪山の上に積もった。清少納言は雪山の延命と、この積雪を喜んだが、中宮は、「これは約束違反になる、はじめの雪は残して、今降った雪は掻き捨てよ」と、つれないことをおっしゃる。その夜、清少納言が局におりると、「斎院より」のお便りがある。早く中宮のお目にかけようと、彼女はすぐ中宮のところへとんで行く。中宮はまだお寝《やす》み中、他にはだれもいない――というのだから、よほど朝早い時刻である。

そんなに朝早く彼女がとんで行ったのは、新雪できれいになった雪山を、事情もよく知らぬ下部《しもべ》たちが、新雪除去作業でむちゃくちゃにしてしまわないかと、心配でたまらなかったからだろう。が、これは別の話なので、たち入らない。

彼女は斎院からのお便りを定子にさしあげる時、「斎院より御文の候はむには、いかでか」と、早朝参上した自分の行動を正当化することばを述べる。この彼女のことばは、誰をも「なるほど」と納得させる力を備えていなくてはならない。斎院選子からの手紙を並み以上に貴重品扱いにする定子後宮の慣例を、このことばにうかがってよかろう。

受け取った中宮は、どんな態度を取るか。『枕草子』に清少納言は、こう書いている。

御返し書かせ給ふ程も、いとめでたし。斎院には、これより聞こえさせ給ふも、御返しも、なほ心ことに、書きけがし多う、用意見えたり。

中宮は、斎院宛ての手紙を書く時、慎重に「書きけがし多う」何度も書き直して、「心ことに」「用意」配慮をおはらいになるのである。定子後宮が対斎院向けに、慎重のうえにも慎重であろうとしているさまがうかがわれる。

社交戦略の贈り物

この日、斎院から来た贈り物は「五寸ばかりなる卯槌二つを、卯杖のさまに頭など包みて」飾ったものであった。卯槌は、桃の木を四角に切って、五色の飾り紐をつけたもの。正月初の卯の日に贈られるのが例だった。悪鬼を払うおまじないである。長保元年（九九九）は正月一日が「乙卯」の日に当たり、贈り物は二日に来ているから、この雪山の話の史実は正月二日が「卯」の日に当たる長徳二年（九九六）であるという説もあるが、贈り物の到着は一日夜で、だからこそ清少納言は早々と二日の早朝、定子の所へ持参したのだと、私は考える。事実はやはり長保元年の話であろう。

「斎院より卯杖を給」わった時の歌が、『馬内侍集』にも見える。その贈答と同じ歌が『大斎院前の御集』にも収められている。『御集』では「卯杖を小さく作りて参らすとて」と、贈り主が馬内侍、受け取るのは「宰相」という女房になっている。授受の関係がくい違っているけれども、馬内侍が選子の意向を受けて宰相に卯杖を贈ったのだろう。馬内侍は『御集』の中で最も頻繁に登場する女性で、『御集』の編纂も彼女が担当したのかもしれない。

選子は永観・寛和の頃から長保の頃まで毎年、春になると卯槌や卯杖を、せっせと作っては、あちこちにプレゼントして、人間関係の維持に努めていたのだろう。物を贈られていやな顔をする人はいないという、社交戦略は今も昔も変わりない世相である。

13 儀礼的要請の裏と表

清少納言から紫式部の時代へ

清少納言が雪山の賭けに熱中していた長保元年（九九九）二月九日、道長の娘彰子の裳着が行なわれ、十一月、彰子は入内して、一条天皇の女御となった。翌年二月、定子は皇后、彰子は中宮となる。皇后、中宮と名前は違うが、これは同列の身分である。

すでに道長の覇権が確立している中で、この決定は斜陽化した中関白家《なかのかんぱく》の伊周をはじめ、定子たちの運命を追い詰めるものだった。定子皇后はその年の十二月になくなる。これとともに清少納言の宮仕え生活も終わった。翌年、長保三年（一〇〇一）四月、紫式部の夫藤原宣孝が死んだ。わずか数年の夫婦生活であった。

紫式部が宮仕えに出たのは、寛弘二年（一〇〇五）十二月二十九日であった。寛弘三年であるとする説もあるが、私は二年説に賛成する。十二月二十九日であったことだけは、『紫式部日記』の記事があるから、動かない。宣孝が死んでから足かけ五年の歳月が経過している。五年という年は、長いか短いか、これは人によって違うだろう。また、その人の年齢によっても、この時間感覚はいろいろ変わる。紫式部の年齢は推測だが、誕生の年は天禄元年（九七〇）から天元元年（九七八）までの幅がある。三十歳の前と後とでは、私自身の生きた感覚に照らして、同じ五年間でも時間の重みがずいぶん違うように感じる。第三者が勝手に紫式部の心の中に踏み込むことは、ここでは、差し控えておこう。

同じように、この数年の間に、選子も一回り大人になった。選子は寛弘二年には、四十歳を越えている。当時の標準からすれば老齢にさしかかり、あるいは円熟の境にさしかかっていることになる。

寛弘四年の物語注文

紫式部は宮仕えの当初、社交嫌悪症に取りつかれていた。清少納言も宮仕え当初は、恥ずかしくて人前に出るのを避けよう避けようとしていた。その心境が『枕草子』の「宮にはじめて参りたる頃」の段に記してある。ただ、清女と紫女の違いは、清女のそれが一過性のもので、すぐ宮仕えの水になれてしまったのに対して、紫女の鬱積した気持ちは、時に薄れても、すぐまた、ふさぎの虫が頭をもたげるという、まことに扱いにくいものだったことである。

紫式部は十二月末、宮仕えに出たが、里に帰ると、新春十日まで、出勤せずにとじこもっていた。「春の歌奉れ」と出仕の誘いが来ても、宮中に出かけて行ったけはいはない。三月頃まで、長期欠勤をつづけていた（家集）。だから、彼女が、宮中でまともに発言を始めたのは、その年の後半、積極的に意見を述べるようになったのは、翌年、寛弘四年（一〇〇七）と考えられる。

ちょうどその春、大斎院から物語の注文が、中宮彰子の所へ舞い込んだ。

「つれづれに候ふに、さりぬべき物語や候ふ」

メッセージがとどいたのは、「春」であった。定子皇后の場合と同様、彰子中宮の所でも、斎院との対応は慎重である。いろいろの草子を取り出して、「いづれをか参らすべき」と、女房たちの意見をお求めになった。紫式部が、この時、積極的な発言をする。一年前の彼女の態度からは予想もできない積極性である。

「みな目馴れて候ふに、新しく作りて参らせさせ給へかし」

《どれも読んだことのある物語ばかり。これでは、せっかくのご要望に応えたことになりますまい。新作の物語をさしあげましょうよ》と、いう意見具申である。こんな時、発言することは、その仕事を引き受けるはめになるのは、昔も今も変わらない。中宮は、

「さらば、作れかし」

これで、紫式部は新作物語を作る責任を背負うことになる。こういう展開になることは、はじめから予想される

ことだから、紫式部は発言する前から、新作物語作成についての自信を持っていたに違いない。すでに構想はもちろん、草稿もできていて、後は最終整理をすればよいと、彼女は内心、成算があったはずである。新しい物語の草稿は、夫宣孝と死別した後の数年、宮仕えに出る前から書き進めて、あらかた完了していたのである。

選子の本心

選子は、《春のつれづれをまぎらわすのに、なにかおもしろい物語はないかしら》と彰子中宮に物語を求めた。彼女は、先に述べたように、もう四十歳を越えている。四十歳を越えても、まだ物語を読みたいと望むのは、不自然だなどと文句をいうつもりはないが、選子が、彰子に物語を注文したのは、もう少し別な意図があっただろう。

かつて選子が『住吉物語』を愛好して、まわりの女房たちを動員し、物語司、和歌司などの職務分担を決めて、作業を進めたのは彼女の二十代の頃だった。作業目的を示された女房たちは、いきいきと活気あふれた毎日だった。ちょっとしたきっかけがあると、人間は見違えるように活気づくものだ。あんなチャンスを、今度は自分が人に与えてみたい——そういう気持ちが選子の内心に生まれたのではなかろうか。だから、物語を手に入れることよりも、彰子中宮の後宮をにぎわわせるきっかけを作る儀礼的な物語注文であり、要請だったと、私は考える。

プレゼントを贈るだけではなく、相手を自主的に新しいものの創造に駆り立て、やる気を起こさせること、そしてその成果を顕彰してやること、そういう試みである。もし、そういう意図が選子にあったのなら、彼女は文化政策を推進する立派な女性行政担当者だったことになる。そして、この文化政策の基本にあるのは、一種の「女性教育」論である。

大斎院から彰子中宮の所へ物語の注文があって、紫式部が新作物語の制作を提案し、『源氏物語』を作ったという話は、十二世紀前半に成立した『古本説話集』に見える。説話は史実とは違うのだから、あまり信用しない方がよいとするのも一つの見識だ。だが、研究者はいろいろな資料を組み合わせて、昔の歌人や物語作者の身辺を明らかにしようとする。残された資料には限りがあるから、これを紡ぎ合わせてでき上がった伝記も、実は、新しい伝説を作ったに過ぎない。資料と矛盾する要素を含まないことを確かめさえすれば、伝説は資料として活用すべきだし、伝説にせよ資料があるというのは、それすらない場合に比べれば、はるかに有利な立場が確保されていることになろう。

大斎院が物語の注文を思いついた動機も、その説明がつくならば伝説の史実性をいっそう確かなものにしてくれるはずである。選子の儀礼的要請と、それに伴う教育的効果とは、具体的には、どういうものだったろうか。

父帝に学ぶ選子

選子は、父親である村上天皇の女房教育の実際を、ある程度、知っていた。たとえば、こんな話がある。

天皇が兵衛蔵人という女房に教育的課題をお出しになったのは、降っていた雪がやんで、冬の月が明るく庭を照らしている夜であった。雪を器に盛り、梅の花を挿して、天皇は「これで歌を詠んでみよ」と兵衛蔵人に課題をお出しになる。彼女はこれに「雪月花の時」とお返事した。白楽天の詩の一句である。外は雪がはれて、冬の月明かりの夜である。器には梅の花を挿して雪が盛ってある。彼女は、場面を総合して、白楽天の詩の一句と同じ条件がすべて備わっていると判断した。「これに歌よめ、いかが言ふべき」という課題だけれども、それにとらわれない柔軟な態度で、歌よりも一層効果的な自己表現に切り替えたのである。彼女は白楽天の「殷協律ニ寄ス」という詩を知っていた。

琴詩酒ノ伴《トモ》ハ皆、我ヲ抛《ナゲウ》テリ、雪月花ノ時、最モ君ヲ憶《オモ》フしかも、彼女は、知っているはずの下の句「最モ君ヲ憶フ」を口にしなかった。これを口にすれば、目の前におられる「帝」に対して「君ヲ憶フ」と言ったことになる。さしでがましい言い方になる。彼女は控えめに女性らしい答え方を選んだ。

この話は、一瞬の内に場面を総合判断し、より効果的な自己表現があれば課題の条件にとらわれず柔軟に対応し、しかも、女性らしい控えめな態度を崩さない、そういう平安朝の才女の条件を示す話である。と同時に、村上天皇は、彼女に課題を出すことによって、才能を発揮する場を彼女にお与えになっている。才能を発揮する場を与え、才能を引き出すのは「教育」(education) の原点である。教育は、教えこむことではなく、引き出す (educe) ことだからである。

天皇は同じ頃、こっそりと蛙のミイラを囲炉裏の火に投じて、煙のあがった頃合を見計らって兵衛蔵人に、その煙の正体を見届けてくるように命じたりなさる。彼女はこの課題にも、「蛙が焼けておりました」という事務的な報告ではなく、歌で報告する。天皇が何を期待しておられるかを察した彼女の明察であり、天皇の側からすれば、やはり彼女の才能発揮の場の設定という教育的配慮である。

これらは『枕草子』に書かれている話だが、選子も父帝の逸話として、当然知っていたであろう。

村上天皇と定子皇后と選子

皇后定子にとって、村上天皇は夫君一条天皇の祖父である。定子の周辺でも村上天皇の頃の逸話はよく話題になった。左大臣藤原師尹《もろただ》の娘は村上天皇の女御で、宣耀殿の女御と呼ばれた。彼女がまだ父の邸にいた頃、父は姫君教育のカリキュラムとして、習字、音楽、和歌を重視し、和歌の領域では、『古今集』を暗唱できるまで学習することを教育目標にした。天皇はかねて耳にしておられたこの教育成果をためすために、ある日、不意に試験を行ない、試験は延々と深夜までに及んだが、女御の答えは完璧であったという。これは、『大鏡』にも見えて著名な話だが、皇后定子もこれにならって、清少納言たち女房に『古今集』の試験を実施した。不意のことでもあり、また清少納言も宮仕え後、日も浅い頃だったので、全員不合格のさんざんな成績に終わった。

こんな時、不成績を責めて叱咤激励するやり方がある。皇后定子はそういう方法をとらない。村上天皇の御代の宣耀殿の女御の逸話を、女房たちにお話しになり、不成績を恥じてめいってしまっている女房たちの気持ちを引き立てながら、彼女たちの自発的な努力をやんわりと刺激するのが、定子のやりかたである。いわば、かつて男性の村上天皇が実践された女性教育を、今度は女性である皇后がまわりの女房に対して実践するのである。

《なくなった皇后定子の女房教育の実践は、村上天皇の女房教育の方法に示唆をあたえられるところが多かったようだ。そして、定子は清少納言が環境になれてくるに従って、彼女を名指しで、「少納言よ、香炉峰の雪、いかならむ」と課題を出し、清少納言も「香炉峰ノ雪ハ簾ヲ撥《カカゲ》テ看《ミ》ル」などと、おざなりな答案を口頭でものするのではなく、簾を巻き上げる演技で、定子の出題意図に応えたりしている。あの応え方は兵衛蔵人が蛙のミイラの焦げる煙を見てきて報告する、あのやり方と同じ、事務的で平板になることを避けて、面白い答案を要求している出題者の意図をよく察した対応だ》——選子は、『枕草子』を読みながら、こんなことを考えていた。

《そういえば、この『枕草子』が書かれたきっかけというのも、少し変わっている。清少納言は、あとがき（跋文）を加えて、この作品を書いた紙のことを書いていた。伊周が献上した紙を前にして、定子が「これに、何を書こうかしら」と女房たちの意見を求めた時、清少納言が「枕にこそは侍らめ」（それは「枕」でございましょう）と発言したんだそうだが。それで本の名前が『枕草子』になったというのはわかるけれど、「枕」というのは何かしらね。あのころ謎々が流行していた、「枕とかけて、何ととく」「こころは……」と、皆がいろいろな答えを出す、あ

れでしょうね》

《だいたい、あの跋文には、経房が清少納言の家を訪問した時、畳といっても薄縁の座布団なのだが、彼女が彼にすすめた敷物の上に『枕草子』がちゃっかり座って経房の前にしゃしゃり出てしまったものだから、人に見せないことにしていたあの本が世間を「歩き」だしてしまったなどと書いている。敷物の上に本が乗っているのに気がつかぬほど、彼女の目が悪いなどとは耳にしていない。あれは、「読んでみてちょうだい」などと手渡すのは月並みだと考えた清少納言の演技だろう。ああ、そうそう、「畳」は座るだけじゃなくて、横になるのにも使うから、「枕」は「畳」と一緒にあってもいいわけか》

なんでもない、ほんのちょっとしたことがきっかけになって、皆を楽しませることが始まる。「物語を見せてくれ」と彰子中宮に言ってやったら、まさかありふれた本を事務的によこしたりはしないはずだ。どんな工夫をするか楽しみにしよう。選子の儀礼的物語要請は、こうして行なわれることになった。

七　女流作家の書斎

石山寺の紫式部『雛鶴源氏艶文選』（著者旧蔵）

14

「系列化集合」の物語方法

寡婦時代の紫式部

寛弘四年（一〇〇七）春、大斎院からの要請を受けて、「私の書斎に書きためてある、あの物語を整理すれば」と、紫式部は思いついた。彼女の書斎には、どんな原稿が蓄積されていたのだろうか。

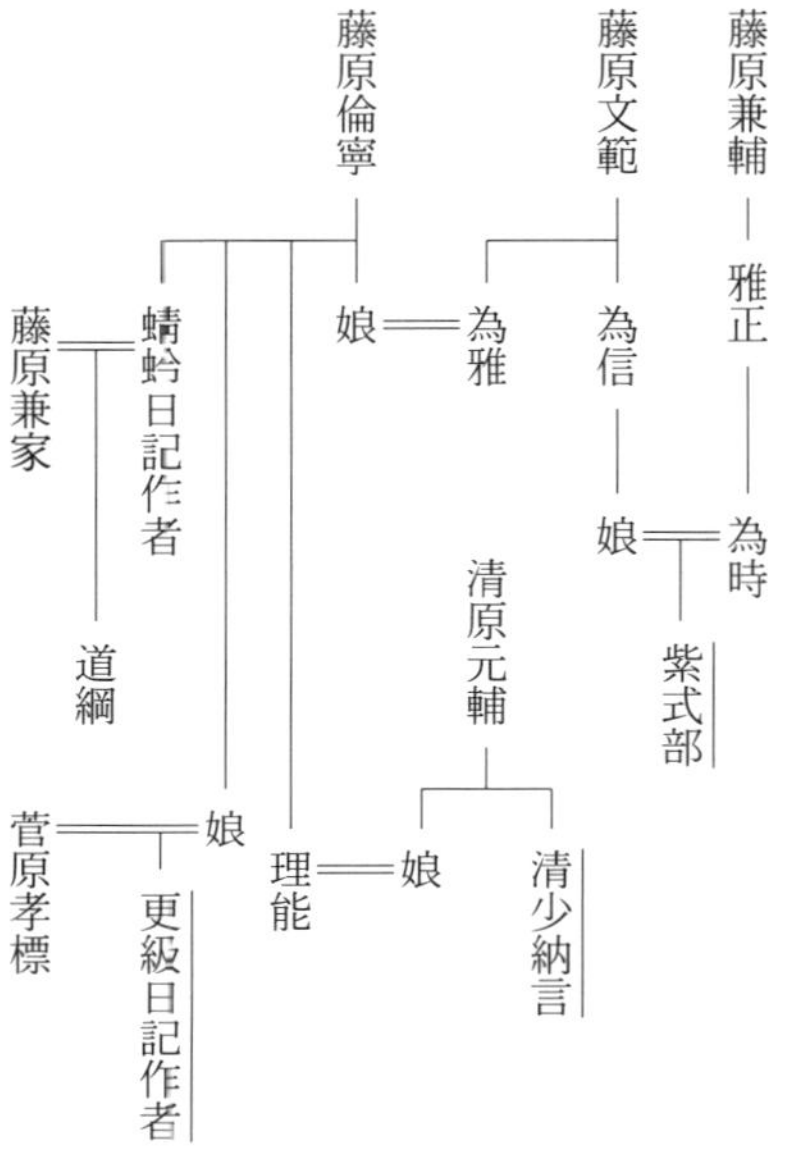

長保三年（一〇〇一）に夫宣孝と死別した頃、『枕草子』は、現在の私たちが見るのとは相当違う形態ではあったが、一部の人たちの目に触れていた。源経房が伊勢の守と呼ばれていた時代に、彼は清少納言の所から『枕草子』を持ち帰って、人々に見せたらしい。長徳元、二年（九九五〜九九六）の頃である。以来、五、六年たっている。現代とは違って、血縁・姻戚を軸にした人間のつながりは強いから、つてを求めて手に入れようと努力すれば、目指す本は案外に借用の便宜があったであろう。

紫式部は、『枕草子』も『蜻蛉日記』も比較的早く手にして、虚構の物語とも歌集とも違う前例のない作品に接していたであろう。また、大斎院の所の女性たちが協力して『住吉物語』の改訂作業の実験を行なった噂も耳にしていたであろう。学者であった父為時から、「この子が男だったら」と、その才能を惜しまれていた彼女だから、夫と死別してしばらくすると、書斎で本に親しむ昔からの習慣的な日常がもどってきたに違いない。

「和魂漢才」の女性教養歓迎の時代

紫式部の書斎には、「大きなる厨子一よろい」一対二脚が置かれていて、その中に「ひまもなく積み」上げた書籍が収納してあった。「一つには古歌《ふるうた》、物語」の類が入っている。もう一つには、亡夫宣孝が「わざと置き重ね」た「書ども」（漢籍）を収納してある。宣孝は彼女と結婚してから、それまでに蒐集していた漢籍の類は、すべて彼女との住居に搬入したのだろう。当時は、女性が漢籍などを読むのは歓迎されなかった。彼女の側にいる古女房たちは、紫式部が漢籍を手にすると、「なでふ女か、真名文《まなぶみ》は読む。昔は経読むをだに人は制しき」というのが口癖だった（『紫式部日記』）。

「真名文」とは仮名文に対する漢籍をいう。「なんだって女が漢籍なんか読むんだろう、昔はお経を読むのすら制止されるほどだったのよ」などというのは、よほど保守的な老女だろうが。そんな世間常識は熟知していて、漢籍を紫式部のもとへ運び込んだ宣孝は、それなりに進歩的な男だったことになる。なにしろ彼は、吉野金峰山にお参りする連中が、やつした身なりで出かけるのを尻目に、息子ともども、はでな出で立ちで参詣し、人々に目を見張らせたという経歴の持ち主である（『枕草子』「あはれなるもの」の段）。

しかし、時代は変わる。清少納言は漢籍・仏典の知識まで総動員して、男性貴族と日常の社交をこなしているけれど、それだから彼女が世間から嫌われたりはしなかった。それどころか、清少納言は皇后定子から、その才能ゆえにかわいがられている。時代は和漢両方の知識を備えて、それを活用できる新しいタイプの女性を求める方向に変わってきているのである。

「交野の少将」の物語

紫式部が『源氏物語』の中で利用している漢籍を列記するのは、話が堅苦しくなるからやめておこう。彼女は、どんな仮名の物語を読んでいただろうか。

『源氏物語』の第二番目の巻「帚木《ははきぎ》」の冒頭には、「光源氏、名のみことごとしう、言ひ消たれ給ふ咎《とが》多かなるに」と書き出して、この光源氏も、実は「なよびかに、をかしき事はなくて、交野の少将には笑はれ給ひけむかし」と説明されている。光源氏は、交野の少将の足もとにも寄れないというのである。

交野の少将は、物語の名前であり、その物語の主人公である。今日残ってはいないが、当時はとても人気の高い作品で、『落窪物語』『枕草子』にも名前が見えるし、『源氏物語』では野分の巻にもその名が見える。紫式部のよく知っていた物語である。

著名な物語だのに、散逸してしまっているので、この作品の内容は長らく知られていなかったが、最近になって、新しい資料から、その作品の特徴がわかってきた。十三世紀に書かれた『源氏物語』の注釈書『光源氏物語抄（異本紫明抄）』の名は、本書で『竹取』のかぐや姫のことを扱った時にも触れた。この注釈書は、写本として伝えられ、最初の一冊が関東大震災の時に失われてしまった。戦後、全巻完備した写本の伝存することが明らかになったのである。

この注釈書によると、次のように説明してある。

交野の少将は、隠れ蓑の中将の兄なり。ただし、隠れ蓑は、中将の時にあらず、隠れ蓑の東宮亮《とうぐうのすけ》といはれし人なり。狛野の物語のはじめの巻なり。
交野の少将も中将の時の事なれども、物語のやう、皆かやうに取り成して書けり。交野は少将の時もありと見ゆる所は侍るなり。

「隠れ蓑」というのも、散逸物語のひとつであり、「狛野」というのも、『源氏物語』の螢の巻に名前の見える散逸物語である。この三物語はいずれもわずかな断片的資料から、その内容を推測するしかなかったのだが、この注によって、三者が相互に関連のある物語であることが明らかになった。短い注だから解しにくい所もあるが、「交野の少将」の物語の主人公と「隠れ蓑の中将」の物語の主人公とは兄弟だというのだから、この二作品は、独立した物語であると同時に、両者を一つの大きな物語の部分（巻）として読むこともできる。そして「狛野」の物語も、その大きな物語の組織の一つの巻に位置づけられることになるのである。

別個に独立した物語が、より大きな体系・組織の一部に位置づけられる物語の享受の方法を、私は、「系列集合」化と呼ぶ。この方法は享受者だけに限らず、物語の作者も、物語を長編に仕立てる時、意識的に行なうことができる。『源氏物語』の、特に最初の方の諸巻には、この方法が使われているようである。おそらく、それは、大斎院から舞い込んだ物語注文という儀礼的要請に、手持ちの材料で対応するために、紫式部が採用した方法であろう。

隠れ蓑を使う主人公

『風葉和歌集』は鎌倉時代に作られた物語歌集である。これも、かぐや姫の話を説明する時、資料に使った。『風葉和歌集』には「交野の少将」の資料が少ない。「交野の大領が娘」の詠んだ歌が一首あるが、これは「交野の少将」の物語の歌なのか、「交野」の物語の歌なのか、明確でない。それに対して、「隠れ蓑」物語関係の歌は、『風葉和歌集』に比較的多く収められていて、物語の内容もつかみやすい。「散佚物語四十六編の形態復原に関する試論」（松尾聡『平安時代物語の研究』武蔵野書院、昭和三八年）などのすぐれた研究がある。

詞書に「左大将、かたちを隠して所々見ありきけるころ」などとあるのが主人公の行動である。『風葉和歌集』では、登場人物をその最終官職で示すから、「隠れ蓑」の主人公は、当初は東宮亮であったが、最後は左近衛大将に昇ったのである。彼は、姿を隠して、垣間見の道で、前斎宮に迫ろうとする男には、伊勢大神宮の託宣めかしたことばをかけ、女性に言い寄るふらちな法師には、仏さまの歌を法師の耳にささやき、女性たちの危機を救ったりする。

『狭衣物語』には「隠れ蓑の中納言」、その異本では「隠れ蓑の中将」などと、いろいろな官職名で呼ばれているから、相当長期にわたる活躍を描いていたのであろう。もし、彼の最終官位が「中納言兼、左大将」だったのなら、こういう兼官の実在人物は、『源氏物語』以後でなければ現われないので、平安後期までつぎつぎに物語は増補されたのかもしれない。先に引用した注に、「ただし、隠れ蓑は、中将の時にあらず、隠れ蓑の東宮亮といはれし人なり」と、わざわざことわっているのは、注が次に引用する物語の場面を説明するために必要なコメントだったのであろう。

兄弟関係の根拠資料

『光源氏物語抄』は、「その詞に」こんな物語場面があると、以下のように原文を紹介している。

大納言殿、御祓《はらへ》し給はむとて、御方々、君達引き連れて、水無瀬《みなせ》へ渡り給ひぬ。亮《すけ》の君も渡り給ひぬ。

この源大納言が、交野と隠れ蓑（亮の君）の、二人の兄弟の父である。この水無瀬の大納言の別荘の近くに、前左大臣の別荘があって、左大臣の没後、その北の方は、プロポーズする男性がたくさんいて煩わしいものだから、都を離れて、これも水無瀬に来ていた。娘四人、長女は今の院の第二皇子と結婚し、縁づいた娘もいる。四女はまだ十二歳で結婚にはちょっと早い。三の君の所に諸方からラブレターが殺到するというのが、左大臣家の現状である。

引用場面は、ここから、左大臣家のある日の様子が描かれる。「いつものように、お手紙で」と、三の君あての文が来たが、三の君は病臥中なので、だれも取り合おうとしない。左大臣の一人息子、兵衛の督が出ていって、手紙を披見する。

兵衛の君、出で取り入れ、急ぎあけ給ひつるを、「たがぞ」とさし覗きて見給へば、例の中将の君の手なり。

ここで、兵衛の督が見ている手紙を、「だれからの手紙かな」と覗き見している人物がいる。兵衛の督はそれに気づかない。来た手紙は「中将の君」からの手紙だ。この場面は「源中将の弟の東宮亮」が「隠れ蓑を着て」左大臣邸にしのび込んでいるのである。「中将の君」とは、東宮亮の兄（交野の少将）である。先に引用した注の冒頭に、「交野の少将も中将の時の事なれども」とコメントが付いていたのは、この部分の解釈を誤らないように読者のために、あらかじめことわっておいたのである。

東宮亮は、じっと姿を隠したまま兄の書いたラブレターを覗き見て、「うまいくどき方をする。さすがは兄貴だわい」と内心感心する。同じく文を見ている兵衛督も、「あちこち恋文を書き配るだけあって、見るたびごとに腕があがるようだ」と、つぶやく。左大臣北の方が聞き付けて、「誰からのお手紙か」と尋ね、母と息子は、この手紙の主、源中将（交野の少将）が、「帝よりはじめたてまつりて」「この人を愛でぬ」ものは一人もない、とほめあげる。自分たちが絶賛している当人の弟が、すぐ側で聞いていようなどとは夢にも思っていないのである。

この引用は、「交野の少将」からの引用なのか、「隠れ蓑」からの引用なのか、不明だが、世人から絶賛される兄と、兄の恋文の送り先の家庭内に隠れ蓑を着て侵入している弟とが登場するから、「交野の少将は、隠れ蓑の中将の兄」だという注は、信用してよさそうである。

狛野の物語と隠れ蓑

先の引用注の文脈は、「隠れ蓑は……狛野の物語のはじめの巻なり」と、読むことができる。「交野の少将」と「隠れ蓑」は兄弟関係を軸にした「系列化集合」、「隠れ蓑」と「狛野」は正・続の関係を軸とした「系列化集合」で、その点、「交野の少将」とは少し離れた関係にあるかとも推測される。三者の関係軸は相互にずれがありながら、それでいて、三者は三部作として享受することが可能な、まとまりを保っているわけである。私はこういう関係図式が、『源氏物語』の最初の方の構図の基本をなしていると認識している。

さて、この「狛野」の原文の一部も『光源氏物語抄』に引用されている。末摘花の巻に見えるのを紹介する。

故大納言の君達、方分きて前栽合《せんざいあはせ》し給ふと聞きて、例のかたちどもゆかしくて入り給へれば、御前の方、常よりことにしつらひて、左右に木ども植ゑたり。かくて、人々あまた居たり。

この場面は、主人公の男が故大納言の姫君の前栽合に出かけて行ったところだと解釈されている。しかし、姫君の「かたちども」を見たいと思っても、「殿上人、上達部あまた参り給」う邸内で、姫君は人に軽々しく姿を見られる無警戒なポーズをとるはずはない。簾に隔てられた透き影を、ちらと目にすることくらいしか期待はできまい。それに普通なら「入り給へれば」ではなく、「参り給へれば」と書くはずである。「入り給へれば」というのは、主人公の男が、隠れ蓑を着て、こっそり邸内に侵入したことを表わす表現であろう。

前栽合は最後に、木に付けた「歌どもを合」わせる歌合行事に移行する。歌合には講師が要る。講師には「左右の大将殿の宰相」が決まった。「左右」というのは誤写である。もし「左大将」なら、これは「隠れ蓑」の主人公の最終官位と一致するから、その息子が宰相として登場する「狛野」の物語は、「隠れ蓑」の「東宮亮」時代より相当年月を経過した後日の話になる。

いや、それほど年月が経過すれば、「交野の少将」も、もう若くはないはずだ。それでも昔と同じく若い姫君の「かたちども」を「ゆかしく」思う気持ちが押さえきれぬというのなら、それはいっそう「交野の少将」らしい性格の持ち主だということになる。もしそうなら、ここで隠れ蓑を着用して大納言邸に忍び込んだのは、弟から隠れ蓑を借用した、兄「交野の少将」だったかもしれない。

狛野の「小君」は「高麗人」の子

しかし、もう一つの帚木の巻の「狛野」の引用に照らして、以上のような推測は成り立ちにくい。帚木の巻の「狛野」の引用は、ごく短いもので、まず、「こま人の子の、歳十三ばかりなるが、殿上などしてなむ、言ひ出でける」と述べて、再度「この消息しつる小君して言ひける」と繰り返している。『源氏物語』に出てくる「小君」ということばを説明するための注だから、こういう説明形式になるわけだ。「小君して」は「小君ぞ」の誤写であろう。係助詞「ぞ」なら「言ひける」という文末とも呼応する。

この子の発言を、注では、

亮の君、いかで近う聞こえさせん。

と記している。「亮の君」は「隠れ蓑」の主人公東宮亮であろうから、「狛野」と「隠れ蓑」は、ともに主人公の若い時代の物語と判断する方がよい。若い時代の兄弟は、おのおの、自分の行動の秘密などは肉親にすら悟られないように隠すものだ。兄弟間の隠れ蓑の貸借関係も成り立つまい。とすれば、故大納言の姫君の前栽合に忍びこんだのは、やはり隠れ蓑の所有者だ。東宮亮である。

「交野の少将」は「なよびかに、をかしき」歌物語系。「隠れ蓑」は現実にはありえないものの力を借りる伝奇物語系。それでは、「狛野」の特徴は何か。

光源氏はこの物語を「世馴れたる物語」と評している。歌物語の世離れた一面を持った「みやび」の世界と違って、この「世馴れたる物語」は、もっと世俗的な要素の強いものなのだろう。光源氏はこういう物語は、明石の姫君には「な読み聞かせ給ひそ」といましめているから。

この物語は絵をともなっていて、「小さき女君の、何心なく昼寝し給へる」場面が描かれていたというが、そんな少女の寝姿に「かかる童どちだに、いかにされたりけむ」と光源氏が感想をもらすのは変だ。おそらく、「こま人の子の、歳十三ばかりなる」小君が、「亮の君、いかで近う聞こえさせん」という平素の念願を果たすべく、東宮亮を姫君の所へ導く手引きをした話が一場面を成していたのだろう。この場面の「小さき女君」を、空蟬に置き換えれば、そのまま、帚木・空蟬両巻に展開する源氏と空蟬の物語になりうる。「小君」は源氏を空蟬の所へ導いたのだから。

それに、小君が「こま人」の子だというのも、気にかかる。『源氏物語』の桐壺の巻には、光君の人相を相して、その未来をほぼ言いあてた「高麗《こま》の相人」が登場している。『源氏物語』の最初の方は、物語構成の方法面でも、素材の面でも、「交野の少将」三部作と密接な関係が認められそうである。

15　物語公表のタイミング

石山参籠説話の舞台裏

寛弘四年（一〇〇七）春、新作物語の制作を請け負った紫式部は、「系列化集合」の方法を実践して、手持ちの習作短編を長編に整理する作業に取りかかった。

こんな噂はすぐ広がる。野次馬や情報蒐集マニアが、毎日のように彼女の書斎に押しかけてきて、進行状況や、物語の構想を聞き出そうとする。いちいち相手になっていたのでは執筆作業の時間がとれない。とうとう彼女は、「石山寺へ参籠して執筆します」と出張届を彰子中宮に提出した。じつは、空出張《から》。自宅の書斎で仕事を続けているのだが、不在ということにして来客はすべて追い返す作戦である。

作業完了後は、話の辻褄を合わせるために、こんな作り話も用意した。

「石山に参籠して、琵琶湖の面に十五夜の月が映っているのを見ているうちに、構想がまとまったのよ。ちょうど原稿用紙が手元になかったものだから、仏前の大般若経を借用してね、その裏に書いたの。『今宵は十五夜なりけり』という文句が須磨の巻にあるでしょ。あれから書き始めたの。後で、大般若経は私が新しく書いて、仏さまにお返ししておいたわよ」。

彼女は自分のついた嘘を心苦しく思いながら、内心、清少納言のことを思い出した。あの清少納言だって、「『枕草子』が勝手に畳の上に乗っかって、読者の前に出かけてしまったのよ」などと、喋るだけではなく、自分の作品の跋文にまで書きつけていたわ。あれは宣伝効果満点だったようだ。私にだって、このくらいな虚構の執筆裏話は、許されるはずだわ。大斎院は儀礼的に物語の注文をお出しになったのだし、評判が高まれば、それだけ大斎院の意図に添うことになるのだから。

紫式部が語ったこんな苦心談は、当初は茶飲み話の種くらいに扱われていたが、時とともに説話に記録されるようになり、石山参籠のうさんくささが逆に作用して、大斎院からの要請まで、疑わしいと考える人がふえてしまったのだが。

長編構想のモデル

紫式部は『宇津保物語』の存在を視野に入れていた。絵合の巻で『竹取』と『宇津保』の俊蔭が絵合の競技に提出されていることは、前に触れた。螢の巻では、源氏が「狛野」を話題にして教育的配慮の大切さを述べると、紫の上が、「宇津保の藤原の君の娘こそ、いと重りかにはかばかしき人にて、過ちなかめれど」と、これに応対する場面がある。

「藤原の君」とは源正頼、彼は母が藤原氏なので子供の時にこう呼ばれていた。その雅頼の娘というのは貴宮《あてみや》である。貴宮をめぐる求婚譚は『宇津保』の中心話題の一つであるから、紫式部は長編『宇津保』の全体構想を頭に入れていたであろう。その長編『宇津保』は、書き下ろし長編ではなく、「交野」「隠れ蓑」「狛野」三部作と同じ「系列化集合」の痕跡を多分に残す。

『枕草子』の「物語は」の段には「宇津保の類」ということばが見える（ただし、今日普通に使われる『枕草子』には、このことばがないけれども）。そして、「国譲《くにゆずり》」という物語名が「物語は」の段には見える。これは今日では『宇津保』に含まれる巻になっている。「類」とはまだ系列化が完了していない集合体を指すことばであり、清少納言が「物語は」の段を書いた時には、「国譲」が系列化されず、「宇津保の類」にも数えられていなかったのであろう。

紫式部は同じ「系列化集合」であっても、もう少し緊密な長編構成を目標にした。

彼女は、「系列化集合」に先立って全体構想の輪郭をまとめる。今日残っていない「輝く日の宮」の巻は、その全体構想に当たると、私は考える。

「輝く日の宮」から「光源氏の物語」へ

「竹取の翁」主役から「かぐや姫」主役へと、主役・脇役の転換があったことは、すでに述べた（一―2参照）。

紫式部は当初、藤壺主役の「輝く日の宮」物語を考えていたが、これを光源氏主役の「光源氏の物語」へと、力点の置き方を変更した。「輝く日の宮」で光源氏は脇役だったが、系列化集合の作業を進めているうちに、光源氏主役の方が物語の幅を広げるのに便利だ、と紫式部は気がついたのである。女性主役の場合は、行動範囲が制約される。男性主役であれば、さまざまな人間関係を扱うことができる。『伊勢物語』もそうだし、「交野の少将」でもそうだ。忍び歩きをする男性だから「隠れ蓑」も使えるけれど、高貴な女性の場合は、いつも侍女たちがまわりにいて目を光らしているから、しばらく人目を避けて行動する自由など、ないに等しい。

「輝く日の宮」には、脇役としての光源氏のプライベートな生活側面がすでに紹介されていたから、紫式部の頭の中では、「光源氏、名のみことごとしう」と帚木の巻の冒頭から書き始めるのに、さほど抵抗はない。「名のみことごとし」い光源氏の生活の実態は、紫式部の脳裏には実在している。

桐壺の帝の后である藤壺中宮と、母に死別して桐壺の帝から鍾愛されている第二皇子とは、理想的な女性であり、理想的な若い貴公子である。彼は帝の深い配慮によって皇族から臣籍に下り源氏となった。この光源氏は義母藤壺と恋におちた。後に冷泉院と呼ばれる皇子の実の父が源氏であるという誕生の秘密は、世間には隠され、桐壺の帝はこの秘密を知ってか知らずか、藤壺・光源氏・冷泉院を一生かわいがった。「輝く日の宮」の輪郭はこういう展開だったであろう。

そんな危険な物語を作るはずはない、という人もあろう。が、歴史上の実在人物である藤原時平は、公然と、かつ合法的に伯父国経大納言の若い北の方を手に入れた。紫式部はその当事者たちを、父帝、母后、継子の皇子といういっそう劇的な人間関係に置き換え、この事件は当事者だけが知っている秘密であり、世間の人は全く知らぬことだったという形にまとめた。紫式部の脳裏には、二条后高子と在原業平との秘密の恋や、伊勢斎宮と業平との間に師尚が誕生したなど、一昔前の真偽は不明だが、著名な話題が点滅していただろう。

「さまざまの書《ふみ》どもを御覧ずるに、唐土《もろこし》には、あらはれても忍びても、乱りがはしきことといと多かり」。しかし、「日本《ひのもと》には、さらに御覧じ得る所なし」。だが、それだから、そんな事例はないと即断してはならない。「かやうに忍びたらむ事をば、いかでか伝へ知るやうのあらむとする」。そういう秘密の事例は、仮にあったとしても、公然と記録されることはない、だから知りがたいに過ぎないのだ。冷泉院は自分の出生の秘密を知った時、こんな思念をめぐらしている（薄雲の巻）。紫式部は、記録された歴史の背後に隠されている事実について、冷泉院の内心を借りて述べたのである。

冷泉院が帝位につき、光源氏が準太上天皇の位に上る結末まで加えた「輝く日の宮」であったかどうか、これは保証の限りではないが。

量的拡大の路線

大斎院からの儀礼的要請に応ずる新長編は、構成がきちんとしていなくてはならない。紫式部は同時に、量的にも『宇津保』に匹敵するものでなくてはならないと考えた。

「輝く日の宮」から「光源氏の物語」へ方向転換することによって、これが可能になった。光源氏と女性との人間関係を、手持ちの習作から、どんどん採用することが可能になるからである。ただ、それが羅列に終わってはいけない。それを処理するために紫式部は石山に詣でたことがあったかもしれない。

石山で須磨の巻の「今宵は十五夜なりけり」というくだりがひらめいたというのも、ある程度の真実味が感ぜられる。光源氏が臣籍に下るというのは源高明の例が念頭にあったろうし、高明と同じく左遷の不遇な境遇を経験した菅原道真や、近くは藤原伊周などの運命を重ね合わせて、羅列平板になりそうな光源氏の一生に、アクセントをつけるのだ。そういう新構想がひらめいたという意味で、須磨の巻から起筆したという一説を認めることが可能である。「起筆」は物語の冒頭の起筆ではなく、新構想部分の起筆である。

この路線で考えるなら、明石の女君との間に姫君が誕生するという構想もその時に生まれた。唐突な印象を避けるために、すでに輪郭のできていた若紫の巻に、明石の入道とその娘の噂を家来の口から語らせる部分を書き加えた。

「輝く日の宮」の物語の時期には、式部卿の宮の娘の朝顔の姫君や、前皇太子の妃の六条御息所など、宮廷中心の皇族関係者の登場人物が目立った。「光源氏の物語」へと路線を変更した結果、人物の階層の広がりを持った習作短編を、長編構想のなかに定着することが可能になった。

玉鬘の巻から始まる十巻の物語は、源氏の六条院の豪華な四季を彩る中編規模の量を持ち、これらは帚木・空蟬・夕顔・末摘花・蓬生・関屋などの巻とともに、後記挿入されたものとされるが、「後記挿入」というより、これは「光源氏の物語」への路線変更にともなって採択可能になった素材群と考える方が理解しやすい。素材群は夫の死後の数年間、彼女が書きためていた習作・草稿である。その多くは短編的な性格が強かったであろう。この素材群を採択する場合には、もちろん加筆はされたであろうが、それは系列化するための必要最小限の加筆であって、後になって書き下ろされたことを意味する「後記」とは、意味を異にするであろう。

『源氏物語』は、桐壺の巻から藤裏葉の巻までを第一部とする。最後は、光源氏のめでたしめでたしの運命を賛美して終わる。古物語の伝統的な結末のつけ方である。紫式部は寛弘四年（一〇〇七）の秋の頃までに、第一部を完成した。

ずれた作品公表の時期

大斎院からの儀礼的要請は、彰子中宮の後宮をにぎわわすためだった。その意図を知っているから、新作の物語は趣向をこらして大斎院にさしあげなくてはならない。

当初の予定としては、一年経過した寛弘五年（一〇〇八）の春、「昨年、お求めになりました物語を献じます」という口上で、物語の用紙は、季節にあうように「梅の唐紙、薄紅梅の表紙」が準備された。『幻中類林』という中世の源氏注釈書の「光源氏物語本事」という項目に、平安朝の『源氏』の貴重本の装丁一覧表があって、これに大斎院の本の装丁が記してある。ところが、寛弘四年（一〇〇七）の末頃から、彰子中宮の健康に不安が生じた。まわりの人々は、これに神経をとがらせる。『栄花物語』初花の巻にはこうある。

中宮もあやしう御心地、例にもあらずなどおはしまして、物も聞こしめさずなどあれど、おどろおどろしうももてなし騒がせ給はねど、思しつつみて、師走も過ぎさせ給ひにけり。正月にも同じことに思されて……

こうして、彰子中宮の懐妊がはっきりしてくる。道長の喜びは申すまでもない。物語などにかまけてはいられぬ雰囲気である。

年明けて「二月になりて、花山院いみじうわづらはせ給ふ」と、事件の追い打ちである。腫物による発熱であったが、医者も匙をなげる病状で、花山院は病床にあって、「我、死ぬるものならば、まづ、この女宮たちをなむ、忌みのうちに皆取りもて行くべき」などと、恐ろしいことをおっしゃる。事実、女宮はおなくなりになったという。「二月八日、うせ給ひぬ」。こうして、予定の梅の季節はむなしく過ぎていった。

寛弘五年の流布状態

作品の正式な公表時期こそ失してしまったが、作品は完成している。正式公表前でも、その内容は世間に流れるものだ。特ダネをスクープしようと、しのぎをけずるのは、今も昔も変わりはない。寛弘五年（一〇〇八）になると、「光源氏」の物語は、宮中の読者たちの話題になり、一条天皇もこれをご覧になるほど流布してしまう。『紫式部日記』にこんな話がある。五月下旬か、六月初旬の頃、「源氏の物語」が中宮の御前に置いてあるのを道長は目にとめて、いつもの冗談が始まる。梅の実を盛った紙の端に、道長はこんな歌を書きつけて、紫式部に渡す。

すきものと名にし立てれば見る人の折らで過ぐるはあらじとぞ思ふ

《浮気ものだと評判のお前さんだから、お前に手をださぬ男はいないだろうね》。梅は酸っぱいものの代表格だから、好きな奴は、通りすがりに、誰でももぎ取りたくなるさというのが、表の意味。懐妊中の中宮が酸味のあるものを好まれるので、梅の実が御前に置いてあったのだろう。その「酸《す》き」に「好色《すき》」を掛け、梅を「折る」に、女を手に入れる意味を掛けて、座興に紫式部をからかったのである。紫式部はこう応じる。

人にまだ折られぬものを誰かこのすきものぞとは口ならしけむ

《まだどなたとも親しくしたことなどありませんのに、私を浮気者だなどと誰がいいふらしたのかしら》。道長の歌の掛詞を踏まえる。「口ならす」は酸っぱいものを食べた時の、口をならす生理的反応を掛けて返事したのである。歌を返して彼女は、「めざましう」とつぶやく。「ほんとに、いやだわ」というのである。そばにいた藤原公任が、このやり取りを聞いていて、ちょっかいを出す。

梅の花咲きてののちのみなればやすきものとのみ人の言ふらむ

《花が咲いて、それが梅の実になる、その実は酸っぱいというわけで、好色者（酸きもの）と、お前さんのことを人がいうわけさ》。花咲いた後の姥桜まで加えてからかうのだから、公任も人がわるい。ちなみに、この歌は公任の作ではない。『古今集』の誹諧歌である。歌の物知り公任は古歌を引用して、紫式部をからかったのである。

皆さんが『紫式部日記』をご覧になっても、この場面に公任は登場しない。先程触れた『幻中類林』の「光源氏物語本事」にある資料で、私が復元した場面である。公任を「左衛門督」と呼んでいるから、これは寛弘五年（一〇〇八）の梅の実の熟する頃の事件だと知れる（拙著『源氏物語の研究―物語流通機構論』）。

八　晩年の思惟と模索

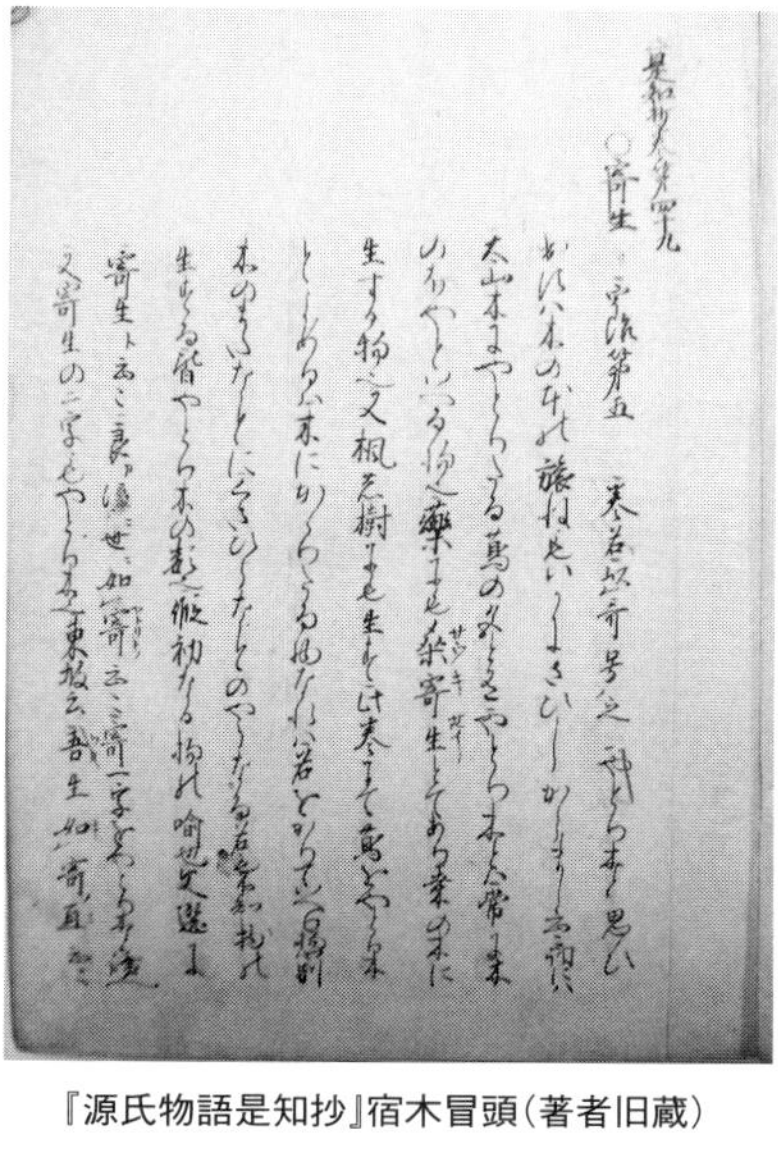

『源氏物語是知抄』宿木冒頭（著者旧蔵）

16 「光源氏」から『源氏物語』へ

『源氏物語』第二部と第三部

寛弘五年（一〇〇八）の夏、道長にからかわれた時、紫式部は道長に返歌して、「いやだわ」とつぶやいたと、私は書いた。まわりの男たちが、彼女の書いた物語から彼女を好色者《すきもの》と見るのは、それは相手の勝手である。しかし、自分の書いた作品の世界の軸に据えようと思ったものは、そんなものではない。第一部は、習作の短編を系列化して長編の中に取り込んだから、読者にそういう印象を与えることになっても仕方がないが、自分の本当に書きたかったものは別にあるのだ。それを理解してもらうためにも、もう少し書き続けなくてはならない。

それに、彼女には、もう一つ執筆を続けなくてはと決心する動機があった。第一部を書き終えた寛弘四年（一〇〇七）の末頃、彼女は仕事が一段落した虚脱感のようなものに取りつかれた。整理し、加筆し、作業に専念している間は忘れていた、「憂き世」の思いが頭をもたげてきたのだ。寛弘三年（一〇〇六）春、欠勤して里に永らく閉じこもっていた頃、彼女は「憂きことを思ひ乱れて」いた。宮仕えに出るのが億劫だからという単純な「憂欝」ではない。

宮仕えの当初、彼女は「はじめて内裏わたりを見」て、「もののあはれ」を感じ、「身の憂さは心のうちにしたひ来ていま九重《ここのへ》ぞ思ひ乱るる」と詠んだ（家集）。彼女自身、その「身の憂さ」の正体が何であるのか、定かには捉え得ぬ。「もののあはれ」を感じることと、「身の憂さ」を感じること、この両者の間には、口ではうまく説明できないが、通ずるものがあるようだ。それは人間存在の根源的なものに根ざす何ものかである。そこから逃れることができない、「宿世」というものであろうか。

こういう思いを克服するためにも、書き続けねばならぬ。こう考えて、彼女は第一部の整理完了後、日をおかずに第二部の執筆に取りかかった。それはもう「光源氏」の物語ではなく、初老を迎えた、ひとりの貴族「源氏」の物語である。長編を書き下ろす呼吸は、第一部の後半の整理過程でもう身についていた。

若菜の巻

第二部は自分のために書く物語だ。桐壺の巻の冒頭のように、よそ行きの工夫をこらさなくてもよい。第二部最初の若菜の巻は、直接に事件そのものの核心へ向けて筆をすすめる。第一部最後の藤裏葉の巻の、六条院行幸をそのまま受けた書き出しである。

朱雀院の帝、ありし御幸の後、その頃ほひより、例ならず悩みわたらせ給ふ。

女三の宮が六条院へ降嫁するまでの経緯、並びにこれを受けるまでの光源氏の思惑、事態に対処する紫の上の心理を追っていく。第一部で書いた六条院の豪華な威容と光源氏の四十の賀、明石の女御の男御子出産、長年の念願かなった明石の入道が山奥へ姿を消すというような事件を書き加える。

事件の核心をなす女三の宮と柏木とが引き起こす悲劇に、なかなか到達しないのが、紫式部をいらだたせた。

六条院の蹴鞠の日、御簾の乱れのわずかな隙から、ちらと柏木は美しい女性の姿を見た。柏木は、女三の宮のおもかげが忘れられなくなった。ここまで筆を進めて、紫式部は、ようやく本筋にたどりついたなと思った。気がついてみると、最初の予定をはるかに越えている。彼女は若菜の巻を上・下二巻に分けることにした。

ここまでは主題に沿った筋を、脇目もふらずに書いてきたが、上・下二巻に分けるとするならば、もう少し第一部の人物・事件とのつながりも書き加えておこうと、紫式部はリラックスして、朱雀院五十の賀の準備として行なわれた六条院の女楽の催しなども細かに書き付けた。

宿世の因と果

「好色者」の物語と見られることへの重要な反証は、光源氏の犯した罪と罰の問題の決着である。当時の倫理的基準は仏教か儒教によらねばならぬ。女性の読み物として出発した物語世界の中では、儒教より仏教の論理が通用しやすい。因と果の織り成す自己規律であるが、それを個人の内部の反省に還元すると、儒教にも通じる自己規制の倫理との接点まで両者は近づく。そこまで辿り着かねば普遍的な倫理は成りたたないし、人を納得させる力を持たないだろう。

かつて、光源氏と藤壺は桐壺の帝の信頼を裏切った。今、桐壺の帝も藤壺も、もうこの世にはいない。ひとり生き残った源氏が、現世でその応報を受ける。源氏がかわいがっていた柏木と、源氏の妻である女三の宮との過失は、かつて源氏が桐壺の帝の心に刻印したかもしれぬ同じ傷を、源氏に与えた。紫式部は「輝く日の宮」に書いた光源氏と藤壺との運命的な出会いの一夜を、「光源氏」の物語に路線変更した時、削除した。源氏と藤壺とを物語中の理想の男女であり続けさせるためには、なまなましい場面描写は避けた方がいいという判断が働いたからである。

しかし、若菜の巻では、その削除した二人の男女の出会いの場面を、柏木と女三の宮との出会いの一夜に、そのまま転用した。読者は知らないかもしれないが、作者紫式部にとっては、この同じ場面を転用することが、源氏の心の痛みを増幅するもののように思えたからである。

「頑愚ナルコト汝ガ爺ニ似ルコトナカレ」

源氏は、柏木の子である薫の五十日の祝いの日、これを我が子として抱き、その感慨を白楽天の詩に託して噛みしめる。柏木の巻、いや物語中でも、読者に最高の感銘を与える場面である。

「静かに思ひて嗟《なげ》くに堪へたり」と、うち誦じ給ふ。五十八を十とり捨てたる御年齢《よはひ》なれど、末になりたる心地し給ひて、いとものあはれに思さる。「汝が爺《ちち》に」とも、いさめまほしう思しけむかし。

源氏が誦じたのは白楽天の自嘲詩であるが、白楽天は「喜ビニ堪ヘ、マタ嗟《ナゲ》クニ堪ヘタリ」という。源氏はその「喜ビニ堪ヘ」を口にせず、「嗟《なげき》」のみを強調した。白楽天は五十八歳で一子をもうけた。「五十八ノ翁、マサニ後有リ」。生遅と名づけた。老後の子はかわいい。また、その生い先を見届けることかなわぬ嘆きもある。源氏の嘆きはそれとは違う。まして喜びなどは全くないのである。「慎ンデ頑愚ナルコト汝ガ爺ニ似ルコトナカレ」という思いは同じでも、源氏は、抱いている薫の父ではない。「頑愚ナル」男は、源氏でもあり、はかない情念に焼かれて身をほろぼした柏木でもある。

このすばらしい場面を設定するために、紫式部は物語の進行の途中に四年間の空白をなにげなく設定して、源氏の年齢を四十八歳に合わせた。白楽天の五十八歳に合わせるのは無理だが、「五十八を十とり捨てたる御年齢」という文句を、紫式部は使いたかった。夫宣孝と紫式部との間に一女賢子が生まれた時、夫が口にした名文句を作品中に生かしたい思いもあったのだろう。

連続する死

柏木が死んだ（柏木の巻）。柏木の親友夕霧は、柏木の遺言を守って柏木の未亡人、落葉の宮を慰めるために彼女を訪問するうちに恋のとりことなる（横笛の巻）。落葉の宮の母、一条の御息所は、この事態のなりゆきを心配するあまり、急死した（夕霧の巻）。続く御法《みのり》の巻で紫の上がなくなる。

今日の年立《としだて》（物語内部世界の歴史年表）では、柏木の巻が源氏の四十八歳の年、横笛の巻が四十九歳の年、鈴虫・夕霧の巻が五十歳の年ということになっているが、鎌倉時代の歌人で源氏学者でもあった藤原定家は、夕霧の巻を横笛・鈴虫の巻と同じ年の話であると考えていたようである（定家の注釈『奥入』）。この立場で『源氏物語』を読む読者は、柏木、落葉の宮の母、紫の上と、毎年一人ずつ、登場人物の死が語られていると感ずる。

紫の上に先立たれた源氏は、御法の巻の次の幻の巻の一年間、紫の上を追憶しながら四季を過ごし、明年の出家の時に向かって心を収斂していく。幻の巻の次には、巻名のみの雲隠《くもがくれ》の巻がある。源氏の出家と死は、誰の目にも確実さを増していくばかりである。

ここには、もう「光源氏」は存在しない。一老貴族「源氏」の晩年の寂寥があるだけである。「源氏」の死後の新しい物語世界の冒頭は、匂宮の巻の「光かくれ給ひにし後」と書きはじめられる。「光源氏」の世界は完全に失われた。そして、そのあとに、「かの御影に立ち継ぎ給ふべき人」はいないのである。

後継者を模索する――宇治十帖――

主人公源氏の死で物語の幕が下り、それで読者が物語の終焉だと納得してくれればいいのだが、読者は簡単には諦めない。「雲隠」のあとはどうなるのかという問い合わせが殺到する。「長恨歌」では死後の楊貴妃が姿を現わした。生田川の物語の登場人物たちが死に絶えても、読者たちはその死後の世界を想像する（四―8・9参照）。自分たちよりも構想力と文章力にすぐれた紫式部がちゃんといるのだから、彼女に直接求める方が効率的だとは誰でも思いつく。

　紫式部とて、いまさら「長恨歌」の死後の焼き直しでもあるまいと気が進まない。死後の世界ではなく、人間が生前から背負っている宿世を辿るというのは、新しい試みにつながるかもしれないと、紫式部は思いはじめた。これには出生の秘密から逃れることができない薫を登場させることにしよう。世間の人は薫を源氏の子供だと思い込んでいるから、形の上では、薫は源氏の直系の後継者である。うすうす自分の出生に疑問を持ち出した薫に、「善巧《ぜんげう》太子の、わが身に問ひけむ悟りをも得てしがな」と独り言をいわせる一文を思いついたあたりで、続編「宇治十帖」がスタートした。

　「善巧太子」と匂宮の巻に書かれているのは、釈迦の子供「羅喉羅《らごら》」のことで、彼は母の胎内にあること六年、父の出家後に誕生したために実子か否かを疑われたという。藤原定家の伝えた『源氏物語』のテキスト青表紙本には「善巧太子」とあるが、河内本では「瞿夷《くい》太子」とある。瞿夷は釈迦出家以前の三夫人の一人の名前だから、その所生の子は瞿夷太子と呼ばれてもよいわけだが、羅喉羅はもう一人の夫人、耶輸の子であるともいう。善巧太子は瞿夷太子の別名だともいう。『原中最秘抄』が引用する「昔時《そのかみの》瞿夷は今日の耶輸《やしゅ》なり。今日の瞿夷はすなはち是れ天女なり」などというのを読むと、頭が痛くなってしまう。

　このあたり、いろいろの説があって、どうもはっきりしないのだが、作者はなぜこんなわかりにくいことを、わざわざ書いたのだろうか。

　紫式部は「檀那贈僧正の許可を蒙りて天台一心三観の血脈に入れり」と『河海抄』はいう。「一心三観」とは、空・仮《け》・中の三観を、一思いの心の内に同時に観法することだという。「空観」とは常識的立場の否定、我執からの超脱。「仮観」は空観を全うすることによって、仏智に照らされる現象世界が現われる。「中観」は空・仮の二観は一体をなし、仮観から空観へ、空観から仮観へという区分否定・二観融合が真実の理法に叶うことを説く。などと言っても、所詮俗人に過ぎない私ごときが説明しおおせるものではないのだが。ともかく、紫式部は天台の教理の神髄を会得した者であるとライセンスを得ていたわけである。

そのライセンスを与えた「檀那贈僧正」覚運は、寛弘四年（一〇〇七）に没した僧で、道長の邸にもよく足を運んでいる。紫式部が恵心僧都源信や覚運から摂取した知識の一端をちらりと示したのが、匂宮の巻の「善巧太子」を引き合いに出す文章だったのかもしれない。

光源氏の後継者の選択は、すんなりと簡単に行なわれたものではあるまい。先に現実世界で、難航した後継者選びの結果、継体天皇が皇統末裔から皇位についた例をあげた（三―5参照）。後継者の選択は、どんな場合にも難航するものである。

17 巣守の物語と宇治十帖

『紫式部日記』の消息文

後継者の選定は難航したと書いた。しかし、難航することが、ただちに長い日数を要したということにはならない。難航すればするほど、人は早く結論を出したくなるものである。難航したのは紫式部の脳裏の世界の事態であって、十日もひと月も思い煩う日を送ったのではあるまい。大斎院からの物語要請がある前に、彼女は不測の事態に対応できる準備体制を整えていた。第三部「宇治十帖」もそれと同じ気持ちで事前準備が行なわれたであろう。

寛弘六年（一〇〇九）正月三十日、彰子中宮と敦成親王を呪咀する厭符が、今内裏一条院の庭から発見された。この事件の実行犯が検挙される。藤原伊周の周辺関連人物たちであった。『紫式部日記』は、この呪咀事件が明るみに出た時期前後でストップしてしまっている。私は呪咀事件が、紫式部に日記の継続をためらわせる精神的な重圧となってのしかかったのだと解する。日記のかたちでは纏めにくい複雑な思いを、彼女は手紙の形を借りて書き記した。

日記よりも手紙・消息の方が複雑な思いを表現するのに適しているのは、なぜだろう。日記は特定の読者を予想しないのが、たてまえである。それだけ、自己の内面を誰にでも理解してもらえるように普遍化する手数を必要とする。読者一般と共有しているものは「時間」であり「場」である。それ以外は十分に説明してかからねばならない。消息は最初から特定の読者を予想している。特定読者との間には共通理解を支える条件があらかじめ保証されているから、説明をある程度単純化することが可能である。伝えようとする思いが複雑であればあるほど、この単純化可能な表現方法は効果を増すことになる。

日記の中に、「消息文」と呼ばれる異質の長文があらわれるのは、そのためである（拙著、前掲参照）。

消息文の中で、彼女はこんなことを書いている。

人、といふともかくいふとも、ただ阿弥陀仏に、たゆみなく経を習ひ侍らむ。世の厭はしきことは、すべて露ばかり心もとまらずなりにて侍れば、聖にならむに、懈怠すべうも侍らず。ただ、ひたみちに背きても、雲に乗らぬ程の、たゆたふべきやうなむ侍るべかなる。それに休らひ侍るなり。

「専心、阿弥陀様に帰依してお経を習おう。厭離穢土の実相は身をもって体験してしまったのだから、出家するのに何のためらいも感じないが、出家はしたけれども、極楽浄土からのお迎えはまだ来ないとなると、その間、気持ちもぐらつこうというもの。それが気になって決断しかねているのです」というのである。また、こうもいう。

それ、罪深き人は、また必ずしも叶ひ侍らじ。前《さき》の世知らるることのみ多う侍れば、よろづにつけてぞ苦しく侍る。

前世の罪障が思い合わされる私だから、極楽往生は叶わぬ身だろう――これでは救いがなくなる。だから、せめて出家するのに何のためらいもないという方向へ、紫式部は突き進みたい。それができないから困ってしまうのである。

宇治十帖の未完の結末

「苦集滅道」ということばがある。苦諦《くたい》、集諦《じったい》、滅諦、道諦の四つをいう。「苦諦」とは、生老病死など、この世は苦であるという真理、「集諦」とは苦の原因となる煩悩と無常の集積である世の実相、「滅諦」は無常・煩悩を滅する悟りの世界、「道諦」は「滅諦」に至る修行、仏教の実践的原理である。光源氏の一生も誕生から遁世まで、苦・集・滅の世界である。光源氏の出家は「宿世の程も、みづからの心の際も、残りなく見果てて心安きに、今なむ、露の絆なくなりにたるを」（幻の巻）という一点に凝集されなくては叶わなかった。意志と時との不思議な一致の上に成り立つのが真の出家である。「滅諦」の真相は、説明の拒否される世界である。

薫、匂宮二人の貴公子に愛されて身の処し方に苦しみ、出家の道を選んだ女性浮舟は、紫式部の精神的世界と近い。浮舟は出家したが、「出家する」ことで万事が解決されたわけではない。紫式部が消息文に書いていたように、浮舟も極楽浄土に迎えられるまでは、「出家した」後も次々現われる諸問題に、耐えねばならないのである。

出家した彼女の所へ、薫は小君を使いに寄こす、彼女を出家させてくれた横川僧都の手紙もくる。ひとつひとつが難問をともない、難問はどこまでもどこまでも、出家した彼女を追いかけてくるのである。そのひとつひとつを乗り越えてゆくのが修行・道であるのなら、それは「出家」という形とは無関係にでも実践できるはずである。

浮舟の日常と日記の消息文に書かれた紫式部の心境との一致に、私は両者の書かれた時期の近接を感じる。

光源氏を雲隠れさせてしまった挙げ句、その続編を求められた作者は、今度は結末をつけずに夢浮橋の巻の筆を擱《お》いた。この人間の苦・集は、滅に至るまで無限に続くのだ。未完の結末は作者の意図的な構図だったろう。

橋姫物語と浮舟物語

光源氏の後継者として薫の登場が決まり、結末の構図が決まっても、まだ残る問題があった。薫と共演するのは匂宮である。彼は明石中宮の腹に生まれ紫の上にも愛された。光源氏の孫である。薫・匂宮の相手の女性は浮舟、八の宮の娘である。この組み合わせで、現在の宇治十帖は進行する。

この路線は八の宮の二人の姫君、大君《おおいきみ》・中の君と、薫・匂宮の取り合わせで始まった宇治十帖の前半の物語を受け継いだ形になっている。宇治十帖を前半・後半に分けて、橋姫物語と浮舟物語と呼ぶ。橋姫物語では、薫の恋いこがれた大君が死に、その妹の中君は匂宮と結ばれる所で一応の結末を迎えた。浮舟物語は薫の前に、これまで紹介されていなかった八の宮の異腹の娘、浮舟が登場して、彼女と薫・匂宮の三角関係が浮舟の入水という、せっぱ詰まった事件を惹起する展開となる。

浮舟は突然に登場する。八の宮にそんな娘がいるとは、読者に全く知らされていなかった。読者には意外な展開なのだが、巧みな作者の筆さばきで、あまり違和感なしに読者は浮舟物語の中に引き込まれていく。

だが、浮舟の行方が知れなくなった後、匂宮は蜻蛉式部卿の宮の娘（宮の君）に懸想したりする話が見える。薫も彼女に関心を持つ（蜻蛉の巻）。また、螢兵部卿の宮の娘（宮の御方）の話題も、紅梅の巻や宿木の巻に見える。螢の宮、蜻蛉の宮、八の宮、これらはいずれも桐壺の帝の皇子で、光源氏の兄弟である。父宮没後、その遺児である姫君の運命の種々相が、薫・匂宮の登場する宇治十帖の中で触れられる。その中から、特に八の宮の姫君がクローズアップされているわけであるが、作者は螢・蜻蛉両親王の娘たちにまで、なぜ筆を及ぼさねばならなかったのだろうか。いや、宇治十帖で活躍するのは、なぜ八の宮の姫君でなければならなかったのだろうか。

実は、螢の宮の縁者たちと薫・匂宮との物語が、宇治十帖の物語と併存しており、この両方の物語を読んでいた読者たちがいたらしい痕跡が、はっきり残っている。

中世まで、読者は現存の『竹取』とは相当に異なった内容の「竹取の翁」の物語を読んでいたらしいと、私が本書の最初で述べたことを、皆さんは記憶しておられるであろう。『源氏物語』においても、薫・匂宮と光源氏の兄弟筋の宮たちの娘との物語は、どうも宇治十帖ひとつだけには限られていなかったようである。

螢の宮の子息

『源氏物語』にはたくさんの人物が登場する。家系も入り組んでいる。読者の理解を容易にするために、古くから作中人物の系図が作られている。

登場人物の多くは、男性なら官職名で呼ばれる。昇進すれば呼び名が変わるのである。作中人物の系図は、その人物の最終官職で項目が立てられると同時に、その当人の経歴を付記しなくては役に立たない。源氏物語系図は時代とともに整理されていったが、古い時代に纏められた系図には、現代の私たちが読む『源氏物語』五十四帖には登場しない人物たちが見える。十三世紀、正嘉二年（一二五八）に書写された源氏物語系図と、これに近い資料などが池田亀鑑博士によって紹介され、その全文が活字化されたのが、そのはじめである（『源氏物語大成』第七巻・研究資料編、昭和三一年）。

螢兵部卿は光源氏と最も親しい異腹の兄弟であるが、その子供に「以下、四人流布本無し」として、「源三位」以下の四人と、その経歴があげてある。これを現存の物語の展開と照らし合わせて整理すると、次のような物語の輪郭が浮かび上がってくる。

螢の宮の息子「侍従」は、若い時から六条院の光源氏の所に出入りしている（第一部、梅枝の巻）。彼は大人になって、三位に上り「源三位」と呼ばれた（正嘉本系図）。「父宮の伝へにて琵琶めでたく弾き給ふ」という特技から判断すると、源博雅などをモデルにしたのかもしれない。博雅は、醍醐天皇第一皇子克明親王の子、母は藤原時平の娘、音楽全般に通じ、特に琵琶では逢坂山に隠棲した蟬丸を夜毎三年にわたって訪れ、「流泉啄木」の秘曲を習得した逸話などを残す（『今昔物語集』巻二十四）。天延二年（九七四）従三位に叙せられているから「博雅三位」、「源三位」とも呼ばれ得る人物である。

螢の宮の息子「源三位」は、最初の妻に死別した後、その姉妹で「中納言の北の方」だった女性と再婚した（正嘉本系図）。夫婦そろって再婚経歴を持つというのは、螢の宮と結婚した真木柱が、宮の死後、これも妻に死別した紅梅大納言と再婚する現存物語（紅梅の巻）の筋と類似している。紅梅大納言邸では、先妻腹の姫君と真木柱腹の螢の宮の姫君（宮の御方）が同居することになるのだが、「源三位」邸も同じ状況だったようである。「源三位」の息子「頭中将」と長女とは同腹だが、次女は異腹だった可能性が強いからである。そして異腹の姉妹をめぐる物語という点では、八の宮の異腹の姉妹の物語、橋姫物語と浮舟物語という宇治十帖の組み立てとの近似も感じられる。

巣守の三位という女性

「源三位」の長女は「巣守の三位」と呼ばれる。彼女は「一品の宮に参り給ひて御琵琶の賞に三位」の位を賜わった。「一品の宮」とは今上帝の女一の宮、匂宮と同じく明石中宮の腹である。「琵琶の賞」で三位となったというから、祖父螢の宮、父源三位の技量を受け継いだのであろう。祖父以来、三代の音楽の名手という設定は『宇津保物語』の俊蔭、その娘、その子仲忠、三代の音楽の物語が連想される。また、女性で琵琶の力量を発揮して三位となるのも俊蔭の娘を念頭に置いた構想であろう。

この女性に「兵部卿の宮」匂宮が近づく。彼女の勤務先が一品の宮（女一の宮）の所だから当然のことだ。しかし、彼女は匂宮の「はなやかなる御心をすさまじく思」い、薫に惹かれるようになる。「薫大将の浅からず聞こえければ、心移りにけり。さて、若君一人生む」というから、この物語では、薫が一児の親になっている。現存の薫の物語との相違点の一つである。

薫と結ばれた後も、匂宮は彼女を諦めない。「その後、宮あやにくなる心癖の、人目もあやしかりければ」、困惑した彼女は身を隠した。場所は「朱雀院の四の君の住み給ふ大内山」である（正嘉本系図）。大内山は、京都右京区の仁和寺の北、宇多天皇の離宮があったのでこう呼ぶ。系図に記される彼女の経歴の概要は以上であって、最後に「みめ美しく琵琶めでたく弾きし人なり」とその特徴がまとめてある。

『風葉和歌集』は前にも触れたように、鎌倉時代編纂の物語の歌のアンソロジーであるが、この中に、薫と巣守の三位との贈答がある。

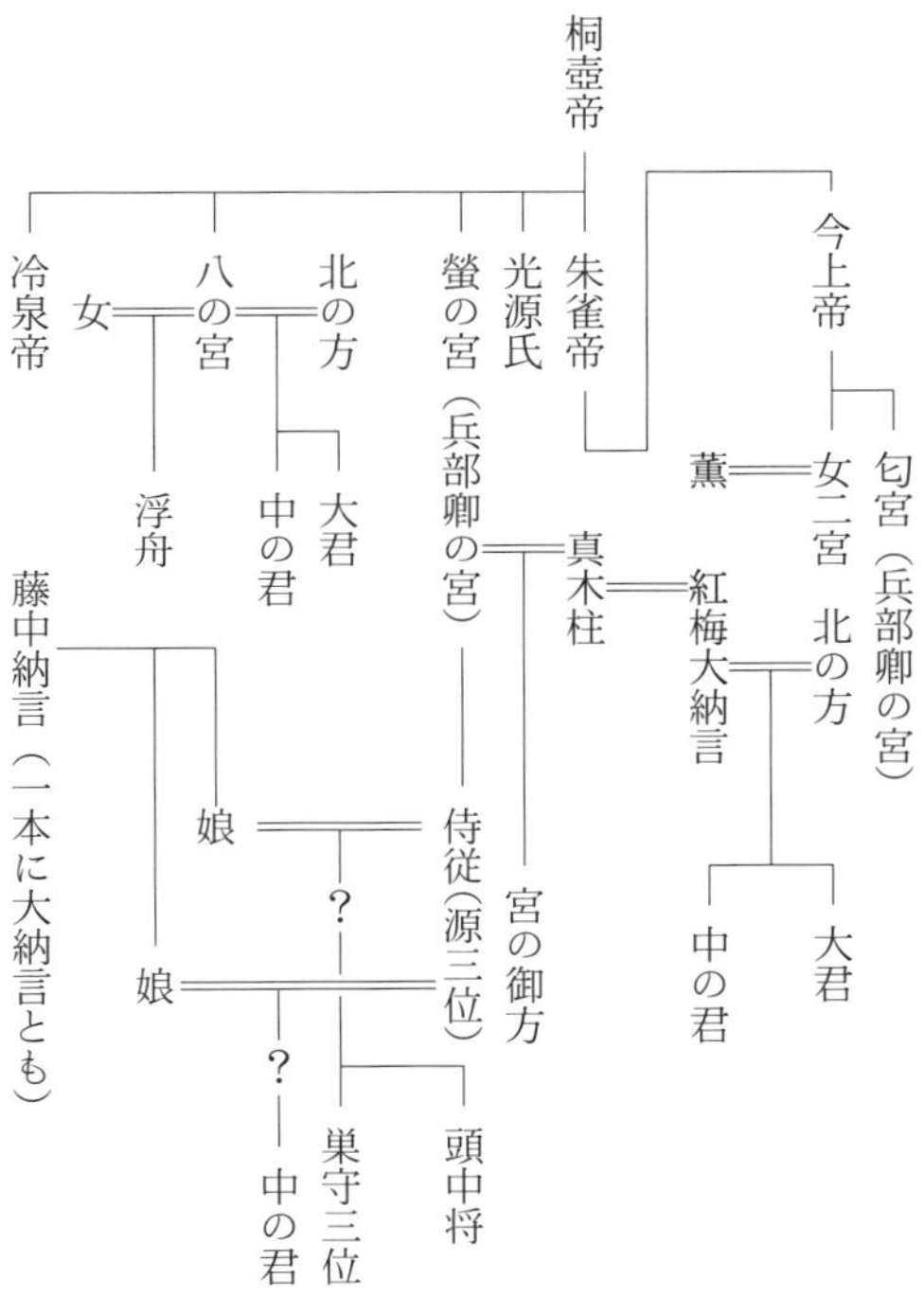

山里に侍りけるが、帰りて、かしこなる女のもとにつかはしける　薫大将
暁は袖のみ濡れし山里に寝覚めいかにと思ひやるかな
返し　一品内親王家三位
松風は音なふものとたのみつつ寝覚めせられぬ暁ぞなき

「山里」にいる彼女を訪問し、暁に辞去した薫の歌である。『風葉和歌集』ではこの一つ前の歌の「山里」が詞書

によって大内山を指すと知られる。おそらく薫と贈答する彼女のいる「山里」も大内山であろう。彼女は身を隠してからも薫と逢っていた。しかし、この贈答は、歌集の「雑」の部に入っていて、「恋」の部の歌ではない。大内山における彼女の生活は、どんなものだったのだろうか。

朱雀院の女四の宮とは

正嘉本系図には、「朱雀院の四の君」についての説明はないが、この人物についての資料がある。架蔵の『源氏系図小鑑』は系図関係を文章化したものであるが、これに、「朱雀の御子、五人あり。今上、女一・女二の宮、女三の宮、女四の宮」として、

女四の宮は冷泉の女御にておはせしが、御志の浅ければ、身を恨みつつ、人知れぬ大内山に引きこもり、かざりおろしておはします。この御母も女御にて失せ給ひにし人とかや。

現存の物語には、朱雀院に皇女四人がいたことは若菜の巻に触れてあるが、女四の宮については、具体的な記述が全くない。だから、『源氏系図小鑑』に見える以上の記述は、巣守の三位の話との関連で書かれていたはずである。

女四の宮は、冷泉院の女御になったという。冷泉院の配偶者は弘徽殿の女御である。父は昔、頭中将と呼ばれた光源氏の親友、太政大臣で職を退いた。弘徽殿の女御は絵合で斎宮女御（秋好中宮）と対抗した女性である。冷泉院は秋好中宮を寵愛したが、二人の間には御子は生まれず、弘徽殿の女御には皇女が生まれている。玉鬘の娘が入内し男御子が生まれた頃から、ごたごたが次第に高まっていた（竹河の巻）。そんな状況で参内した女四の宮に幸福

な生活は望めない。「御志の浅ければ、身を恨み」というのは自然な成り行きと申せよう。遂に彼女は大内山に籠り、「かざりおろして」出家してしまった。彼女の姉（女三の宮）も柏木との事件で出家している。柏木と結婚して、夫柏木に先立たれ、夕霧と結ばれた女二の宮（落葉の宮）は一番幸福になったといえるかもしれない。

ともかく、朱雀院の女四の宮は大内山で出家の生活を送っている。巣守の三位はそこへ身を隠した。『源氏系図小鑑』によると、巣守の三位は女四の宮のもとへ身を隠し、「ともに行ひゐ給へり」とあるから、彼女も出家したわけである。女主人公の出家は、浮舟と同じ結末の物語である。

巣守の巻の人々

巣守の三位の弟「頭中将」は兵衛佐《ひょうえのすけ》の時代、匂兵部卿の手引きをしたりして、かわいがられた（正嘉本系図）。三位の妹について正嘉本系図には記載がないが、「一品の宮」に仕え、最初は匂宮に愛されたが、そのうち匂宮は「姉の三位に御心を移し」、「その後に、中の君には、今上の二の宮通ひ給ひけり」（『源氏系図小鑑』）とある。今上の二の宮というのは、匂宮の兄宮で、若菜下の巻、横笛の巻などでは、匂宮と主役の座を争うような存在であった。紫の上や源氏の死後、六条院の南の町の寝殿を里住みの場所とし、梅壺を曹司とし、夕霧の娘と結婚して、次の東宮候補として羽振りのよい人物である（匂宮の巻）。蜻蛉式部卿の宮が死んだ後、代わって式部卿の宮となった（蜻蛉の巻）。

こういう人物関係を考慮すると、まず匂宮・紅梅・竹河の三巻で、源氏死後の世界の人物関係のどれを軸に据えるかが模索され、その中から、八の宮の娘との物語が橋姫物語として突出したが、橋姫物語を継承する時、再度、八の宮の娘の路線で進行するか、それとも螢の宮の孫娘たちの世界へ転ずるかが模索されたのではないかと、想像することができる。螢の宮の孫娘たちの世界「巣守の物語」と浮舟物語とは、ともに薫と匂宮が一人の女性をめぐって争う展開を示し、しかも最後に女主人公は出家するという主想も一致している。場面は大内山と宇治との差である。

いずれの物語の展開も、紫式部の晩年の思惟とへだたりは見られないようである。

九　非系列化作品の運命

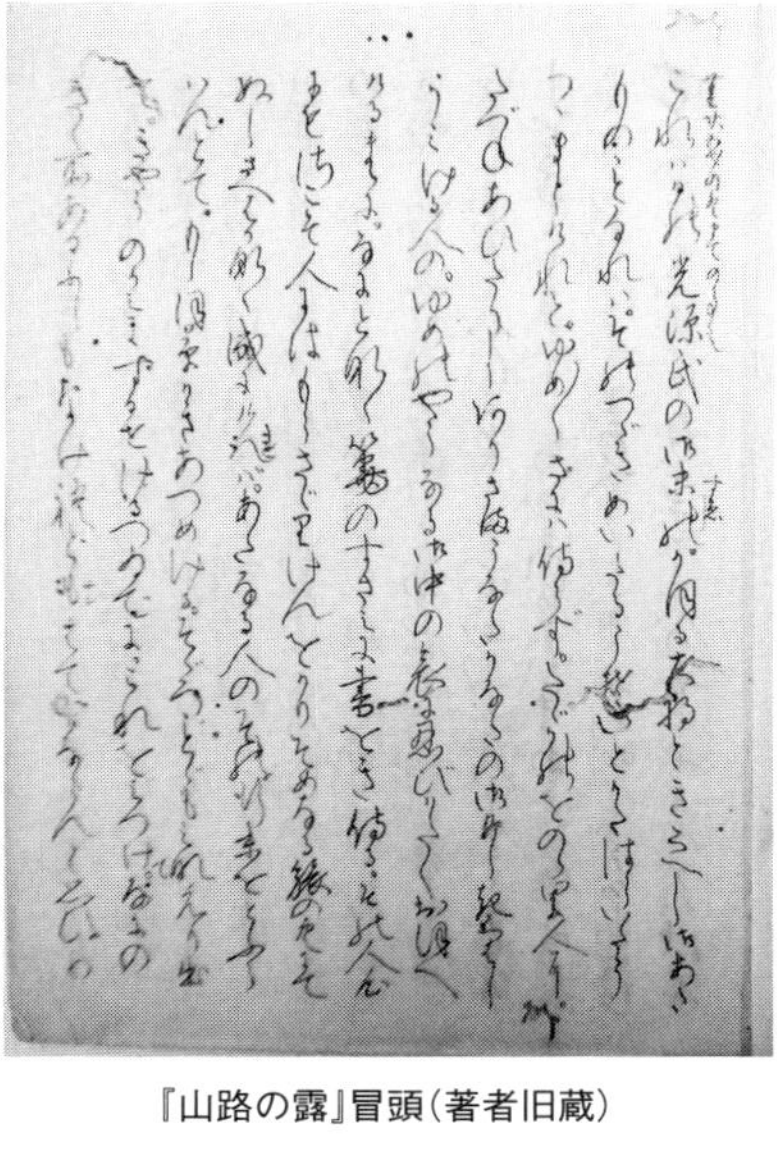

『山路の露』冒頭（著者旧蔵）

18 散逸「桜人」と「巣守」

「桜人」の巻の資料

巣守の三位の物語について、断片的にもせよ今日残っている資料は、十二世紀末の物語評論書『無名草子』、『風葉和歌集』、『正嘉本系図』の類、『源氏系図小鑑』、それに伝慈円筆などと伝えられる古筆の物語歌集断巻などがある。これら資料はかつて纏めたことがある（拙著『源氏物語の研究―成立と伝流（補訂版）』昭和五八年、笠間書院）。

これら資料を列挙し、考察・解説してみたい思いはあるが、専門的になりすぎて、読者の皆さんには煩わしいことになろう。ここでは、これら資料が鎌倉時代のものであり、中世のある時期までは、巣守の物語が確実に読者の前に存在したということを確認していただくにとどめたい。平安時代の資料がないではないかと、不満に思う方もあろうが、そんな古い資料は特定の作品を除いて、伝存することの方が珍しいのである。それよりも、いろいろな形で、これほど資料が残っていることは、当時の流布を証明するものであると申したい。

『源氏物語』周辺の物語として「巣守」と同じような資料を残すのは、「桜人」の巻である。本書でこれまでにも触れた『異本紫明抄』の真木柱の巻末に、物語の本文をあげて十三条ばかりの注が書き付けられている。引歌を示す注が中心になっているが、真木柱の巻の本文とは対応しない。ここには「夕顔の御手のいとあはれなれば」という言葉が見える。真木柱の巻は、夕顔の娘で六条院に迎えられた玉鬘をめぐる求婚譚十巻の締め括りの位置を占める巻である。「巣守」が浮舟物語の別話だったように、「桜人」は玉鬘物語の別話である。

『異本紫明抄』はこの注を源氏学者の素寂の説として引用しているが、これと同じ内容の注は、『源氏物語』の最古の注釈『源氏釈』に見える。『源氏釈』は藤原伊行の作で、藤原定家も伊行の研究成果には一目おいていた。『源氏釈』は鎌倉時代にはいろいろの異本が生まれていたようであるが、前田家本の『源氏釈』では、この「桜人」を『異本紫明抄』と同じように真木柱の巻の後に掲げながら、「この巻は、ある本もあり、なくてもありぬべし、螢(の巻)が次にあるべし」と注している。

少なくとも平安末期には、現在の玉鬘物語の別話として「桜人」が存在し、初期『源氏物語』研究の第一人者伊行は、これを『源氏物語』の長編の体系の中に系列化して読んでいた時期がある。当時の読者たちの世界では、「桜人」は『源氏物語』の「類」に系列化されたり、されなかったり、流動的な状況にあったことになる。

非系列化作品の群

私は、『源氏物語』は当初「輝く日の宮」の物語として出発し、主役交替して「光源氏」の物語に路線変更が行なわれたであろうと考えた(七―15参照)。藤原定家は「輝く日の宮」について、「この巻、もとよりなし」という(『奥入』)。本来ないものなら「もとよりなし」などとコメントを加える必要もないはずである。定家は「輝く日の宮」を『源氏物語』の長編の体系の中に系列化することを拒否したのである。拒否の理由は、長編物語の体系性、芸術性の観点からの判断だったであろう。

このほか、十二世紀末の百科辞典の一つ高野山正知院蔵『白造紙』の「源氏物語巻名一覧表」(目録)にも、「スモリ」とともに「サムシロ(狭筵)」の巻名が見える。「コレハナキモアリ、コレガホカニ、ノチノ人ノツクリソヘタルモノドモ」とことわり書きがついているので、後人の補作と一蹴されがちであるが、「巣守」が『源氏物語』の「類」に系列化されているのだから、「サムシロ(狭筵)」も一部の読者から同じ扱いをされていたであろう。これは「狭筵に衣かた敷き今宵もや我を待つらむ宇治の橋姫」（『古今集』恋四）の歌とかかわりのある巻名であろうから、宇治十帖の橋姫物語の別話だったかもしれない。

こうして並べてみると、系列化されずに終わった巻々は、すべて物語の新たな路線を模索する段階において現われることに気がつく。『源氏物語』の五十四帖の構成は、極めて完成度が高いものだから、現存しない「輝く日の宮」「桜人」（「狭筵」）「巣守」などの物語は、存在しなくても読者は痛痒を感じない。研究者の立場からも、完成度の高い長編の体系性の中へ雑音など入れてほしくないという思いが潜在的に働くので、後人の補作として切り捨てられることになりがちである。

正統化の基準

テキストの純粋性を求めるのは大事な視点である。そのために、著者自筆のかたちを学者は追い求める。しかし、原形のみが作品の価値を主張する権利を持つと考えるのは、妄想である。

『大鏡』の現存最古写本は十三世紀頃の東松本巻子六軸が紹介されて、これを底本に使用した活字本も出ているけれども、それでは異本系、流布本系にだけ見える説話が無意味かというと、必ずしもそうではない。たとえば、藤原兼通の伝の部分では、彼が妹の安子（村上天皇中宮、円融天皇生母）にねだって「関白は、次第のままにせさせ給へ（関白職は兄弟の順に）」という一札を書いてもらい、これを切札にして弟兼家を押さえ、一気に内大臣関白に躍り出た話とか、彼が臨終の床から起き上がり、参内して最後の叙目を行ない、兼家の近衛大将の職を取り上げるくだりなどは、流布本系にだけ見られる記事であるが、文学的にもすぐれた叙述である。語り手の大宅世継の発言に異を唱える登場人物の若侍の役割を十分に考慮したこの部分の叙述は、かりに原作に増補されたものだとしても、『大鏡』のおもしろさを増しこそすれ、作品の価値を損ずるところは全くない。

『源氏物語』の「非系列化作品群」も質においては劣らぬものだったであろう。ただ、平安末から歌人たちが、この物語を和歌制作の学習の必修科目に指定した結果、併存する類似構想の巻は、質に優劣がなければ、量的に勝るものを取り上げることになったのではあるまいか。量的に勝ることは、そこに含まれる和歌の数も、また作歌に際して利用できる情緒的な場面も、相対的にふえるからである。

追打ち淘汰現象

宇治十帖の続編に『山路の露』という作品がある。小野で出家した浮舟と薫の再会が記されるから夢の浮橋の巻の後日譚である。建礼門院右京大夫の作かという推定もある（本位田重美『源氏物語山路の露』昭和四五年、笠間書院）。源氏学者藤原伊行の娘で『建礼門院右京大夫集』には表現の類似なども見られるから、ありうべき推定である。もし彼女が作者であれば、これも十二世紀末の頃の成立となる。五十四帖の系列化がまだ完了せず、浮動していた時期にこういう作品が現われた場合、どんな波及効果が現われるだろうか。『山路の露』という続編を得ることで、現存の「宇治十帖」公認の度合いは促進されたであろう。

『山路の露』の九条稙通自筆本は十六世紀の古写本で、流布本と異なる本文を持つ。この流布本と異本の関係は、なお検討の余地があるが、注意されるのは稙通自筆本が「すもり」と題されている点である。単なる誤認かもしれない。しかし、『源氏物語』には巻名に異名を持つものが多いから、「すもり」が『山路の露』の異名だった可能性もある。その場合は、内容の異なる二種の「巣守」が併存することになる。「宇治十帖」を公認してその続編として位置が安定している『山路の露』が「すもり」を名乗ることによって、「宇治十帖」と併存しにくくなっていたもう一つの「すもり」は、一層存立しにくくなったであろう。淘汰される傾向に拍車がかかったことになる。

巣守の命脈

非系列化作品の中で、しかし、「巣守」は最も長く生き永らえた。南北朝時代にできた物語梗概書『源氏小鏡』には異本が多く、本の名称もさまざまであるが、『源氏』原典の和歌百十首を軸に梗概を纏めたのが原形に近く、これに増補を加えて百三十首とした増補本などが作られている（拙著『源氏物語の研究─成立と伝流』前掲）。百十首本系の架蔵『源氏大概』『源氏ゆかりの要』をはじめ、多くの写本には、紅梅の巻に次の記事がある。

四十四帖のほかに、巣守とておぼつかなき所々を、清少納言が作り入れたると申すことあり。その中に、この人々のことありといへり。

また、架蔵『山路の露』の一本の奥には、

この巻を山路の露といへり……さて、この一帖は清少納言の作りたるといふ説あれど、用ゆべからず……

これらは、作品の内容に深く立ち入ることなしに、論断しているだけであるが、十五世紀の連歌師高山宗砌《そうぜい》の『古今連談集』には、

巣守の三位が注、貴所には、関白と書きて「おほきさきの宮」とよみたり。摂政と書きて「大御かど」とよみたり。

と書いて、その続きは光源氏や頭中将の話題となっているから、ここにいう「巣守の三位」は巣守の物語に相違なく、その「注」を宗砌は引用しているのだから、物語の本文もあったはずである。

宗砌はもう一条、「そのことを、巣守の三位の第三番、なつかしき歌に書き顕したり。花の下の朧月夜は霞むともおもしろかるべし。いはむや君も人も身を合はせたる花の色なり」云々。ここの前後の文脈は明確を欠くが、巣守の物語の第三番に出てくる「なつかしき」の歌に触れている。先に述べたように、巣守の君は、琵琶の演奏で三位の位を贈られた女性である。その場面は、宮中の南殿の桜花の宴の夜だったのかもしれない。これは残存するほかの資料には見えないから、宗砌の身辺では巣守の物語が読まれ続けていたと考えられる。巣守の物語は十五世紀まで命脈を保っていた。

19　新しい流行の意匠・異端の功罪——閉幕の辞——

宗砌の活躍していた時代の特色を、同じ頃に纏められた『塵荊抄』を通して眺めてみよう。この本は十五世紀後半に成り、ある部分は延徳三年（一四九一）に書き継がれたもの（市古貞次、古典文庫『塵荊抄』解説、昭和五九年）。この本に、光源氏の雲隠れが書かれている。

源氏ノ雲隠ハ天暦二年八月十八日ノ夜也。入（射ル？）如クニ六条院ヨリ兜卒天ニ上リ給フト云ヘリ。御歳四十九。書置キ給フ歌ヲバ兵部卿ノ宮取リテ見給フニ、五十年《イソヂ》ニハ一年《ヒトトセ》タラヌ月影ノモトノ雲居ニ今ヤカヘラント。

光源氏が「天暦二年」（九四八）に四十九歳で死んだ。昌泰三年（九〇〇）誕生ということになる。物語中の源氏は柏木の巻に「五十八を十取り捨てたる御齢」の四十八歳が明示されているから、横笛から幻の巻までを柏木の巻と同じ一年に数えなければ計算が合わなくなる。

このあたりの矛盾を修正するためか、『塵荊抄』と同じ八月十八日の雲隠れを述べる蓬左文庫の『源氏一部之抜書』では、歌の上の句を「いよそぢに一年足らぬ」としている。「五十歳《いそぢ》」「四十歳《よそ》」という言葉はあるが、これを組み合わせて五十四歳を「いよそぢ」と表現するのは無理な話だが、五十四歳の雲隠れなら話の筋の矛盾はなくなる。

中世には、『源氏物語』が絶対化されるに従って、物語には書かれていない内容を、もっともらしく捏造《ねつぞう》する秘伝の類が横行するようになる。異端の言説であるが、伝統を神秘化することによって強化するこころみである。同時に、このような異端の説は、伝統の最も弱い部分を侵食し、駆逐する働きをする。この結果、系列化されなかった『源氏物語』の「類」は、この段階で完全に姿を消すことになった。

異端的な言辞は、現代の目からすれば「異端」であるが、当時の人々にとっては「異端」どころか、最新流行の新意匠だった。文学の流通機構の中では、このような現象がよく起こる。現代の流行現象とても、次の時代から「異端」の烙印を押されて、同じ運命を免れえないものも多いのではなかろうか。

（書き下ろし）

第二部　物語の形成過程と流通機構

人間関係論と文学史――『古事記』から『古今集』へ――

1　はじめに――女帝の思いつき――

『古事記』から『古今集』へという耳なれぬ設定で、文学史を《人間関係論》として組み立てる序説を記す。

『古事記』の編集過程と、その完成は、『古事記』の序文によって知られる。記序は本来は「表」として書かれ、本文とは別に添えられていたものらしいが、通称に従って以下、「記序」と呼ぶ。和銅五年（七一二）正月二十八日の太安万侶の署名のある記序によれば、『古事記』撰録を命ぜられたのは前年の九月十八日だというから、約四か月で仕事を終えたことになる。『続日本紀』には、和銅四年九月十八日にも、和銅五年正月二十八日のあたりにも、『古事記』撰録についての記録はない。『古事記』より八年おくれて養老四年（七二〇）に完成した『日本書紀』の方は、『続日本紀』の同年五月癸酉二十一日の条に記してある。

元明天皇からの「詔」を受けて安万侶が『古事記』を完成したのは事実であろう。しかし、「詔」の実体はどんなものだろうか。『令』は、詔書と勅旨とで書式や作製手続きを区別しているけれども、実際にはあまり厳密な区別はないようである。「臨時の大事ならば詔、臨時でも尋常でも個人への命令程度ならば勅というくらいの区別の意識」はあるものの、記序で太安万侶に対する勅を「詔」と書くのは、次の稗田阿礼に対する場合に「勅語」と書かねばならぬための書き換えと見られる（『日本思想大系』『古事記』補注）。元明天皇から安万侶が受けたのは「詔」であるよりは「勅」に近い性格のものであった。もっとくだいて言えば、百官を集めて決定・宣命するという公的な色彩のものではなく、天皇ご自身が側近の者に口頭で伝達される、半私的な性格のものであったろう。しかし、天皇が口にされたことばであるから、それなりの重みはあるわけである。

安万侶の記序は、唐の長孫无忌らが奉った「上五経正義表」や「進律疏表」の構成や辞句を利用して書かれた格調高い文章だから、その中で元明天皇から「詔」を受けたと書かれると、『古事記』は国家的大事業のような印象を受けやすい。だが、実際は、元明女帝が、ふと思いついた着想を、気軽に側近の安万侶におもらしになったというものだったであろう。そういう、うちくつろいだ折の女帝と、女帝の着想を実行に移す安万侶の心裡を、かつて私は少し空想もまじえながら再構成して書いてみたことがある（拙著『文学誕生――日本的教養の研究 奈良・平安篇』一九八三年、ＰＨＰ研究所）。

思いつき、あるいは軽い示唆に触発されて書き始められたものが、〈文学〉を生む。書き進めるに従って興にのり、いつか書き手は、当初予定していなかった自分の思いまで、自分の文章の中にしのびこませて、〈文学〉を完成させる。古代の文学の原点には、そういう要素が多分に働いていたのではあるまいか。そういう目で古典文学の形成を辿ってみるのが、本稿の目標である。その過程で、〈文学〉的営為が次第に目的意識を明確にしてゆくであろう。

2 〈違約〉と〈愛の終わり〉――主題意識の想定――

『古事記』上巻の冒頭近くで、物語的な話題といえばイザナギ・イザナミの夫婦の話である。二人は結婚し、国を産み、最後に女神は火の神を出産し、火傷のために死ぬ。「死ぬ」と書いてあるわけではなく「神避」と記してある。それまで眼の前にいたものが、どこかへ行ってしまって、姿が消えたわけである。男神は、女神の行き先がどこかと、手を尽くして探索した様子もないから、「神避」りました女神の行き先が、「黄泉」の国しかないということをよく心得ていたわけだ。ためらうことなく男神は女神の後を追って「黄泉」の国へ赴く。『古事記』を読む限り、そう受け取れる。

これを迎えた女神は、「どうして、もっと早く来てくれなかったの。私は黄泉の国の食べものを口にしてしまったのよ」と怨む。「黄泉戸喫《よもつへぐい》」、死者の世界の食事を口にすることは、死者の仲間入りをすることになる。大学へ入学してクラブ、サークルに入ると、まずコンパがあり、一つ釜の飯を食べることによって、その一員になると、退部したいと申し出にくくなる——あれと同じ論理である。しかし、彼女も夫の国へ帰りたい思いは強いから、「黄泉神と談合してみよう、ちょっと待っててね」と内へ入る。その時、「我をな見ましそ（莫視我）」と言い残した。〈違約〉の前提になる〈約束〉である。

男神はじっと待ち続ける。とうとう待ち切れなくなった彼は、頭に挿していた櫛の歯を折って、これに点火し、この小さな燈火を頼りにして中へ入って行く。櫛は竹製、髪の油を吸っているからローソクの代わりになる。点火する時、使ったのはライターだったのか、マッチだったのか。疑いだせばきりがないが、こういう理詰めの詮索は、古代の文学を読む時はしない方がよい。ともかく、この薄明かりで彼が見たものは、「ウジたかれコロロキて」——大きな蛆が蠢《うごめ》き、頭部、胸部、腹部と体中に雷神がピカリピカリと燐光を放っている彼女の姿であった。彼は見てはならぬものを見てしまった。彼女との〈約束〉を破った。〈違約〉である。

百年の恋が一朝にさめて、彼は一目散、逃げ出す。彼女の方は、「私に辱《はじ》をかかせたわね（令見辱吾）」と怒って、彼の後を追いかける。ヨモツシコメの追跡は、彼女たちの旺盛な食欲を計算にいれたイザナギの誘導作戦が図に当たって、これを振り切ることができた。しかし、イザナミだけは執念深く追って来る。

生の国と死の国の境、黄泉比良坂を千引の石で閉鎖した後、この石を隔てて、夫婦離別の宣言がなされる。怒り狂う女神は、「にくらしい！　あなたの国の人間を、一日千人、しめ殺してやるから」と、こわいことを言う。男神は、「そうかそうか、では私は一日に千五百人、人口増産に努力しよう」と応ずる。この結果、地球上の人口は増加の一途を辿ることになるわけだが、それはまた、別な話。

この夫婦喧嘩の結末から、〈約束〉を違える〈違約〉行為は、愛し愛された夫婦の人間関係をすら、修復不能にするという教訓を読み取ることができる。〈違約〉は〈愛の終わり〉に直結するのである。

3　主題・構成意識の軸——上巻末の反復——

《違約と愛の終わり》という話の枠組みは、『古事記』上巻の最後の部分にも、類似した形で繰り返される。海幸・山幸の話で、よく知られた内容だから、筋の紹介は省略する。海神の娘、豊玉姫は、本国へ帰った夫の後を追って来る。「自分は懐妊している。身ごもっているのは、あの人の子である。天つ神の御子を海原で産むわけにはいかない」というのが、女性の側の理由である。

彼女は海辺のなぎさに、鵜の羽で産屋を作る。まだそれが完成しないうちに陣痛が始まった。産屋に入る時、彼女は夫に言う。「出産に当たっては、本来の姿にもどって産むことになる。どうか、私の姿を見てくださるな（願、勿見妾）」。「見るな」という約束は、イザナギ・イザナミの場合と同じである。夫は、こう言われれば、かえって見たくなる。産屋は未完成だから、のぞくことは容易である。のぞいて見ると、八尋ワニ——南方産のクロコダイルではなく、サメの類をいうが、「八尋」というから随分巨大である。陣痛に耐えて、その巨体をよじらせていた。夫は恐れをなして逃げ出す。男はいつも薄情である。だからこそ〈約束〉の必要も生じるのだ。そして〈約束〉は、いつも男によって破られる。

豊玉姫は、夫の〈違約〉を知って、「海坂」を閉鎖して海の国へ帰ってしまった。生と死の世界の境界は、黄泉比良坂であった。海と陸の世界の境界も海坂である。峠の一本松が、こちらの村とあちらの村の境界を示すのと、これは似た境界区分である。イザナミの場合と、豊玉姫の場合を比べてみると、違いはある。イザナミは夫の〈違約〉を知って怒り狂い、「お前の国の人を一日千人、しめ殺してやる」と叫ぶ。豊玉姫の方は、「私は、いつでもこの海の道を往き来して、あなたにお会いしたいと思っていたのに、あなたは私の素顔を見てしまった。恥かしいわ（是甚怍之）」という。「辱をかかせたな」と怒るイザナミと、恥かしいと思って（以為心恥）、自分から姿を隠す豊玉姫と、この二つのタイプは、いつの世にも見られるところである。豊玉姫とて、夫の〈違約〉を恨めしいと思う気持ちはある（雖恨其伺情）。しかし、夫を恋しく思う気持ちを抑えることができない（不忍恋心）。そこで、夫のもとに残してきた子供の養母として、自分の妹玉依姫を派遣し、そのとき、「白玉の君がよそひし貴くありけり」と歌を贈ったりする。夫の方も、「沖つ鳥鴨どく島に我がゐ寝し妹は忘れじ世のことごとに」と答える。

壮絶な夫婦喧嘩の果てに、以後、二度とことばを交すことのなかったイザナギ・イザナミの場合は、後に憎しみのみが残った。豊玉姫の場合は、別れた後も、夫婦の愛は余韻を残している。そういう違いはあるが、しかし、いずれにしても、〈違約〉が二人の〈愛の終わり〉の不幸な結末を導いていることには変わりない。

類似した状況の繰り返しを、世界の神話・伝説・伝承の共通したタイプと把えて考えていく視点がある。それにはすでに多くの論文があるから、私は繰り返すことはしない。そうではなくて、私は、この類似の条件を伴った話が、『古事記』上巻の、冒頭と末尾とに位置させられていることに関心を持つ。類似した話を巻頭・巻尾に配置した巻の構成、巻の区分は、『古事記』編者の意図的な行為ではあるまいか。もしそうであれば、そういう繰り返しと、配置とには、語り手の、あるいは編者の、文学的効果についての判断が伴っていたと推論できる。神々の、あるいは人間の世界の〈約束〉の重みを強調したい思いも、そこには働いているのであろう。人の世の〈約束〉ごと、その〈約束〉ごとにそむいた場合のおそろしい結末を説くということは、広い意味での倫理にかかわる。文学的なものと倫理的なものとのかかわりは、『古事記』中巻で、どのように展開するだろうか。

4　〈選択困難な課題〉——もう一つの主題想定——

《違約は愛の終わり》、〈約束〉を違えると人間関係は修復不能な、不幸な結果に立ち至るものである。——そういう認識を持った編者、あるいはそういう倫理観を読み取った読者は、次にどんなことを考えるだろうか。〃そんなことは、わかっている。確かに約束は守らなくてはなるまい。〃〃しかし、人は、守ろうとしても約束を守れぬ状況に追いつめられることがある〃——そんな時、どうすればよいのだ。こういう課題にかかわる話を、中巻から一つ引用してみよう。

崇神天皇の子、垂仁天皇と、その后佐保姫と、佐保姫の同腹の兄弟佐保彦の物語である。佐保彦が佐保姫に尋ねた。「夫と兄と、お前はどちらがいとしいか」と。

孰┐愛夫与ㇾ兄歟。答曰、愛ㇾ兄。

目の前にいる兄に向かって、「夫の方がいとしい」と答えることは、彼女にはできなかった。彼女は、「それはもちろん兄さんよ」と答えた。日常の会話ならそれですむところだが、佐保彦の問いは、非日常的な思念と結びついていた。「兄をいとしいという。そのことばに偽りがなければ、私とお前と二人で、この国を治めよう」——謀叛の企てである。兄は、「夫の寝ている時、刺し殺せ」と、短刀を妹に渡す。

夫が后の膝を枕に熟睡している時、彼女は兄から渡された短刀を取り出した。首を刺すのだ。振りあげてはみたが、できない。気を取り直してもう一度。やはり夫を刺すことは、できない。三度。ついに彼女は、不可能だと悟った。「不レ忍二哀情一」とある。愛する夫を刺すことは、自分にはできない――彼女は落涙する。彼女の涙は、頬を伝って、膝の上で眠っている夫の面を濡らした。夫は目覚める。そして、今見た夢の話をする。「お前の故郷の佐保の方から、にわか雨が降り出して、私の顔を濡らした。また、錦のような美しい模様の小蛇が私の首にまつわりついてきた。いったい、これは、どういうしるしか」と。

顔を濡らした雨は、后の涙である。錦模様の小蛇は、美しい飾り紐のついた短刀である。后は、隠すべもなく、兄との対話の始終と、兄の命を実行しようとして、果たすことのできなかった彼女の気持ちを、夫にうちあけた。垂仁天皇はただちに佐保彦討伐の軍をさしむける。佐保彦は稲城に拠って防戦体制を敷く。この緊張状況の混乱にまぎれて、佐保姫は宮中を抜け出し、兄のいる稲城へ入ってしまった。彼女は、自分の身にも危険が及ぶことをおそれて夫のもとを離れたのではない。兄がかわいそうだ（不レ得レ忍二其兄一）という一念からである。

この時、彼女は懐妊していた。『日本書紀』では皇子を抱いて稲城へ入ったとも伝える。天皇は后を愛しているので、后のいる稲城を攻めることができない。相方にらみ合う間に、后は皇子を出産した。「この子を天皇の御子だと認知くださるなら、お引き取り願わしゅうございます」という后の申し出に、天皇は、皇子引き取りの際、后をも救出するという作戦を立てた。腕力にすぐれ、敏捷な兵士に命じて、手段を選ばず后を奪取するようにと、天皇はご指令になる。

しかし、后の髪を握った兵の手には髪だけが残った。后の腕を取ろうとした兵は、后の腕飾りの紐が切れて失敗した。后の衣をつかんだ兵は、衣がさらりと破れ、これも空しかった。后は、天皇の作戦を予知して、事前に髪を剃り落してかづらにし、玉の緒と衣とは酒にひたして、切れやすく破れやすくしておいたのである。天皇は、なおあきらめない。子供の名は何とつける、養育するにはどうする等々と、矢つぎ早に質問を発して時をかせごうとなさる。后は、しかし、これにてきぱきと答え、身をひるがえして稲城へ戻る。彼女はついに兄とともに果てた。

佐保姫は兄との〈約束〉を果たすことができなかった。いや、兄との〈約束〉は、一つまちがえば身の破滅につながるものであった。佐保姫は、自分を破滅の渕に投ずることで、兄と運命をともにすることによって、〈約束〉を果たすことにしたのかもしれない。

また、佐保姫は、未遂に終わったとはいえ、夫を殺害しようとした。夫婦の信頼関係を裏切る行為だから、これも一種の〈違約〉である。しかし、子を夫に渡すことで、彼女は夫への愛のあかしとしたのであろう。ぎりぎりの線で、彼女は〈違約〉の負債をつぐなう道を見つけることにしたのであろう。

『古事記』上巻で、〈違約は愛の終わり〉という事実を読み取った読者は、夫に対しても兄に対しても〈違約〉行為を行なった佐保姫が、両者から見放される結末を予想するであろう。ところが、彼女は最後まで夫から愛され続けている。兄佐保彦も彼女が稲城へ入ることを拒否したりはしない。〈違約〉は人間関係を修復不可能にする、という倫理的主題は、どうも絶対命題にはならないらしいと読者は感じる。それどころか、垂仁天皇に叛逆を企てた佐保彦までも、この物語を読む限り、読者には〝悪人佐保彦〟という印象からは程遠い人物のように読者には思えてくる。佐保姫からあれ程まで慕われる兄が極悪非道な人物であろうはずはないという、無意識裡の読者の心理がそこには働いているであろう。

さらにいえば、読者をそういう気にさせる表現を生み出した作者（あるいは語り手）は、当時の人々が佐保彦に対して抱く暗黙の支持・共鳴の感情も感じ取っていたのではあるまいか。佐保彦は、開化天皇の皇子日子坐王の子である。垂仁天皇も開化天皇の孫であるから、垂仁天皇と佐保彦とは従兄弟同士である。皇位についても不思議のない人物が、ある事情で皇位につくことができなかった――そういう時、世の人々はその不運な運命に同情する。

いつの時代にもその類例を見つけるのに事欠かない。本来ならヤマトタケルのような悲劇の英雄に仕立てられうる条件を佐保彦は備えていたであろう。それを物語る作者（あるいは語り手）は、佐保彦を悲劇の英雄として造型するエネルギーを、ヤマトタケルの方へ転化したのではあるまいか。反復・繰り返しを避け、佐保彦・佐保姫の話の背景については相互補完的に読者が読み、想像することを期待していたのではあるまいか。こうして私は、『古事記』上巻で推論したのと同様の、〈語り手の、あるいは編者の文学的効果についての判断〉の存在、〈編者の意図的な行為〉の存在を認めたい。

5　〈選択〉の論理・〈決断〉の倫理

反復・繰り返しを避けるのも文学的効果を考えての判断であるなら、強調するための反復もまた文学的効果を考えての判断である。「夫と兄と、いずれがいとしいか」という〈選択困難な課題〉が、佐保彦・佐保姫の悲劇の出発点であった。この〈選択困難な課題〉は、中巻末尾にふたたびあらわれる。

応神天皇は、子供の大山守と大雀とに向かって、「お前たちは、年上の子と年下の子と、どちらがいとしいか」と問う。

孰[三]愛兄子与[二]弟子[一]……大山守命白、愛[二]兄子[一]。次、大雀命、……兄子者、既成[レ]人是無[レ]悒、弟子者、未[レ]成[レ]人是愛。

「孰愛」という質問形式は、佐保彦の問いと全く同様である。佐保彦の問いに答えるのは佐保姫ひとりだった。応神天皇の問いに答える解答者は二人である。そして、おのおのが別個な選択をしている。

『古事記』は、ここの割注で、これは天皇がウヂノワキイラツコに位を譲りたい思いがあって発した謎だと説明している。大雀命は天皇の意中を察して、「年上の子はすでに一人前になっているが、年下の子はそうはいかない。だから……」と、質問者の出題意図に沿う優等生の答案を提出したわけである。

応神天皇崩御の後、大山守は皇位につく野望を実現するために軍備を整える。これを察知した大雀はワキイラツコに事態を伝える。ワキイラツコは、本拠地宇治の山頂に自分の身代わりを置き、自分は船頭に身をやつして、宇治川で大山守を待ちうける。大山守が船に乗ると、中流で船を傾ける。舟板にはさね葛の汁を塗っておいたから、大山守は滑り落ちて水中に沈んだ。作戦通りにことが進んだからよいが、足を滑らせる危険性はワキイラツコの方にもあるはずである。亡父の遺言を忠実に守る大雀であれば、この危険な作戦の実行は自らかって出てもよいところである。しかし、大雀はこの時、動こうとはしなかった。若い天皇に手柄を譲ったのだとも解釈できようが、事態はそうではあるまい。

大山守のなき後、大雀とワキイラツコは互いに位を譲り合う。漁士が大阪湾で取れた鯛を大雀に献ずると、大雀は、「天皇は宇治にいるお方だよ」と受け取らない。魚をさげて漁士が宇治へ赴くと、こちらも、「難波にいるのが天皇だ」と、これも受け取ろうとはしない。魚をさげて右往左往するうちに、漁士は困って泣き出してしまったというエピソードまで加えてある。

長期にわたる譲り合いの結果、ワキイラツコが「早崩」、『日本書紀』ではワキイラツコが「自死」――「自分が生きていては大雀が即位しない、天皇が決まらないでは国民が困る」「豈久生之、煩㆓天下㆒乎」と決断してワキイラツコは自殺したという。早死ににせよ、まして自殺では話ができ過ぎている。譲り合ったというより、両者がにらみ合っていたのであろう。

亡父応神天皇との〈約束〉の手前、大雀は〈違約〉できない。応神天皇から〈選択困難な課題〉を出され、天皇の意中を察して、年下の子を推すと決断したからには、これを守るというのが大雀の立場である。またそうでなくては、即位後、民のかまどから炊煙の立たぬのを憂えて、三年間の長期大型減税を実施した仁徳天皇像との一貫性が失われることにもなる。佐保姫は〈選択困難な課題〉に答えた結果、果たすことの困難な〈約束〉を背負いこんで苦しんだ。大雀命も、悩みは同じだったであろう。

6　論理が要請する倫理規準

〈選択困難な課題〉は、どのように考えて答えてみても、選択のツケはどこまでもついて回る。大雀命のように、出題者の意中を察して解答しても、ある意味でその場しのぎにしかならない。〈選択〉に当たって、〈選択〉の根拠が説得性のある論理と結びついていなくては困るのである。論理と論理との整合性、調和点はどこに見つけ出せるか。これにからむ話題が下巻になるとあらわれてくる。

履中天皇即位の大嘗祭の夜、弟の墨江中王の謀叛が起こる。阿知直の機転で火中を逃れた天皇の所へ、水歯別命が駈けつける。天皇は弟でも信じ切れぬ気になっている。「墨江中王を滅ぼして来たら、お前を信用しよう」という話になった。水歯別は墨江の側近の家来、隼人のソバカリを語らって、「おれの言う通りにしたら、お前を大臣に取りたててやる。話にのらないか」と話を持ちかける。ソバカリは同意して、主人墨江を刺し殺した。ソバカリとの〈約束〉の実行が水歯別の重要課題となる。

「ソバカリは功労者だ。しかし、主人を殺害したのは〈不義〉である。さりながら、彼の功に報いないというのは〈信〉にもとる。かといって、彼との〈約束〉を実行した場合、あの不義の輩は、次にどんなことを考えるか。それを思うと憂慮に耐えぬ」――考えた結果、「彼の功には報いて〈信〉のあかしを示し、彼の〈不義〉のつぐないとしては彼に死んでもらおう」と決断した。君臣の〈義〉と、人間の〈信〉と、いずれを選ぶか〈選択困難な課題〉への決断である。

仮宮を作り、酒宴を設け、ソバカリを大臣の座に着かせて〈信〉を実行する。次いで顔より大きな酒杯から水歯別がまず一口、次いでソバカリが顔を覆うようにして大杯を一気に飲みほす時を見はからって、敷物の下の剣を抜き、隼人の首をはねた。〈不義〉への罰である。「ダマシ討ちは卑怯だ」とか、「そんな論理は無茶だ」というのは後世の人のいうことであって、「不義は罰せられなくてはならない」という倫理が、何ものにも優先するわけである。筋が通れば、方法は問わないのである。

もう一つ、雄略天皇に父を殺害された二皇子——ともに即位して顕宗天皇、仁賢天皇となる人だから、以下、便宜上天皇の名で呼ばせていただく。即位した顕宗は、父の仇をうつため、雄略天皇の御陵を破壊しようと考えて、兄仁賢に相談する。仁賢は、「その仕事、私がやりましょう」と言って出かけて行った。が、すぐもどって来て、「もう終わりました」という。顕宗が、「ずいぶん早かったじゃないか、どんな具合にしたのか」と尋ねると、「御陵の傍の土を少し掘っただけだ」という返事。「それでは仇をとったことにならぬ」と不満顔の弟に向かって、仁賢はこう言った。

「父王の怨みをはらし、その霊を慰めるというのは〈理〉に叶っている。しかし、雄略天皇は親の仇ではあるが我々の近い血族だ。しかも天皇であった人だ。父の仇にこだわって天皇の御陵を完全に破壊したりしては、後の人から誹謗されよう」。しかし、「父王の仇は報いねばならぬ。それこれ考え合わせ、御陵のほとりの土をちょっと掘り崩した。こういうやり方があるということを、我々は胸を張って人に示すことができましょう」と。顕宗はこれを聞いて、「是亦大理」と納得なすったという。

これも両立しにくい二命題の調和点を見つけ出した例である。情と理との接点を、誰に対してもうまく説明できる論理構築で作り出している。〈選択困難な課題〉、情と理といずれを採るかという選択肢の、一つを選ぶのではなく、第三の解決方法を論理的に組み立てていることになる。

7 論理的対応の〈関係論〉から総体像へ・古代《人間関係論》の完成

水歯別（後の反正天皇）がソバカリに対する時に示した判断などから顕著にうかがわれるように、ここには儒教的な倫理が背景としてある。『古事記』では中巻末の応神天皇の条に、百済から渡って来た学者が『論語』などの典籍を献じた記事がある。『日本書紀』応神紀十六年二月の条によると、王仁が日本へやって来た時、ウヂノワキイラツコは王仁について諸典籍を学んだという。儒教倫理に接したワキイラツコが、すぐその思想に同化し、「国民に迷惑かけるよりは」と、自殺して、大雀の即位を側面から援助するというのでは、話がうまくでき過ぎている。儒教の渡来が応神天皇の御代だという伝えや、ワキイラツコが『論語』の学習をしたという伝えが、史実であったかどうか、それはよくわからない。ただ、『古事記』の文飾が、儒教的な倫理によって色づけされている場合、上・中・下三巻すべてにわたって文飾が同じようにあらわれるというわけではない。中巻末、応神天皇の記事あたりから、〈選択困難な課題〉解決の論理の基準として、儒教倫理の援用が目立ってくる。このことは、『古事記』の記述、構成に当たって、筆録者、あるいは編者が、個々の事象の関係論に意を用いていたということになろうか。その関係論は、史実の因果関係である以上に、物語の、あるいは文学の技巧に通ずるものだと私は考える。

「約束は守らねばならない」、「違約は愛の終わりと連動する」、だから注意しなくてはならないという、自然発生的な約束の倫理から出発して、次には、約束を守ろうとしても守れぬ状況がありうるのだぞと、実例が示される。〈選択困難な課題〉を、相手の心を読み取るだけで対応する外に、選択の根拠を説得性のある基準によって論理的に説明する用意が求められる。そういう論理構造は、もちろん現代人の論理ほどには整理されていない。「方法」と呼べる域にはまだ遠いけれど、奈良時代の人々の構想力を、私は『古事記』から感じるのである。

太安万侶は、歴史物語の中で、人間が現実を生きる時の論理対応展開史を記述した。その展開史は、推古天皇の御代で終わっている。安万侶にとって推古朝以前が「古事」の世界であり、舒明天皇以後が「現代」の世界だったのであろう。今の世においても「現代」史は書きにくい。明敏な安万侶は、壬申の乱のような、なまなましい現代関連の部分にまで手を延ばす冒険はしなかった。元明天皇の安万侶に対する「詔」も、そこまではは っきり求めておらぬという判断で、壬申の乱、大化改新を経て元明天皇の御代に至る現代は、序文で触れるにとどめた。

本稿冒頭に記した元明天皇の安万侶に対する「詔」は、こうして『古事記』の完成をもって一区切りついた形になる。だが元明女帝はそれで満足されたのか否か。安万侶への「詔」が女帝のふとした思いつきから出たものだとすれば、元明天皇はまだまだ思いつきのつぶやきを、折あっておもらしになったであろう。『古事記』を作る思いつきが、天武天皇の史料編纂の業とかかわっているとすれば、持統天皇とのかかわりで元明天皇が何かを思いつかれることは十分ありうることだ。

持統女帝は彼女の孫軽皇子に位を譲った。文武天皇である。そして文武天皇は元明天皇と草壁皇子との間に生まれた子どもである。加えて持統女帝の母は元明女帝の母の姉であり、しかも二人の女帝はともに天智天皇の娘であるから強い親近感がある。元明女帝は即位した頃から考えていた――「持統天皇がなくなってから、もう十年になる。歌の好きだった持統天皇のために、歌集でも作ってみましょうか」と。持統天皇発案の歌集は柿本人麻呂などもお手伝いしたであろう。安万侶が推古天皇までの「古事」の記を完成した時、元明天皇は、「今度は持統天皇発案のあの歌集にならって、和歌による宮廷史を作ってごらん」と、再度、安万侶に「詔」があったかもしれない。持統女帝発案の「雑歌」の集に増補するかたわら、相聞、挽歌の部立で追加の巻ができたであろう。持統・元明両女帝が骨組みを決めた歌集は、元明女帝の娘、元正女帝に引きつがれて、巻数はぐんぐんふえていった。橘諸兄はこの大歌集完成の仕事について、大伴家持に示唆したことがあったであろう。家持が越中へ赴任する天平十八年

（七四六）の頃ででもあろうか。

持統万葉、元明万葉、元正万葉と発展してきたものを、聖武万葉として完成する仕事は、その後の政治状況にも影響され、家持個人の運命ともからんで、それが世に出ることになったのは、家持の死後、平城天皇の御代になってしまった。『古今集』真名序に、「昔、平城天子、侍臣ニ語シテ万葉集ヲ撰バシム」と書かれている舞台裏である。

8　おわりに――『古今集』時代以後の展望――

この辺の事情を詳しく辿ることは別の機会にしたいが、『古事記』から『万葉集』へという文学史の展開を、このように把えることができるなら、現実への論理的対応展開史の「古事」の記の後を受けて、論理的説得性だけでは割り切りにくい人間関係の全体を、「現代」の貴族文化社会の総体像として把える文化的な試みが『万葉集』であり、ここで古代的論理の追求、形成は一つの完成を見たということになる。このように位置づけることによって、政治史的時代区分に密着し過ぎると議論がさまざまに分かれる文学史的時代区分とは別の、一つの指標が作り出せるのではあるまいか。

平安時代初頭の漢詩文全盛期は、『古事記』から『万葉』へという、貴族文化社会の総体像完成の過程に対して、『古事記』から延びるもう一つの貴族文化社会の総体像完成の、別ルートとして位置づけられるように思う。『古事記』が「古事」の記であり、『万葉』が「今」（現代）の部を担当するという構図を認めるならば、『古今集』という書名は、編者たちがそう考えたか否かは別として、新しい総合企画であった。また、『竹取物語』が、地上と天上界という二つの世界の〈約束〉の違いを設定し、対比してみせたのは、先に『古事記』が、生と死、陸と海、というように異界との境界線を設定しながら物語を展開したのとは別な、既知の現実と未知の異界との新しい認識を創出したものといえる。『伊勢物語』も、読者にとっては、それが読者たちの一つ前の時代の物語であるという意味で、『古事記』が描いた「古事」の世界と似た意味を持つであろう。人間関係論の新しいスタートの中から、「すき」の理想化という新しい価値感が物語の世界の中に誕生し、形成されていくことになる。自然発生的な倫理規制や中国風の儒教的倫理ではなく、自己正統化をも含む価値体系の模索ともいえるように思う。人間関係論を通して新しい価値体系が生み出されていく段階の区分が、文学史の一つの節目となるのである。本稿はその第一期から第二期へかけての素描、序説である。

※初出　稲賀敬二・増田欣編「継承と展開」4『中古文学の形成と展開 王朝文学前後』(平成七年四月　和泉書院)

〔講演筆録〕

違約と選択 ——古典文学の形成——

1 違約の報酬

『古事記』上巻の冒頭近くで、物語的な話題といえばイザナギ・イザナミの夫婦の話である。二人は結婚し、国を産み、最後に女神は火の神を出産し、火傷のために死ぬ。「死ぬ」と書いてあるわけではなく、「神避」と記してある。それまで眼の前にいたものが、どこかへ行ってしまって、姿が消えたわけである。

男神は、女神の行き先がどこかと、手を尽くして探索した様子もないから、「神避」りました女神の行き先が、「黄泉」の国しかないということをよく心得ていたわけだ。ためらうことなく男神は女神の後を追って「黄泉」の国へ赴く。『古事記』を読む限り、そう受け取れる。

これを迎えた女神は、「どうして、もっと早く来てくれなかったの。私は黄泉の国の食べものを口にしてしまったのよ」と怨む。「黄泉戸喫《よもつへぐい》」、死者の世界の食事を口にすることは、死者の仲間入りをすることになる。大学へ入学してクラブ、サークルに入ると、まずコンパがあり、一つ釜の飯を食べることによって、その一員になると、退部したいと申し出にくくなる——あれと同じ論理である。

しかし彼女も夫の国へ帰りたい思いは強いから、「黄泉神と談合してみよう、ちょっと待っててね」と内へ入る。その時、「我をな見ましそ（莫視我）」と言い残した。〈違約〉の前提になる〈約束〉である。

男神はじっと待ち続ける。とうとう待ちきれなくなった彼は、頭に挿していた櫛の歯を折って、これに点火し、この小さな燈火を頼りにして中へ入って行く。櫛は竹製、髪の油を吸っているからローソクの代わりになる。点火する時、使ったのはライターだったのか、マッチだったのか。疑いだせばきりがないが、こういう理詰めの詮索は、古代の文学を読む時はしないことになっている。ともかく、この薄明かりで彼が見たものは、「ウジたかれコロロキて」――大きな蛆が蠢《うごめ》き、頭部・胸部・腹部と体中に雷神がピカリピカリと、燐光を放っている彼女の姿であった。彼は見てはならぬものを見てしまった。彼女との〈約束〉を破った。〈違約〉である。

百年の恋が一朝にさめて、彼は一目散、逃げ出す。彼女の方は、「私に辱《はじ》をかかせたわね（令見辱吾）」と怒って、彼の後を追いかける。ヨモツシコメの追跡は、彼女たちの旺盛な食欲を計算にいれたイザナギの誘導作戦が図に当たって、これを振り切ることができた。しかし、イザナミだけは執念深く追って来る。

生の国と死の国の境、黄泉比良坂を千引の石で閉鎖した後、この石を隔てて、夫婦離別の宣言がなされる。怒り狂う女神は、「にくらしいから、あなたの国の人間を、一日千人、しめ殺してやるから」と、こわいことを言う。男神は、「そうかそうか、では私は一日に千五百人、人口増産に努力しよう」と応ずる。この結果、地球上の人口は増加の一途を辿ることになるわけだが、それはまた、別な話。

この夫婦喧嘩の結末から、〈約束〉を違える〈違約〉の行為は、愛し愛される夫婦の人間関係をすら、修復不能にするという教訓を読み取ることができる。〈違約〉は、〈愛の終わり〉に直結するのである。

2　リフレイン《違約と愛の終わり》

《違約と愛の終わり》という話の枠組みは、『古事記』上巻の最後の部分にも、類似した形で繰り返される。海幸・山幸の話で、よく知られた内容だから、筋の紹介は省略する。海神の娘、豊玉姫は、本国へ帰った夫の後を追って来る。「自分は懐妊している。身ごもっているのは、あの人の子である。天つ神の御子を海原で産むわけにはいかない」というのが、その理由である。

彼女は海辺のなぎさに、鵜の羽で産屋を作る。まだそれが完成しないうちに陣痛が始まった。産屋に入る時、彼女は夫に言う。「出産に当たっては、本来の姿にもどって産むことになる。どうか、私の姿を見てくださるな（願勿見妾）」。「見るな」という約束は、イザナギ・イザナミの場合と同じである。

夫は、こう言われれば、かえって見たくたる。産屋は未完成だから、のぞくことは容易である。のぞいて見ると、八尋ワニ――南方産のクロコダイルではなく、サメの類をいうが、「八尋」というから随分巨大である。陣痛に耐えて、その巨体をよじらせていた。夫は恐れをなして逃げ出す。男はいつも薄情である。だからこそ〈約束〉の必要が生じるのだ。そして、〈約束〉は、いつも男によって破られる。

豊玉姫は、夫の〈違約〉を知って、「海坂」を閉鎖して海の国へ帰ってしまった。生と死の世界の境界は、黄泉比良坂であった。海と陸の世界の境界も海坂である。峠の一本松が、こちらの村とあちらの村の境界を示すのと、これは似た境界区分である。

イザナミの場合と、豊玉姫の場合と比べてみると、違いはある。イザナミの場合は、夫の〈違約〉を知って怒り狂い、「お前の国の人を一日千人、しめ殺してやる」と叫ぶ。豊玉姫の方は、「私は、いつでもこの海の道を往き来して、あなたにお会いしたいと思っていたのに、あなたは私の素顔を見てしまった。恥かしいわ（是甚怍之）」という。「辱をかかせたな」と怒るイザナミと、恥かしいと思って（以為心恥）、自分から姿を隠す豊玉姫と、この二つのタイプは、いつの世にも見られるところである。豊玉姫とて、夫の〈違約〉を恨めしいと思う気持ちはある（雖恨其伺情）。しかし、夫を恋しく思う気持ちを抑えることができない（不忍恋心）。そこで、夫のもとに残してきた子供の養母として、自分の妹玉依姫を派遣し、その時、「白玉の君がよそひし貴くありけり」と歌を贈ったりする。夫の方も、

沖つ鳥鴨どく島に我がゐ寝し妹は忘れじ世のことごとに

と答える。壮絶な夫婦喧嘩の果てに、以後、二度とことばを交すことのなかったイザナギ・イザナミの場合は、後に憎しみのみが残った。豊玉姫の場合は、別れた後も、夫婦の愛は余韻を残している。

しかし、いずれにせよ、〈違約〉が二人の〈愛の終わり〉の不幸な結末を導いていることには変わりない。類似し

た状況の繰り返しを、世界の神話・伝説・伝承の共通の形とつないで考えていく視点がある。それはすでに多くの論文があるから、私は繰り返すことはしない。そうではなくて、私は、この類似の条件を伴った話が、『古事記』の上巻の、冒頭と末尾とに位置させられていることに関心を持つ。類似した話を巻頭・巻尾に配置したのは、語り手の、あるいは『古事記』編者の、意図的な行為ではあるまいか。もしそうであれば、そういう繰り返しと、配置とには、文学的な効果についての判断が伴っていたと推論できる。

そのような視点で、『古事記』中巻を眺めてみたい。

3 「選択」の課題

《違約は愛の終わり》、〈約束〉を違えると人間関係は修復不能な、不幸な結果に立ち至るものである――そういう倫理観を『古事記』上巻から読み取った時、読者は、次にどう考えるだろうか。〝そんなことは、わかっている。確かに約束は守らなくてはなるまい〟〝しかし、人は、守ろうとしても約束を守れぬ状況に追いつめられることがある〟――そんな時、どうすればよいのか。こういう課題にかかわる話を、中巻から一つ引用してみよう。

崇神天皇の子、垂仁天皇と、その后佐保姫と、佐保姫の同腹の兄弟佐保彦の物語である。

佐保彦が佐保姫に尋ねた。「夫と兄と、お前はどちらがいとしいか」

孰┐愛夫与レ兄歟。答曰、愛レ兄。

目の前にいる兄に向かって、「夫の方がいとしい」と答えることは、彼女にはできなかった。彼女は「それはもちろん兄さんよ」と答えた。日常の会話ならそれですむところだが、佐保彦の問いは、非日常的な思念と結びついていた。「兄をいとしいという、そのことばに偽りがなければ、私とお前と二人で、この国を治めよう」――謀叛の企てである。兄は「夫の寝ている時、刺し殺せ」と、短刀を妹に渡す。

夫が后の膝を枕に熟睡している時、彼女は兄から渡された短刀を取り出した。首を刺すのだ。振り上げてはみたが、できない。気を取り直してもう一度。やはり夫を刺すことはできない。三度。ついに彼女は、不可能だと悟った。「不㆑忍㆓哀情㆒」とある。愛する夫を刺すことは自分にはできない――彼女は落涙する。

彼女の涙は、頬を伝って、膝の上で眠っている夫の面を濡らした。夫は目覚める。そして、今見た夢の話をする。「お前の故郷の佐保の方から、にわか雨が降り出して、私の顔を濡らした。また、錦のような美しい模様の小蛇が私の首にまつわりついてきた。いったいこれは、どういうしるしか」と。

雨は、后の涙である。小蛇は、飾り紐のついた短刀である。后は、隠すすべもなく、兄との対話の始終と、兄の命を実行しようとして、果たしえなかった彼女の気持ちを夫にうちあけた。垂仁天皇はただちに佐保彦討伐の軍をさしむける。佐保彦は稲城に拠って防戦体制を敷く。

この緊張状況の混乱に乗じて、佐保姫は宮中を抜け出し、兄のいる稲城へ入ってしまった。彼女は、自分の身の危険を感じて夫の許を離れたのではない。兄がかわいそうだ（不㆑得㆑忍㆓其兄㆒）という一念からである。この時、彼女は懐妊していた。『日本書紀』では皇子を抱いて稲城へ入ったとも伝える。天皇は后を愛しているので、稲城を攻めることができない。相方にらみ合う間に、后は皇子を出産した。

「この子を天皇の御子と認知くださるなら、お引き取り願わしゅうございます」という后の申し出に、天皇は、皇子引き取りの際、后をも救出するという作戦を立てた。腕力あり、敏捷な兵士に命じて、手段を選ばず后を奪取するように指令する。

しかし、后の髪を握った兵の手には髪だけが残った。腕を握った兵は后の腕飾りの紐が切れて失敗した。后の衣を握った兵は、衣がさらりと破れ、これも空しかった。后は、天皇の意図を察知して、事前に髪を剃り落してかづらにし、玉の緒と衣は酒にひたして、切れやすく破れやすくしておいたのである。

天皇はなお、あきらめない。子供の名は何とつける。養育するにはどうする等々と、矢つぎ早に質問を発して時をかせごうとする。后はこれにてきぱきと答え、ついに兄とともに果てた。

佐保姫は兄との〈約束〉を果たすことができなかった。また、佐保姫は、未遂に終わったとはいえ、夫を殺害しようとした。夫婦という信頼関係を裏切る行為だから、これも一種の〈違約〉である。『古事記』上巻で、〈違約は愛の終わり〉という事実を読み取った読者は、佐保姫の場合、夫に対しても、兄に対しても〈違約〉行為を行なった彼女は、両者から見放される結末を予想する。

ところが、彼女は、最後まで垂仁天皇から愛され続けている。兄佐保彦も彼女が稲城へ入ることを拒否したりはしない。〈違約〉は人間関係を修復不可能にする、という倫理的主題は、どうも絶対命題にはならないのである。それどころか、垂仁天皇に対して叛逆を企てた佐保彦までも、この物語を読む限り、読者には〝悪人佐保彦〟という印象からは程遠い人物として受け取られる。おそらく、佐保姫からあれ程まで慕われる兄が、極悪非道な人物であるはずはないという、無意識裡の読者心理がそこには働いているであろう。

さらにいえば、この話が読者にそういう読後感を与えるのは、もともと佐保彦に対して当時の人々の支持が背景にあったためではないかとすら思う。佐保彦は、開化天皇の息子日子坐王の子である。垂仁天皇も開化天皇の孫に当たるから、垂仁天皇と佐保彦とは従兄弟同士である。佐保彦が皇位についても不思議はないという世論の存在を、私は想像してみたりする。本来ならヤマトタケルのような悲劇の英雄に仕立てられうる要素を、佐保彦も持っていたが、語り手は佐保彦を悲劇の英雄として造型するエネルギーを、ヤマトタケルの方へ転化し、佐保彦・佐保姫の話の背景は、相互補完的に読者が想像してくれることを、期待していたのであるまいか。

4　リフレイン《「選択」困難な課題》

佐保姫は、夫に対しても兄に対しても〈約束〉が守れなかった。夫と兄との間を、行きつもどりつした結果、この悲劇が生まれた。その悲劇は、「夫と兄と、いずれがいとしいか」という、本来は〈選択困難な課題〉が源になっている。この〈選択困難な課題〉は、中巻末尾にふたたびあらわれる。応神天皇は、子供の大山守と大雀の二人に、「お前たちは、年上の子と年下の子と、どちらがいとしいか」という質問をしている。

孰㆓愛兄子与㆒弟子㆒。……大山守命白、愛㆓兄子㆒。次、大雀命、……兄子者、既成㆑人是無㆑悒、弟子者、未㆑成㆑人是愛。

「執愛」という質問形式は、先の佐保彦の問いと全く同様である。先の問いでは佐保姫ひとりが解答者だった。応神天皇の出した〈選択困難な課題〉には、解答者が二人いて、おのおのが別個な答えをしている。

『古事記』は応神天皇の問いについて割注で、これは天皇が、ウヂノワキイラツコに位を譲りたい思いがあって発した謎だと説明している。大雀命は、天皇の意中を察して、「年上の子はすでに一人前になっているが、年下の子はそうはいかない。だから……」と、優等生の答案を提出したわけである。

応神天皇崩御の後、大山守は皇位につく野望を実現するために軍備を整える。これを察知した大雀は、ワキイラツコに事態を伝える。ワキイラツコは、本拠地宇治の山頂に、自分の身代わりを置き、自分は船頭に身をやつして宇治川で大山守を待ちうける。大山守が船に乗ると、中流で船を傾ける。舟板にはさね葛の汁を塗っておいたから、大山守は滑り落ちて水中に沈んだ。作戦通りにことが進んだからよいが、さね葛の汁で足を滑らせる危険性は、ワキイラツコの方にもある。亡父の遺言を忠実に守る大雀であれば、この危険な作戦の実行を自分からかって出てもよいところである。しかし、大雀はこの時、動こうとはしなかった。

大山守が討たれた後、大雀とワキイラツコは互いに位を譲り合う。漁夫が大阪湾で取れた鯛を大雀の所へ献上すると、大雀は、「天皇は宇治にいるお方だよ」と、受け取らない。魚をさげて漁夫が宇治へ赴くと、ワキイラツコは、「難波にいるのが天皇様だ」と、これも受け取ろうとしない。漁夫は魚をさげて宇治と難波を往復するうちに疲れ果て、困って泣き出したというエピソードが加えてある。

譲り合いの結果、ワキイラツコが「早崩」、『日本書紀』では、ワキイラツコが「自死」。「自分が生きていては、大雀が即位しない。天皇が決まらねば国民が困る」「豈久生之、煩二天下一乎」と決断してワキイラツコは自殺したというのである。早死ににせよ、まして自殺では、話がうまくでき過ぎている。おそらく譲り合うというより、両者がにらみ合っていたのであろう。

亡父応神天皇との〈約束〉であるから、〈違約〉はしない。応神天皇から〈選択困難な課題〉を出され、天皇の意中を察して、年下の子を推す決断をしたからには、これを守るというのが大雀の立場である。また、そうでなくては、即位後、民のかまどから煙の立たぬのを憂えて、三年間の長期大型減税を実施したという仁徳天皇像との一貫性が失われることにもなる。

佐保姫は、〈選択困難な課題〉に答えた結果、果たすことの困難な〈約束〉を背負いこんで苦しんだ。大雀命も、悩みは同じだったであろう。

5 「選択」の決断を支える論理

こうして、〈選択困難な課題〉は、どのように答えを選択してみても、そのツケはついて回ることになる。大雀命のように、父応神天皇の意中を察した解答のしかたでは、本当の解答になりにくいのである。〈選択〉した後、〈選択〉の根拠が論理的に説明できる用意が要る。明確な〈選択〉基準が必要となってくる。倫理と論理との整合性、調和点はどこに求められるであろうか。それにからむ話題が下巻になるとあらわれる。

履中天皇即位後の大嘗祭の夜、弟の墨江中王の謀叛が起こる。阿知直の機転で火中を逃れた履中天皇の所へ、水歯別命がかけつける。天皇は弟といえども信じ切れぬ気になっているから、「墨江中王をやっつけて来たら、お前を信用しよう」とおっしゃる。

水歯別は墨江の側近の家来、隼人のソバカリを味方につける。「おれの言う通りにしたら、私が即位し、お前を大臣にしてやるが、どうだ、話にのらないか」と持ちかけたのである。ソバカリは同意して、墨江を刺し殺した。彼との〈約束〉をどう実行するかが水歯別の苦心の処置である。

「ソバカリは功労者だ。しかし、自分の主人を殺害したのは〈不義〉である。さりながら、彼の功にむくいないというのでは〈信〉にもとる。かといって、彼との〈約束〉を実行した場合、あの不義の輩は、次にどんなことを考えるか、それを思うと憂慮に耐えぬ」。水歯別はいろいろ考えた結果、「彼の功には報いて〈信〉のあかしを示すことにしよう。しかし、彼の〈不義〉に対しては、彼に死んでもらわねばならぬ」と決断した。君臣の間の〈義〉と、人間同士の〈信〉という二つの倫理を調和させるという、〈選択困難な課題〉への決断である。

仮宮を作り、酒宴を設け、ソバカリを大臣の座に着かせ、〈信〉を実行する。次いで顔より大きな大杯に酒をつぎ、まず水歯別が一口、次いでソバカリが、大杯で顔を覆うようにして飲む時を見はからって、敷物の下に隠していた剣を抜いて、隼人の首を斬りおとした。〈不義〉への罰である。「ダマシ討ちは卑怯である」というのは、後の世の論理であって、「不義は罰せられなくてはならない」という倫理の方が優先するわけである。方法は問わないのである。

もう一つ、雄略天皇に父を殺害された二皇子——ともに即位して顕宗・仁賢両天皇となる人である。即位した顕宗天皇は、父の仇をうつため、雄略天皇の御陵を破壊しようと考えた。兄の仁賢（まだ即位前のオケノ命と呼ばれた時代だが、便宜上、こう呼ぶ）に相談すると、「その仕事は私がやりましょう」という答え。仁賢は出かけて行って、すぐ帰って来る。「もう仕事は終わりました」と。顕宗天皇が、「ずいぶん早かったじゃないか、いったいどんな具合にした」とお尋ねになる。「御陵の傍の土を少し掘っただけだ」と聞いて、それでは「父王の仇をとったことにならない」と不満顔の弟に向かって、兄はこういう。

「父王の怨をはらし、その霊をなぐさめたいというのは、〈理〉に叶った考えだ。しかし、雄略天皇は我々の親の仇ではあるが、我々の近い血族である。しかも、天皇であった人だ。ひたすら父の仇をうつということにこだわって、天皇の御陵を完全に破壊したとなると、我々は後世の人から誹謗されることになろう」。

しかし、「父王の仇は報いねばならぬ。その辺のことを考え合わせて、御陵のほとりの土を、ちょっとばかり掘り崩したのです。こういう報復のしかたがあるということを、我々は胸を張って人に示すことができましょう」。

顕宗天皇はこれを聞いて、「是亦大理」と認め、それでよろしいと結論されたという。

これも両立しにくい二命題の調和点を見つけ出した例である。情と理との接点を、誰に対してもうまく説明できる論理構築の上で見つけ出しているわけである。〈選択困難な課題〉、情と理といずれを取るかという選択肢の一つを選ぶのではなく、第三の解決論理を組み立てていることになる。

6　文芸的技法の想定

水歯別（後の反正天皇）がソバカリに対する時に示した判断などから顕著に感じられるように、儒教的な倫理が背景にある。『古事記』では、中巻末の応神天皇の条に、百済から渡って来た学者が『論語』等を献じた記事がある。

『日本書紀』の応神紀十六年二月の条によると、王仁が日本へやって来た時、ウヂノワキイラッコは諸典籍を王仁について学んだとある。

ワキイラッコが儒教の倫理に接して、直ちに、「国民に迷惑かけるよりは」と、自殺して、大雀の即位を側面から援助するというのでは、話がよくでき過ぎている。儒教の渡来が応神天皇の御代だという伝えや、ワキイラッコが論語の勉強をしたという伝えが、史実であったかどうか、それはよくわからない。ただ、『古事記』の文飾が、儒教的な倫理によって色づけされている場合、その文飾が上・中・下三巻にわたってあらわれてもよいはずである。しかし、実際には、中巻末、応神天皇の記事のあたりから、〈選択困難な課題〉解決の論理の基準として、儒教倫理が援用されるようになるということは、『古事記』の記述、記事の構成に当たって、筆録者あるいは編者が、個々の事象の関係論に意を用いていたということになろうか。

「約束は守らねばならない」、「違約は愛の終わりと連動するから、注意しなくてはならない」というような、自然発生的な一般倫理から出発して、次には、約束を守ろうとしても守れぬ状況が生まれることもあるのだぞという実例を示す。〈選択困難な課題〉を、単に相手の心を読み取るだけで対応する方法の外に、選択の根拠を論理的に説明できる用意とか、その論理を支える客観的倫理基準を求めるという方法もあるのだぞとも述べる。そういう論述構造は、もちろん現代人の論理ほどには整理されていない。「方法」と呼べる域にはまだ遠いけれど、奈良時代の人たちの構想力を私は『古事記』に感じ取るのである。

とすると、上巻の冒頭と末尾に、類似条件の上に成り立つ話を配置したのも、ある程度まで意識的な文学的技法の一つだったかもしれないと思えてくる。

奈良時代に続く王朝期、「すき」「好色」という要素が、貴族社会の一つの資質をあらわす形になってくる。そういう主張が文学の中にあらわれてくることによって、それまでとは違う、一つの新しい時代が始まるわけである。そういう目で、新しい文学史の時代区分、新しい文学史の構築はできないものだろうか。これがこのごろ抱く私の夢である。新資料を見つけるために走り回るエネルギーがだんだん無くなってきたので、どこにでもある材料を使って、それを組み合わせながら、何か新しいものを作ることはできまいかと考える。その奈良時代編の素描である。

＊　　＊　　＊

本稿は平成二年九月二十三日、広島女子大学の学会でお話しさせていただく機会を与えられた時の、私のメモを基礎にして、若干加筆を行なった。話したままを活字にすることもできる世の中だが、そうなると分量が増す。話の調子を生かしながら簡潔にまとめることに努め、原文の引用などはしなかった。こういう形で文字化させていただくことをお許しいただいた関係の皆様に感謝申しあげたい。

※初出　『広島女子大国文』第八号（平成三年八月）

（本稿は、前に掲げた論考「人間関係論と文学史――『古事記』から『古今集』へ――」のもとになった講演の筆録である。重複する記事が多いが、あえて併せ掲げた。）

構想と表現

1　主題と叙述

作者は、ある「動機」に動かされて、一定の「主題」を表現するために全体の構想を立て、部分から全体へと、効果的な「構成」を試みる。

「動機」（モチーフ）とは、外国語の語源としては、あるものを動かす根源的な動力を意味する。作者の創作衝動をかり立て、主題設定のために作者を動かしていく力である。同時に、素材を撰択し、あるいは変形する力としても働く。「構成」（プロット）とは、外国語の語源としては「織り合わせる」ことを意味する。筋・脚色・趣向をはじめ、事件の連結の仕方などがこれである。

「主題」（テーマ）とは、文芸に即していえば、作品が扱う中心的な問題をいう。本来、修辞学における表現の根本思想であり、多くの素材が文芸作品として一つの統一性をうるのも、主題の存在によってはじめて可能となる。

図式的には以上のようになるが、文芸の主題は、一定の定理や、明確なモラルとしてはまとめにくい性格を備えている。『源氏物語』の宇治十帖の主題は、暗い宿命を背負った主人公薫の懐疑的性格に由来する悲劇的な運命の問題であると、まとめることはできる。しかし、このような問題は本来人間存在自体の矛盾的構造に由来するものであって、「これが主題だ」と提示されても、そこには何らの感動も生まれない。文芸における主題とは、その把握が目標ではなく、主題把握に至るまでの過程にこそ意味があるのである。

読者が主題を把握するまでの過程は、「叙述」の流れを辿っていく以外に途はない。しかし長編の物語を読む読者はひたすら主題のみを追ってわき目もふらず進んでいくのではない。あたかも旅が最後の到達点を目ざしていても、その途中でその場所の風物にしばし見ほれたり、時によっては廻り道になるのは覚悟で、コースからはずれた地点へ足を伸ばすことがあるのに似ている。主題に至る必須の場面、場面を配列しながら、その間にいわば遊びの場面をはさむ。時あって、その遊びの場面が、独立したみごとな完成度を示すことすらある。『源氏物語』の主題を担うのが光源氏と藤壺中宮との恋であるとすれば、光源氏と空蟬・夕顔・末摘花などとの交渉は余談の挿話ということになる。しかし、受領層の夫を持つ空蟬の心理とか、その花の名に象徴されるようにはかなく死んだ夕顔の運命とか、普賢菩薩の乗物（白象）のそれかと見まがう鼻をはじめ、およそ平安朝の物語に描かれる美しい姫君とは似ても似つかぬ末摘花のお姫様など、おのおの一つの巻の女主人公として登場する彼女たちは、十分読者を楽しませてくれる。しかもそれらは、見方を変えれば、青年光源氏の多彩な青春を描くという意味では、やはり『源氏物語』の主題に有機的にかかわっていく。

長編の物語には、長編を支える主題のほかに、その長編を構成する短編的な巻々があって、短編的な巻々もそれ相応の主題を備え、両者相補いながら叙述は進行していく。こういう構想は、『源氏物語』に限らず、『平家物語』など中世の軍記物語などにも通じて見られる方法である。

主題は、物語・小説など散文作品だけにあるものではない。一首の歌にも主題はある。個々の和歌を編集して集にまとめる時の構造原理としても、主題は大切な役割をになう。勅撰集には四季・恋・哀傷というような部立があるが、四季の春の部にあまたの春の歌を収める時、そこに一つの秩序が必要となってくる。春の一月から三月までの季節の移りは、『古今和歌集』の場合、一月を立春、雪、鶯、若菜、霞、緑、柳、百千鳥《ももちどり》、呼子鳥、帰雁、梅の主題で構成し、二月は桜の主題のみで構成し、三月は藤、山吹、逝く春の三主題で構成している(松田武夫『古今集の構造に関する研究』昭和四〇年)。一つの勅撰集の総体とおのおの部立と、それを構成する主題とは、いわば長編物語における長編的主題と短編的主題とに対比できよう。物語の場合、主題は作者の叙述によって支えられているが、勅撰和歌集の場合、主題は既存の多くの歌人たちの歌によって、編者の叙述しようとする世界が代弁されているわけである。いずれの場合も、主題のまとまりで文芸作品を成り立たせることが必須の条件とされつつも、主題を構成する各部分に、鑑賞に耐えうる質を備えていることが同時に要請されているのである。この関係は、『今昔物語集』など一種の編纂物でもある説話文学にも共通していえる事実である。

文学である限り、主題が欠除することは許されないことを、物語と和歌、散文と韻文という、形態・様式を異にする二つを対比して述べてきた。しかし、その両者に異なる傾向がないわけではない。和歌は、人事をも含みはするが、もっぱら自然の推移に伴ってあらわれる美と取り組む。一方、散文の世界でも、もちろん四季の自然を除いては文芸は成り立たない。しかし散文の世界はいずれかといえば人間臭が強い。恋とか死とかは和歌の主題にも取りあげられるけれども、それが人間存在の矛盾的構造と直接対峙するような緊張感を伴ってうたいあげられることは少ない。

古くは物語、あるいは下って近松の浄瑠璃など戯曲・劇文学等の主題には、こういう問題を扱って緊迫した叙述表現が多く見られる。解決困難な問題を提示してこれに解釈を加え、さらにその解決すらも与えるものを、ドイツ美学などではイデー(理念)と呼ぶ。本来哲学的な複雑な概念なので、今これに立ち入ることはしないが、それすらも決して抽象的思想や哲学的公式ではなく、作者の人間的な体験の中で形作られ、文芸的には個々の素材を通して具体化される。いわば作品の根底にあって、直接これをうかがい見ることはできないが、作品の力学的な中心点をなすものである。換言すればそれはモチーフとともに、作者その人の世界観・人生観に濃くいろどられる。文学研究という立場からいえば、作者の主題把握と並んで、作家論へ迫る手がかりとなる。

2　事実と虚構

第一級の作品はある種の天才によって生み出される。天才の独創的創造力は、一つの作品の高い完成度を達成するだけでなく、時には新しい文芸様式を生む働きもする。天才には歴史的必然を越える何かが備わっていなくてはならない。しかし天才もその歴史的環境から全く無縁であることはできない。彼は、自己をとりまく「事実」の中から、新しい発見をし、それを最も効果的に読者に伝えうる方法によって表現する。ここに「虚構」という契機が介入してくることになる。「事実」は素材であり、「虚構」はその表現の方法である。「虚構」(fiction) は現実的対象を抽象しあるいは誇張し、また単純化し絶対化し図式化する表現である。時には想像力によって超現実的な対象をすら生み出す。芸術的制作においては、現実的対象の完全な再現・模写は不可能であり、かつ無意味でもあるから、写実主義的な作風のもとにおいても、虚構は変型の原理、加工の原理として不可欠の要素である。『古事記』上巻の神話・伝説が、『日本書紀』のそれと相違するのは、通常「異伝」と呼ばれるけれども、「異伝」を生む過程で働いているのは、「事実」に「虚構」を加える無意識の論理に外ならない。それは次第に意識的となる。紀貫之が「男もすなる日記《にき》といふものを女もしてみむとてするなり」と『土佐日記』の冒頭に書きつけるのも、当の著者貫之が男なのだから、彼が仮名日記文学という新しい文芸様式を生み出すためには、自己を「女性」の立場に置き換える「虚構」が必要だったわけである。

もともと「事実」を記すことが日記の眼目であるはずだのに、一番基本となる条件設定の段階で貫之は「虚構」

を用いた。以下の日記文学においても、「虚構」は「事実」をより真実らしく見せるために必須の方法であった。道綱の母が『蜻蛉日記』の中で女の苦しみの情を強調すればするほど、夫兼家の現実の姿は無責任なけしからぬ男に変型されていっただろう。紫式部は日記の中で、時折「その事は見ず」――見なかったからここは略すと書く。逆にいえば、書いてあることはしかとこの目で確かめた「事実」なのだと、読者を信じさせる書き方である。実は、当時の公卿が漢文で毎日書きつけた「事実」や記録類と食いちがっているところもあるのだが、紫式部はこういう方法で『紫式部日記』の事実性を読者に確信させる書き方をした。

中世の『とはずがたり』の作者大納言久我雅忠の女二条が日記の中に描いた自己の像も「虚構」を通しての自照性であり、それがこの作品の魅力の根源となっている。江戸時代の芭蕉の『奥の細道』も事情は全く同じである。曽良が随行記の中でありのままに書いている紀行の行程と照らし合わせるならば、芭蕉が文芸としての効果という観点から、いかに苦心しているかが知られる。文芸においては創作主体の主観を抜きにすることはできない。意識的にせよ無意識的にせよ、そこに虚構がしのびこむ。

さて、文芸における「事実」とは、このように本質的に「虚構」と切り離しては存在しえず、かつ文芸としての効果の上からは積極的に「虚構」の方法が採られた。個人の体験的「事実」だけではなく、事情は「史実」という歴史的素材を扱う文芸の場合も軌を一にしている。『大鏡』以下の鏡物をはじめとする歴史物語、中世に生まれる『平家物語』などの軍記物語は、『源氏物語』を頂点とする作り物語が「虚構」を主軸としているのに対して、「事実」を尊重するのがたてまえである。しかし、左大臣時平の横車に正面切って反対できずに弱っている右大臣菅原道真のなげきを聞いて、太政官の文書課の役人が一計を案じ、文刺《ふみさし》に文書をはさんで時平にさし出す時、高らかに放屁《ほうひ》したというのは事実そのままだろうか。笑い上戸の時平はここで笑いをこらえきれず、当日の決裁は道真にまかせたという話（『大鏡』時平伝）などは、決して「事実」そのままではあるまい。それでいながら、こんな挿話があるから面白く読める。しかもそれらは、異常な高齢の世継・繁樹の話し上手・聞き上手が事実として語ることで、読者たちはこの話を信じて疑わない気持ちにさせられるのである。

『栄花物語』は『源氏物語』にならって歴史を物語化する構想を思いつき、場合によっては『源氏物語』に近づけるために歴史的事実をすら曲げる構成を採用した。『大鏡』は歴史的方法を採り、あわせて道長の栄花がどのようにして開けたかを追求するという課題をより明確な形で中心に据えたが、政治の世界の裏話、ゴシップを加えることで面白く語りたいという欲求に貫かれている。それは説話集を作りあげる意識と共通するものであって、真実そのものよりも、真実らしさへの興味である。実在の人物その人よりも、説話的人物形象への興味であったといえる。

以上見てきたように、散文の世界における「事実」と「虚構」との問題は、日本の文芸の場合、理論的な反省よりは創作実践の中でおのずから示されることが多かった。紫式部が『源氏物語』の螢の巻で登場人物の口をかりて物語虚構論を展開するというようなのは、異例に属する。一方、詩歌論史の上では、この問題が修辞論として相当明確に一つの流れをなしている。「虚語」「実語」という中国詩論風の考え方は、『文鏡秘府論』に見られ、歌論における花実論にもつながり、さらにそれは荘子流の虚実論をも摂取しながら俳論へ受けつがれていく。また世阿弥の能楽論、坂田藤十郎の歌舞伎論等を基礎として近松の虚実皮膜の芸術論があることも注目されよう。

粉飾を加えず事実のままを記録した文書は「実録」と呼ばれ、本来は文学とかかわりのない資料であったが、以上のような虚実論を踏まえた結果が、江戸時代になると「実録」と名づける虚構作品を流行させるようになる。お家騒動や仇討の趣向を加え、あるいは怪談異聞を採り入れるものなどである。『太閤記』などもその中へ数えることができる。いわば中世の軍記物の流れを追うものであるが、滝沢馬琴の読本《よみほん》などは実録の系統を受けつつこれに小説的結構を加えたものであって、「事実」は常に新しい文学を生む母体となっているのである。

3　作品とモデルと源泉・典拠

「史実」あるいは歴史的な「事実」は、虚構を加えられても、作品の中でその史実性・事実性を失わない。誰が、いつ、どこで、何をしたかという諸条件の中の一つ、あるいはいくつかに、虚構が加えられても、基本的な条件の大幅な変更はないのが普通である。『和泉式部日記』が仮に彼女の自作ではないにしても、その中に含まれる和歌は彼女の家集などに照らして明らかに彼女のものである。日記の中の彼女が「女」と三人称で書かれてはいても、読者はその日記の中の人物は実在の和泉式部その人であるというたてまえで読み進める。これに対して、同じく「事実」を素材にしても、それが「モデル」と呼ばれる場合は、事情が変わってくる。モデルは実在の当人の、名前はもちろん、多くはその生きた時代も、場所も影を残さぬように拭い去られる。モデルは作者の頭の中では強く意識されても、読者が作品を読む時の必須の予備知識として要求されはしない。少なくとも現代の小説においては、モデルがあまりなまなましく表面に顔を出す場合、新聞の三面記事的興味を読者に与えはしても、作品の評価にはかえってマイナスに働く要因となることが多い。

しかし古い時代の文学では、事情は必ずしも現代と同じではなかった。『伊勢物語』はどこにもことわってないけれども、そこに描かれているのは業平の一代記だという認識が読者の側にはあった。このような読者の認識を現代風に言えば、「昔男」は業平をモデルにしているというのと大差ない。だからこそ原型『伊勢物語』が次第に増補されていく過程では、モデルとしての業平像に損傷を与えぬような配慮のもとに章段が加えられていった。たとえ増補に際して利用された歌が「読人しらず」の古歌であっても。そして中世を通して読者はこれを業平の一代記として読むことをやめなかった。

この例でわかるように、日本の古代の読者たちは物語の中にモデルとしての実在人物の姿がはっきりしていることことを、現代の小説批評家のように小うるさく非難したりはせず、むしろ、モデルをそれと認めることができることにかえって興味を持ったといえる。いわば歌壇のゴシップは、本来すぐれた歌とか、その歌の詠まれた場面を語りつぐことに本旨があったろうが、そういう歌語りの主役が誰であったかということも決して無視できぬ要素であって、いわゆる引歌に対してさえもその本歌の作者やその詠歌事情は捨象されることがなかったと思われる。こうした歌語りの享受の伝統が、モデルの問題を現代とは違った方向に発展させることになった一因であろう。

江戸時代までの研究者は「モデル」ということばは使わない。「准拠」ということばでこれを呼ぶ。『源氏物語』の桐壺帝の准拠は醍醐天皇であり、この物語は延喜天暦期を時代背景に据えた時代小説で、世話物ではないとか、主人公光源氏は源高明・在原業平・藤原伊周などに准拠するとかいう。「一世の源氏が左遷されて須磨へ行ったのは西宮左大臣高明に似ているが、高明には光源氏のような風流《すき》の側面が少ない」という批判が一方から出る。すると「この面では在中将業平と五条・二条后との恋愛事件が准拠となっており、特定の一人の行跡すべてを模して書かないのが作り物語の方法である」とこれに応ずるという具合で、中世を通じて『源氏物語』の時代准拠のことは研究者の重要な関心領域をなしていた。そのあげく、著名な石山参籠伝説の中へまでモデル論が登場することになる。高明が安和二年（九六九）大宰権帥に左遷された時、幼時から彼に馴れ親しんでいた紫式部はいたくこれを悲しみ、大斎院選子から物語を所望されたのを機会に石山寺へ参籠し、須磨巻の「今宵は十五夜なりけり」というところから書き始めたのだというのである。紫式部の年齢などにおかまいなく、彼女が高明に幼い時から馴れ親しんでいたということにして、モデルの妥当性を強調するのである。

狭義のモデルは、以上のように作品の題材となった実在人物をいう。これに対して文芸上の「典型」にふれておかねばならない。作中の主人公の性格が人間の普遍的な一つの型を創出した場合、それはハムレット型とか、ドン・キホーテ型とかドン・ファン型とか呼ばれる。日本の文学でいえば光源氏・薫・匂宮をはじめ、各時代のすぐれた作品にはおのおの特徴的な人物を生み出している。一つの典型的な人物が創造されると、これを模し追随する作品が多くあらわれる。平安時代後期から中世の物語にかけて光源氏、特に薫型の模倣、亜流の主人公が登場した。『狭衣物語』の主人公狭衣大将など一群の登場人物たちである。こうして「典型」は多くの影響を後世に与え、その模倣はいつか「類型」化して個性を失っていく。しかし、影響を受けながら『好色一代男』の世之介のような光源氏とは異なる典型を作りあげた西鶴などの例もある。作品の中で作りあげられた「典型」が、あたかも実在人物をモデルとする場合と同様に次の時代の作品の素材となるわけであって、逆にいえば素材となりうる実在人物もモデルになるに足る個性・特徴を揃えている点、実在人物としてのモデルと創り出された典型としてのモデルとには、その働きの上に共通するものがあるわけである。

人物としての素材と作品の間にモデル関係が成りたつように、より幅を広げた「事柄」としての素材と作品の間の関係を「源泉」と呼ぶことがある。中宮定子から「香炉峯の雪いかならむ」と尋ねられた時、清少納言が「御格子上げさせて、御簾を高く上げ」て見せるという著名な話がある。いうまでもなく『白氏文集』の「遺愛寺鐘《ノハ》欹《そばだてテ》レ枕《ヲ》聴《キ》、香炉峯《ノ》雪《ハ》撥《かかげテ》レ簾《ヲ》看《ル》」という句によるものであるが、この場合、清少納言は単に知識として『白氏文集』を知っているというだけではない。「撥」という字の意味が簾の端の方をちょっとあげて香炉峯の雪をのぞくだけのことであるという知識は、清女も持っていたかもしれない。しかし中宮から尋ねられ、他の女房たちも彼女の答えに注目している時、この場面では高々と簾を捲きあげて見せる演技も必要だったのだろう。「源泉」としての『白氏文集』を踏まえ、それを屈折させて新しい価値を生み出すという、この方法は、漢籍・仏典・和歌あらゆる分野にわたって『枕草子』の各段にあらわれ、それが清女らしさの原点となっている。「典拠」となる事実は、単にそれを知っているだけでは作品の新しい価値を生むことにはならないのである。

4　人物描写

『紫式部日記』には彼女の友人の昼寝姿を「絵にかきたるものの姫君」のようだとか、若い頼通を「物語にほめたる男」そのままだと書いてその美しさをほめている。人物描写はさまざまな側面を持つが、大きく分ければ容貌・衣服などに関する外面描写と、その行動をも含め、性格・心理などに関する内面的な描写などとから成っている。

容貌・姿の描写一つを考えても、奈良から平安へとその方法が変化していくさまがうかがえる。『古事記』上巻の海幸・山幸の話に出てくる火遠理《ほおりの》命が海宮を訪問した時、彼の姿を見た女は「麗《うるは》しき壮夫《をとこ》」がいたと報告する。それ以上の細かな容貌の描写はない。中巻の三輪山伝説に出てくるのは大物主神の化身だが、これも「其の形姿《すがた》威儀《よそほひ》時に比無《たぐひ》し」とか「麗美《うるは》しき壮夫」とか書かれるだけである。景行天皇がその噂を聞いてお召しになった兄比売《えひめ》、弟比売《おとひめ》の二人の少女も、「其の容姿《かたち》麗美《うるは》し」だし、応神天皇が結婚した矢河枝比売《やかわえひめ》も「麗美《うるは》しき嬢子《をとめ》」とだけある。時あって「髪長比売《かみながひめ》」のようにその美の条件が女性の名前の一部をなすことで、ようやく具体的な特徴を思い浮かべるのみである。

この傾向は平安時代に入っても同様であって、光源氏は「世になく清らなる玉の男御子」（桐壺）で「いみじき武士《もののふ》・仇敵《あたかたき》なりとも、見てはうち笑《ゑ》まれぬべき様」であり、元服した結果は「あげ劣りやと疑はしく思されつるを、あさましううつくしげさ添ひ給へり」という具合である。讃辞こそ長くなっても、個性的な美は読者に感じとれない。しかしそれでも、空蟬《うつせみ》と軒端《のきば》の荻《おぎ》とが碁を打っているのを垣間見るところでは、「頭《かしら》つきほそやかに、ちひさき人」「手つき瘠《やせ》々にて」とか、「つぶつぶと肥えて」「まみ口つきいと愛敬づき、はなやかなる容貌《かたち》」「髪はいとふさやかにて、長くはあらねど、さがりば肩のほどいと清げに」というように、分析的な描写法がとられる。末摘花の描写ともなると、もっと生き生きしてくる。「居丈《ゐだけ》の高う、を背長に見え」る座高の高い胴長のスタイル描写から始まり、特に彼女の鼻については「あさましう高うのびらかに、先の方少し垂りて色づきたる」様は「普賢菩薩の乗物」の白象そっくりで、「色は、雪はづかしく白うて真青《さを》に」という栄養失調・貧弱型、「額つきこよなうはれたるに、なほ下《しも》がちなる、面やうは大方おどろおどろしう長きなるべし」、いわば長い馬づらである。

だが注意されるのは、こういう二流人物の描写は具体的になってくるものの、藤壺中宮など一流の主役については、いっさい具体的な描写はされない。あたかも国宝『源氏物語絵巻』の貴族たちが、すべて引目鉤鼻《かぎばな》の同じスタイルで書かれているのに通ずる趣である。

平安朝の文学の主流の中では、その登場人物たちは立ち居振舞い万事優雅に保つのが貴族の世界であるから、泣く場合でも「さま良う」「涙をぬぐひ隠す」必要がある。そういう世界の中では、行動描写と呼べる生き生きとした動きは少ない。読者が表現の背後にその動きを想像で補うしかない。『今昔物語集』など一部の男性的文学に、これを見ることができるだけである。しかし、中世の軍記物語になると事情は一変する。『平家物語』巻九、木曽の最期の一節、

木曽殿は只一騎、粟津の松原へかけ給ふが、正月廿一日、入相ばかりの事なるに、薄氷は張ッたりけり。深田ありとも知らずして、馬をざッとうち入れたれば、馬の頭も見えざりけり。あふれどもあふれども、打てども打てども働かず。今井がゆくへのおぼつかなさに、ふり仰ぎ給へる内甲《うちかぶと》を、三浦《みうら》石田の次郎為久おッかかッてよッぴいてひやうふつと射る。いた手なれば、まッかうを馬の頭《かしら》に当ててうつぶし給へる処に、石田が郎等二《に》人《にん》落ち会うて、つひに木曽殿の頸《くび》をばとッてンげり。太刀の先につらぬき高くさしあげ、大音声をあげて、「此日頃、日本国《にっぽんこく》に聞こえさせ給ひつる木曽殿をば、三浦の石田の次郎為久がうち奉ッたるぞや」と名のりければ、……（「日本古典文学全集」の本文による）

この少し前に「木曽左馬頭、其日の装束には、赤地の錦の直垂《ひたたれ》に唐綾威《からあやおどし》の鎧着て、鍬形《くはがた》うッたる甲《かぶと》の緒しめ、いかものづくりの大太刀《おほたち》はき、石うちの矢の、其日のいくさに射て少々残ッたるを、頭高《かしらだか》に負ひなし、滋籐《しげどう》の弓持ッて、聞こゆる木曽の鬼葦毛《あしげ》といふ馬の、きはめて太うたくましいに、黄覆輪《きんぷくりん》の鞍《くら》置いてぞ乗ッたりける」と描かれている。装束の描写はその道具だてこそ違うが平安時代の男女についても相当に細かくなされていたが、今その木曽殿が深田《ふか》の中に踏みこんで「あふれどもあふれども、打てども打てども」馬は動かず、これに向かって射かける為久、そしてがっくり馬の首に面をふせる義仲という、息づまる一瞬の動きを画面として写しとめる散文表現の技術は、外面描写の一つの極点を示している。

人間の心理の動きなどを追う描写も、当初は必ずしも委曲を尽くして書きこんではない。『竹取物語』の翁が竹の中から赫夜姫《かぐやひめ》を見つける条、翁は当然その時、驚き喜び、あるいは不審に思うはずだが、そういう心理は一切ない。『伊勢物語』の初段、男は狩に行った春日の里で、「なまめいたる女はらから」をかいま見る。その時の男の心理は「おもほえず、古里にいとはしたなくてありければ、心地まどひにけり」とだけある。複雑な心理があまりに簡潔な表現の中にこめられているので、読者はこの表現を手がかりにしてその心理を辿る解釈の作業に相当手間取る。現代の注釈書を見ても、さまざまな解釈があらわれるゆえんである。

本来、心理とか性格とかは、物語の場面全体の構造との緊密なかかわりの中で効果的な組み立てが可能になるものである。『源氏物語』のように物語創作の技術が全面的な完成度を示す作品になると、登場人物の心理は、読者に十分な説得力を持って迫ってくるようになる。そういう前例にならうことで、『夜半の寝覚』などに見える心理主義ともいえる作風が、平安朝の後期物語にあらわれることも可能になった。この物語の場合は、お互いに愛し合っていながら結ばれることのできない宿命的な人間関係を中心に筋が展開する。従って登場人物も『源氏物語』よりはるかに少なく、すべては男女主人公二人に集約される。いきおい物語を動かしていくものは、事件よりも人間の心理の複雑な動きが中心になるわけである。

しかし、内面描写はこれを直叙すればすむというものではない。『落窪物語』巻三に、主人公道頼夫妻が、妻の父のために報恩の法花八講を行なう。第五巻を講ずる日、人々は豪華な捧物を持参するが、一人だけ蓮の花を「筆の形に作」って来た男がいる。他の人々は「蓮の開けたる」形の造花を持って来るのに、この男は蓮の、まだ開かぬつぼみを形どった捧物を作ったわけである。極楽にも上中下の三段階があり、さらにおのおのが三つに区別されるが、その最下位、下品下生《げほんげしょう》は、極楽といっても長い間にわたって仏の声を聞かず、蓮のつぼみの中で耐えなくてはならない。「そんな下品下生でもよい、何とか浄土に生まれたい」という念願をあらわすのが、この男の捧物の意味するものである。人とは違ったこういう趣向をこらす男という形で、彼の風流な性格が読者にわかるというまことに手のこんだ描写の方法である。

このような表現は、『源氏物語』では、ふたたび「蓮の中の世界にいまだ開けざらん心地」（初音）という、地の文にしっくりとけこんだかたちで、平安朝散文の質を高めていくこととなる。

『落窪』の例のように物に託して性格描写をする方法に似た間接的な内面描写は、会話によってもなされる。会話のことば自体は、時あって冗談なのかまじめなのか、読者にその雰囲気が伝わりにくいことがあるので、会話のことばの間には、「いみじと思ひて宣へば」とか、「……とて笑ひ給へば」などの説明がそれを補う。それでもなお説明不足と感じることがあるのだろう、平安朝の物語では作者自身が直接にことばを加えて、場面・心理などを補足説明したりする「草子地」という説明形態を生んだのも、こういう事情からであった。

5　自然描写

客観存在としての「自然」が、実としての「自然」に定着するのは『万葉集』の時期であると見てよい。それは記紀の歌謡にまで遡ることもできようが、記紀の散文の中では、自然に対する関心はうかがわれるものの、自然観照の結果を表現として定着するまでには至っていない。

田子の浦ゆうち出でて見ればま白にぞ富士の高嶺に雪は降りける（『万葉集』巻三・三一八、山部赤人）

『万葉』にもこのような客観的叙景歌は、まだ決して多くはない。

秋の田の穂の上に霧らふ朝霞いつへの方に我《あ》が窓やまむ（『万葉集』巻二・八八、伝・磐姫《いわのひめ》皇后）

上の句の自然は下の句の恋の感情を導き出す序詞になっている。それでいながら、『万葉集』の枕詞がそうであるように、序詞は決して自然の具体性を失わないばかりか、譬喩という以上のなまなましさで人間の生活と自然との交感を成り立たせている。換言すれば、自然物の感覚的表現によって、一定の情趣・気分を象徴する効果をあげている。これは日本文学における自然描写法の伝統の原型と言ってよい。

このような自然観が『古今集』になると知的技巧的な面を加える。

青柳の糸よりかくる春しもぞ乱れて花のほころびにける（『古今集』春上・二六、貫之）

上の句は柳枝の様、下の句は桜の開花を言うが、縫う糸と反対語の「ほころぶ」とで両者を結び春の自然を象徴する。こういう高度な主知的な技巧は、自然を擬人化する時にもあらわれる。

人の見ることや苦しき女郎花《をみなへし》秋霧にのみたち隠るらむ（『古今集』秋上・二三五、忠岑）

女郎花の咲く秋の野に霧のたちわたる風景を、人目をさけて几帳に身を隠す女性の風情にたとえて把えているのである。内容の空虚を修辞的技巧で埋め合わせたに過ぎないという批評もあるが、自然描写の展開史の一こまとしては注意されねばならぬ。それは自然観照のみに限ったことではないが、詩的な想像力を拡張してくれる結果になる。「歌枕」と呼ばれるものもその一つである。

歌枕という用語は、藤原仲実の『綺語抄』に「うちきらし四条大納言歌枕に、雪の降るにかきくらがるをいふ」などという語例が見える。ここにいう公任の『歌枕』というのは書名であり、歌詞の注釈であったようである。はじめは歌人必携、詠歌便覧といった種類の本が広く「歌枕」と呼ばれ、これには歌詞注釈、枕詞、物の異名、名所、歌題、景物の類が含まれた。平安時代後期以後はもっぱら地名便覧的なものに限定されてくる。先の「うちきらし」ということばについて言えば、その語であらわされる天象自然を、どのような詩語・歌語で表現するかという問題がそこで意識される。地名便覧的なものになった場合すら、その地名に象徴される自然の特質が、そのことばに籠められることになるわけである。もともと散文的な地名が歌語となり詩的影像を伴うことになるのである。

限られた三十一文字の中に広い詩的世界を包みこもうとする方法は、「本歌取り」と呼ばれるが、それらは、右の「歌枕」意識と表裏一体をなし、『新古今』の象徴的風景を完成させた。

客観的、主知主義的な自然把握から詩的自然の世界確立への動きは、散文では一層早いペースで進んだ。黒崎の松原を、「所の名は黒く、松の色は青く、磯の浪は雪のごとくに、貝の色は蘇芳に、五色に今ひと色ぞ足らぬ」（『土佐日記』）というように描写する平安朝散文は、間もなく『源氏物語』の日本的な情緒的自然を定着させる。

明けぐれの空に、雪の光見えておぼつかなし。名残までとまれる御にほひ、「闇はあやなし」とひとりごたる。雪は所々消え残りたるが、いと白き庭に、ふとけぢめ見えわかれぬ程なるに、「なほ残れる雪」と忍びやかに口ずさみ給ひつつ……（『源氏物語』若菜上）

女三宮の所から早朝、紫の上の所へ帰ってくる光源氏の様子である。明け方の薄暗い空のもと、雪の光があたりの空気を冷たくする。「春の夜の闇はあやなし梅の花色こそ見えね香やは隠るる」（『古今集』春上）の引歌が、ここにはあらわに描かれることのない梅の香を読者の所へ運んでくるようである。またこの引歌「色こそ見えね」で、梅が描かれぬ理由も納得される。「子城隠処猶《ホ》残《レル》雪、衙鼓声前《ノ》未《ダ》有《ラ》レ塵」（『白氏文集』）の朗詠の出城の陰に残った雪の句は、「所々消え残りたる」六条院の雪の詩的イメージを増し、衙鼓声前（役所の時を報ずる鼓の鳴る前）という続く一句が、おのずから六条院のまだ人々の寝静まっている暁の雰囲気を人に伝える。しかも、紫の上は久しくならわぬ一人寝の夜、煩悶を続けて目覚めているのである。千万言費しても描ききれぬ自然と人事とが、和歌と漢詩の効果的な利用によって、読者の脳裏にその姿をあらわすのである。

自然がこのように単なる人間の外界というにとどまらず、人間の心の一部を占めるようになってくると、宗教的自然感情とでもいえるものを生み出す。もともと『万葉』の満誓沙弥の歌をはじめ、自然が「無常」の理とそれに伴う哀愁を生み出す働きは古くからあった。「ながめ」ということばであらわされる美的静観の中から、「もののあはれ」と呼ばれる美意識が組み立てられるが、同時に一方では山の端に入る月が西方浄土への憧憬の象徴にもなる。自然はさまざまな形で人の心に働きかけるのである。

願はくば花の下にて春死なむそのきさらぎの望月の頃（西行）

と詠んだ西行は、同時に、

花にそむ心のいかで残りけむ捨て果ててきと思ふわが身に（西行）

とも詠んでいる。自然の「美」への執着が、同時に遁世の決意と相戦うことになるのである。

こういうさまざまな自然へのアプローチの後に、連歌師たちや俳人たちの詩的自然があらわれる。宗祇や芭蕉の「旅」は、その文芸を完成させるための修行の道の一環であったが、同時に新しい自然と、自然がその中に含む文化の歴史的重層性を発見させることになる。

夏草やつはものどもが夢のあと（芭蕉）
歌書よりも軍書に悲し吉野山（支考）

などの句を読む時、読者は人事と自然とが織りなす、ほとんど無限といってもよい想念の世界を思い描くことができるであろう。

6　風土と環境

「風土」とは天候・気象・動植物など、前項で触れた「自然」というに近い。感覚的表象、景観として文芸にかかわり、主として空間的なひろがりの上に考えられるものである。「環境」とは、もともと「風土」「自然」を含むものであるが、ここでは空間的な「風土」に対して、時間的な延長の上で考えられる「文化」を、狭い意味での「環境」と規定することとする。自然的な「風土」に対して、これは人間的・歴史的なものであるともいえる。

和歌が古代から現代まで叙情詩として文学史の上に重要な位置を占めたのは、日本の「風土」が和歌の叙情的機能を複雑にし深化させたことが大きな理由の一つであろう。和歌的な叙情の中で磨きあげられた文化としての自然は、日本的な季節感を生み、俳諧における季語の季題は十七文字の短詩形を季節的風土と切り離しては考えられぬものに仕立てあげた。

和歌が「雅」の世界の極点に向かって洗練されていき、貴族的教養なしには作歌がほとんど不可能の状況になった時、より自由な「俗」の世界をめざして生まれたのが連歌であった。しかし連歌もまた「俗」から出発して「雅」へ昇華していった。発生期の連歌の庶民的性格を回復しようとするのが「俳諧の連歌」すなわち俳諧であった。その俳諧も、貞門・談林の時代を経て、蕉門の俳諧は芸術的に完成されたものになる。和歌・連歌・俳諧の展開の歴史を見ると、日本の文芸は「俗」から始まって「雅」に至る過程を繰り返しているわけである。このような文化的特質と歴史が、日本文学の「環境」である。この意味で日本の文芸は「風土」と「環境」の両条件が相交錯するところに成り立っているといえる。

この二条件は、作者個人にも深くかかわってくる。大伴家持が都を離れ北陸の国司として赴任した時、その風土の違いは当然彼の作歌活動に影を落とすことになる。

もののふの八十をとめらが把《く》みまがふ寺井の上のかたかごの花（『万葉集』巻十九・四一四三、家持）

国守生活四年目の春、天平勝宝二年（七五〇）三月二日の歌である。カタカゴはユリ科の多年生草木、カタクリのことだが、『万葉集』の中でこの一首にのみ見える。可憐なこの紅紫色の花に家持が出会ったのは、越中という「鄙」に来たからに外ならない。

家持の父旅人は神亀四、五年（七二六頃）から天平二年（七三〇）まで大宰帥《そち》として赴任していた。その頃、筑前国守だった山上憶良はじめ中央から派遣されていた官人たちは、ここに筑紫歌壇とでも呼ぶべきものを作った。旅人・憶良たちの歌の大半は筑紫での所産である。

天ざかる鄙《ひな》に五年《いつとせ》住まひつつ都の風習《てぶり》忘らえにけり（『万葉集』巻五・八八〇、憶良）

天平二年（七三〇）十二月六日、旅人の上京に際して、送別の宴が開かれた時の憶良の感慨である。筑紫歌壇といったが、歌壇・文壇は、いわば作家たちの生活環境である。

平安朝では、一条天皇の皇后定子を中心とする後宮文壇から清少納言、中宮彰子を中心とする文壇からは紫式部たち、そしてこれに対立する大斎院選子を中心とする文壇の性格との違いを紫式部ははっきり意識していたようである。

文壇・流派の対立は、さまざまな形で文芸に影響を及ぼした。鎌倉期歌壇における御子左家と反御子左家の対立は、同時に京都と鎌倉との文化圏の対立を一方に考えることもできる。近世の文学が貴族時代のサロンに代わって遊里という文化環境を生み、京阪中心の文学と江戸中心の文学との間にその性格が異なるのも、その風土と環境とによるところが大きいだろう。

このような風土と環境とのかかわりとして、日本の文学にしばしばあらわれる「道行《みちゆき》」が注目される。平安時代から紀行文芸はすでにあったし、鎌倉に幕府ができると都との往来の旅もいっそう盛んになる。阿仏尼が『十六夜日記』を書いたのは土地訴訟のための鎌倉行きであった。ところで謡曲を見ると、『高砂』の冒頭でワキが「播州高砂の浦をも一見せばやと存じ候」と名乗ると、これに続いて、

旅衣、末はるばるの都路を、末はるばるの都路を、今日思ひ立つの波、船路のどけき春風も、幾日来《いくか》ぬらん跡末も、いさ白雲のはるばると、さしも思ひし播磨潟、高砂の浦に着きにけり、高砂の浦に着きにけり。

となる。『田村』ではワキが「これは東国方より出でたる僧にて候。われいまだ都を見ず候ふ程に、この春思ひ立ちて候」と名のると、これも続いて「頃も早、弥生《やよひ》半《なか》ばの春の空」「影ものどかにめぐる日の、霞むそなたや音羽山、滝の響も静かなる、清水寺に着きにけり」となる。謡曲の戯曲的な性格として、主題となる場面そのものにおける対話・行動のみが重視されるのではなく、中心場面へ至るまでの叙情的な自然が大切にされるということである。そこに見られるのは前項で述べた詩的自然である。

これは浄瑠璃という戯曲的形式でも同じである。『曽根崎心中』の徳兵衛・お初の「道行」はこんなふうに書き出される。

この世の名残、夜もなごり、死にに行く身をたとふれば、あだしが原の道の霜、一足づつに消えて行く、夢の夢こそあはれなれ。

戯曲の本質が何かということは、今くわしく触れることはできないが、少なくとも行為の表現であるということは最大公約数的に認められている。そういう中で、叙情的風土が大きな役割を占めていることは、風土の特質であるとともに、そういう様式を生んだ文化的環境とも密接な関係を持つ問題として考えてよい。

7　作品に見られる時代的影響

ある作品にあらわれる時代的な影響は、いろいろな角度から考えることができる。文芸作品である限り、まず、その時代の文芸思潮あるいは文芸作品との間に相互影響があるのは当然である。『万葉』・『古今』・『新古今』の各歌風とか、貞門・談林・蕉風の各作風とかは、おのおのの時期を代表する時代様式として個人様式に影響を及ぼす。大陸の文芸との影響関係は、比較文学という一領域を形成することになる。一つの時代を代表する権威者の批評は、時あって一人の芸術家を死に追いやることすらある。公任の批評を苦にして死んだという藤原長能のごときである。しかし、まわりの歌人から「狂惑の奴」といわれても平然としている曾禰好忠のような歌人もいる。時代から孤立している作家は、往々にして次の時代にその独自性を再評価されることにもなる。

時代様式は一種の集団的個性である。集団とは社会の構成員の階級・職業等のまとまりが一つの単位となる。奈良時代の文芸の中心は皇室を中心とする豪族・官僚の集団、平安時代になると女房の集団の進出が目立ち、かつ、下層貴族、いわゆる受領層国司階級の文芸活動が無視できなくなる。鎌倉・室町時代には新たに武士たちが登場し、また隠者と呼ばれる僧侶たちも独自の形で文芸に関与してくる。室町から江戸にかけて庶民、町人の勃興があり、ここで社会の全構成員が出そろうことになる。これらの構成員たちは、ある場合には文芸の作者として、ある場合には作中の登場人物として、その時代にその階層・職業が果たしていた役割を、作品の中へ投影する。この意味で文芸思潮とともに社会思想・階級意識・宗教思想等の影響は、どの時代の作品にも見出すことができる。今これらを仮に「権力志向の時代相」と「家族意識の時代相」という二点で眺めてみよう。

　奈良時代の文学には皇位継承をめぐるトラブルが数多くあらわれる。応神天皇の死後、仁徳天皇の即位までの事情、速総別王《はやぶさわけのみこ》と女鳥王《めどりのみこ》の悲劇をはじめ、軽王《かるのみこ》・軽大郎女《かるのおおいらつめ》の恋、目弱王《まよわのみこ》の復仇から雄略天皇の即位にかけての事情など、ことはすべて皇位継承の問題とそれをめぐる豪族たちの思わくが織りなす事件である。

　こういう権力志向は、平安朝になっても変わることはない。『大鏡』など歴史物語に見えるところである。しかし、作り物語の方では、その背景に権力闘争、政治のかけひきがあるはずだが、それが物語の表面には取り上げられない。外戚の座をかけてかつての友人二人がしのぎをけずる舞台は、『源氏物語』では絵合という風流な文化的行事の場で、光源氏の支援する梅壺女御方が勝利を占めることで、政局の帰趨が暗示されるにとどまるのである。

　現世で掌握した権力は来世の幸福を約束するものではない。一流貴族はその富を使って浄土へ生まれる保証をえようとする。法華八講などの仏事が盛んに行なわれ、平等院のような豪華な寺院の造営は、浄土を現世へ招来しようとする努力であった。一方、下層貴族たちをはじめ多くの人々も、出家の功徳による後世の保障をめざす。仏教説話集の類はこういう時代相を反映するものであり、中には僧侶の説経台本かと見られるものもある。平安時代の物語の主人公たちの思考は仏教を抜きにしては考えられないし、事情は軍記物語などについても同様である。『方丈記』『徒然草』などの隠者文学も、僧侶の手になる法語の類も、現世における権力志向を来世へ転化したところに生まれたと見ることができよう。

　近世になると、西鶴の町人物に見られる経済力万能の思想が生まれる。自由競争によって財をたくわえることができるようになった近世社会は、庶民、特に商人たちに新しい倫理をうえつけることになった。商才さえあれば、富という新しい権力を手に入れることができるという自信である。

一方、経済における自由競争原理が、士農工商の身分制度をおびやかすことになる危惧を感じる幕府は、儒教的倫理を支配体制の思想的支柱に据える。馬琴の勧善懲悪主義に貫かれた作品などが生まれる所以である。

権力指向の時代相が多くは外へ向かう動きを主とするのに対して、内へ向かう動きは、家族構成を中心にした思考形式にあらわれる。記紀・万葉の時代には、石之日売《いわのひめ》皇后が仁徳天皇に嫉妬して里帰りしても、そこには葛城《かつらぎ》氏の政治的浮沈をになった女性の政治的配慮が感じられるように、政治と愛情とは切りはなしにくく一体になっていた。平安時代の摂関政治体制下になっても、事情は似たところがある。しかし、ここでは一夫多妻制度による愛情の問題が、ようやく独立した意味合いを持つようになる。継母・継子の関係を扱う『住吉物語』・『落窪物語』などもその一環である。紫の上という明石姫君にとっては継母である女性が、いかにして継子との間に円満な調和を保っているかという角度で『源氏物語』を見ることすらできる。一族の問題だった愛情問題が、次第に一家の家族中心の問題に変わってくるのである。

しかし、人間は社会の中で生きているから、個人あるいは一家の問題も必ず社会とのかかわりを持ってくる。近松の『丹波与作待夜の小室節』という作品がある。丹波国の城主の姫君が関東へ養女のかたちで嫁入りすることになった。出発直前、姫君が行かぬとむつかり始める。行列の供に雇われた少年馬子三吉の持っていた道中双六に興じて姫君は機嫌をなおすのだが、これに褒美を与えに出た姫の乳母滋野井《しげのい》は、三吉こそ自分が離別した夫与作との間にもうけたわが子与之介であると知る。「飛びついて懐《ふところ》に抱き入れたく気はせけども」、馬方が姫君の乳兄弟であると知れては「産君《やしなひぎみ》のお名の瑕《きず》」になる。母は、親子と名のれぬ事情を言い含めて泣く泣く三吉を追い返す。

有名な滋野井子別れの場面であるが、この悲劇は主君とそれに仕える者という、身分関係の倫理が、親子の愛情に優先しているところから生まれる。義理と人情の板ばさみになる苦しみはいつの時代にもあるが、江戸時代という封建社会では、一層その枠が強い。

時代的影響はいつの世にもある。しかし、時代的影響を超え、いつの時代の読者にも共感を与えることができるというのが「古典」の本質なのである。

※初出　阿部正路他編『日本文学概論』（昭和五三年四月　右文書院）

古典鑑賞の方法・物語 ――『源氏物語』『堤中納言物語』へ――

1　鑑賞の方法――音読のすすめ――

「物語」る行為は文字によって記載されるよりはるか昔の時代から、人間の日常生活の中にあった。しかし文学史上、「物語」と呼ばれるものは、平安時代の代表的なジャンルとして完成されたものをさす。その流れは中世の時代になって新しく軍記物語などが文学史の主流を占めるようになっても続いて、擬古物語などと呼ばれる一類を形成する。

「物語」は、平安時代にどのようにして鑑賞享受されただろうか。今日の読者の読み方とはだいぶ違っていたようである。物語には、その場面を絵にした別冊がついていて、貴族の姫君はその絵をながめ、そばで侍女が物語の台本を読みあげる。姫君はそれを耳で聞きながら、目で絵をながめるというのである。玉上琢彌博士の物語音読論とか、紙しばいの説といわれるものである。ここから、現代のわたしどもが物語を鑑賞する時の方法について、いろいろな暗示をうることができる。

まず、現代人は黙読することに慣れてしまっているけれども、音読し、朗読することによって、物語の作られた時代の人々の鑑賞を追体験してみることも必要なのだ。その時、わたしたちは王朝の読者たちが感じ取ったであろう文章のリズムを、ある程度、膚に感じることができるだろう。

ことばのニュアンスを理解する力は、当時の読者とわたしどもの間では大きな違いがある。これは当然である。しかし耳でリズムの流れのままに理解してゆく鑑賞の方法は、「この『あはれ』ということばの意味は？」とか、「この助詞の意味は？」と、つっかえつっかえ読むのとは、あまりに違いすぎる。時代が隔たれば、わからぬことばの出てくるのはしかたのないことだが、通読しながら全体の流れを感じ取る努力を、やはりおろそかにしてはならない。もともと女性のための読み物だから、理づめに堅苦しく組み立てられてはいないのだ。一つの場面に流れる人物たちの心情も、心理も、けっして頭をかかえて考えこまねばわからぬようなこむずかしい理論ではなかったはずなのである。

このあたりまでが、平安朝の人物になったつもりで鑑賞する時の基本である。この次に、現代人として鑑賞する時の、言語的な障害が出てくる。中国の詩文や日本の古歌を巧みにふまえた表現などが、当時の読者の物語鑑賞の重要な領域をなしていた。しかしこの方面の理解はすでに平安朝の終わり頃には、注釈書の世話にならなくてはならなくなっていた。文脈の把握にしても室町時代頃になるとだいぶあやふやになってきて、これも注釈書が扱うようになる。だから、現代人も注釈のやっかいになることは少しも恥じる必要はないのである。ただその作業で終わりにしないで、作者の時代の読者になったつもりで、もう一度、全体を音読して、リズムに乗せてみることがたいせつなのである。ついでに平安朝に画かれて今日まで残っている「源氏物語絵巻」の複製でもあわせて机上においてながめてみたら、いつか物語の一つ一つの場面は、読み進むに応じて、眼前に思い描くことができるようになるだろう。場面を思い浮かべることができるようになることこそ、最大の鑑賞の基本である。

2 『源氏物語』と『堤中納言物語』

『源氏物語』は一条天皇や中宮彰子に仕えた紫式部の作である。最近の学説では五十四帖の中の一、二について紫式部ならざる人の手になるものではないかと疑われてもいるけれど、定説にはなっていない。『伊勢物語』に始まる歌物語の叙情性と、『竹取物語』に始まる伝奇的物語の叙事性と、さらに『蜻蛉日記』などにみられる写実性などが完全に総合されてなった長編物語である。

これに対して『堤中納言物語』は、十編の短編物語集である。その中の一つ「逢坂越えぬ権中納言」だけは、天喜三年（一〇五五）、禖子内親王の所で行なわれた物語合の時、提出された小式部という女房の作であることがわかっているが、そのほかは成立年時、作者ともに不明である。その十編を集めたのはだれか。その総題号として『堤中納言物語』と名づけたのも、これら十編の短編が一包みになっていたから「包みの物語」―「つつみの物語」、そして堤中納言と呼ばれた兼輔を連想したのだetc.、どれ一つとってみても明らかではない。ここでは、この『源氏』と『堤』とを、長編と短編という性格の対比を中心に、以下、ながめてみることとしよう。

3 『源氏物語』

（夕霧）「右将軍《うしょうぐん》が塚に草はじめて青し」と、うち口ずさびて、それもいと近き世のことなれば、さまざまに近う遠う、心乱るやうなりし世の中に、高きも下れるも、惜しみあたらしがらぬはなきも、むべむべしき方をばさるものにて、あやしう情《なさけ》をたてたる人にぞものし給ひければ、さしもあるまじきおほやけ人、女房などの年古めきたるどもさへ、恋ひ悲しみきこゆる。まして上には、御遊びなどの折ごとにも、先づ思《おぼ》し出でてなむ、忍ばせ給ひける。「あはれ衛門の督の」といふことぐさ何事につけても言はぬ人なし。六条の院には、ましてあはれと思し出づる事、月日に添へて多かり。この若君を、御心ひとつには形見と見なし給へど、人の思ひよらぬ事なれば、いとかひなし。秋つ方になれば、この君は這ひゐざりなど。(柏木)

【鑑　賞】『源氏物語』は三部に分けられる。「桐壺」から「藤裏葉」まで、「若菜上」から「幻」まで、「匂宮・紅梅・竹河」三巻を含めた宇治十帖の三つである。「柏木」巻は、第一部の終わりで光源氏の輝かしい六条院の豪華な日常を述べた後をついで、社会的な地位・身分によってはどうにもできぬ光源氏内面の問題を扱う。六条院の栄花をおびやかしたのは柏木と女三宮の事件であった。そして柏木は光源氏の目の光に射すくめられ、病床に臥《ふ》しついに世を去った。直接手を下しはしなかったが、源氏はその目の光で人の生命を左右することができる。前途有為な貴公子柏木の死の原因を世間の人は知らない。しかしその死は世の人々に哀惜される。源氏の息夕霧は、柏木の親友であっただけに、ひとしおその死をいたむ念が強かった。

引用文冒頭に夕霧が口ずさむ句は、紀在昌が藤原時平の子右大将保忠の死を悼んで作った詩「天与《くみスルハ》二善人《ニ》一吾不《レ》信《ぜ》、右将軍墓《ガ》草初《メテ》秋《ナリ》」の下の句「秋」を季節にあわせて「青し」と改めて口にしたものである。「右将軍」は「右大将」の中国名であるが、それは「右衛門督」であった柏木の身分に通ずる。巧妙な漢詩の引用の技巧である。「それもいと近き世の事」だというが、保忠という実在人物は承平六年（九三六）に没した。物語中の架空の人物柏木は、こうして読者に、実在の人物のような印象で受け取られ、かつ『源氏物語』に扱われる世界は、承平六年にほど近い——『源氏物語』の書かれた時代よりさかのぼる——頃のことだということをも認識させる。歴史と虚構《フィクション》がこの一点で融合するのである。

柏木の死を悲しむのは、彼と特別親しい交渉をもつでもなかった役人、古女房をはじめ、上は帝まですべての人々である。殿上の管絃の遊びの宴が開かれるたびに、帝も柏木のことを回想するという一句で、柏木が、そのような席には欠かせぬ才能の持ち主であったと知れるし、「あはれ、衛門の督の（あらましかば）」という諸人のためいきは、読者の胸に響いてくる。

柏木の死を悼むのは、柏木に裏切られ、最も柏木をにくんでよいはずの立場にある六条院光源氏すら同じである。いやそういう過去の記憶をもっているだけに源氏の回想はいっそう複雑な痛切なものとなる。その思いは日を追って強くなる。親が子として毎日見ている「若君」（薫）は、実は柏木の子であり、その秘密は、この世のだれも知らない。「人の思ひよらぬ事」であり、源氏は「御心ひとつに」、柏木の「形見」の若君を、じっと見つめているのである。

「柏木」巻は、その若君が「這ひゐざりなど」する「秋つ方」の姿を簡潔にしるして終わっている。巻末を完全な一文にしないで中断させたところに、いっそうの余情が感ぜられる。古い写本の中には「這ひゐざりなど」の後へ「し給ふさまの、いふよしもなうをかしげなれば、人目のみにもあらず、まことにいとかなしと思ひきこえ給ひて、常に抱きもてあそびきこえ給ふ」の文を続けて、文を完結させているものがあるが、『源氏物語』の象徴的、叙情的な文体を理解しない後人が、さかしらに書き加えた蛇足だろう。

右の文について述べるべきことはまだ多いが、長編物語の一部という点でひとこと加えるならば、この一文に、「若菜上・下」巻から「柏木」巻へかけての、源氏・女三宮・夕霧、それに女三宮の父朱雀院や、死んだ柏木の父、また柏木の妻落葉宮など、数多くの人々がかかわってきた物語の流れや、事件や人々の感情が凝集しているということである。それを抜きにしては以上のような説明も全く書けないのである。

一人物の死を叙情的にうたいあげるのは『源氏物語』に多く見られる。夕顔・葵の上・藤壺・宇治の八宮の娘大君等々。そして、そういう死とそれをとりまく状況の描写の一場面としても、右の引用は十分鑑賞に値するが、やはり、一場面は、長編の構図の中においてみる時、はじめて本当の、人生の深淵を、読者の前に示してくれるのである。

長編物語の鑑賞は、百の説明より、自分で全体を読み通すことによって、本物になるというわけである。これに対して短編物語はどういうことになるだろうか。

4 『堤中納言物語』

あるきん達に、忍びて通ふ人やありけむ。いとうつくしきちごさへ出で来にければ、あはれとは思ひきこえながら、きびしき片っ方やありけむ、絶え間がちにてあるほどに、思ひも忘れずいみじう慕ふがうつくしうて、時々はある所に渡しなどするをも、いまなども言はでありしを、程経て立ち寄りたりしかば、いと淋しげにて、珍しくや思ひけむ、かき撫でつつ見居たりしを、え立ちとまらぬ事ありていづるを、ならひにければ、例のいたう慕ふがあはれに覚えて、しばし立ちとまりて「さらば、いざよ」とて、かき抱きて出でけるを、いと心苦しげに見送りて、前なる火取を手まさぐりにして、

子だにかくあくがれ出でば薫物《たきもの》のひとりやいとど思ひこがれむ

と忍びやかに言ふを、屏風の後にて聞きて、いみじうあはれに覚えければ、ちごも返して、そのままになんゐられにしと、（「このついで」）

【鑑　賞】「このついで」という作品は、中宮であろう高貴な身分の女性の所へ、その兄弟らしい宰相中将が、春雨のつれづれを慰めるために薫物《たきもの》を持参するところから始まる。火取（香炉）でその薫物をくゆらせながら、中将がこの火取の連想で、人の語ったしみじみとした話を思い出したといい、女房たちがそれを聞きたがるので、まず中将が語り始めた話がこれである。いわば短編「このついで」の中にさらにはめこまれた小話である。

「あるきん達」とは、ここでは姫君、その姫君に忍んで通った男がいたとは書いてない。子どもが生まれて、はじめて男のいるだろうことが知れたのである。「通ふ人やありけむ」「きびしき片つ方やありけむ」――すべての事情は不確実な推測・想像のうえにたって物語は進む。作者は書かなかった部分を読者に想像するように求めるのである。

男は絶えまがちに訪れるが、子どもは父の顔を覚えている。かわいらしいので男は時あってその子を自分の家に連れて帰ったりする。ある日、久しぶりに来た男にまつわりつく子どもを、「では来るか」と抱いて連れて行こうとするのを、女はつらそうに見送りながら、前にある香炉を手まさぐりにして一首の歌を口ずさむ。

子どもまでこうして行ってしまったら、わたしは後に残っていっそう思いこがれるでしょう――「子」と「籠」、「一人」と「火取」、「思ひ」と「火」のかけたことばは、すべて「薫物」の縁語であり、「思ひこがる」の「こがる」も「薫物」の縁語である。今日のわたしどもは、こんな縁語・かけことばに満ち満ちた歌に実感の流露を感じえないかもしれないのだが、平安時代の人々の和歌に対する感覚は、違うのだ。こういう場合にも、和歌にことばの技巧を尽くすことのできる女性こそ、教養ある人であり、そのような教養のある人間にひかれるのである。ことばをかえていえば激情をなまのままぶっつける現代人と違って、王朝の人々は、どのような激情をも内にかくす。それが調和・中庸の「物のあはれ」の世界である。

男は「え立ちとまらぬ事ありて」すぐ帰らねばならぬところだったのだが、この女の歌にうたれて、子どもを返し、その女のもとにそのまま泊まった。

和歌で男が女のもとにつなぎとめられるという点では、例の『伊勢物語』「風吹けば沖つ白波たつた山」の歌を物かげで聞いて、その女の心ねにうたれ外出をとりやめた男の話、また、それと密接な関係のもとになったと思われる『堤中納言物語』の一編「はいずみ」などの話にも通ずるところがある。さて、この短編の中にはめこまれた小話はこれで完結し、聞き手は、「いかばかり、あはれと思ふらむ」「おぼろけならじ」などと、その話の展開をもっと聞き出そうとするけれども、話し手の中将は、この話の中の「男」「女」がだれのことだとも明かさず、「いみじく笑ひまぎらはして」、次の話し手中納言の君の話にバトンを渡すのである。

　中将・中納言の君・少将の君と、三人が次々自分の見聞を語ることで一編をなす。この形式は、中世の物語『三人法師』などにもみえるものだが、ここで短編の物語の性格という点にしぼろう。先の『源氏物語』「柏木」巻の話は、すでに書かれている諸々のすじを踏まえて一場面がなりたっていた。短編物語では逆にかぎられた量の中で触れられたわずかな条件から、書かれていないその場面の前後の状況を読者は想像するのである。

　そこに長・短編の物語の大まかな差がある。しかし長編にも読者は自由な空想を付加しなくてはならず、また短編でも長編にみられる細かな描写をすることもある。そういうところに、十分に目を向けて読むことが、平安期の物語鑑賞の要件といいきってもよいだろう。

※初出　『国語セミナー』（昭和四四年一月　学燈社）

物語作中人物の口ずさむ詩句

伝説説話、和歌歌謡、先行諸文芸をはじめ、儒仏異国の典籍に至るまで、あらゆる諸要素を取りいれながら、史的にあとづけることがむずかしい程の飛躍を示したものは『源氏物語』である。古く藤原伊行の『源氏釈』、藤原定家の『源氏物語奥入』など、『源氏物語』を中核として、平安末から鎌倉にかけて始まった諸物語の源泉・出典の研究は、古典文学研究の一分野をなしている。あるいは全体の構想を支え、あるいは微細な表現の辞句に転用されるなど、素材を利用する技巧は多彩をきわめている。漢詩文の引用は和歌引歌の頻度に比較すればはるかに少ないが、その効果は絶妙と評すべきであろう。本稿では題目に示したように、物語と漢詩文の、そのまた部分的な狭い関係に限って、物語作中人物の口ずさむ漢詩句とそれに類する若干の例を引きつつ問題を進める。便宜上、このような「直接的引用」を、漢詩文の想によって物語の筋を展開させる、より複雑な事態と区別する。語句を借りつつ複雑な構想の内部に及ぼした諸因子を見究めようとすれば、力足らざる私の論旨を、かえって混沌とさせる結果になるのを恐れての処置である。ここに「直接的引用」と称して俎上にのせるのは、次のごとき場合を言う。

「右将軍が塚に草はじめて青し」と、うち口すさびて、それもいと近き世の事なれば、様々に近う遠う、心乱るやうなりし世の中に、高きもくだれるも惜しみあたらしがらぬはなきも……（『源氏物語』柏木一二六四―『源氏物語大成』校異篇のページ数による。以下同じ。）

柏木・女三宮物語の悲劇的結末の部分である。源氏の容貌・人格・地位の優越に威圧を感じながらも女三宮に惹かれていった柏木は、みずからも予測しなかった一夜の逢瀬の後、常に源氏に見据えられているという呵責の幻影に恐怖懊悩して死んだ。三十を越したばかりの若さであった。源氏の息であり、柏木の従兄弟に当たる夕霧は、一条の宮に故柏木北の方落葉宮とその母御息所を訪うた。「右将軍が塚に草はじめて青し」と誦するのは夕霧と見てよかろうか。重病の床で柏木は、にわかに権大納言に叙せられたが、右衛門督であったことから、その唐名右金吾将軍、すなわち引用詩句の右将軍は故柏木をなぞらえる。紀在昌が藤原時平の息右大将保忠を悼んだこの原詩は「天与二善人一吾不レ信、右将軍墓草初秋」とある、その末尾の「秋」を季節に合わせて「青」と改め口ずさんだものだと『源氏物語』の古注に注している。

保忠については『大鏡』（時平伝）に、左のごとき一面を伝える。八条に住んだ保忠は、参内の道程がいとも遥かであったので、冬は大きな餅を一つ、小さな餅二つを焼き温石のように懐中にしのばせ、湿気失せたところで小は一つずつ、大は二つに割り御車副《くるまぞい》に投げ与えたと。また、病重くなった時、祈禱僧の声張りあげる「所謂《いはゆ》る宮毘羅《くびら》大将」なる『薬師経』巻末の句を「大将（保忠）を縊《くび》る」と聴き誤り、恐れおののいて気を失ったと。このような奇行の持ち主であり臆病な逸話を残した保忠の一面は、紀在昌の詩に言う「善人」の一属性でもあろうが、これを「むべむべしき方をばさるものにて、あやしうなさけをたてたる人にぞものし給ひければ、さしもあるまじきおほやけ人、女房などの年古めきたるどもさへ、恋ひ悲しび聞ゆる」人望を集めた若い柏木の死と対比させて、「それもいと近き世の事なれば」と引用詩句に関連的説明を加える紫式部の筆致は、まことに妙を得たものと言うべきである。ちなみに「それもいと近き世の事」という保忠の没年は承平六年（九三六）。『源氏物語』の場面が延喜・天暦の時代を舞台とすることは、古注以来、近くは山田孝雄博士が『源氏物語の音楽』に指摘しておられるところである。

もう一つ類例をあげよう。同じく柏木の巻、右に掲げた柏木悶死に先だち、女三宮は源氏の制止もきかず、父朱雀院還幸に当たって受戒した。五十日《いか》の祝いに若君——実は柏木と女三宮との間に生まれた我が子薫を抱いた源氏を、紫式部は次のように描いている。

「静かに思ひて歎くに堪へたり」とうち誦し給ふ。五十八を十とり捨てたる御齢《よはひ》なれど、末になりたる心地し給ひて、いとものあはれに思さる。「汝が父に」ともいさめまほしう思しけむかし。（柏木一二五三）

「静かに思ひて歎くに堪へたり」とは白楽天の、

五十八翁方有レ後。静思堪レ喜亦堪レ嗟。一珠甚小還慙レ蚌。九子雖レ多不レ羨レ鴉。秋月晩生丹桂実。春風新長紫蘭芽。持レ杯祝願無二他語一。慎勿三頑愚似二汝爺一。

とある「五十八自嘲詩」による。藤原定家は『奥入』にこの句を引き、「白楽天は子なくして老にのぞむ人なり。老の後はじめて生遅といふ子いで来て生るること遅きによりて名を生遅とつけたり。その子に向ひて作りける詩也」と注している。蚌（ハマグリ）の一珠を孕むと鴉の八九子を生むとの伝を引き、丹桂実と紫蘭芽とにたとえながら、孫と呼ぶに近い生遅を抱いた——「静思堪レ喜亦堪レ嗟」——抑えきれぬ喜びと、老いたる父の子として生まれた我が子の将来を想って胸をつく嗟嘆とが入りまじった、複雑な感傷に白楽天はひたったであろう。「勿㆔頑愚似㆓汝爺㆒」とは彼の自嘲の極点をあらわす。が、一方、源氏は一男一女に恵まれながらも最愛の紫の上には子供がなかった。今、我が子ならぬ薫の誕生を見て、白詩の「堪㆑喜」の二字を略し、その想いを「静かに思ひて嘆くに堪へたり」と述べ、また、宿命の子薫に向かっては「汝がちち」柏木に似ること勿《なか》れと心に念じた。時に源氏四十八才、白楽天の「五十八を十とり捨てたる御齢なれど」という句を紫式部は物語執筆途中のいつ思いついたのだろうか。（注）ともあれこの引用部分に先立って源氏は「あはれ、残り少なき世に生ひ出づべき人にこそ」と言い、柏木によく似た薫の顔を見つめて、周囲の人々の関知しない薫出生の秘密を、源氏は「ただ一所の御心の中にのみぞ、あはれはかなかりける人の契かなと見給ふに、大方の世の定めなさも思し続けられ」たと叙述されている。筆の妙と言うべきであろう。

建久・建仁の頃（十二世紀末・十三世紀初頭）に成った王朝物語批評の書『無名草子』には『源氏物語』の「すぐれて心に泌みてめでたく覚ゆる」巻々に「柏木の右衛門督の失せいとあはれなり」とあげ、また「あはれにも、めでたくも、心に泌みて覚え」るふしぶしを述べる部分にも「柏木の右衛門督の失せの程の事どもこそあはれに侍れ」と評している。最初にあげた女三宮・柏木の物語が、現代的な観点から注目されるだけでなく、古代の読者たちからも深い関心を持たれていたことが知られる。

さて右に述べた『無名草子』の「源氏物語ふしぶしの論」の部分を見ると、

○あはれなる事は桐壺の更衣の失せし程……燈火《ともしび》を挑げ尽して眠る事なくながめおはしますなどあるに……
○夕顔の失せの程の事も……「まさに長き夜」などうち誦し給ふ所。
○葵の上の失せの程の事もあはれなり……「雨となり雲とやなりにけむ今は知らず」とひとりごち給ふに……

○浦（須磨）におはし着きて……「二千里の外故人の心」と誦し給へる所。

などの記述が目につく（右のうち桐壺の「燈火を挑げ尽して」の類はまだ多いが、最初に断わったように、ここでは取り上げないこととする）。『源氏』作中人物が漢詩句を「誦し」「ひとりごつ」場合を、わずか三例引用しただけではないかと見過ごしてはならない。『無名草子』が評論する数々の物語のうち、物語中に朗詠された漢詩句の直接的引用部分を指摘しているのは、その例が他に皆無だからである。

『無名草子』にあらわれるこの点を手がかりにして予想を立てると、この現象には次の二つの解釈の方法が可能である。一つは作中人物が詩句を朗詠する直接的引用は、『源氏』にしかない〈と考えることはほとんど常識を超えた想像のようである〉、他の一つは『源氏』のその場面が特にすぐれていた――換言すれば作中人物をして漢詩句を口ずさませる構成力が紫式部に特に顕著に備わっていた〈この考え方もはなはだ常識的過ぎて面白くない結論である〉。ともあれ、まず『源氏物語』の中から、ざっとこの場合に当たるものをさらって、煩雑だが並べてみよう。

○親聴きつけて盃もていでて「我が二つの道歌ふを聴け」となむきこえごち（帚木五九）――「聴三我歌二両道一」白楽天、秦中吟、議婚。

○耳かしがましかりし砧の音を思し出づるさへ恋しくて「まさに長き夜」とうち誦して（夕顔一四一）――「八月九月正長夜。千声万声無二止時一」白楽天、聞二夜砧一。（『朗詠集』）

○「若き者はかたちかくれず」とうち誦し給ひても、鼻の色に出でて、いと寒しと見えつる御面影ふと思ひ出でられて（末摘花二二三）――「幼者形不レ蔽。老者体無レ温。悲喘与二寒気一。併入二鼻中一辛」白楽天、秦中吟、重賦。
○風荒らかに吹き、時雨さとしたる程、涙も争ふ心地して「雨となり雲とやなりにけん今は知らず」とうちひとりごちて（葵三〇九）――「相逢相失両如レ夢。為レ雨為レ雲今不レ知」『劉夢得外集』。
○「ふるき枕ふるき衾たれと共にか」とあるところに「なきたまぞいとど悲しき寝し床のあくがれがたき心ならひに」。また、「霜の華白し」とあるところに「君なくて塵積りぬるとこ夏に露うち払ひ幾夜ねぬらん」（葵三一七）――「鴛鴦瓦冷霜華重。旧枕故衾誰与共」白楽天、長恨歌。（現行流布本は勅版本ほか「翡翠衾寒」とあり。「旧枕故衾」の本文は三条西家本にある。）
○「白虹日を貫けり、太子懼ぢたり」と、いとゆるらかにうち誦したるを、大将いとまばゆしと聞き給へど（賢木三六二）――「昔荊軻慕二燕丹之義一。白虹貫レ日而太子畏レ之」『史記』、鄒陽伝。
○「文王の子、武王の弟」とうち誦し給へる御名のりさへぞ、げにめでたき。成王の何とか宣はむとすらむ（賢木三七四）――「我文王子、武王弟、成王伯父」『史記』、魯周公世家。（『朗詠集』、後江相公の句にも「文王之子、武王之弟」と同句あり。）
○今宵は十五夜なりけりと思し出でて……「二千里の外故人の心」と誦し給へる、例の涙もとどめられず（須磨四二四）――「三五夜中新月色。二千里外故人心」白楽天。（『朗詠集』）
○「恩賜の御衣は今ここにあり」と誦しつつ入り給ひぬ。御衣はまことに身放たず傍に置き給へり（須磨四二五）――「恩賜御衣今在レ此。捧持毎日拝二余香一」『菅家後集』。
○昔胡の国に遣しけむ女を思しやりて、ましていかなりけむ、この世にわが思ひ聞ゆる人などをさやうに放ちやりたらむこと、など思ふも、あらむ事のやうにゆゆしうて、「霜の後の夢」と誦し給ふ（須磨四二八）――「胡角一声霜後夢。漢宮万里月前腸」大江朝綱、『朗詠集』、王昭君。

○入り方の月影すごく見ゆるに「唯これ西に行くなり」とひとりごち給ひて（須磨四二九）――「只是西行不二左遷一」『菅家後集』。

○御土器《かはらけ》まゐりて「酔のかなしび涙そゝぐ春のさかづきのうち」と諸声に誦し給ふ（須磨四三三）――「酔悲灑レ涙春盃裏。吟苦支レ頤暁燭前」白楽天。

○「風の力けだし少し」とうち誦し給ひて「琴の感ならねど、あやしくものあはれなる夕かな……」（少女六七九）――「落葉俟二微風一以隕。而風之力蓋寡。孟嘗遭二雍門一而泣。琴之感以未」『文選』、陸士衡、豪士賦序。

○「胡の地の妻児《せいち》をば空しくすてすてつ」と誦するを（玉鬘七二九）――「涼源郷井不レ得レ見。故地妻児虚棄損」白楽天、新楽府、縛戎人。

○雨のうち降りたる名残の、いとものしめやかなる夕つ方、御前の若楓・柏木などの青やかに繁り合ひたるが何となく心地よげなる空を見出し給ひて「和してまた清し」とうち誦し給ひて（玉鬘七九五）――「四月天気和且清。緑槐陰合沙堤平」白楽天。

○雪は所々消え残りたるが、いと白き庭の、ふとけぢめ見え分れぬ程なるに、「なほ残れる雪」と忍びやかに口ずさみ給ひ（若菜上一〇六二）――「子城隠処猶残雪。衙鼓声前未レ有レ塵」白楽天。

○「静かに思ひて歎くに堪へたり」「汝がちちに」（柏木一二六四）――白楽天。前に引用。

○「右将軍が塚に草はじめて青し」（柏木一二五二）――紀在昌。前に引用。

○おどろおどろしう降り来る雨に添ひて、さと吹く風に燈籠も吹き惑はして空暗き心地するに「窓を打つ声」など珍らしからぬふる事をうち誦し給へるも（幻一四一六）――「耿々残燈背レ壁影。蕭々暗雨打レ窓声」白楽天、上陽白髪人。『朗詠集』

○螢のいと多う飛びかふも「夕殿に螢飛んで」と例のふるごともかかる筋にのみ口なれ給へり（幻一四一八）―

――「夕殿螢飛思悄然」白楽天、長恨歌。（『朗詠集』）

○菊の……いと見所ありて、うつろひたるを、取り分きて折らせ給ひて「花の中にひとへに」と誦し給ひて（宿木一七六六）――「不二是花中偏愛レ菊。此花開後更無レ花」元稹。（『朗詠集』）

○琴を押しやりて「楚王の台の上の夜の琴の声」と誦し給へるも……さるは扇の色も心置きつべき閨の古へを知らねば、偏にめで聞ゆるぞ、おくれたるなめるかし（東屋一八五一）――「班女閨中秋扇色。楚王台上夜琴声」尊敬。（『朗詠集』）

○さまざまに思ひ乱れて「人木石にあらざれば皆なさけあり」とうち誦して臥し給へり（蜻蛉一九四六）――「人非二木石一皆有レ情。不レ如レ不レ遇二傾城色一」白楽天、李夫人。

○物のみあはれなるに「なかについてはらわた断ゆるは秋の天」といふ事を、いとしのびやかに誦しつつ居給へり（蜻蛉一九七九）――「大抵四時心総苦、就レ中腸断是秋天」白楽天。（『朗詠集』）

○「このあらむ命は葉の薄きが如し」と言ひ知らせて「松門に暁いたりて月徘徊す」と法師なれど、いとよしよししくはづかしげなる様にて宣ふ事どもを（手習二〇三六）――「陵園妾、顔色如レ花命如レ葉、命如レ葉薄、将二奈何一」「松門到レ暁月徘徊、柏城尽日風蕭々」白楽天、陵園妾。

再度繰り返せば、ここには一、二の例外（葵三一七など）を除いて原詩句を「聞えごち」「ひとりごち」「誦し」「口ずさむ」ものに限った。逆にいえば、長恨歌を引くかの名文句「太液の芙蓉、未央の柳もけに通ひたりしかたちを」（桐壺）をはじめ「昔ありけむ香の煙につけてだに」「世の海中にも魂のありか尋ねむには」（宿木）とか、歌では「大空をかよふ幻夢にだに……」（幻）など、すべて略した。『源氏物語』においては伊行の『釈』、定家の『奥入』をはじめ、先人の諸注を借りて原詩をあげることも可能であろうが、原詩を完全に消化した表現の機微は、読みの浅い私が早急に処理して見落とすところの多いことを恐れ、最も形式的に処理できる分野を限ったわけである。

以上のごとき直接的な引用に限って、『源氏』の例と同じものを平安朝物語の類に求めてみると、常識的に予想していた量より異常に少ないことに驚く。

「物語のいできはじめの親」と『源氏物語』(絵合)に評せられる『竹取物語』に、異国の典籍の影響が強いことは先学の多く指摘されてきたところであるが、『竹取』は漢詩文の直接的引用、作中人物をしてこれを朗詠せしめるごとき例は見られない。また、歌物語の系列では『伊勢物語』、『大和物語』にも同様にその例を見ない。原作と現存流布している作品との関係については問題もあろうが、『落窪物語』、『住吉物語』にも類例を見ないようである。『源氏』に先行する作品では――この成立にも問題はあるが、――わずかに『宇津保物語』に次のようなものが見出されるに過ぎない。引用ばかり長過ぎる嫌いがあるが、冒頭に引いた『源氏物語』柏木の例と比べて、その性格、効果などの相違がよくわかると思うので、煩をいとわず記してみよう。

仲忠奏す、「異仰せごとは『身をいたづらになさむ蓬萊の不死薬、悪魔国の優曇華を取りにまかれ』と仰せらるとも、身の堪へむに従ひて承らむに、さらにこの仰せごとをなむ、かかる所々に遣さむよりも難き仰せごとなる」と奏す。うへ笑はせ給ひて「似げなき勅使かな。さりとも蓬萊の山へ不死薬取りに渡らむ事は、童男丱女だに、その使に立ちて、舟の中に老い『島うかべども蓬萊を見ず』とこそ嘆きためれ、かの心上手のさるものだに、遂に到らずなりにける蓬萊へ、今、朝臣の日の本の国より行くらむ方も知らず不死薬の使したらむ事少し煩はしからむ。童男丱女、え劣るまじかめり。いま一つ興ある丱女出で来る煩ひあらむ。これ二なき使ひ好みなり(以下略)」と仰せらる(『宇津保物語』初秋、「日本古典全書」本文による)

仲忠が朱雀院から母を迎え参るべき旨の勅命を蒙るところ、この朱雀院の言葉に見える「島うかべども蓬萊を見ず」とは『白氏文集』巻三の新楽府「海漫々」の「眼穿不レ見二蓬萊島一、不レ見二蓬萊一不二敢帰一、童男丱女舟中老、徐福文成多二誑誕一」によるものであろう。白詩に言う徐福・文成はともにいつわり多き人の名、蓬萊へ不死の薬を求めに出かけた秦始皇帝の話を踏まえる。この徐福の故事は吹上の下、菊の宴などの巻にも見えて『宇津保物語』当時（あるいはその作者）が好み用いた素材だったらしい。『宇津保』には右引用の朱雀院の言葉が「また悪魔国に優曇華取りに行かむに少し身の憂へやあらむ」と続き、時の国母から難題をふきかけられた南天竺の金剛大師が、薬求めに年を経て、「忍辱のともがらの別れにあはず」と歎いたという話を引いている。この出典は詳らかでない。ともあれ、『宇津保物語』のこの例でわかるように、詩句を中核にした前後の関連的説明の文が、あまりに饒舌に過ぎているために、そこを中心にして盛りあげられる感動とか余情とかを欠いている。『源氏』の場合は筋の緊迫が次第にしぼられたその頂点に、その詩句が置かれ、その詩句の中で譲成された余情の雰囲気を後へたゆたわせて効果をあげているのである。（ちなみに言えば「徐福文成多誑誕」の句は『宇津保』にも多く踏まえられ、『源氏物語』胡蝶巻などにも使われている。あまりしばしば使用される漢詩句については、たとえば王質が仙人の碁を眺める数刻の間に、斧の柄が朽ち果てる程の時間が経っていたという話のごとき、『述異記』から直接採ったか、あるいは『述異記』を踏まえて数多く作られた和歌の常識の世界によって書かれたか、識別困難な場合が多い。この問題については今触れない。）

『源氏物語』以前の物語には、単にその引用技巧がいちじるしく説明的平板であるだけでなく、その引用自体が極度に少ない。この現象は、もし漢詩朗詠の風が全く当時行なわれていなかったとすれば、当然のことであり、問題とするに足りまい。が、詩句を訓読吟誦する風は短歌の詠唱とともに、すでに奈良時代から行なわれていたようであるし、『宇津保物語』の中にも、苦学力行の大学寮学生藤英が自作の詩を誦する声を人々が称美する記事などが見え、『土佐日記』にもその類例が見られる。従って中古初頭来、漢詩文興隆全盛期を経て一般化されてきた朗詠を、物語作中人物の口を以てなさしめ、しかも具体的にその詩句を記して物語の効果をあげたのは、現存する物語に関する限り、『源氏物語』に始まると言ってよいようである。

しかし、この方法を用いて最も場面的効果を発揮し得たのは、紫式部の才能によるところだと、天才論をふりかざすのでは決してない。天才が完全にその機能を発揮するためには、一方にその力量を受容し得る読者鑑賞者が用意されていなければならない。「このわたりに若紫やさぶらふ」(『紫式部日記』)という公任の言葉が示すものは、漢詩文をおもて芸として尊重する男性貴族たちが、物語の読者たちの一員に加わってきたこと——換言すれば「女の御心をやる物」(『三宝絵』序文)であった物語が男性の読者をも獲得してきた社会の風潮を認めさせるものである。さらにはそのような状態を導いた宮廷の女流文学サロンの開花を考慮に入れなければなるまい。が、これを説くことは私の任ではないし、また、あまりに論述が多岐にわたり過ぎる。ただ、次のような漢詩的要素と和歌的世界との一接触点を指摘しておきたい。すなわち物語的傾向を強めた『後撰和歌集』に続く『拾遺和歌集』になると「水樹多㆓佳趣㆒といふ題を」とか「松風入㆓夜琴㆒といふ題をよみ侍りける」などの題詠があらわれてくる(すでに『菅家万葉』、『句題和歌』などの先蹤があり、『古今集』にも検討すべき問題があるので、詳しくは稿を改めて述べたい)。あたかも屏風絵によって屏風歌がよまれ、それが同時に物語的発想にもつながるように、漢詩的な題による和歌の題詠は、漢詩的な題が屏風絵と同じような視覚の世界を心裡にくりひろげ、その心裡の場景によって和歌がよまれるという、和歌と漢詩の融和する一傾向を暗示している。物語が和歌を伴うということは誰しも疑いをさしはさまぬ事実だが、物語中に和歌を持ち込むと同じ気安さで、漢詩句が物語の中へ採用されるに至った事情が仮定できるであろう(もちろんその前段階として、日常生活裡に実際それが頻用されたろうことは言うを俟たない。『枕草子』などには漢詩を朗詠する現実の貴族たちが多く描かれている)。

『源氏物語』以後では、まず『狭衣物語』が比較的多い。

御前の木立こぐらく暑かはしげなる中に蟬のあやにくに鳴き渡したるを見出して

声立てて鳴かぬばかりぞ物思ふ身は空蟬に劣りやはする

など口すさみ言ひまぎらはして「蟬黄葉に鳴いて漢宮秋なり」といとあはれげなるよなど、いとしのびやかに誦し給ふ御声、めづらしからん事のやうに若き人々はしみかへり、めでたしと思ひたるもことわりなり（蓮空本〈古典文庫〉所収巻一による。以下同じ）

「蟬黄葉に鳴いて」とは『全唐詩』の許渾の詩、「咸陽城東楼一作㆓咸陽城西楼晩眺㆒、一作西門」と題する詩の一部、『和漢朗詠集』には「島下㆓緑蕪㆒秦苑静、蟬鳴㆓黄葉㆒漢宮秋」と見える。「静」の一字、関戸本は原典の通り「夕」に作る。秦苑、漢宮と荘麗豪華を極めた所の名をあげて、その寂寞たる眼前の景を叙するのであれば「秦苑夕」とあるをすぐれたりとすべきようであるが、今、直接問題とするところではない。「御前の木立」の「こぐらく暑かはしげに」繋っている場面、はかない世を観ずる主人公の心は詩情に通ずるものがあり、『宇津保物語』の場合に比してはるかに洗練され、『源氏物語』が到達した漢詩句引用の効果をよく受けついでいるようである。しかし、後に列記する例でも同じ傾向が見られるが、「若き人々はしみかへりめでたし」と思ったというのは作者の説明の定跡である。『源氏物語』前引用の東屋で「楚王の台の上の夜の琴の声」と誦する主人公のすばらしさを手ばなしで「偏にめできこゆる」侍女について「扇の色も心置きつべき閨の古へを知らず」にこの不吉な詩を賞するのは「おくれたるなめるかし」と書いて見せるような作者の技巧的配慮は、『狭衣』はじめ後期の物語には見られない。

○雨さへ少し降りていとど霧深く見え渡さるるに、空の気色はまことに物見知りたらむ人々に見せまほしげなり、「又とれうふの夕の天《（是涼風暮雨の天）》の雨」と口すさみ給へるなど……（蓮空本巻一、傍書は国文名著刊行会本（雅望・浜臣の傍注書入本）による）――「不レ堪紅葉青苔地、又是涼風暮雨天」白楽天。（『朗詠集』）

○時雨だちて折々うち暗がりたり空の気色……猶つく〴〵ながめさせ給ひて「宮漏正に長しこかひに雨したたる《（空階に雨したたる）》」と誦し給へる御声の常の事なれど猶聞く毎にめづらしきに、若き人々などはめで入りつつ奥へも入らず（蓮空本巻二、傍書同前）――「三秋而宮漏正長空階雨滴、万里而郷園何在落葉窓深」張読。（『朗詠集』。『朗詠集国字鈔』目録には読を続とす。）

○雁かねのあまた連ねて鳴き渡るを「たが玉づさを」とひとりごち給ひて「青苔におもむいて《（青苔の紙の色紙）》」と誦し給ふ御けはひ、帝の御妹と言ふとも世の常ならんは、ことわりなる御様なり（蓮空本巻三、傍書同前）――「碧玉粧箏斜立柱、青苔色紙数行書」菅三品。（『朗詠集』）

※物語は意を取って書いたものか。『朗詠集』には「天浄二識賓鴻一」と題し、秋夜の空を渡る雁をたとえて書いた表現である。

○いとど御殿籠るべくもあらねば、心の中に「燕子楼中」とひとりごたせ給ひつつ、丑頃と申すまでになりにけり（蓮空本巻四）――「燕子楼中霜月夜、秋来只為二一人一長」白楽天。（『朗詠集』）

『狭衣』にはテキスト間の異同がはなはだしく、作中人物が詩句を口ずさむ部分が後人加筆の部分でないという保証は全くないが、備忘的に書き出してみた。

『源氏物語』が広範な諸詩文の詩句を引くのに比して『狭衣』は『和漢朗詠集』を中心とし、これに拠り所を求め、断章摂取の態度は平安後期文学全体に通ずる傾向になっていくようである。『浜松中納言物語』は現存巻一の舞台を中国にとるが、作中人物が口ずさむ詩句は「『蒼波路遠し雲千里』とうち誦し給へるを、御供に渡る博士どもも涙を流して『白露山深し鳥一声』と添へた」（『浜松中納言物語』巻一）というように『和漢朗詠集』の橘直幹の詩を引き、「若き女房七八人ばかり、天降りけむ少女の姿もかくやと見えて菊の花をもてあそびつつ『蘭蕙苑の嵐の』と若やかなる声合はせて誦した」のも『朗詠集』の菅三品の詩、これに和して「御簾のうちなる人々も『この花開けて後』と口ずさび誦する」のは『朗詠集』の、いま引いた菅三品の詩とわずか三句へだてて並ぶ元稹の詩で、作者が物語を書く時、『和漢朗詠集』によったものかもしれない一証となしえよう。『堤中納言』「虫めづる姫君」の「声をうちあげて『かたつぶりの角の争ふやなぞ』という事を誦」するのも、『朗詠集』によるし（「蝸牛角上争何事」）、「逢坂越えぬ権中納言」に「まかで給ふとて『階《はし》のもとの薔薇《さうび》』とうち誦す」のも『朗詠集』（あるいは『源氏物語』を通して受け容れたか）によるもので多くは『和漢朗詠集』から一歩も出ない。もちろん、『浜松中納言物語』には「鳥ども立ち騒ぐ気色もいと哀にて『鳥は林と契れり、林枯れぬれば鳥』といと面白う詠じ」たという「鳥は林と」云々のように出典未詳のものもあるが、おおよそは「『天にあらば比翼の鳥となり、地にあらば連理の枝とならむ』とおし返し誦」する例のごとく、『源氏』の亜流の域を出ない。『夜半の寝覚』や現存の『とりかへばや』にはこのような場面の一つすら見えないようである。

もちろんこのような手法が絶滅したというのではない。『風葉集』は平安末から鎌倉へかけての散佚物語の俤を断片的ながら伝えてくれているが、その中には「嵯峨に住み侍りけるにやよひの晦日頃、関白たづねまうで来て『君閑消永日』などうち誦し侍りけるに」（巻二、しのぶ草の中納言御息所の歌、『校本風葉集』一三一）のように出典不詳のものも、「秋悲不到貴人心といふ心を」（巻五、道心すすむるおほいまうちぎみの歌、『校本』三三七）のように『白氏文集』（『朗詠集』に見える）の句によるものなども見えている（ただし「道心すすむる」は『枕草子』に見えるところで、『源氏』以前の物語とすべきであろう）。

だが一般的な傾向としては、このような技巧を完全に発揮できる作者も、また、容易にこれを鑑賞できる読者も漸次少なくなっていったようである。『源氏』を耽読した『更級日記』の作者は、紫式部と同じく学者の家に生まれ、そして大学頭となった兄定義を持ち、これを訪ねたりしてもいるようであるけれども、漢文学への関心の一端をも示していないし、その父兄から影響を受けた形跡も見られない。漢文学衰退という一般的な傾向によるのか、あるいはその個性の志向によるところであろうか、あるいはまた、『源氏物語』の注釈の現存する最初のものである伊行の『源氏釈』が、平安朝末期にはすでにあらわれていることなどに想をいたすべきであろうか（ちなみに発生期の注釈は言うまでもなく和歌・漢詩文などの引用出典の研究を中核とした注である）。

一条朝の、それも漢文学の才にかけては一般男性貴族にもひけをとらないと自負していたらしい清少納言ですら、紫式部から「さばかりさかしだち、真名書き散らして侍る程も、よく見れば、またいと堪へぬ事多かり」と『紫式部日記』の中に評されている。これは多分に感情論をまじえた言葉だとして割引きし、また、二人の個性の相違を考慮して、優劣をつけることは簡単にできまい。けれども、漢詩文の教養を自在に駆使することは、よほどの自信を持たねば、おいそれと手出しのできかねる困難な道だったにちがいない。そして末期の物語作者は容易な道の方を選んでいったのだと言えるようである。

〔注〕　柏木巻のこの記事によって、源氏の年齢は四十八歳ということになっている。すなわち年立作成上の拠り所は、源氏が白楽天の「五十八を十とり捨てたる御齢」と記してある点に求められている。柏木のこの部分の記述は源氏が四十八歳だから思いついたと考えるより、白楽天の詩句から得た想を生かすために源氏を四十八歳にしてしまったと考える方が、作者の気持ちの真実に近いのではないかと思われる。本稿で見たように漢詩句引用の方法と効果を相当に意識しているかに見える作者の場合、自分の描き得た連想の妙を生かすためには、作中人物の

年齢を従とすることがあり得たのではないだろうか。

『源氏物語』の構想成立を考える際の一つの視点として付記しておく。

※初出　『立教大学研究報告（一般教養部）』第二号（昭和三二年二月）

帝の院号と時代設定意識
――「嵯峨の帝」から「桐壺の帝」へ、承和の変前後からの半世紀――

1　物語の帝の院号設定のねらいは何か

嵯峨院へのこだわり

《嵯峨院》と呼ばれる帝が『宇津保物語』に登場する。『狭衣物語』の帝も、退位後は《嵯峨院》と呼ばれる。『源氏物語』には朱雀院・冷泉院の帝の名はあっても、《嵯峨院》は登場しない。しかし、光源氏は出家した後、数年は嵯峨院で生活した（宿木巻）。この嵯峨院が「桂院」だろうと「栖霞寺」だろうと（『河海抄』）、准太上天皇光源氏に院号をつけるとすれば、《嵯峨院》と呼んでもおかしくはない。彼は生前から六条院と呼びならわされているので読者が彼を「嵯峨院の帝」と呼んだ形跡はない。しかし、作者は光源氏がそう呼ばれうる条件を付与し、可能性だけは残していたことなる。なぜ物語作者は「嵯峨院の帝」にこだわるのだろうか。

藤原定家は『松浦宮物語』の冒頭で、「昔、藤原の宮の御時」と物語の時代を設定し、さらに巻末の偽跋には「今の世の人の作り変へ」たその改作本を「貞観三年四月十八日、染殿の院の西の対にて書き終りぬ」と記す。改作は平安初期に行なわれ、原作の成立はそれより古いことを、繰り返し読者に向かって強調していることになる。

平安朝の物語によく使われる帝の名前を採用しない理由を間接的に説明しているのだと、受け取ることもできる。

物語中の帝の院号を、作者はどんなつもりで選んだのか。また当時の読者たちは、作中の帝の院号から、何を連想したであろうか。

諡号の諸相

天皇の諡《おくりな》には、中国風の諡号と和風の諡号とがある。中国で先帝の崩後に諡号を奉ることは周代から始まるという。日本で漢風諡号が行なわれるようになったのは大宝令の施行以後で、八世紀中期、天平宝字頃、淡海御船が勅を奉じて神武に始まる歴代天皇の諡号を一括撰進したともいう。平安時代以後、漢風諡号の例は多くはない。桓武・仁明・文徳・光孝という漢風諡号の配列の間に、平城・嵯峨・淳和・清和・陽成の諸天皇の名がある。嵯峨天皇は譲位後、承和元年（八三四）から同九年の崩御まで嵯峨院を在所とされた。その院名がそのまま院号とされている。在所の院名を太上天皇の別称とし、それを崩御後の追号とするようになった。在位のまま崩御した天皇に、その在位中の里内裏の殿名などで院号の追号を贈る例もある。国風諡号は「日本根子皇統彌照尊《やまとねこすべらいやてるのみこと》」（桓武）というようになるが、これは平安時代の物語文学とは関係がない。

『伊勢物語』で、淳和天皇を「西院の帝」（第三九段）というのは居所、文徳天皇を「田邑の帝」（第七七段）、仁明天皇を「深草の帝」（第一〇三段）と呼ぶのはその御陵の所在地、「仁和の帝」（第一一四段）は光孝天皇の在位中の年号による称。醍醐天皇を「延喜の帝」、村上天皇を「天暦の帝」とその在位中の年号で呼ぶのと同様、譲位から崩御まで短日時だったり、在位中の崩御の場合、院号を定める暇がないと、こういう具合になる。これらは、いずれも実在の天皇をいうのであるから、その事実を素直に受けとめるだけでよい。『大和物語』に登場する帝も実在の天皇だから、事情は同様である。

ところが、作り物語に登場する帝の場合は話が面倒になる。実在の帝の名を借用したのか、それとも実在の天皇への追号設定と同じ論理で名づけた結果が、物語の帝を実在の天皇と同じ院号で呼ぶことになってしまったのか。どうもこのあたりが曖昧のままになっているように思われる。『竹取物語』の帝には固有名詞がないが、『宇津保物語』には、数代の帝が登場し、作品中では固有名詞で区別されている。まず、この考察から始めてみる。

2 『宇津保物語』の時代設定の枠組みは嵯峨・仁明朝期か

『宇津保』の「一院」は「朱雀院」を指す

『宇津保』の冒頭に登場する帝は、俊蔭の幼少時代の帝である。俊蔭が三十九歳で日本へ帰国した時の帝と同じ帝ではあるまい。「先帝《せんだい》」と呼ばれているのが、この帝かもしれない。藤原君巻に「中務の宮」を「先帝の御はらから」と説明するから、この「先帝」は嵯峨院ではない。嵯峨院の父帝でもあるまい。穴記に「太上天皇崩之後、同可ㇾ云二先帝一」、古記に「問、先帝、未ㇾ知二其限一、答、無ㇾ限」（日本思想大系『律令』頭注）などと古くから議論のある概念だから、嵯峨院と先帝との系譜関係は不明としておく。

帰国した俊蔭が「せた風」を献じた帝は、「嵯峨院」と呼ばれている。この帝は藤原君巻で女一宮を正頼の配偶者とし、忠こそ巻のあたりまでは在位、春日詣巻の冒頭に、「かかる程に、年月過ぎて、その時の帝もおりゐ給ひ、東宮、国しり給ひて、年ごろ世の中たひらかに、国栄えてあり」と、その退位が告げられる。本文に問題を残すところも多いが、以下の巻々にも登場し、国譲下巻では花宴を催し、楼上下巻では京極殿へ行幸して、大宮、俊蔭女の奏楽を聞いたりしている。その時、「七十二におはしませど」「ただ今ぞ五十ばかりと見え」る若々しさで、「御髪白からず、御腰少しうつぶし給へる」と描写されている。長寿の天皇である。

七十歳以上の長寿を保った天皇は、平安初期の光仁天皇（七〇九〜七八一）、桓武天皇（七三七〜八〇六）。平城天皇（七四四〜八二四）も長寿だが、晩年十五年は出家の身分だから除外しよう。これに陽成天皇（八六八〜九四九）

を加えて、それ以後は一条天皇の時代まで、こういう高齢の天皇は出現しない。

『宇津保物語』の「朱雀院」の帝はこの嵯峨院の皇子で、これも俊蔭巻で「花園風」の琴を俊蔭から贈られた時の「東宮」であった。国譲下巻で譲位後は、朱雀院（建物）で暮らしたのでこう呼ばれる。それまで東宮だった朱雀院の第一皇子が即位して、今上帝となる。新皇太子決定は平穏裡にとはいかなかったが、結局は貴宮腹の皇子が新東宮に決まった。今上帝の皇太子決定までに曲折があったことを記憶にとどめておきたい。

こういう推移で、今上帝治世の楼上下巻には、嵯峨院、朱雀院の二人の天皇経験者がまだ健在である。こういう二人の天皇経験者は、どう呼び分けられることになるのか。

「源中納言（源涼）」が「嵯峨院に参り」物語をする場面では、「院の上も」「かの日こそ、かしこに俄に御幸せめ」と仰せになり、涼は「ある者の申すは『一院の、かの日ぞ、かしこにおはしますべし』など申すなりし」と「一院」の動静についての情報を提供する。一方、「朱雀院は、大将に」「必ずかの日行かむ」と内意を伝え、仲忠は「嵯峨の院、返す返すかたじけなく仰せられしを」云々と思案する。この場面では、読者の混乱を引き起こさぬように二人の院を院号で書き分けているのだが、涼の発言では、朱雀院のことを「一院」と呼ぶ。「一院」は通常の辞書の類には、上皇が二人おられる中の、古い院をいうと説明するが、『宇津保』のこの場面は、通説と合致しない。「一院」は第一の院を意味するが、第一の院とは、新古の序列ではなく、今上帝に譲位した前帝で太上天皇の尊号を得た方をいうのが、この時代の用法のようである（原田芳起「一院という呼称について」『樟蔭国文学』四号、昭和四一・一一。渕江文也「前坊・先帝・一の院」『親和国文』一九号、昭和五九年一二月、『古徑随想』所収）。

先の場面を受けて、京極の邸に人々が参集する場面でも、「一院は、嵯峨院おはしましぬと聞き給ひて、後に御対面あるべきにて、おはしまさむとし給ふ」ということになり、「西の対を嵯峨院・大宮の殿上人・蔵人所に」、「東の対は、一院おはしまさむ殿上・蔵人所にせられたり」とある。ちなみに、蔵人所がはじめて設置されたのは嵯峨天皇の御代であることも注意しておいてよかろう。以下、楼上下巻の「一院」はすべて朱雀院を指す。「一院」は「一の人」などと同様、尊貴第一の院を指す。「一院」の次を「二の院」と呼ぶような性格のものではない。

『宇津保』の「朱雀院」

『宇津保』の今上帝の治世には、嵯峨院と朱雀院が健在だった。平安朝初期の歴史上の天皇の治世で、院が二人健在というのは、仁明天皇の治世初期に嵯峨・淳和両上皇が健在だった例しか見当たらない。この時期には、まだ実在の朱雀天皇は出現していないのだから、物語中の「朱雀院」は、「累代後院」である御殿に住む前帝という意味の呼び名である。国譲中巻に「御国譲り」が近くなったところに「朱雀院みな造りはて」とあり、「御国譲り給ひて、帝は朱雀院に出で給ふ」とその事情を物語は記している。

実在の「累代後院」朱雀院の所在は「号四条後院、三条北、朱雀西、四町。四条北、酉坊城東」(『拾芥抄』)、同書「西京図」などによって、北は三条大路、南は四条大路、東は朱雀大路、西は皇嘉門大路で区画された南北四町と推定されている。その創建時期は明確ではないが、承和三年(八三六)五月二十五日、仁明天皇が生母嵯峨太皇太后の朱雀院に平城京の空閑地を奉った記事があり(『続日本後紀』)、要約すれば「嵯峨天皇が朱雀院を建て」「この時期、檀林皇后に属していたことがわかる」(『平安時代史事典』角川書店版)。嵯峨院といい、朱雀院といい、どうも『宇津保』は、物語の時代を九世紀の史実に対応させて設定しているようである。

物語中の嵯峨帝の譲位後の居住場所は明示してない。『日本紀略』では退位後の嵯峨・淳和両天皇を、「先太上天皇」「後太上天皇」と記す。仁明天皇を「嵯峨天皇之第二子」と説明する部分を除けば、承和六年(八三九)八月一日に「嵯峨太上皇不豫」とあり、以下「嵯峨上皇」と書き、最後は九年七月十五日「太上天皇崩于嵯峨院」と記す。同様に、七年五月八日「後太上天皇崩于淳和院」とある。両天皇の追号は崩御した後院の名による。

後院としての嵯峨院の草創時期は不明であるが、嵯峨天皇の親王時代からの別荘で(『類聚国史』)、弘仁五年(八一四）閏七月二十七日、天皇が嵯峨院に立ち寄ったとあるのが初見（『日本後紀』）。ここでは詩宴も開かれ、「嵯峨山院」と呼ばれていた（『文華秀麗集』）。退位後の天皇は冷然院に移り、承和元年（八三四）十月七日、嵯峨新院の寝殿が完成してからは、ここが上皇の御所となった（『続日本後紀』）。

淳和天皇の淳和院も、弘仁四年（八一三）に嵯峨天皇が行幸しているから、淳和天皇は皇太子時代からここを居所としていたようである。当初は南池院、譲位以前にこれを後院と定め淳和院と改名したあたりは、『宇津保』の朱雀帝が譲位以前から後院の整備に努めているのと事情は類似している。物語ではこの後院の名称を淳和院でなく朱雀院と呼んだ。『宇津保』の作者が嵯峨源氏の一員である源順なら、作中の天皇を嵯峨院とするのは自然な作者心理だ。一方、淳和院は貞観十六年（八七四）火災に遭い、再建後は仏寺となっている。源順は、宇多天皇以後、使用が本格化した歴代後院としての知名度を考慮し、朱雀院の名称を採用したのだろう。

物語の嵯峨、朱雀、今上の三天皇は祖父・父・子と皇位を継いでいるようだが、歴史上の嵯峨天皇の後を受けて即位した淳和天皇は嵯峨天皇の腹違いの兄弟で、仁明天皇は嵯峨天皇の皇子である。物語中の系譜は、史実そのままではないが、遣唐使派遣の最後が承和五年（八三八）だから、俊蔭の経歴設定にはこういう枠組みが必要だった。藤原君巻に「時の太政大臣」が登場するのは、人臣でこれに任ぜられた初例が天安元年（八五七）の良房の場合だから、時代の枠組みからは外れて仁明天皇の崩御後になってしまうが、忠こそ巻の冒頭で作者は、そんなことはそ知らぬ顔で、「かくてまた、嵯峨の御時に」と語り出す。『宇津保』の時代設定は、嵯峨・淳和・仁明朝を大枠としていたのである。

3　桐壺帝治世当初の時代設定は仁明天皇朝か

桐壺院と「一院」

嵯峨~仁明朝を時代の枠組みとして語られる『宇津保』に対して、『源氏物語』は当初、仁明天皇の時代を桐壺帝の治世に設定する構想を基本的な枠組みとしていた、と私は考える。『源氏物語』のスタートラインは、『宇津保』が語り終えた時代設定を継承して物語の時代の枠とした。古物語の時代設定の終末部分を受けて物語を始めたのである。これは桐壺帝を醍醐天皇に当てる通説といささか異なることになる。

仁明天皇に触れる『源氏物語』の準拠説は古注にもある。しかし、『紫明抄』などの一説は、仁明天皇を桐壺帝の準拠としてではなく、今上帝に比定する。だから、これは基本的に私の立場とは異なる。また、「仁明天皇の御子、西三條右大臣源光公とておはしますうへは、これこそあひ叶ひて見ゆれ」と『紫明抄』は指摘する。光源氏との呼び名の共通性が基本にあるからだろうが、論理的説明には欠け、説得性が弱い。

桐壺帝即位の状況は、現存『源氏物語』の冒頭以前に属する時期であるから、物語中に直接語られてはいない。しかし、桐壺帝が即位した頃（光源氏誕生以前）から、紅葉賀巻（光源氏十八、九歳頃）まで、「一院」と呼ばれる上皇が健在だった。「一院」の存在は『宇津保』の物語終末部分の状況と一致し、先に述べたように、史実の上では仁明天皇即位の時期しか、これと同じ状況はない。『源氏物語』は、物語の発端に『宇津保』の物語終末部分を受けると書く代わりに、「いづれの御時にか」と朧化して、時代を明確にしなかった。しかし、若紫・末摘花・紅葉賀の諸巻に見える「朱雀院の行幸」は桐壺帝治世の最後を飾る盛儀として扱われているから、この「朱雀院」におられる上皇が「一院」と同じ上皇だとすれば、これは桐壺帝に譲位した天皇（太上天皇）だったことになる。『宇津保』の「朱雀院」が「一院」と呼ばれる上皇だったのと同じ設定である。これは当初構想、桐壺帝即位前後についてのことである。

『宇津保物語』終末部分　嵯峨院 ―― 朱雀院（一院）―――― 今上帝 ―― 東宮

（『源氏物語』発端状況）　一院（朱雀院）―― ？ ―― 桐壺帝 ―┬― 東宮（朱雀帝）――（今上帝）
　　　　　　　　　　　　　　　　　　　　　　　　　　　　└―（冷泉帝）

後院としての朱雀院

本文引用は略すが、少女巻の「朱雀院の行幸」は、帝（冷泉帝）が前帝である朱雀院太上天皇を訪問する行幸であり、真木柱巻の男踏歌が参る「朱雀院」も、冷泉帝時代の朱雀上皇である。桐壺帝は譲位以後、どこへお移りになったかは物語に書いてないが、後院である朱雀院におられた「一院」は紅葉賀巻の「朱雀院の行幸」の後、間もなく崩御、あるいは出家して別の場所にお移りになり、譲位後の桐壺帝はその朱雀院を後院としたであろう。その時期は、花宴・葵両巻の間にある年立上の一年の空白の部分と考えてもよい（この着想は関連するところが大きいのだが、今は触れない）。この時、桐壺帝も「朱雀院の帝」と呼ばれてよいはずだが、物語では「故院」「院の帝」と呼ばれ、院号を付した書き方はされなかった。「桐壺院」「桐壺帝」は読者がつけた慣用の呼称で、『風葉和歌集』ではその崩御の巻名によって「賢木の院」（校本…二三三・六二八・七二六）とも呼んでいる（伝本によって「き」を欠き「さがの院」とするものがあるのは、「嵯峨の院」の連想が働いて誤写を誘ったか）。

桐壺院の帝は賢木巻で崩御。これで後院は居住者がいなくなる。澪標巻で冷泉帝に譲位した帝は、その朱雀院を後院としたから「朱雀院の帝」（若菜上）と呼ばれる。この帝は譲位後の澪標巻で「院」、絵合巻で「院の帝」、少女巻から「朱雀院」と、その居所をもって呼ばれる。あまり早く「朱雀院」の名を使うと読者は混乱するだろう。作者は注意深く呼称を選んでいるようである。

若菜上巻の源氏四十賀の場面で、朱雀上皇を「一院」と呼ぶ。これは、その前、藤裏葉巻で光源氏が「太上天皇に准らふる」位を得て、上皇が二人になったからである。六条院光源氏は、譲位して上皇となったわけではないから、いわば「新院」である。それで、冷泉帝に譲位した朱雀上皇を「一院」と書いたのである。出家後は「入道の帝」「山の帝」（若菜下）とも呼ばれる。こうして、上皇の呼び方は、その時期に応じた状況によって変わる。

仁明朝と桐壺朝初期

まわり道をしたが、桐壺帝の治世には、「一院」（先の朱雀院）が健在だから、別にもう一人の上皇もおられたはずだ。藤壺中宮の父は「先帝」と呼ばれるが、この帝と桐壺帝の系譜関係は不明である。こういう「一院」と、もう一人の上皇と、二人の上皇がおられた時代を、もう少し細かく検討してみよう。

淳和天皇が譲位し、皇太子だった仁明天皇が即位した天長十年（八三三）、仁明天皇の父帝嵯峨上皇は四十八歳で健在であった。先にも触れたように、仁明天皇在位初年には、上皇（院）が二人健在だった。「一院」は今の帝に譲位した上皇を指すから淳和上皇が「一院」（後の太上天皇）、仁明天皇の父である嵯峨上皇は「先の太上天皇」ということになる。この二人の上皇は桓武天皇の子（異母兄弟）である。この状況は承和七年（八四〇）淳和上皇の崩御まで足掛け八年間続く。二年後、嵯峨上皇も崩御した。桐壺帝の治世に当てはめれば、叔父に当たる淳和上皇が「一院」で、嵯峨上皇が桐壺帝の父に当たることになるが、桐壺帝の父帝は物語の中で、役割は与えられていない。

物語には、このほか「先帝」と呼ばれる帝がいる。藤壺中宮は「先帝の四の宮」で、「母后」は藤壺を鍾愛した。藤壺についての情報を桐壺帝にもたらした「上に候ふ典侍」は、「先帝の御時の人」で「三代の宮仕」を続けたとある（桐壺）。実在の天皇に当てはめれば、嵯峨・淳和・仁明の三代である。長い年月のような印象を与えるが、嵯峨在位の末から仁明在位初年までなら、十数年の期間である。藤壺の入内は「御兄の兵部卿の親王」の判断で決まったのだから、それ以前に「先帝」はすでに崩御している。賢木巻で藤壺が桐壺院の一周忌に引き続き、御八講を十二月中旬に行なった時、「初めの日は先帝の御料、次の日は母后の御ため、またの日は院の御料」とある。この「先帝」「母后」は藤壺の父母で、桐壺前帝は「院」と書かれている。

柏木との事件を起こした「女三宮」の母「藤壺」が入内したのは、桐壺帝健在の頃で、朱雀帝が「まだ坊と聞こえさせし時」だった（若菜上）。「先帝の源氏にぞおはしましける」とあるから、皇女ではあるが臣籍に下った後のことである。この「先帝」は藤壺中宮の父「先帝」と同じ帝を指す。桐壺帝を仁明天皇に当て、二人の上皇を嵯峨・淳和に当てるなら、「先帝」は誰かなどと詮索したくなるが、そこまで踏み込む自信はない。

桐壺朝初期と「前坊」

ここで、桐壺帝治世に姿を見せる「前坊」（六条御息所の夫）を取り上げなくてはならない。六条御息所は「十六にて故宮に参り」「二十にて（故宮に）後れ奉り」、賢木で「三十」歳、娘の「斎宮は十四」歳になっていた（賢木）。御息所は十六歳で前坊と結婚、翌年十七歳で娘が誕生、二十歳で前坊と死別したという。新旧年立で一年の差はあるが、源氏が二十二、三歳の賢木巻初年に、御息所は三十歳だから、結婚した十六歳の時は、源氏の九歳の時である。その時にはすでに桐壺帝の第一皇子（朱雀帝）が皇太子に定まっていたのだから、御息所は「坊」を退いた後の「前坊」と結婚したことになる。なぜそんな結婚を選んだのか。第一皇子の立坊は源氏の四歳の時だから、その時に前坊を廃して第一皇子を立坊させたのなら、これは大事件だ。物語にも一言触れてあってもよいはずだが、そんなことは何も書いてない。これも問題となりうる。この計算は賢木巻の記載が基準になっているから、そこに記してある御息所の履歴の記載年齢には嘘があり、「玄宗末歳初選入、入時十六今六十」という白楽天の楽府「上陽白髪人」の字句を借りて、「六十」を「三十」に改めた文飾だと割り切ることもできるが、いずれにせよ、皇太子が廃されて「前坊」と呼ばれながら生きていたことだけは、確かな事実である。廃太子の前例は、八世紀の他戸親王、早良親王、九世紀初めの高丘親王などの例があるが、ここでは仁明天皇の時代の例に注目したい。

4　仁明朝の前坊と桐壺朝の前坊

仁明朝の「前坊」恒貞親王

仁明天皇の東宮は、天皇の十五歳年下で、淳和上皇（一院）の子の恒貞親王だった。母は嵯峨上皇の娘正子内親王である。恒貞親王の兄で、長男の恒世親王は、天長三年（八二六）すでに没していた（恒世親王は弘仁十四年、淳和天皇受禅に当たり、皇太子たるべきことを打診されたが上表固辞し、翌日、後の仁明天皇となる正良親王が皇太子となってい る）。嵯峨・淳和両上皇は仲がよかったし、仁明天皇は淳和天皇の禅譲で即位したから、淳和の皇子恒貞親王（八歳）を皇太子とした。

淳和上皇が承和七年（八四〇）に、嵯峨上皇もその二年後、崩御した直後、承和九年（八四二）に承和の変が起こる。この結果、恒貞親王は皇太子を廃せられた（十八歳）。首謀者の一人として橘逸勢は遠流に処せられ、伊豆へ下向する途中、病没した。後日、無実と判明し、仁寿三年（八五三）従四位下を追贈され、その怨霊を鎮める御霊会が貞観五年（八六三）五月に神泉苑で行なわれたりしている。もう一人、東宮坊帯刀舎人だった伴健岑《こわみね》も隠岐に流された。事件は嵯峨上皇の崩御二日後で、これより前、平城天皇皇子阿保親王が太皇太后（橘嘉智子）に密書を送り、健岑が阿保親王に謀反をそそのかしたと報じたのが事件の発端だという。事実は藤原良房が道康親王（後の文徳天皇、良房は親王の外伯父）を擁立しようとして仕組んだ陰謀であろうといわれている。ともかく、この事件で淳和上皇派に近い公卿たちはすべて左遷された。『続日本後紀』で事件を追うと概略以上のようになる。

事件の記録に『水鏡』がある。『水鏡』は『扶桑略記』を材料とするが、嵯峨・淳和・仁明三代は『扶桑略記』の欠落部分であるから、これは資料とするに足る。また、類従本『恒貞親王伝』には欠落があるが、『扶桑略記』

に「亭子親王伝云」として引用され、『水鏡』の承和九年の条も間接的にこれを利用しているようである（平田俊春『日本古典の成立の研究』昭和三四年、日本書院）。『水鏡』は、七月の事変の際、東宮が皇太子位の辞任を申し出たのに対して、天皇は「東宮の御あやまりにあらず、とかく思す事なかれ」となだめ、「ただ、もとのやうにておはしまさせき」とある。『恒貞親王伝』の記録も同様である。八月三日、天皇と皇太子が冷泉院に行幸したように『水鏡』は書いているが、『続日本後紀』のように七月二十三日からここに滞在していたと見るべきかもしれない。『恒貞親王伝』は日時を明記しない。ここへ「いづ方よりともなくて文を投げ入れ」た者があり、累が恒貞親王に及ぶおそれが出てきた。「東宮をば淳和院へ返し奉り」、四日の道康親王（文徳天皇）立太子へと事が進んだというのが『水鏡』の記録するところである。『続日本後紀』は七月二十三日の詔に皇太子の「停退」、翌二十四日には山陵へ「廃皇太子状」を告げたと記す。国史大系本の八月四日、十三日条の頭注などを参考にすると、本文にも問題がありそうで、事件の真相は容易に捉えがたい。事件を知って親王の母（正子内親王）は「震怒、悲号」して「母太后」（橘嘉智子）を怨んだという（『三代実録』元慶三年三月二十三日）。現代の私たちには察知できない諸々のことが背後にこめられているようであるが、一つだけはっきりしているのは、以前の廃太子事件とは結末が異なっていることである。

廃太子後の処遇

廃太子といえば、光仁天皇の時代に、皇后井上内親王が皇后の地位を追われ、その子で皇太子だった他戸親王も廃されて、翌年には二人とも毒殺されるという悲惨な最期を遂げている。延暦四年（七八五）には皇太弟早良親王を巻き込んだ事件が起こって、親王は自ら絶食死を遂げた。悲惨な死を遂げたこれらの人々は、死後、怨霊と化して祟りをなした。恐ろしい怨霊の復讐から逃れるために、廃太子という事件は起こっても、当事者を死に追いやるような処置を避ける知恵が働く。平城天皇は嵯峨天皇を「皇太弟」として譲位し、自分の息子高丘親王を皇太子としたが、高丘親王は薬子の変に巻き込まれて出家し東大寺へ入った。しかし、生命の危険にまでは至らなかった。事件は事件として処理されても、できるだけ寛容に処理されるようになったのである。

恒貞親王は、こうして皇太子を廃せられはしたが、淳和院の東亭に住み、嘉祥二年（八四九）正月には三品を授けられた（『三代実録』元慶八年九月二十日）。仁明天皇との間も険悪なものではなかったようだ。程なく同年、二十五歳で出家するまで親王として遇せられ、世に亭子親王と呼ばれて尊敬された。貞観十八年（八七六）に母太皇太后が嵯峨上皇の邸宅を大覚寺とした時には、初代門跡となった。元慶八年（八八四）九月二十日寂。だから、恒貞親王は仁明天皇在位中、前皇太子（先坊）として手厚く処遇されたわけである。

承和の変で、恒貞親王は廃太子となったが、前皇太子の身辺には、一見大きな波乱は起こらなかった。良房は後に起こった応天門の事件でも、告発された左大臣源信を天皇に取りなしてやったりして、事件を自分に有利な方向へ導くように利用している。良房は、恒貞親王を皇太子の地位から追い落とし、同調者を左遷すればよいのであって、所期の目的を達すれば、それ以上は相手を追い詰めたりせず、それどころか寛大にふるまうことで世間の支持を得るように事態を収拾したであろう。桐壺帝の時代の最初の皇太子が廃太子事件に巻き込まれた場合も、事件の始末は同じように処理されたであろう。前皇太子「先坊」は、承和の変後の恒貞親王と同じように、桐壺帝の時代をおよそ平穏に過ごすことになったのである。

「前坊」の妻子たち

三善為康が晩年撰した『後拾遺往生伝』の「亭子親王」の伝によると、恒貞親王は「専二畏儲位一、再三辞譲、天子不レ許」、嵯峨・淳和両帝が崩、「遂廃二太子一」、「住二淳和院東亭子一、故、号亭子親王」、書・音楽にすぐれていたとある。これも『恒貞親王伝』を受けた書き方である。『親王伝』はその終わりに、「親王為二太子一時、納二大納言藤原愛発女一為レ妃、無レ子。又、幸二左衛門佐藤原是雄女一」云々と、その配偶者について述べる。三善為康はその前半を略し、次のように子をもうけた是雄女のみを取り上げる。

初幸二左衛門佐是雄女一、令レ生二両男一、皆有二才操一、親王入道之日、両児皆落髪為レ僧矣。（岩波思想大系本）

「是雄」は『尊卑分脈』内麿公孫に、「真夏—是雄—利貞」とあり、「従五上、春宮亮」「天長八（八三一）四」月に卒したとある。『日本紀略』（元慶五年正月六日）は、薨じた慧子内親王について、その母を「是雄之女」とする。『尊卑分脈』（一本）では利貞の子女に「文徳天皇妃」で「斎宮晏子内親王母」をあげ、あわせて、もう一人の子女「列子」に「斎院慧子」と注するのは「慧子母」とあるべきもの。この女子二人の父が、是雄と利貞で混乱しているのは、いずれかが養父養女関係なのであろう。ちなみに『皇胤紹運録』は是雄との親子関係として扱っている。

恒貞親王は、是雄の娘との間に男の子を二人もうけた。女の子もいたかもしれない。前坊恒貞と結婚した是雄の娘と、前坊恒貞の後を受けた東宮（文徳天皇）妃で斎院晏子内親王の母となった是雄の娘と、この二人の女性を眺めていると、いろいろな空想が可能になる。是雄の娘は恒貞との間に子女をもうけ、二人の男の子は父とともに仏門に入ったが、女の子は文徳天皇に引き取られたのではあるまいか。その母は是雄の息子利貞の養女という別人格に位置づけられて名目上では文徳天皇の妃として扱われた結果、系図上でも混乱が生じたし、時にはそれが問題化することもあった。『古今集』（雑上）の尼敬信の歌の詞書には、斎院慧子内親王が「母あやまちあり」という理由で更迭されかけた事件を伝える。これも母の過失ではなく、慧子内親王とその母を文徳天皇の系譜に位置づけた手続きの問題がむし返された結果のトラブルではなかろうか。仮にこういう推測はすべて想像に過ぎないと却下されたとしても、紫式部がこの辺りの人間関係から、前坊、六条御息所、斎宮女御（秋好中宮）の物語の想を得たことは、ありうるように思われる。

先坊と新皇太子

「先坊」と桐壺帝とは「同じき御はらからといふ中にも、いみじう思ひかはし」た間柄だったとある。これは史実と物語との間の設定の相違である。仁明天皇の父嵯峨天皇と、恒貞親王の父淳和天皇とが兄弟で仲もよかったことを、物語では、その子、すなわち従兄弟同士の仲の良さへずらして書いたのだろう。

皇太子のまま没しても「先坊」あるいは「前坊」と呼びうる。「先帝」と「前帝」が必ずしも同一概念とは断じきれぬように、「先坊」と「前坊」とは違いがあるのだろうか。期待されながら皇太子のまま没した醍醐天皇の皇子文彦太子保明親王の例などが、『源氏物語』の注釈ではよく引用される。しかし、これは皇太子の地位を退いた後も生き続けている六条御息所の夫とは条件が合致しない。両者の距離は大きい。細かな点を問題にすると、従来の諸研究を逐一あげなくてはならなくなるから、これは目をつぶることにする。

恒貞親王の廃太子の後を受け、仁明天皇と藤原順子（五条后）との間に生まれた後の文徳天皇が皇太子となった。承和の変は、淳和上皇に続き嵯峨上皇も薨去した直後の七月に起こり、八月には立太子という展開になった。『源氏物語』の桐壺帝が長男の朱雀院を皇太子に決めた経緯は、光源氏の四歳の条に書かれていて、その時まで皇太子不在の状況だったようにも読めるが、そうではあるまい。承和の変はかつての平城天皇と嵯峨天皇との場合とは違って、関係者の処罰で事は処理され、戦乱にまでは発展しなかった。仁明天皇も恒貞親王に累の及ぶことを極力避ける努力を払ったようである。桐壺巻では、そういう政治の裏面をこまごまと書くことは略して、新皇太子選定に当たっての桐壺帝の決断だけを書いたのだろう。「坊定まり給ふにも、いと引き越さまほしう思せど、御後見すべき人もなく、また、世の受け引くまじき事なりければ、なかなか危ふく思し憚りて、色に出ださせ給はず」と。

この決断は、「明くる年の春、坊定まり給ふにも」という若宮参内に続く文脈で書かれる。桐壺更衣死去の愁嘆場の中へ、政治的な事件まで加える野暮な構成をする作者ではない。それに『源氏物語』は政治史を正面から取り上げないのが原則だ。光源氏の不遇時代、皇太子（冷泉院）の代わりに八宮が担ぎ出されそうになった政治状況なども、宇治十帖になってから、ちらりと触れられるだけである。

5　時代設定から人物設定への構想移行

桐壺帝の変貌・仁明天皇から醍醐天皇へ

桐壺帝の治世設定の当初構想は、仁明天皇の時代を基本的な枠組みとしているのではないかと述べてきた。ここで、藤原冬嗣の娘順子（五条后）の腹に生まれた道康親王（文徳天皇）を皇太子と定めた時の仁明天皇の心裡にも触れてみたい。時に、道康親王は十六歳、弟の時康親王は十三歳である。

天皇は時康親王の母女御藤原沢子を最も寵愛していた。卒伝に「寵愛之隆、独冠二後宮一」（『続日本後紀』、承和六年六月三十日）とある。彼女は「俄病而困篤」「小車」で禁中を退出、「到二里第一便絶矣」というその死は、桐壺更衣とも類似する（『河海抄』・『玉の小櫛』など）。嘉祥二年（八四九）、渤海から訪日した大使が諸親王の中にある時康親王に注目して「此公子有二至貴之相一、其登二天位一必矣」と言ったともいう（『三代実録』光孝前紀）。この観相の重要性を細かく論述した論（篠原昭二「桐壺の巻の基盤について」『源氏物語の論理』平成四年、東京大学出版会など）に譲って詳述は避けるが、仁明天皇は女御沢子の腹に生まれた十三歳の時康（光孝天皇）を可愛がっていたはずだ。皇太子決定に当たっても思い迷うところが多かったに違いない。

『源氏物語』との関係でいえば、桐壺帝の治世設定の当初構想を仁明天皇の時代として始めたし、読者もそういう歴史的背景を感じ取っていることを、紫式部は知っている。ところが、光君の将来に思いを巡らし、光君の皇位継承という構想に思い至った時、紫式部は桐壺帝を仁明天皇から醍醐天皇へ変貌させねば、読者の納得が得にくいのではないかと思い始めた。仁明天皇が時康（光孝天皇）をいかに可愛がっていたにしても、仁明天皇はこの時康が後に帝位につくなどとは予想もしなかったはずである。しかし、物語の構想面では、帝が光君を高麗の相人に会わせたあたりから、桐壺帝の脳裏に、一度臣籍に下って源氏となった男が、再び天皇の位に復帰する展開が点滅し始めている。そういう展開にしなくては、高麗の相人の判断に耳傾けた桐壺帝の判断が、極めて場当たり的なものになってしまうからである。

「天皇でも、臣下でもない」未来を予言されているのに、光君を源氏として臣籍に下す決定を簡単に下してしまうのでは、桐壺帝が無思慮な天皇になってしまう。「天皇でも、臣下でもない」という謎の未来を、「生涯にわたって天皇というのでもなく、生涯にわたって臣下にとどまるわけでもない」と解けば、桐壺帝の決断が深い意味を持ってくる。一度は臣籍に下っても、必ず皇位に復帰する、――桐壺帝は高麗の相人の判断を、こう解釈したのだ。この解釈は、軽々しく口にすることのできぬ秘事である。

しかしその夢に何がしかの実現可能性がなくては、夢想家の夢に終わる。夢が決断に弾みをつける働きをするために、夢を現実性あるものとするためには、桐壺帝の視野の中に、光孝・宇多の天皇親子の時代の史実がなくてはならない。そういう史実を視野に入れうる天皇は醍醐天皇である。桐壺帝はここで醍醐天皇に変貌しなくてはならなくなる。物語と史実との不即不離の関係が読者を喜ばせるという当時の読者心理を、紫式部は創作の基本に据えて、読者へのサービスを心がけていたからである。そういう作者心理は、『宇津保』の帝が嵯峨天皇や淳和天皇を連想できるように設定されている前例から帰納されたものである。

臣籍から皇位へ復帰した宇多天皇

時康親王は道康が皇太子となった三年後、元服。文徳・清和両朝は皇位と無関係に生きた。中務卿、式部卿などを歴任し、元慶六年（八八二）一品に叙せられたが、その二年後、陽成天皇の退位が時康の運命を大きく変えた。藤原基経に擁立されて皇位につくことになったのだ。時に五十五歳、光孝天皇である。運命から見離されたように見えた者にも転機がおとずれる。その子定省は元慶年間に元服、侍従に任ぜられて、王侍従と呼ばれていた。父が天皇になると他の子女とともに臣籍に下る。彼は早くから尚侍藤原淑子の猶子となっていた（『宇多天皇御記』寛平九年六月十九日に「養母」とある）。淑子は基経と手を結んで陽成天皇退位と光孝天皇即位を演出した。彼女は定省を親王に復帰させ、皇太子とし、光孝天皇崩御と同時に、定省は即位して宇多天皇となる（角田文衞「尚侍藤原淑子」『紫式部とその時代』昭和四一年）。臣籍に下った人物が皇位についた最初の例である。また、その歴史を創りだしたのが尚侍藤原淑子という女性だったことも、紫式部の関心を惹いた。その関心が藤壺中宮という女性像を生む原点でもあったであろう。

光孝天皇は即位後、皇太子を定めなかった。『三代実録』など官撰の史書によると、天皇は崩御の直前、臣籍に下っていた源定省を親王に復帰させ皇太子としている。『愚管抄』によると、天皇は基経に随分気を使っている様子がうかがわれるが、これとても詳細な情報は与えてくれない。基経が天皇に定省を推薦したことになっているが、かつて陽成天皇の廃位後の処置を定める陣定の席で、左大臣源融が「いかがは、近き皇胤を尋ねば、融らも侍るは」と自薦したのに対して、基経は「皇胤なれど」一度臣下に下った者が「位につきたる例やはある」と一蹴している。その融が左大臣として健在であるのに、手のひらを返すように基経が定省の即位を提案するとは思えない。それに、基経の娘（佳珠子）の腹に生まれた貞辰親王（清和天皇皇子）もいる。光孝天皇にも班子女王の腹に生まれた第一皇子是忠親王、第二皇子是貞親王などがいる。これをさしおいて、同母弟の定省を推すというのも、基経の独断で決めることは困難である。こういう複雑な背景を物語にまとめるのは至難のわざである。

桐壺帝の先坊廃位は、承和の変の恒貞親王の例を借用したが、これに代わる新皇太子決定の遷延は光孝・宇多のバトンタッチを借り、さらにそれを二重に反転させて、光源氏の臣籍降下の構想を展開したのであろう。仁明天皇の治世として設定した当初構想は、光孝・宇多朝へ移行されたのである。この移行は同時に、仁明天皇として設定された桐壺帝が醍醐天皇の立場に移行することをも意味する。桐壺帝が、高麗の相人のことばを受けて熟慮した結果、光君の臣籍降下を決断したのは、この宇多天皇の実例を念頭に置いたものであると理解するのがよいのではなかろうか。相人の中国風の観相に加えて、桐壺帝は「大和相」をあわせ用いた。大和相とは、まさに日本の歴史の前例から帰納した政治的判断だったのである。紫式部の政治史の知識を高く評価された一条天皇の眼識と同時に、『源氏物語』が当時の男性知識人から評価された基準の一つは、政治史との巧みな対応構成にあったと考えたい。

本論の後半は論証が粗くなった。『寝覚物語』の朱雀院、冷泉院、今上帝の三代の帝の設定、『狭衣物語』に嵯峨院の帝が登場する理由などにも及ばねばならぬのだが、与えられた紙数の余裕がない。他日を期したい。

※初出　稲賀敬二編『論考　平安王朝の文学　一条期の前と後』（平成一〇年一一月　新典社）

物語流通機構の形成期——十世紀の女性の裏とおもて——

1 はじめに——表音文字「仮名」の誕生——

日本最古のまとまった作品の一つに『古事記』がある。文字文芸が成立する以前から語り伝えられてきた日本の伝承を、中国渡来の漢字を使って表現するために編者は苦労を重ねた。『古事記』の編纂と同じ時期、これと並行して編纂が続行されていた『日本書紀』は、漢文の表現・構文をそのまま受け継いで、公的な正史の完成をめざした。これに対して、『古事記』は日本のことばの独自の表現を、漢字を用いて文字化する新しいこころみに挑戦した。漢字の音と訓を効率的に利用する新しい方法を編み出したのである。『万葉集』の表記法が、一方で一字一音式に和歌を記録しながら、他方で人麿の歌などに見られる、三十一文字よりはるかに少ない文字数で一首の和歌を記録する方法を採用できたのは、おそらく漢字の和訓がある程度まで一定してきたからであろう。平安時代にできた『類聚名義抄』では、ひとつの漢字に、とても多くの訓が当ててある。これは、希少例であろうと、すべての訓を集めようとする学者のやりかただ。普通の人々は一般的な訓を慣行化していく。慣行を定着させる時でも、中国の辞書に「念」「憶」「意」の三字が並べてあると（たとえば漢代の「釈名」など）、「おもふ」という言葉に使う漢字を選ぶ時はこれを基準にしたりしただろう。

音・訓の効率的な利用は、表意文字である漢字の表音的使用傾向を強め、表音的漢字の字体の記号化・簡略化を促進して、日本独自の「仮名」文字を誕生させた。奈良時代から平安時代への移行時期に顕著にあらわれた現象であり、日本の言語文化はここで独自の発展をとげた。『古今集』が最初の勅撰和歌集として権威づけられることによって「仮名」文字による文章表現は公的な地位を確保し、『土佐日記』のあたりからは、女性が個人的・私的な仮名による文章活動の世界に進出する気運を促進することになった。

本稿は、『古今集』時代の代表的女流作家伊勢からスタートし、『源氏物語』の成立する十一世紀初頭まで、約一世紀にわたる女性の言語文化的活動の動向の輪郭を明らかにする。

2　長恨歌と生田川伝説――女流歌人伊勢――

伊勢が仕えた宇多天皇は、唐の玄宗皇帝と楊貴妃の悲恋物語「長恨歌」の物語を絵師に描かせた。これは屏風に仕立てた絵である。これは『源氏物語』（桐壺巻）にも、「長恨歌の御絵、亭子院（宇多天皇）のかかせ給ひて、伊勢・貫之に詠ませ給へる」とあって、絵には当時の著名歌人の歌が賛として書き込まれていた。「大和ことのはを も、もろこしの歌をも」と『源氏物語』には記してあるから、白楽天の詩も同じく賛として書き加えてあった。『源氏物語』の桐壺帝は、桐壺更衣の死後、「明け暮れ」この宇多天皇時代に作られた屏風絵を見ては、亡き桐壺更衣を追憶する。史実を織り混ぜた虚構の物語の成立である。

この長恨歌の屏風歌は、伊勢の家集に記されて残っている。

　長恨歌の御屏風、亭子の院に書かせ給ひて、その所々を詠ませ給ひけり。

みかどの御歌にて、
もみぢ葉に色見え分かで散るものは物思ふ秋の涙なりけり

詞書に「みかどの御歌にて」とあるのは、伊勢が玄宗皇帝の立場で詠んだ歌だという説明。この歌は長恨歌の「秋ノ雨ニ梧桐ノ葉落ツル時、西宮ト南内ト秋ノ草ノミ多ク、落ツル葉ハ階ニ満チ紅ナレド掃ハズ」（岩波新書『新唐詩選続篇』の吉川幸次郎の訓による）とあるあたりの詩句を和歌にしたものである。玄宗になり代わって詠んだこれら五首に続いて、「これは妃《きさき》に代はりて」の詞書で詠んだ五首がある。

しるべする雲の舟だになかりせば世をうみ中に誰かとはまし

「雲の舟」は、方士が雲を分けて楊貴妃のいる蓬萊へ尋ねていく乗り物である。陳鴻の『長恨歌伝』の「雲海沈々」などを参考にした造語である。「世をうみ中に」は「海中」と「世を憂く思う」との掛詞である。以下、「七月七日長生殿」で交わした「天ニ在リテハ願ハクハ比翼ノ鳥ト作《な》リ、地ニ在リテハ願ハクハ連理ノ枝ト為《な》ラム」のことばを踏まえた歌が続く。

伊勢の歌の発想は、中国の話を日本風に翻訳する技術として捉えることもできるが、一般化していえば、《場面を具体的に空想して、その場に登場するさまざまな人物になり代わってその心情を歌いあげる》物語制作の方法である。

『大和物語』（第一四七段）には、『万葉集』の時代から語り継がれてきた生田川の話が紹介されて、伊勢を含む数人の女性たちが、物語の中の登場人物になり代わって歌を詠む場面がある。二人の男が一人の女性を手にいれようと競い合い、女性は困惑して死を選び、残る二人の男もその後を追う物語である。死後、「処女墓《をとめ》、中に造り置き、壮士墓《をとこ》、このもかのもに、造り置く」。三人の墓は、そこを通る人々の感慨を誘い、万葉歌人たちは、これを歌に詠んでいる（巻九、一八〇一〜一八〇三、一八〇九〜一八一一など）。『大和物語』では、前半部に、この生田川の古来の伝承の輪郭を述べ、後半部では埋葬された二人の男が死後の世界で繰り広げる決闘のさまを述べる。

この前半部と後半部の間に、「昔ありける」この生田川の物語を、「絵にみな書きて、故后の宮に奉」った時、「皆人々、この人（物語中の人物）に代はりて詠みける」歌十首が記録されている。この話の享受者たちの反応である。「故后の宮」は宇多天皇の皇太夫人温子、歌を詠じたのは「伊勢の御息所」はじめ、宇多天皇の第一皇女均子内親王や温子側近の女性たちである。温子は延喜七年（九〇七）崩じたから、生田川の物語絵を見て、人々が歌を詠んだのは、延喜初年、十世紀の初め頃である。

十首の歌は、男たちが求婚に熱中する生前のさまを詠む歌ではなく、一首を除き、関係者の死後の世界での心情を詠む歌ばかりである。生田川の絵には、死後の世界などは書いてなかったはずだのに、絵を見る人々の関心は彼女、彼らの死後の心情の方に集まる。絵を見る人々は、単に享受者の位置にとどまるのではなく、語られていない新しい物語を追加する方向に向かって関心を広げていくのである。死後の世界への関心という点では、長恨歌の絵への関心と、生田川の絵への関心は、共通性を持っているといえる。

3　歴史的過去から身近な現実へ——十世紀中葉の関心の所在——

『伊勢集』は歌集であるが、その冒頭部分は「伊勢日記」とも呼ばれうる彼女の若い頃の恋愛物語のかたちにまとめられている。歌集を物語化する作業は、伊勢自身が行なったのか否かは、現在のところ、不明である。私は『伊勢集』冒頭部分の物語化の作業が、伊勢の娘、中務の周辺で行なわれたのではないかと推測する。生田川の絵を話題にして和歌を詠むのは十世紀初頭、その人々のおしゃべりの場を、文字化して整理しようとするのは、『大和物語』の成った十世紀の中頃。伊勢の若い頃の華麗な恋愛は人々の話題になって語り継がれていたであろうが、それが文字化されて定着したのも、同じく十世紀中頃だったと考えるのである。その頃は、伊勢の娘、中務が自立して自分の独自の道を切り開いていく時代と一致する。歴史的過去への関心が、より身近な個人の日常の世界へと移り、『本院侍従集』など、物語化された歌集があらわれる文学史の時期を迎えるのである。

伊勢が晩年、敦慶親王と結婚して、娘中務を生んだのは、延喜十二年（九一二）頃と推定される。父敦慶親王は宇多天皇の皇子で、醍醐天皇の弟である。「玉光宮」と呼ばれる美男子で、『源氏物語』の主人公光源氏のモデルの一人に数えられている人物である。すぐれた父母に恵まれた中務は、皇太孫慶頼王のもとへ出仕した。慶頼王の父保明親王（醍醐天皇皇子）は皇太子として将来は帝位をつぐはずの人物だったが、延長元年（九二三）三月に薨去、その子慶頼王は翌月、三歳で皇太孫となった。中務が出仕することになったのは幼い慶頼王の身辺の人事増強の一環である。彼女は父敦慶親王が中務卿だったので、中務と呼ばれる。しかし、慶頼王は五歳で薨去。中務の宮仕えは足かけ三年の短い期間であったが、その間に藤原師輔、実頼など、後に政界の中枢を占める貴公子たちや、皇族たちと数々の恋愛を経験した。

彼女を取り巻く多くの男性たちの中の一人、源信明と彼女は結婚する。信明は醍醐天皇の信頼厚い公忠の子である。敦慶親王と公忠も従兄弟同士という間柄だったから、双方の親はこの結婚に賛成したであろう。中務は信明の滋野井の邸で暮らすようになり、二人の間に生まれた娘は、邸の名にちなんで、成人してからは「井殿」と呼ばれた。井殿は後に一条摂政と呼ばれた藤原伊尹と結婚して一男一女を生む。天禄三年（九七二）伊尹が四十九歳でなくなるまでの数年間は、中務にとって最も幸福な生活だった。

伊尹は天暦五年（九五一）、二番目の勅撰集『後撰集』の編纂が始まると、その作業の最高責任者になっている。

『大和物語』の成立も、ほぼこれと同じ時期である。その時期の中務の身辺は、どのようなものであったか。中務の母伊勢は天慶元年（九三八）の詠歌を残したあたりで世を去り、中務をかわいがってくれた『古今集』時代の代表歌人紀貫之も同八年になくなった。この頃から、中務は村上天皇の時代の女流歌人の第一人者となる。おそらく『後撰集』の編纂に従事する歌人たちは、伊勢の時代から集積された歌の資料を借用するために、中務の邸をしばしば訪問し、編纂作業の内容も中務はいちはやく耳にすることができたはずである。

『後撰集』（雑一）に長い詞書を付した中務の歌が見える。

元長の親王の住み侍りける時、手まさぐりに、何入れて侍りける箱にかありけむ下帯して結ひて、「また来む時に開けむ」とて、物のかみにさし置きて出で侍りにける後、（中務は）常明の親王に取り隠されて、月日久しく侍りて、ありし家に帰りて、この箱を元長の親王に送るとて、

中務

あけてだに何にかは見む水の江の浦島の子を思ひやりつつ

元長親王が中務のところへ通い住んでいた頃、というのだから、中務が信明と結婚する以前の、独身時代の話である。元長親王は手まさぐりに、何を入れた箱なのか、下緒で箱を封じて、『今度来た時に開けて中を見せてやるよ』と、物の上に置いていった。ところが、その直後、これも中務のところへ通って来ていた常明親王が、中務をよそへ運れていって、彼女を隠し据えてしまった。「月日久しく侍りて、ありし家に帰りて」というのだから、数日間の短い期間ではない。中務がもとの家に戻った時、例の箱は、あの時のままになっていた。中務はその箱を元

長親王に送り返し、「あけてだに」の歌をこれに付けた。《あの水の江の浦島の子は、乙姫様から決して開くなと言われた玉手箱を開けてしまったものだから、箱の中に閉じこめてあった夢の間の齢を一挙に取り重ねて、老い果ててしまったとか。それを思うと、貴方からお預かりしたこの箱、何で今さら、開けてみたりいたしましょうか。お返ししますわ》というのである。

元長親王は陽成天皇の皇子、中務より十歳ばかりの年長（『皇胤紹運録』）。常明親王は醍醐天皇の皇子で、中務より六歳くらい年長（『一代要記』など）。同じ年配の藤原実頼や師輔が中務をめぐって競いあっていた時期であるから、中務が一時所在不明になった時は、ちょっとした騒ぎになったであろう。事件は『後撰集』の編纂時期より二十数年昔、当事者たちの若い頃の話だ。常明親王は、『後撰集』の編纂以前、天慶七年（九四四）になくなっているけれども、元長親王はまだ健在である。こんな事件の裏話を『後撰集』の資料として提供したのは、中務当人なのか、それとも元長親王なのか。それとも、元長親王をうまく出し抜いた常明親王が、自分の手柄話として吹聴してまわり、世間では誰知らぬ者はいないほど、この事件は周知のことになっていたのだろうか。このあたりの事情は不明である。

中務の歌集は二系統の伝本が伝わっているが、この歌はそのいずれにも収められていない。どちらの集も中務の晩年までの歌を収めるから、晩年の中務は若い時の恋のトラブルにまつわる歌を編集対象から排除していたと考えられる。しかし、彼女がそういう歌を排除することが、そのまま自分の私的な生活を人に知られたくない気持ちから出たという判断にはつながらないようである。ここで、彼女のまわりで進行していた物語作成状況と、彼女が自分の歌集を編纂していた晩年の心境とを、考察してみることにする。

4　物語制作工房としての中務周辺

今日まで伝わらずに散逸した物語は多い。鎌倉時代に編纂された『風葉和歌集』は物語の歌を集めて、勅撰集と同じような組織に編成した物語歌集である。この歌集に、「かはほり」という題の物語の歌が見える。

山吹といふ渡りに移ろひけるに、海のおもて心ぼそく、小さき舟ども
の見えければ　　　　かはほりの中務卿の宮の娘
あるかひもなぎさに寄する浮舟の下にこがるる身をいかにせむ（『風葉和歌集』・雑三）

この中務卿の娘は、「かはほり」物語の女主人公であろう。彼女は水辺の「山吹」という場所で、恋に「こがるる」身をもてあまして悶々としている。「こがるる」は「浮舟」の縁語「漕ぐ」の掛詞である。この物語の男主人公と目される「かはほりの少将」は、同じ『風葉和歌集』に、「女の行方知らずになりて侍りけるふるさと」に行って「雪の降る日、日暮しながめて」詠んだ歌を残している。「行方知らずにな」った女というのは、中務卿の娘であろう。中務卿の娘という呼び名から連想されるのは伊勢の娘中務である。先に述べたように、中務も常明親王に取り隠されて、行方不明になっていた一時期があった。その時、おそらく求婚者たちは中務の所在を探すために手を尽くしたであろう。求婚者の一人師輔は、延長九年（九三一）頃右近権少将の地位にあった。「かはほり」の主人公と同じ官職である。これだけでは、中務の独身時代の話が「かはほり」物語の素材になった証拠とするには弱い。だが、もうひとつ、ここで『新古今集』の歌を並べてみよう。

題知らず　　　　　　　　　　　　　　　　　源　景明

あるかひもなぎさに寄する白波の間なくもの思ふ我が身なりけり（『新古今集』恋一）

この初句・第二句は、まったく「かはほり」の歌と一致し、上の句が下の句の「もの思」い「焦が」れるを導く序詞となっている発想も同じである。これは『新古今集』の歌だが、詠者源景明は、中務の邸に出入りして、『中務集』にもよく登場している。井殿の腹に生まれた光昭（父は伊尹）の部下だった男である。景明の歌と「かはほり」の歌は無関係とは思われない。こういう場合、物語の歌を真似た歌を景明が作ったと見るより、景明の歌を物語が利用したと考える方が事実に近かろう。

景明が著名な大歌人ならともかく、彼は彼の時代に近い『拾遺和歌集』（三番目の勅撰集）に歌が採られるが、以後の勅撰集からは全く無視され、『新古今集』でふたたび取り上げられた歌人である。景明は、ある一時期の流行歌人であり、その歌を物語に利用するのも、特定の時期に限られた現象だったはずである。実は、このことから、平安時代後期に成立した短編物語集『堤中納言物語』の中の「思はぬ方に泊りする少将」や「花桜折る少将」などにも景明の歌の影響が見られるので、成立年代不明のこれらの短編の一部は、通説とは異なり、十世紀後半に成立したであろうという立論が可能になるのだが、これは煩雑になるので、ここでは触れないこととする。

『枕草子』の通常のテキスト（三巻本）の「物語は」の段にはないが、前田家本や堺本では「かはほりの宮」物語の名が見える。これは「かはほり」と同じ物語だろうといわれているから、その成立は『枕草子』が書かれる以前、十世紀後半に遡る。中務を話題とし、中務の邸によく出入りする景明の歌を利用して「かはほり」のような物語が作られるのは、ずっと時代が離れた後世のことではなく、中務の同時代、限定すれば中務の周辺であると考えられる。事実そのままではなくとも、いや事実と虚構とがいりまじっていることが、読者にわかるからこそ、作品が面白がられるのである。作者はそういう効果をねらって物語を書いたであろう。

5　男性作者から女性物語作者の時代へ

中務の邸の隣には、『宇津保物語』の作者かといわれる源順が住んでいて、中務とは親しい日常の贈答歌を交わしていた。順も『後撰集』の編者の一人である。この時期までは物語の作者は男性知識人であって、その読者は主として女性であったというのが文学史の通常の記述である。だが、順が能登守として赴任し、かの地で没した永観元年（九八三）頃、女性も物語作成に手をそめるようになった。

『大斎院前御集』は、永観二年〜寛和二年（九八四〜九八六）、三年間ばかりの、選子内親王のまわりの日常の歌を集めた歌集である。選子は賀茂の斎院を長く勤めたので大斎院と呼ばれる。この歌集の中に、選子周辺の女房たちを組織して、「和歌の司」と「物語の司」の職掌組織を作って、物語の清書作業を行なう状況が記されている。私はこれが、『住吉物語』の古本を新しい時代に合う新版に書き替える仕事だったのではないかと推測している（拙著『源氏物語の研究――物語流通機構論』平成五年、笠間書院刊）。男性知識人の物語作成時代から女性物語作者の時代へと、時代が変化する屈折点である。これより先、女流日記作品の最初をかざる道綱母の『蜻蛉日記』が書かれている。内容は天暦八年（九五四）から天延二年（九七四）まで二十一年間の生活記録であって、成立時期については諸説があるが、日記の範囲は中務の生きた時代そのものである。人には知られたくないはずの自分の個人生活を自分の手で書き記して、人に見せるのは、勇気のいる行為である。だが、そういう勇気を持つ女性があらわれる前段階として、中務のように自分の生活が話題として物語られることに、あまり抵抗を感じない、というよりも話題提供者としての役割を喜び、歓迎する状況・雰囲気が、徐々に広がっていたのではあるまいか。

そういう時代の中では、実生活を演技でやってのける演技派も誕生したであろう。平安朝の女流日記文学は、回想を通して自分の生活を再構成して見せる一面がある。『和泉式部日記』の書名が、日記とも物語とも呼ばれるのは、そういう性格が基底にあるからであろう。女性たちのこういう新しい自己表現があらわれる時代の中で、晩年の中務は、自分の歌の集の構成を通して、新しい試みを実践しようとした。

中務の家集は、円融天皇の時代に整理されたものがあったはずだ。「円融院の仰せごとにて、古歌奉りしに」という歌があって、これは孫の光昭が健在の時だから、その没する天元五年（九八二）以前である。この時に献じた歌集をめぐる天皇との贈答歌が、現存の集には入っているから、現存の集はそれ以後に再編集されたはずである。

現存の集には二系統あると前に述べた。宮内庁書陵部本（『私家集大成』所収の「中務集Ⅱ」）の末尾に、「為基新発意のもとへ、十二首」と詞書のある歌群がある。大江為基が出家したのは永祚元年（九八九）、病のために摂津守を免ぜられた後である。その十二首の最初の歌は、

今日までも生ける身の憂さ向かひゐて背く程だに恋しかりけり（二八二）

とある。この時期、中務の推定年齢も七十八歳になっている。「今日までも生ける身の憂さ」というのは彼女の実感であろうし、出家した為基に送る挨拶であろう。次に、

忘られてしばしまどろむ程もがないつかは君を夢ならで見む（二八三）

この歌は『拾遺集』（哀傷）に「娘におくれ侍りて」の詞書で入る。『拾遺集』の詞書で読むならば「君」は死んだ娘井殿を恋しく思う気持ちである。が、為基へ送る十二首の一首として読めば「君」は為基を恋しく思う気持ち

にもなる。そして、この十二首の最後の歌は、

うきながら消えせぬものは身なりけり羨ましきは水の泡かな（二九三）

これは『拾遺集』（哀傷）に「孫におくれ侍りて」とある。孫は光昭と娘（大納言の君）との二人だが、おそらく二人を含めて言ったものだろう。晩年の中務は、娘・孫の肉親たちすべてに先立たれ孤独感をかみしめていたのである。

注意すべきは、集の詞書「為基新発意のもとへ、十二首」からは、この二首が、子や孫に先立たれた時の歌という『拾遺集』の詞書は導き出せないことである。『拾遺集』は別の資料からこの二首を『拾遺集』に選び入れた。そして、中務は子・孫に先立たれた時に詠んだ旧作を、為基に送る十二首の中へ位置づけた。旧作を新作と織り混ぜて、新しい組織の中に位置づけることによって、一連十二首に新しい意味を付与しようと意図したのである。

「なき影は浮かばざりけり涙川」（二八四）の歌に続く、「しきりつつ涙のかかる袖の浦」で「忘れ貝をば拾はざりけり」（二八五）と詠む歌のあたりでは、紀貫之が『土佐日記』の中で亡児を追憶した「わが恋ふる人忘れ貝下りて拾はむ」「忘れ貝拾ひしもせじ白玉を恋ふるをだにも形見と思はむ」の歌と重ねあわせる効果を考えたであろう。続いて、

露のごとあだなるものの年を経て古りがたく憂き身にこそありけれ（二八六）

と最初の「今日までも生ける身の憂さ」と同じ思いを同じ字句で照応させる。二八三番の「夢」、二八四・二八五

番の「涙」、そして二八六番では「露」と、はかないものの象徴を並べる。第二首の「忘られて」、第四首の「忘れ貝」ということばも意識的な配列であろう。以下、列記することは略するが、十二首の歌はその総体で中務の心情を訴え、晩年の孤独感を連作で構成している。日記形態にまとめることもできる内容を、連作で表現しているわけである。為基が中務からこれほど信頼されるのは、赤染衛門との恋に悩んでいた頃、中務邸にいた在俗の「法師」を私淑して為基が中務邸を訪問していた過去によるもので、この人間関係も興味深い話題なのだが。

6　一条朝の女流文学の可能性――『源氏物語』・『枕草子』の周辺――

『拾遺集』（春）には「子にまかり遅れて侍りける頃、東山にこもりて」の詞書の中務の歌がある。

咲けば散る咲かねば恋し山桜思ひ絶えせぬ花の上かな

この歌が「中務集Ⅱ」（一一〜二一）の「正月、山里にて十二首」の詞書の一連の中に入っている。この歌も集の詞書から『拾遺集』の詞書は生まれない。十二首には「峰の霞」「谷の鶯」「残りの雪」「春風」「梅の花」「山桜」「岸の柳」「岡の松」「旅寝が草枕」「恋」「山里の月」の題が付いている。十二首とあるが、十一首で終わっている。

この十二首は『恵慶集』に「中務の君の山里なる所に来て、春の心の歌十ありける見て」として収められる歌と、題に小異はあるものの対応している。最初の「峰の霞」の歌をあげてみる。

雪まじりあま照る空もことよせて峰の霞も立ち出でにけり（「中務集Ⅱ」一一）

とふ人もなき山里はいとどしく春の霞に道や惑はむ（『恵慶集』三七）

「とふ人もなき山里」は中務の東山の住まいであろう。恵慶は中務を訪問し、見せられた中務の歌に対して挨拶のかたちで詠んだのだろう。これに中務が「峰の霞も」、恵慶もともども「立ち出でにけり」と答えた趣と理解すれば、単に同じ題で歌を唱和したのではなく、贈答になるように恵慶は歌を作ったことになる。すべてを説明する余裕は今ないが、どうも恵慶は一貫して、中務の歌に和し、孤独な中務を慰める応答を志しているように読める。

女性の内面が複雑に深まり、まわりにはその心象を理解できる男性たちがいる。女性たちは、おのおの個性的な自己表現の方法を試みた。中務もそのひとりである。若い時からいろいろな経験を積み、さまざまな自己表現を繰り返しながら十世紀を生きた。一条朝を迎えた時、彼女はすでに老境を迎えていた。清少納言・紫式部などの才女は、才能があったから『枕草子』や『源氏物語』を完成した。これは事実だ。しかし、他に才能に恵まれた女性がいなかったわけではない。大斎院選子は文壇のパトロンとして一条朝を演出した。中務は選子のような活動を準備し、清少納言・紫式部などの女性が頭角をあらわす地盤を、静かに耕した存在だったと私は考える。

後半はスペースの関係で十分に説き尽くすことができなかったが、私の構想する物語流通機構論の輪郭を描いてみた。なお、中務の一生については拙著『三十六歌仙の女性　中務』（平成一一年、新典社刊）を参照いただければ幸いである。

※初出　大連外国語学院日本文化研究中心『日本文化研究』（平成一二年二月　長春出版社）

王朝物語の制作工房——中務の住む町——

十世紀後半、中務の住む町を中心とする物語制作の工房から、大斎院選子中心の社交戦略としての物語制作を経て、道長・頼通がスポンサーとなる十一世紀中葉の状況への展開を跡づけるための一環として、その序説的な部分の輪廓を述べる。

1 「中務の住む町」は、紀貫之の邸の近所であった

副題にいう「中務の住む町」は、紀貫之の邸の近所であった。このことは、次の資料によって知られる。

一 『貫之集』に、「敦慶の式部卿の女、伊勢の御の腹にあるが、近う住む所ありけるに、折りて瓶にさしたる花を送るとてよめる」の詞書で、貫之の「久しかれあだに散るなと桜花かめにさせれど移ろひにけり」の歌と、その返歌（八五六、八五七）がある。

二 『拾遺集』巻十六・雑春に、「敦慶式部卿のみこの女、伊勢が腹に侍りけるが、近き所に侍るに、かめにさしたる花を送るとて」の詞書で、同じ歌がある。

三 『後撰集』春下にも、「桜の花の、かめにさせりけるが散りけるを見て、中務につかはしける」の詞書で同じ

歌があり、「返し」は、「千代ふべきかめにさせれど桜花とまらむことは常にやはあらぬ」とある。これは『貫之集』第二句～第四句に異文があり、「かめなる花はさしながらとまらぬことは」とある。『八代集抄』は、『後撰集』の本文によって、「とまらむ事は常にあらぬかは、常に留まりてあれと也」と注しているが、『貫之集』の「とまらぬ」の本文の方が、歌としては意味が通る。『後撰和歌集新抄』がいうように、『貫之集』を正しいとすべきだろう。

この贈答歌は、いつごろ取り交わされたものか。

伊勢の御の娘は中務と呼ばれる。父の官名による呼称であろう。父敦慶親王は『貞信公記抄』延長二年（九二四）正月二十七日条に中務卿と見え、『西宮記』所引の延長二年十二月二十一日の穏子中宮主催の醍醐天皇四十賀の記事に式部卿と見える。中務卿から式部卿に転じたのは、この間のことで、「二品行式部卿貞保親王薨」の延長二年六月十九日（『日本紀略』）以後の後任人事であろう。[1]敦慶親王の娘が公的な場に出て中務と呼ばれるようになったのは、延長二年七月以前、おそくとも同年十二月二十一日以前のことである。

一方、中務が結婚した源信明は、延喜十年（九一〇）の誕生である。信明・中務同年齢説もあるが、中務を信明より年下であると考え、延喜十二年誕生とする通説に従うこととする。この場合、彼女は延長二年、十三、四歳となる。中務と呼ばれて公的な場に登場するのは、これより若い時とは考えられない。

先に引用した『貫之集』など三集の詞書・歌を総合すると、貫之は「移ろ」うた花を、わざわざ中務に送ったことになる。歌には何か寓意があろう。延長八年（九三〇）二月になくなった父敦慶親王の死を弔う気持ちを込めたものなら、詞書にそれが明記されるはずである。貫之は同年正月、土佐守に任ぜられている。着任は八、九月か。中務に送った歌は、あるいは貫之が任期を終えて、承平五年（九三五）帰京した春の挨拶かもしれない。貫之は承平五年二月十六日、京の自宅に帰りついた（『土佐日記』）。この場合の中務の身辺の状況を推測すると、次のようになる。

『伊勢集』によると、「親におくれたる頃、男のとぶらはぬに」の詞書で、「亡きひともあるかづらきを思ふにも色わかれぬは涙なりけり」の歌があり、この歌は『信明集』（『私家集大成』「信明Ⅰ」一〇四）に、「同じ女の服なるころ、絶え間がちなるを怨」む歌だとある。同集Ⅱ（五三）には「中務の君の服なる頃、男のかれがたなれば、女」として見える。伊勢の代作であろう。敦慶の生存中すなわち中務の十代後半から、信明は中務のもとに通っていた。『袋草紙』によると、伊勢の邸は一条東洞院の近くにあった。貫之が土佐から帰京してみたら、すでに中務は信明の自邸に迎えられていたのであろう。

こう解すれば、貫之の歌にある「久しかれあだに散るなと」大事にされていた「桜花」は、中務を指し、「花かめ」にさしていたとは、深窓の令嬢として育てられた中務を意味する。その花が「移ろひにけり」というのは、育った実家を離れたことをいう。七十に近い老貫之は、あなたもとうとう家庭の主婦に納まってしまったねと、中務をからかいながら、自分の土佐からの帰京の挨拶を送った。そう解すれば、詞書にある「住む」という言葉も微妙になる。男が女の所へ通うのも「住む」と表現されるが、「住む」は女が男の邸へ迎えられる場合をもいうことがあったのであろう。伊勢の邸と、中務が迎えられた信明の邸とは、貫之の邸とどんな位置関係になるのか。

貫之の家の所在は「中御門北万里小路東」（『拾芥抄』）、「中御門北京極」（『雍州府志』）などとある。信明の邸もこの近くだったことになる。

2　源順は中務邸の隣に住んでいた

源順は天禄の頃（九七〇〜九七三）、中御門の中務邸の隣に住んでいた。

一　中の御門の家の南に、中務の君住む。六月に梅の枝につきたるを

とりて北の家にやる言葉にいはく、「ここのは、まだかくなむ残りたる」と。すなはち、言ふ、「ここには、

(1) 井堰にもさはらず水の漏るめれば前の梅津も残らざりけり（『私家集大成』「順Ⅰ」）

この時の贈答は『中務集』にもある。『中務集』所収の同歌の詞書には、次のようにある。

二　門さして和泉の守順朝臣、垣を隔ててある所、「こなたの人なむ、垣を越えて梅とりたる」となむ言ふと聞きて、梅をやりたれば、順が言ひおこせたる

(1) 井堰にもさはらず水の漏る時は前の梅津も残らざりけり（『私家集大成』「中務Ⅱ」、一部校訂）

この順の歌は、「名のみしてなれるも見えず梅津川井堰の水も漏ればなりけり」（『拾遺集』雑下、よみひと知らず）などを踏まえる。

『順集』・『中務集』を総合すると、順邸の梅の実が盗まれる事件が発生した。順の家の者たちが、犯人は中務家のものであると言っている。これを耳にした中務は「北の家」（順邸）へ、「ここ（中務邸）のはまだ、かくなむ残りたる」とメッセージを付けて、梅の実を送る。「盗まれたとは御愁傷さま」と、盗難見舞いに梅を送ったのか、それとも、「盗むなら私の家のも盗むはず、だのに私のところのは、このとおり健在よ、盗まれたというのは疑わしいわね」というのだろうか。順は、「お宅との間は、垣はあってなきがごときもの。お宅の湧き水は井堰を無視してこちらへ侵入するのだから、梅の実は残らずそちらへ行ってしまった」と、ぼやいてみせる。[2]

この贈答、いずれにせよ、本気で、盗んだの盗まれたのと喧嘩しているのではない、親しい両家の、たわむれのやりとりであることは、これに続く贈答の調子から伺われる。両集に共通する以下の(2)・(3)・(4)三首の贈答の引用は略す。その次の歌は『中務集』には見えない。

北の返し

(5) 花をこそ人やもるとてとがめしか数ならぬ身はなににかはせむ

『順集』一本の「人やをるとて」の本文によるべきだろう。花盗人はとがめるが、「数ならぬ」梅の「実」などは問題じゃないよと、順は最後に折れてみせる。が、「実」には「身」がかけてある。「数ならぬ身はなににかはせむ」と不遇意識を常に口にするのは、当時の受領層の歌人の癖だ。この裏の意味でこの歌を読むと、つまらぬ私などが何を言っても無駄なことと、すねていることになる。

この(5)の歌を欠く『中務集』では、次の一連の歌群がこの贈答に続く。

光昭の少将に

(6) こだかくてあめもさはらぬみかさやまかげに隠れぬ人はあらじな

源順との贈答歌群とは、一見無関係のように見えるが、先の順の歌(5)を介在させると、どうも(6)は(5)を受ける歌のように思われる。大きな御笠の山の蔭に隠れぬ人はあるまいと、「光昭の少将に」よみかけたのは中務であろう。「みかさやま」は近衛の大将・中将・少将をいう雅語である。順は「数ならぬ身」を嘆いているけれど、近衛少将である光昭の恩恵を受けない人はありますまいに、と中務は詠む。後で触れるように、光昭は中務の孫。中務の娘と一条摂政伊尹との間に生まれたのが光昭である。並の近衛少将ではない。順の嘆きを慰めるのに、中務は、光昭に向かって、「順もあなたを頼りにしていいわね」と婉曲に念を押したのである。こういう贈答の流れで読むと、以下の歌の異文の対立も処理しやすくなる。

同じ所にて景明かはらけとりて

(7) 常にかくうらみてすぐす春なれど梅にやこりず後もまたれむ（西本願寺本）

景明の紅梅を折りて

(7)　常にかくうちみてすぐすわが宿の梅にやこりず後にまた見む（書陵部蔵本）

返し

(8)　たちいでぬる春とぞききし春霞かくさく梅に遅るべしやは

またたれならむ（詞書異文「またこれたがならむ」）

(9)　思ふどちまど居てをれば梅の花こころにてや（異文「心にくや」）深く見ゆらむ

(7)は、この場にい合わせた景明が、「後もまたれむ」と(6)の中務の歌に和した。上の句「うらみてすぐす」は、花を折ったの、実を盗んだのとトラブルの絶えない梅の話題を表にいうが、おそらく景明は光昭に代わって詠んだもので、本当は、「いつも羨ましがって見ているようだが、つまらぬことで『数ならぬ身』などとぼやかずに、待てば先々幸運もころがりこむよ」と、順に送る返事にもなっているのであろう。書陵部蔵本文の「こうばいをゝりて」は、歌にある「梅」の語にひかれて、「かはらけとりて」の草仮名の連綿を意改・誤写したのであろう。書陵部蔵本文は、その分だけ、(5)を介して続く梅の実問答の贈答の流れから離れたものになっているといえよう。

(8)は、春は梅が咲けば霞も立つ、遅速はない、というのが表の意味。実は「梅」は光昭で「霞」は順をはじめ、まわりの人々を擬人的に詠んだのだろう。少なくとも、ここの「梅」は春咲く梅の実景を詠んだものではない。同様に、(9)の梅も「心にく」い光昭への賛歌であろう。

この歌群に続く一連の歌も、光昭を中心として、二月十日頃の月明の「まどゐ」の場面である。(5)と(6)との関連が理解されず、(5)の順の歌を贈答の最後の歌であると認識して、これを削除した編集形態から、次の段階では(6)以下を後続の別歌群と結びつけて、詞書も「景明の紅梅を折りて」と改められ、書陵部蔵本文のかたちが生まれたものと想像される。

3　天禄二、三年ごろの中務邸（一）——井殿の出生・結婚時期——

前節引用の順・中務の贈答は、『中務集』詞書に順を「和泉守」と書く。順は康保四年（九六七）に和泉守となった。贈答は任期を終えた後、天禄三年（九七二）頃のことか。(3) 前年十一月、伊尹は太政大臣となり、本年冬には世を去った。天禄三年夏の頃は、中務一族にとって最も華やかな時期である。前節の贈答にみえる「みかさやま」が、伊尹の左大将兼右大臣をいうとすれば、天禄元年頃を考えることもできるが、同時に、この時、光昭は近衛少将に任官していなくてはならない。光昭の年齢推定等は後で触れるが、天禄元年の時点で、光昭の年齢十七歳、少将任官には少し若いようにも思うので、天禄三年と見ておく。

この時期の中務邸の家族構成は、一条摂政伊尹と結婚した井殿がおり、その腹に生まれた伊尹の子には、光昭と娘がいた。源景明は光昭の側近として中務邸によく出入りしていた。これらの人物の輪郭を明確にしておきたい。

一　中務の娘「井殿」については、『中務集』（「中務Ⅱ」二二四）に「井殿は娘の君」、『一条摂政御集』に「とね君の母は井殿、中務の娘」とある。公忠が「滋野井の弁」（『歌仙伝』）と呼ばれたことを考慮すれば、「井殿」はその略称であろう。「滋野井」は、信明の父公忠が典侍滋野幸子（朱雀院乳母、村上天皇の乳母でもあったか）と結婚し、その所有の邸が信明に伝領されたものかという。(4) 中務はその滋野井邸に迎えられ、二人の間に生まれた娘は「滋野井殿」の略称「井殿」と呼ばれた。「滋野井」は「中御門北西洞院西」（『拾芥抄』）、先に述べた貫之邸の近くに住む中務という条件にも合致するし、「井堰にもさはらず」順邸へ「水の漏る」豊かな湧水という条件にも合う。

二　井殿は一条摂政伊尹との間に、光昭《みつあきら》、娘（後に「大納言の君」と呼ばれる）および「とね君」などの子女を儲けた。光昭は『尊卑分脈』に伊尹の子として見え、『中務集』に「むまごのみつあきらの少将」とある。娘は「むまごの大納言の君、一条せうさうの女」とある。『一条摂政御集』に見える「とね君」については定説がないが、(5)

私はこれを光昭の草体の誤写かと考える。私は光昭の推定誕生を天暦八年（九五四）、娘（大納言の君）の誕生はこれより早く、天暦二年（九四八）頃と考え、これを伊尹が井殿のところへ通うようになった時期の基準とする。結婚を天暦四年頃とする山口博説もあるが、後述する大納言の君の宮仕え時期などの関係から、少しさかのぼらせたい。すなわち、延喜十二年（九一二）中務誕生、延長七年（九二九）頃に中務は結婚、井殿誕生、天暦二年（九四九）井殿の結婚と長女誕生となる。これを個々の人物をめぐる状況を通して次にながめてみる。

4　天禄二、三年ごろの中務邸（二）——光昭、大納言の君など——

三　光昭は、『小右記』天元五年（九八二）四月二日の光昭卒去の条に、「謙徳公第四子」とある。『日本往生極楽記』に、光昭の腹違いの兄弟義孝も四男とある。光昭・義孝は同年の誕生ではなかろうか。伊尹の正室恵子女王の腹に生まれた挙賢・義孝兄弟はともに天延二年（九七四）九月十六日に没した。挙賢二十歳（『職事補任』）、二十五歳（『帝王編年記』）ともいう。恵子腹の懐子が天慶八年（九四五）の誕生、以下九女がいる。挙賢の兄と見られる恵子腹の親賢・惟賢をあわせ考えると、光昭の天暦八年（九五四）誕生は、さほど不自然ではない。天元五年（九八二）没した時は二十九歳となる。

また、『中務集』（「中務Ⅱ」一四〇）に、「むまごの少将のちごのもとに、子の日にあたりければ、一条右大臣へ籠物などして奉る」とある。伊尹が右大臣だった安和三年（天禄元年、九七〇）一月二十七日から、左大臣を経ずに太政大臣になった天禄二年十一月までの間、十八歳頃に光昭は子供に恵まれたというのも妥当な線である。おそらく天禄二年正月の「子の日」であろう。なお、「中務Ⅰ」の同歌の詞書に「一条左大臣」とするのは誤写であろう。

四　井殿の腹に生まれた伊尹の娘は、「大納言の君」と呼ばれる。伊尹の官名による呼称とすれば、康保四年（九六七）十二月以後、伊尹が右大臣となる天禄元年（九七〇）一月までに、彼女は公的な場に出たことになる。光昭の妹とすると若すぎる。天暦初年（九四七）の誕生と推定した。

「中務Ⅱ」の詞書に、「孫の大納言の君、こ相如通ひし」云々とある。「こ」は、「故」ではあるまい。「故相如」では、この詞書が彼の没した長徳元年（九九五）以後に書かれたことになる。「こ」は「に」の誤写で、「大納言の君に相如」が通ったというのであろう。

『中務集』のその次の歌、「数ならぬ身を浮き舟は」が、『相如集』（五二）にも見えて、詞書に「女三の大納言の君に、かれゆくとて恨みらるる頃」とある。「女三」は諸本に「女三の宮」とあり、これは村上天皇皇女保子内親王、兼家の室となった女性（『皇胤紹運録』）。相如を天暦五年（九五一）の誕生と推定する説に従えば、相如は大納言の君より年下となる。大納言の君の誕生を天暦二年（九四八）と仮に想定すれば、三歳違いで、不似合いな関係ではない。相如は天延二年（九七四）十一月、蔵人（『親信卿記』）、長徳元年（九九五）没（『栄花物語』見果てぬ夢）。後に触れる景明とも交渉があったことは『相如集』（六四）に見える。

「大納言の君」が仕えていた女三の宮、保子内親王が兼家と結婚した時期は、『栄花物語』（様々の悦び）の記事から推して寛和二年（九八六）兼家五十八歳の頃である。保子はその翌年に没した。保子内親王が結婚したのは、「世の御始めの頃」、兼家が摂政になった寛和二年（九八六）のことだという。兼家の妻時姫が天元三年（九八〇）没した後、「かうて一所おはします、あさましきことなり」という理由で、「村上の先帝の御女三の宮」を「この摂政殿（兼家）」が「心にくくめでたきものに思ひきこえさせ給ひて、通ひ」そめた。しかし、「すべて事のほかにて、絶えたてまつらせ給ひにしかば、その宮（保子）もこれを恥かしきことに思しなげきて失せ給ひにけり」。保子は「うつくしげに、け高きさま」ではあったが、「け近きけはひぞあらせまほしき」ありさまだったという。うちとけた愛らしさは欠けるところがあったようである。『一代要記』は、保子の死を「永延元年（九八七）八月廿一日」「三十九」歳と記して、「配入道太政大臣、其後出家」と述べる。

「大納言の君」が女三の宮に仕えたのを、兼家・保子の結婚の時と考えると、すでに伊尹の没後であるから、宮仕えに出た理由は納得できるが、「大納言の君」の呼称の由来が説明できない。「摂政の君」では女房名としてふさわしくないから「大納言の君」としたのだとも考えられるが、落ち着かない。夫の官職によるものかとして、藤原師氏、橘好古など、大納言で没した人物を検討し、天延四年（九七六）五十歳で死んだ源延光をそれに想定する説[7]もある。しかし、私は次の理由で、「大納言の君」の宮仕えは伊尹の大納言在任中のことであり、通常の宮仕えとは異なる事情だったと推定する。

まず、保子内親王の母である按察御息所（藤原王妃、左大臣在衡女）は少し社交性に欠ける人だったようである。保子内親王の琴の演奏を聞いておられた村上天皇が御息所に向かって、「聞き給ふや、これはいかに弾き給ふぞ」とお尋ねになった時、御息所は、「三尺の几帳を御身に添へ給へるを、几帳ながらゐざり寄り給ふ」。これを見て天皇は「なま心づきなく御覧」になっていると、御息所は、「『ものと何と道をまかれば、経をぞ一巻見つけたるを…仏説の中の摩訶の般若の心経なりける』と弾き給ふにこそ」と、長々と講釈を始める。天皇は、なかなかうまく弾くじゃないかと感心して、御息所からも同じ感想を一言聞きたいとお考えになったのだろうが、そういう日常の社交的言辞が通じない御息所なのである（『栄花物語』月宴）。

こういう母に育てられた内親王の身辺を心配された村上天皇は、康保四年（九六七）五月崩御の前から、内親王身辺の人事に意を用いられたであろう。村上天皇と中務は、いとこの仲である。井殿の娘は（私の推定によれば）保子より一、二歳ばかり年上であり、天皇の后安子の兄弟伊尹の娘でもある。彼女は、内親王の少女時代から、御学友というようなかたちで、よく出入りしており、保子が年頃になると、実母に代わる保護者のような立場になっていたであろう。村上天皇の崩御と伊尹の権大納言就任は同年である。普通の宮仕え女房とは立場の違う特殊勤務であるが、呼び名なしというわけにはいかない。こうして、「大納言の君」という呼び名が生まれたと、私は推測する。

相如は伊尹の屋敷にも出入りし、村上天皇第三皇子の兵部卿宮致平親王や、同じく九の宮昭平親王のところへも顔を出していた（『相如集』）。致平親王・昭平親王は、保子内親王の同母兄弟である。「兵部卿の宮、九の宮、人々あまたして文作る」日の歌がみえ、天禄四年（九六〇）源氏となった昭平親王を、詞書に「九の宮」と書いているから、これら一連の歌は天禄前後のものか。相如はこういう人間関係のなかで、伊尹の娘で保子内親王に仕える「大納言の君」との交渉を持つようになったのであろう。

これらを総合判断して、大納言の君の誕生を天暦初年と考えた。

5 「麗景殿の宮の君」の夫「法師」は、井殿の異母兄弟か

『中務集』には、井殿、光昭、大納言の君の外に、「子」「孫」とは書いてないが、きわめて親しい人物として「法師」、「麗景殿の宮の君」が登場する。この二人の関係は詞書（二九四）に、「麗景殿の宮の君は、法師のめにめれ」とある。「妻にあれ」「妻なめれ」などの誤写で、助詞「こそ」の脱落かとするのが通説。私は字体の類似から「妻にこそ」の誤写と考える。

「麗景殿」を『拾遺集』雑（五四二）の「麗景殿の女御」荘子（代明親王女、天暦女御、具平親王母）とする説(8)は時代的にしっくりしない。尊子内親王とする説(9)に従いたい。

尊子内親王は円融天皇女御。天元三年（九八〇）十月「廿日、前斎院尊子内親王、始参候麗景殿〈冷泉院皇女也〉」（『日本紀略』）。『大鏡裏書』も同様である。安和元年（九六八）斎院となり、母后懐子の死にともない、天延三年（九七五）退下。円融院へ参り、「麗景殿」に参候したから「麗景殿の宮」と呼ばれる。ただし、この呼称は『栄花物語』などには現れない。彼女は二十日に参候、二十二日には内裏が焼亡した。そのため、彼女は「火の宮」

とあだ名された（『栄花物語』花山尋ぬる中納言）。『小右記』天元五年（九八二）正月十九日条に「二品宮被参入、以承香殿為直盧、初被候麗景殿」とあって、「承香殿女御」の方が一般的な呼称であった。『小右記』天元五年四月九日条にも、「二品女親王〈承香殿女御〉」とある。尊子を「麗景殿の宮」と呼ぶのは、天元三年十月当初の限られた期間、限られた人々の間で使われた呼称と思われる。

尊子内親王は、天元五年（九八二）四月二日、光昭が没した翌晩、宮中を退出する。「是、依光昭卒去、俄以被出云々、依帰忌日、半夜出云々」と『小右記』にある。次いで九日条には「昨夜」尊子が、ひそかに「切髪」、理由は「邪気之所致」とも「年来本意」とも、剃髪は「唯額髪許」だったという。三年後、尊子は寛和元年（九八五）五月、薨じた。年二十（『日本紀略』・『大鏡裏書』）。

「法師」の妻が「麗景殿の宮の君」と呼ばれうる時期は、以上の考察からすれば天元三、四年の限られた短期間である。彼女の夫「法師」は、なぜ中務の邸にいるのであろうか。

私は、彼女の夫「法師」を、『一条摂政御集』の、伊尹と井殿との贈答（一八四～一八六）部分に出てくる「法師」と同じ人物と考える。この贈答の背景にあるのは伊尹と北の方恵子女王との夫婦喧嘩である。あげくの果て、伊尹は「法師にならむ」と口ばしる事態となる。夫婦喧嘩の原因は、井殿のもとへ通う伊尹に恵子が嫉妬したためである。横川へ行ってしまった伊尹へ井殿が歌を送る。「あなたが出家してしまったら、私は身を捨てて、心だけはあなたの後を追います――あの山には女の私は入れないのだから」。井殿の歌に伊尹は、すねたポーズで答える、「心で思いやるだけというのは、愛情の薄い証拠だぞ」。井殿は「でも、後の人の噂の種になるのは、いやよ」と応じる。

このおとど（伊尹）、北の方（恵子）と怨じ給て、横川にて法師になら

むとし給ふに法師して、井殿

（一）身を捨てて心のひとり尋ぬれば思はぬ山も思ひやるかな

おとど、返し

（二）尋ねつつ通ふ心し深からば知らぬ山路もあらじとぞ思ふ

また、井殿

（三）なよ竹の横川をかけていふからに我が行く末の名こそ惜しけれ

ふてくされて横川にいる伊尹との連絡係は、法師ならだれでもいい、というわけのものではない。これは、『中務集』にたびたび登場する「麗景殿の宮の君」の夫の「法師」であろう。

伊尹と井殿の仲は、天禄の頃にはだいぶんさめてしまっていた。『中務集』（二二四〜二二六）に「しのぶ草の廂にあるを、井殿は娘の君」の詞書で、井殿の嘆きの歌があり、続いて「一条のおとど絶え給ひて、花を、大臣殿」の詞書が見える。「大臣殿」は、「大臣殿に」あるいは「井殿」の誤写であろう。伊尹の右大臣就任の天禄頃には、伊尹も井殿に昔ほどの情熱を燃やすことはない。だから、伊尹と恵子の夫婦喧嘩も起こるまい。夫婦喧嘩は、恵子が懐子はじめ次々に子供を出産した頃であり、伊尹が井殿に通いそめて、「大納言の君」が生まれた天暦初年の頃であろう。とすれば、天暦初年の頃、「法師」はすでに法師であったし、法師になる前、彼は「麗景殿の宮の君」との結婚歴を持っていた（法師になったあと結婚するというのは、不自然である）。すなわち、「法師」は、井殿の子ではありえない。井殿と同年配くらいの男性である。「法師」を伊尹の息行源かとする説、[10]あるいは法師と大納言の君を井殿腹の同腹の兄弟とする説[11]もあるが、そうではなかろう。

第一節で述べたように、中務は夫信明の邸に迎えられた。「法師」が中務の邸にいるのは、彼が信明の息だからであろう。「法師」は井殿の異母兄弟である。彼の母は出産直後に没し、中務が彼を引き取って、井殿と一緒に育てたというような事情であろう。彼は「麗景殿の宮の君」と後に呼ばれるようになる女性と結婚したが、早く出家した。幼い時に死別した実母の菩提を弔うとか、祖父(信明の父)公忠の晩年の延命を願う趣旨だったかもしれない。公忠は天暦元年(九四七)六十歳でなくなっている。「法師」を井殿と同年配の兄とすれば、この頃、二十歳くらいに当たる。夫婦納得の上で法師になったのだから、「麗景殿の宮の君」も従来どおり、在俗の「法師」である夫を訪い、夫婦にして夫婦ならざる関係が持続したのであろう。『源氏物語』の明石入道夫婦などと同じ人間関係である。

「麗景殿の宮」に仕え、女房名で呼ばれることなく、「麗貴殿の宮の君」と呼ばれているところからすれば、彼女は尊子内親王の母、伊尹の娘懐子、あるいは懐子の母の恵子女王と縁のある、しかるべき身分の女性ではあるまいか。そのことは、同時にその夫「法師」を、信明の子とする推測とかかわることになるであろう。(12)

6　中務邸の「法師」と大江為基

「麗景殿の宮の君」がなくなった頃の中務邸の状況が、『中務集』「中務Ⅱ」の末尾に見える。

麗景殿の宮の君は法師の妻にこそ(「妻にめれ」を、前述の私見で訂した)、なくなりて、書きつけたりし手を、いるがもとへ、

(一) あきはてて風に残れることのはをかたみに見むと思ひきや君

いる、返し、住みけるなるべし、

(二) ことのはをあはれなる風にまかせ置きて身のいかだしのなくなりにけむ

川近き所にて、いるがもとへ、

（三）ほのぼのと朝立つ川の霧よりもこ《ママ》　そふれ

（四）なき人の面影見ゆる川き《ママ》　にはるるまなくも秋や恋しき

為基、返し、

（五）程もなく昔を聞くに悲しきは涙や年を隔てざるらむ

最初の三首の詞書に、「いる」という人名が見える。素性不明の人物である。これを中務の孫（すなわち井殿の子）で為基室とする推測もある。[13] 私は「いる」を「井殿」の誤写と見る。「殿」の草体は仮名の「る」に近いために起こった誤写であろう。

前述したように「麗景殿の宮の君」の呼称から、彼女がなくなったのは、天元三、四年頃で、（三）の詞書によると、この時、中務は屋敷を離れ「川近き所」にいた。「麗景殿の宮の君」の死後、中務は故人の筆跡を見つけて、直接に法師に届けることは避けて、井殿あてにこれを届けた。井殿は屋敷にいたのだろう。（二）の「住みけるなるべし」は、井殿と法師とが屋敷にいたという説明と解することもできる。しかし、「住みけるなるべし」という推測の表現は、当事者である中務の判断としては落ち着かない。この一句は、前歌（一）についての後人の注記が混入したものであろうか。最初の（一）の詞書に「法師の妻」などとあると、異様な感じを抱く読者もいるであろう。そういう場合も含めた後人の注記と考えることもできる。「麗景殿の宮の君」と「法師」との夫婦関係については、先に述べた。

（三）（四）（五）との関係は、その前歌（二）で、本来なら「身のいかにして」「身のいかなれば」などと表現すればよいところを、「身の（箕）」の縁語で「いかだし」としており、その表現は同時に歌を受け取る中務が、「川近き所」にいることも念頭に置いたものであろう。引用した五首は同じ時の一連の嘆きの贈答歌群である。では、井殿（いる）に送った中務の歌に、為基が返歌したのは、なぜか。

井殿は中務から送られた故人の筆跡と中務の「麗景殿の宮の君」追悼の歌を、その夫である「法師」に見せるであろう。「法師」のところへは為基が来合わせていて、「法師」に代わって為基が中務に返歌したという状況を私は想定する。

この時期の為基の身辺は、『赤染衛門集』の解釈など、問題が多い。私は、この天元三、四年頃、為基の心内に出家の志向が動き始めていて、同じ在俗の「法師」とは親しく行き来していたのではないかと想像する。

為基・匡衡・赤染衛門の関係について、「赤染と為基とは若い時から互いにその名は知っていた。しかし、為基は赤染ならぬ別の女を妻にした。そして、やがてその女とは死別し」それ以後、「為基と赤染の関係は急速に進展したが、すでに赤染には匡衡という夫がい」て、「赤染との縁を諦めねばならなかった」。「再び為基は別の女と結ばれて下向した」という推測[14]をお借りするならば、為基は三河守となる永観元年（九八三）前後、人生について悩みが多かったであろう。そういう為基にとって、中務邸にいる「法師」は、彼の先達であり、悩みを聞いてもらうのには、うってつけの人物だったであろう。道心を抱く薫が、俗聖と呼ばれた宇治八宮を訪問する『源氏物語』の一場面に似る人間関係である。

この為基との贈答歌群の前に、「為基新発意のもとへ、十二首」と題する歌群がある。その第二首目「忘られてしばしまどろむ程もがないつかは君を夢ならで見む」は『拾遺集』（哀傷）の詞書に「娘におくれ侍りて」とある。中務の娘は井殿である。

十二首の最後に位置する「うきながら消えせぬものは身なりけりうらやましきは水の泡かな」は『拾遺集』の詞書に「孫におくれ侍りて」とある。中務の孫は光昭、あるいは孫娘の大納言の君である。光昭は天元五年（九八二）

四月に没した。「麗景殿の宮の君」と呼ばれる「法師」の妻の死は、その呼称から判断して天元三、四年頃で、その時、中務と歌を贈答していた「いる」を「井殿」の誤写と私は推定した。この時、井殿は、まだ生存していた。為基新発意へ送った十二首は娘の井殿、孫娘の大納言の君に先立たれた中務が、その悲しみを為基に詠み送ったものか。

大江為基は摂津守に任ぜられたが、病により被免、永祚元年（九八九）四月に図書権頭に遷任された（『小右記』）。[15] 出家の時期はこれを起点に考えられている。くわしく述べる余裕を持たないが、為基は出家に踏み切る十年ばかり前、天元末年の頃から、在俗の「法師」を中務邸に誘い、仏道への道を模索していたのではあるまいか。為基を介して中務家と赤染衛門との接触の可能性が生まれることに注意したい。

7　中務邸の源景明と物語の関係

景明については、順と中務の両家の、梅の実をめぐる贈答を紹介した例からもわかるように、彼は光昭の側近として中務邸によく出入りしていた。系図を見ていると「法師」の兄弟かと推測したくもなるが、そういう資料はない。祖父の正明の寛平五年（八九三）誕生から類推すると、景明は井殿より少し年下の年齢であろうか。

景明と物語の関係の大綱を、次にまとめてみる。

一、『風葉和歌集』所収の「かはほりの中務卿の宮の女」の歌、「あるかひも渚に寄する浮舟の」の歌は、景明の『新古今集』の所収歌の上の句と一致する。「かはほり」は『枕草子』の前田家本・堺本の「物語は」の段にみえる「かはほりの宮」と同じ作品であろう。[16]

二、『堤中納言物語』の一巻「思はぬかたに泊りする少将」の題名は、景明の「風をいたみ思はぬかたに泊りするあまの小舟もかくやわぶらむ」（『拾遺集』恋五）による。

三、同じ作品の「思はずにわが手になるる梓ゆみ深き契りの引けばなりけり」は、『拾遺集』の景明の旋頭歌と表現上、類似し、何らかの関係があろう。

四、『堤中納言物語』の一巻「花桜折る少将」の、「山人に物聞こえむといふ人あり」という主人公の口上は、景明の「絶えて年頃になりにける女のもとにまかりて、雪の降りはべりければ」と詞書のある「三吉野の雪にこもれる山人もふる道とめて音をや泣くらむ」(『拾遺集』恋三)を踏まえるであろう。

五、同じ作品の中で口ずさまれる「月と花とを」の一句は、信明と中務との贈答歌の一句である。『赤染衛門集』にみえる「花桜」物語と「花桜折る少将」とは同一作品かとも考えられる。

六、『源氏物語』以後の作品に、景明の歌の影響は認められない。景明と、彼の歌の人気は、一時的である。

これらを総合すると『堤中納言物語』の作品群のあるものは、十世紀後半、中務周辺で作られたかという想定も可能になる。(17)『竹取物語』『伊勢物語』が現行に近いかたちを整えたのも、『一条摂政御集』の整理も同様かもしれない。

中務の住む町は、垣を隔てた隣に源順も住む。両者の親しい関係は、ただに梅の実の盗難事件をめぐる贈答だけではなく、作品の貸借にも及んでいたであろう。順が天元二年(九七九)能登守となって赴任する時の贈答も家集に見える。中務の住む町は一条朝の王朝文壇の誕生に大きな役割を果したであろう。それは、中務の母、伊勢が文芸に与えた影響とともに一条朝の文学を生み出す源流として、検討に値すると思われる。表題の本論の一歩手前、副題「中務の住む町」の輪廓だけに終わったことをお詫びしたい。

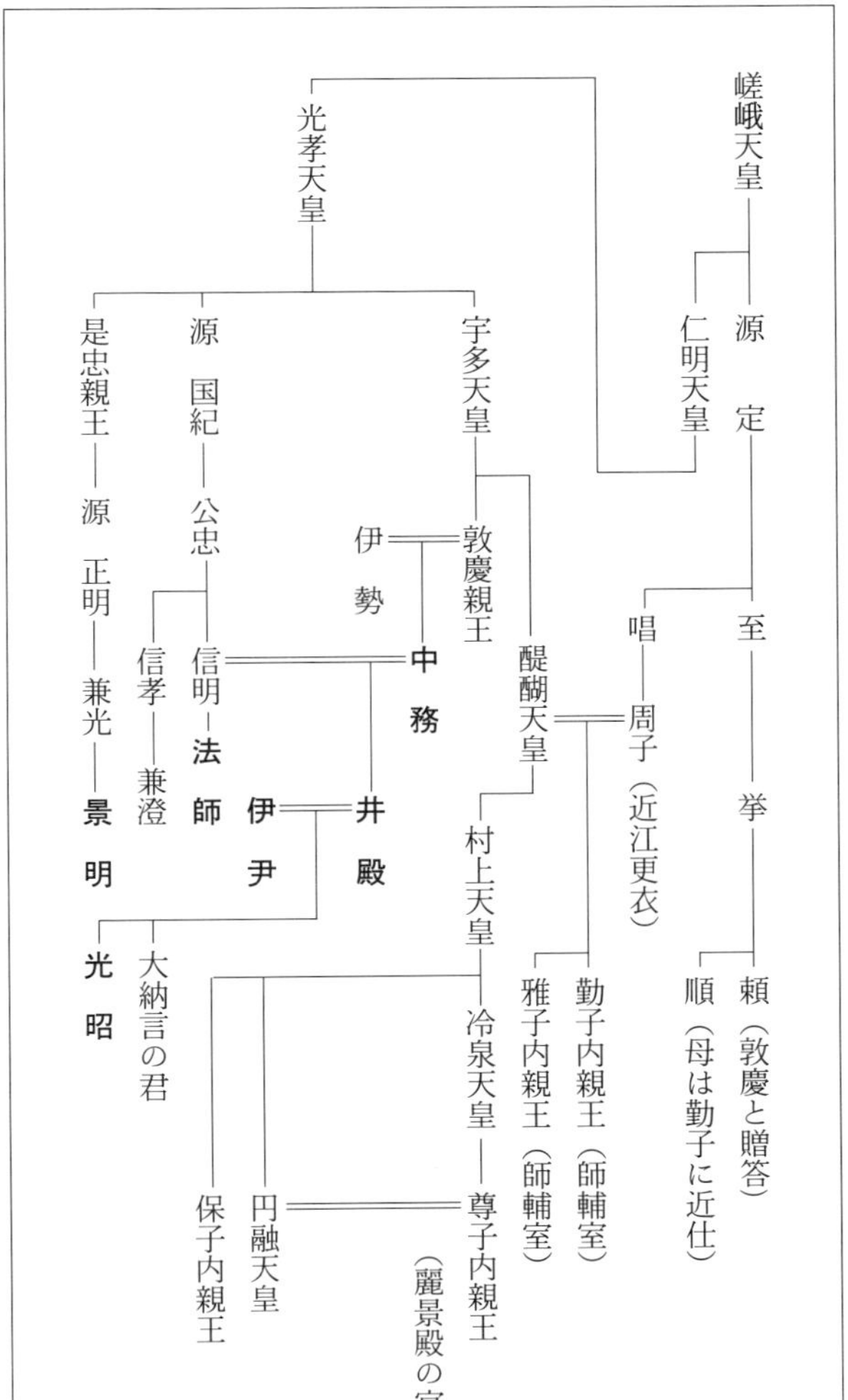

〔注〕

（1）渡辺純子「中務小考——伝記を中心として」（『香椎潟』一七号 昭和四七年）、片桐洋一『伊勢』（昭和六〇年 新典社）、一七〇頁など。

（2）木船重昭『中務集・相如集注釈』（平成四年 大学堂書店）は、この順の歌を「中務気前よく梅の実進呈。順、よろこんでお礼の歌」と解し、以下の贈答をその線で注釈する。私は「垣を越えて梅」を「取りたる」事件を中心にした贈答と解する。一連の贈答解釈は、概略を「短編的手法 順・中務・景明」（『国文学』三六巻一〇号 平成三年）で触れたことがある。解釈の修正点もあるが、重ねて述べることはしない。

(3) 先の引用では省略した引用(1)に続く(2)に、「泉だにとまらずいかに漏りにけむ」という中務の返歌がある。「せめて和泉守になりと継続在任になればよかったのに」という気持ちを裏に読みとることができるかもしれない。

(4) 新田孝子「大和物語の女性名称、四」(『東北大学付属図書館学研究報』二三号　平成二年)。

(5) 山口博『王朝歌壇の研究　村上冷泉円融朝篇』(昭和四二年　桜楓社)、平安文学輪読会『一条摂政御集注釈』(昭和四二年　塙書房)。私見では「と(登)」の草体と「光」、「ね(根・熱)」の草体と「昭」の類似を考慮して、「とね君」は「光昭君」の誤写とみる。

(6) 福井迪子『一条朝文壇の研究』(昭和六二年　桜楓社)。

(7) 島田豊子「藤原伊尹の娘達について」(『大谷女子大国文』一九号　平成元年)。

(8) 山口、注5前掲書。

(9) 木船重昭「はふしとその周辺の人々と——「中務集」点描」(『中京国文学』一〇号　平成三年)および注2。

(10) 山口、注5前掲書。

(11) 木船、注2前掲書。

(12) 信明の子女は、『尊卑分脈』に、通理・国定・国盛・方国をあげ、通理の母を大和守橘秘樹女とする。また、師氏の子女の条には保信を子、孫にあげるなどの混乱も見えるが、保信の母は陸奥守信明女とある。『小右記』天元五年(九八二)四月二十四日条に見える左馬助保信などがそれであろうか。また、宣孝の兄説孝の子である頼明の母も陸奥守信明女である。信明は多くの女性関係を持っていた。

(13) 木船、注2前掲書。

(14) 松村博司「「赤染衛門集全釈」を読む」の「追考」(『栄花物語の研究　補説篇』所収　平成元年　風間書房)。

(15) 『小右記』永祚元年(九八九)四月五日条に、「図書権守大江為基〈本摂津守、而被召放、不知其由〉」とある。

(16) 三角洋一「「かはほり」のことなど」(『国文白百合』一一号　昭和五五年)。

(17) これらについてはかつて部分的に触れたことがある(稲賀、注2前掲論文)。詳細は別に述べたい。

※初出　『古代文化』第四五巻第五号(平成五年五月)

女性高等教育の段階的移行
――平安朝、十世紀・十一世紀の事例について――

1　はじめに――「大学の栄ゆる頃」――

「昔おぼえて大学の栄ゆる頃なれば、上・中・下の人、我も我もとこの道に志し集まれば、いよいよ世の中に才ありはかばかしき人多くなむありける」――『源氏物語』の少女巻の一節である。

ここにいう「大学の栄ゆる頃」とは、いつの時代を指すのか。『源氏物語』は十一世紀初頭、一条天皇の時代に書かれた。しかし、『源氏物語』は、その中にまず登場する桐壺帝は醍醐天皇を念頭に置いたと思われる書きぶりであること、すでに定説である。従って、「昔おぼえて」大学が栄えている時代というのは、一条天皇の時代から醍醐天皇の時代を思って述べているのか、作中の醍醐天皇の時代を起点としてさらに時代をさかのぼる「昔」とを対比しているのか、物語の虚構の世界のこととて、容易に断言しがたい。しかし、ここに描かれているのが、古き、よき時代の、大学の黄金時代の実態の、ある一面を示すものと受けとめてよいであろう。紫式部は、事実をゆがめて書いたりはしない女性だという定評があるから。

「大学の栄ゆる頃」を舞台にしているとはいうものの、『源氏物語』の中に、「大学」問題が大きく扱われているのは少女巻だけである。それは、息子の夕霧をどう教育するかという光源氏の教育法とかかわる物語である。光源氏はこの時、内大臣、昨年は太政大臣昇進の内定があったが、これを固辞した。大臣の子であれば、元服してすぐ四位か五位になるのが当時の慣行である。元服した夕霧についても、元服して四位になるのが当然だと、源氏自身も思い、世間もそう信じて疑わなかった。だが光源氏という人は、時あって平凡なことをあえて避ける。「なかなか目なれたる事なり」と、世の常識にさからって夕霧を六位とした。六位というのは、並々の上達部の子弟にも劣る地位である。

光源氏のこの処置は、夕霧を大学で勉強させたいという意図から出た。「みづからは九重の内に生ひ出で」て、「世の中の有様も知」らず、日夜、父帝の御そばにばかりいたために本当の学問をしなかった……と光源氏は回想する。学歴万能の世の中だから夕霧を大学へやるというのではない。本当の学問を身につけさせたいというのである。

「高き家の子として、つかさ・かうぶり心に叶ひ、世のなか盛りにおごりならひぬれば、学問などに身を苦しめむことは、いと遠くなむおぼゆべかめる」——当時の貴族の普通の考えを光源氏は危倶する。親の威光で順調に昇進する貴族の子弟に対する時、世間の人は表面では追従しご機嫌をとるが、腹の中ではばかにしているものだ。そして、頼りとする父兄に先立たれ、勢力衰退のきざしがあらわれてくると、実力のない二代目は軽蔑されるようになってしまうのがおちだ。だから学問を身につけて、当人の力で勝負ができるような人物に仕立てておかねばならぬ——これが光源氏の教育観である。実利主義だが、学問の本質をよく見ている。

だから、大学へ入学することが一流会社への就職を保証するという近代の図式とはだいぶん違う。大学へ入るということは、「さし当りては、心もとなきやう」な一見もどかしい迂遠な道なのである。だが、より道をすることで「遂に世の重しとなるべき心掟てを習」うことができる。光源氏が夕霧に期待する教育効果は、将来一流政治家として国家の重鎮になりうる修養を身につけさせることである。

三十三歳で太政大臣に昇る異例の昇進をした光源氏は、今十二歳の夕霧があと二十年くらいで自分と同じ太政大臣に昇りうるとは思っていない。しかも二十年たてば自分は五十歳の坂を越す。当時の常識では五十歳は長命の部類であって、そこまでは生きられなくても、夕霧の将来について安心できるようにするために、夕霧には大学への道を選ばせる。だから夕霧の大学入学は、今日のように、まわりの者から一流大学へ入学した若者が羨望の眼で見られるという状況とは、全く違うのだ。当時の大学は、いわば官吏養成の機関であって、官吏への道は一流貴族への道とは別なものである。

夕霧は、平素「我より下臈と思ひおとし」ていた従兄弟たちすら「皆おのおの加階しのぼりつつ」一人前の貴族の道を歩んでいくのに、何故、自分ひとりが六位ふぜいの地位に取り残されなくてはならぬのかと、辛く思っていた。「大学の栄ゆる頃」に、大学へ入学することを不満に思う夕霧と、それを承知で夕霧を大学へ入学させる光源氏とは、ともに今日の大学教育の常識的理解とは次元を異にする時代を生きていたわけである。

2　当時の大学と大学の教授たち

大学寮は、当時の日本唯一の、首都にある国立大学であった。地方大学として国学があるが、その格差は今の旧帝大と新制大学との格差とはくらべものにならぬ程に懸絶していた。

大学寮は朱雀門の外、神泉苑の西隣にあった。神泉苑は南北四町、東西二町を占め、中国の天子の遊宴の場を模したものであり、その隣に四町を占めた大学寮がある。これも中国風の設計プランであった。大学寮の管理運営の長官である頭《とう》は、従五位上相当官で、学生の試験と、二月・八月の孔子をまつる釈奠《せきてん》にかかわる。この下に助一人、正六位上相当以下の事務組織がある。教授陣は博士以下のスタッフ、学生は定員四百人というのが『養老令』の定めであった。

かつて紀伝道と呼ばれたものは、平安時代になって文章道になっており、この道に入る者は、まず中国風に字《あざな》をつける。夕霧もこの字をつける式を、光源氏の邸宅二条院の東院で行なった。

最高級の貴族の息子が大学へ入るために字をつける式を行なうのである、上達部・殿上人は、めったにないこの機会を見遁すまいと「我も我もとつどひ参り」、こういう式には慣れているはずの「博士どもも、なかなか臆しぬべし」というありさまであった。

光源氏は博士たちの場違いの動揺を察して、〝遠慮せず、きまりの通り厳格に行なえ〟と指令する。かくて、儀式を行なう博士たちは、「家よりほかに求めたる装束どもの（スナワチ、本日ノ盛儀ノタメノ貸リ着ノ衣裳デアル）、うちあはずかたくなしき姿などをも（貸リ着ガ体ニ合ワズ長過ギタリ短カ過ギタリノ有様）恥ぢなく、面もち、声づかひ、むべむべしくもてなしつつ（荘重ナ儀式風ノ顔ツキ、発声デ）座につき並びたる作法よりはじめ、見も知らぬ様ども」であった。若い君達は、つい笑い出してしまうほどの一座のありさま。大学人の慣行の儀式は、それ程までに世間離れしたもので、荘重にやろうとすればする程、珍妙なものとなった。大衆化され、タレント教授が聴衆を笑わせながら座をつとめる現代とは違う大学の、閉ざされた内部が、貴族たちの前に示されるのだから無理もない。

儀式の最中、酒餞の扱いをする者が途中で笑い出したりしては困ると、特に人選には意を用いたが、右大将・民部卿などという高官連中は、酒器を格式通りに扱うことには慣れていない。ちょっとしたミスがあると、博士たちの叱声がとぶ。


「おほし垣もとあるじ、はなはだひざうにはべりたうぶ、かくばかりのしるしとあるなにがしを知らずしてや、おほやけには仕うまつりたうぶ、はなはだをこなり」（オヨソコノ饗宴ニ相伴役トシテ出席ノ方々ハ、甚ダタイ

シタモノデアラレル、コレ程著名ナ私ヲ御存知ナクテ朝廷ニ仕エテイラッシャルノカ、ドウモオソレイッタ事ダ）

実はこの博士のことば、学者の世界でだけ通ずるもので、貴族の日常会話とは全く違う。「甚だ非常に侍りたうぶ」というのは、儒者たちが公卿の相伴を有難いと感謝しているのか、それとも逆に、相手に向かって招かれたのを光栄に思えといっているのか、はたまた相手の作法に誤りがあるのをとがめているのか、今日の学者にもよく解し難いことばである。だから、全文の真意も実はよくわからない。ことによったら、座にいあわせた貴族たちも、聞き知らぬ異国のことばを聞いているようなもので、チンプンカンプンだったのかもしれない。そこで皆が、こらえきれずに笑うと、また叱声がとぶ。

「鳴り高し、鳴りやまむ。甚だ非常なり。座をひきて立ちたうびなむ」（ヤカマシイ、静マレ。常識ハズレモ甚ダシイ。退席シテイタダコウ）

大体ここに「はなはだ」ということばが三例出てくるけれども、『源氏物語』に見える「はなはだ」ということばは、ここに出てくるだけである。この一事だけからもわかるように、ここで学者たちのしゃべることばは、学者たちの社会でのことばであって、貴族社会の日常語とははるかにへだたるものだったとわかるわけである。

3　当時の大学の教育と試験

字をつける儀式が終わると、今度は入学式である。学令の規則によると、その師に「束脩之礼」を行なうことになっている。中国では十束の干し肉を持参するというが、日本では布一端（二反）に酒食を添えて献ずる。これで師弟の関係が成り立つ。今日の入学納付金である。

夕霧は大学寮の曹司には寄宿しないで、二条院の東の院の内に曹司を作り、ここで勉学することになる。また通例は大学寮の博士について学ぶところであるが、夕霧は「まめやかに、才深き師」についたとあり、この師は大内記であったとある。中務省の役人で、詔勅宣命を作り、位記を書くのが大内記の仕事である。太政官の外記に対して内記といい、儒者の名文家が任ぜられるのが常であった。この大内記は「世のひが者にて、才の程よりは用ゐられず、すげなく身貧し」い人物であったが、光源氏はあえてその人柄を見て「かく取り分き召し寄せ」たのだという。夕霧との師弟関係は私的なもので、大学における正規のスクーリングは必ずしも要求されないものだったようである。

夕霧の学問のカリキュラムは、次に受ける寮試の試験に備えて『史記』をマスターすることであった。これは寮試受験者の必読書である。夕霧は『史記』百三十巻を四、五か月の間に読み果てて寮試に臨む。慎重な源氏は事前に予備テストまで行なって、本番に備えた。合格して擬文章生（文人擬生）となる。明経・明法・算・書などの道は専門職業人養成課程であるが、夕霧の専攻した文章道は、大学の中で最も重んじられ、貴族むきのものであった。

少女巻の巻末、朱雀院に行幸があった。専門詩人は召さず、「才かしこしと聞えたる学生十人を召」して、勅題を賜り、作文の試が行なわれた。夕霧に試験のチャンスを与えるための企画である。学生たちは、ひとりひとり「つながぬ舟に乗りて池に離れ出でて」詩を作る。不正行為防止のために考え出された方式で、放島の試ともいう。文章生（進士）の資格認定試験であって、本来は式部省が行なう試であるが、その省試の形を御前で行なうわけである。

「かくて大学の君、その日の文うつくしう作り給ひて進士になり給ひぬ」。当日及第したのはわずか三人であった。昨年夏、元服し、大学に入り、今年の春、進士となり、夕霧は秋の司召しに従五位となり、侍従に任官する。

夕霧にとっての大学は、そこを通過することによってのみ輝かしい未来が約束されるというようなものではなく、たった一年ほどの経験ではあったが、じっと一つのことに耐える修練の場であった。耐えることを身につけた夕霧は、当分「まめ人」と呼ばれる素直なマジメ人間として物語の世界を生きていくことになる。彼が読んだ『史記』百三十巻が、彼の人生に、また政治家としての彼に、どんな影響を与えたかというようなことは、『源氏物語』には書かれない。

夕霧のような特殊なケースの外に、菅原氏・大江氏・清原氏などという学問の家の人々がどのように活動したか、また、一般に学者たち、学問を身につけた者たちの社会的な活動はどのようなものであったか、等々、問題は多いが、本稿の主題はそこにはない。『源氏物語』の夕霧の場合を通して、男性の社会には大学という高等教育機関があり、大学が貴族たちから無条件に尊敬される存在というわけではなかったけれども、それなりに社会的な機能を果たしていたということを紹介すれば、こと足りる。本稿では、そういう男性社会における高等教育の機能に対して、女性たちの高等教育は、どういう形で、どういう場で行なわれていたかを考えたいのである。

4　大学出の男をからかう女性

大学時代の夕霧の生活を書き残してくれた紫式部より少し先輩に当たるのが、清少納言である。『枕草子』の中には、藤原公任など当時の男性知識人のトップクラスと対等につき合っている彼女の姿が、数々描かれている。男性知識人からほめられると、清女もうれしがる。だが、それは相手が一流の男性だからのことであって、彼女が二流クラスの男性を相手にする時は、どんな具合になるだろうか。『枕草子』の中に、次のような話がある。

長保元年（九九九）といえば、清女が仕えていた中宮定子が薨ずる一年前の年である。この八月九日、定子は中宮職の御曹司から前但馬守平生昌《なりまさ》の邸へ移御された。出産準備のためである。同年十一月七日、中宮はここで敦康親王をご出産になった。中宮の里邸であった二条北宮は長徳二年（九九六）六月九日、焼亡しており、中宮の父道隆、母高内侍、外祖父成忠等もすでに世を去っていたし、兄弟である伊周・隆家たちは失脚左遷の一時期を経て、今は都に帰って来てはいるものの、そこへ出産のために移るというのは、いろいろ支障もあったのであろう。

事実、中宮が生昌の邸へ移る同じ日、道長は人々を引き連れて宇治の別邸へ出かけ、このため中宮の行啓には人手が足りなくなってしまうというありさまであった。小野宮実資は『小右記』の同日の条に「行啓ノ事ヲ妨グルニ似タリ、上達部憚ル所有リ参内セザル歟」と道長のやり方を批判している。中宮とそのまわりの人々は、こういう道長のやり方を横目で見ながら不遇をかこたねばならぬ時代のことである。

生昌邸へ移る中宮に従って、清女たち女房も車で行く。まだ設備は完全に整えられていまいから、車を軒近くまで引き入れて、すぐ家の中へ入れるものと、たかをくくって出発した清女たちは、門が小さいために車が入れず、車から建物まで、仮設の敷きものの上を歩かねばならなかった。殿上人や地下の者たちが立ちならんで、一行をじろじろ眺める。腹立たしい気持ちをぶっつける相手は、当邸のあるじ平生昌ということになる。

生昌が来ると、清女は、まずこう問いかける。

「いで、いとわろくこそおはしけれ。などその門はた狭くは作りて住み給ひける」

門が狭いから私たちは車からおりて歩かなくてはならなかったし、おかげで男たちから、じろじろ見られてしまったじゃないのというわけである。生昌は涼しい顔で、

「家の程、身の程に合はせて侍るなり」

と答える。家の規模は身分相応にするのがよいという判断である。清女はすかさず、

「されど、門のかぎりを高う作る人もありけるは」

と切りこむ。門だけは宏壮に作ったという中国の故事をにおわす発言である。これを聞いて生昌は「あな、おそろし」と、大げさにびっくりしてみせて、

「それは于定国《うていこく》が事にこそ侍るなれ、古き進士などに侍らずは、承り知るべきにも侍らざりけり。たまたま此の道にまかり入りにければ、かうだにわきまへ知られ侍る」

と答える。「于定国が事」というのは、『漢書』（巻七・列伝四十一）にある話。「始メ定国ノ父于公、其ノ門閭壊《こぼ》テリ、父老方《まさ》ニ共ニ之ヲ治ム。于公謂ヒテ曰ハク、『少シク門閭ヲ高大ニシテ駟馬高蓋ノ車ヲ容レシメヨ（中略）、子孫必ズ興ル者有ラム』ト。定国ニ至ツテ丞相ト為リ、永ク御史大夫ト為リ、封候世ニ伝フト云フ」わけである。于公高門の故事は著名であるが、清女はまず、「門のかぎりを高う作る人」といういい方で、生昌がすぐ于公高門の故事を思い出すかどうかをためす。第一課題である。その上で、故事を知っているなら、当然この表現から、「家の程、身の程に合はせて」作る生昌は、単に門を狭く作ったというにとどまらず、公務にはげみ、陰徳をほどこすという、于公のような徳に欠けていることを自ら認めざるをえなくなるわけである。——清女はこう判断して発言したわけだ。

生昌は、まんまと清女の第一課題でひっかかった。門を高く作ったのは、『漢書』にあるように、定国の父の于公であって、定国ではない。生昌が「それは于定国が事」といったのは、于公と于定国を混同しているからであろう。一歩退いて好意的に見ても、生昌の答えは正確だとは評しかねる。

清女はだから、すかさず、ことばをついで、

「その御道も、かしこからざめり。筵道敷きたれど、皆おち入り騒ぎつるは」

という。進士として学問にはげんだから、あなたのいうこともわかると答えた生昌のことば尻をとらえて、「此の道」などと偉そうなことをおっしゃるけれど、その道も大したことじゃなさそうねと、生昌の「学問の道」の方をちくりとやっておいて、それを生昌邸の北門からの「道」の悪さにひっかけて攻撃するわけだ。

生昌は清女の畳みかける攻撃を「雨の降り侍りつれば、さも侍りつらむ。よしよし、また仰せられかくる事もぞ侍る。まかり立ちなむ」と、やんわり受けて退散する。

生昌は文章生の出身、その兄惟仲も文章生を経て、大学頭を兼ねたりした人物である。

清女と生昌との応対はこの段でまだ続くのだが、今は清女論ではないから省略しよう。なぜ清女はこんなに生昌に当たり散らすのか、また生昌は清女に敵しえぬ駄目な男だったのかどうかなど、本当はここで生昌弁護論を一こと加えたいところだが、別に述べたことがあるので（拙著「鑑賞日本の古典」５の『枕草子』、昭和五五年、尚学図書）、それに譲る。

一体、こういう男性知識人に対抗できる女性は、どういう形で、その高等一般教育相当の教養を身につけ、また発揮できるようになったのだろうか。

5　女性高等教育の一般的目標

平安時代の身分高い女性の必須教養は何であったかを示す著名な話に、こんなのがある。

村上天皇の御代（清少納言が仕えた定子は一条天皇の皇后であるが、村上天皇は一条天皇の祖父に当たる）、左大臣藤原師尹の娘で、村上天皇の女御となった芳子、宣耀殿の女御と呼ばれる女性がいる。彼女がまだ結婚前の姫君の時代、父から課せられた学習課題は、

「一には御手を習ひ給へ。次には琴《きん》の御琴を、人よりことに弾きまさらむと思せ。さては古今の歌二十巻を皆うかべさせ給ふを御学問にはせさせ給へ」

ということであった。書道と音楽と、『古今集』の歌の暗記（これは同時に和歌の教養ということになる）という三つである。当時の高貴な女性は、直接人前に出ることはまずなかったから、男たちは、隔て越しに聞こえてくる楽の音から、その弾き手のすばらしい容姿を想像するくらいしか、その女性を知る手がかりはない。もらった手紙のすぐれた筆跡を通して、その女性の人格を思うわけである。几帳越しにことばを交す時でも、女性は寡黙であってかまわない。時折、古歌の一句などをうまく返事がわりにつぶやけば、その方が奥ゆかしいというわけである。師尹が娘の教養の主要目標をこの三点にしぼったのは、なかなかよい着眼と申さねばならぬ。

芳子は父の命令を忠実に守って、『古今集』二十巻を完全にマスターした。入内後、村上天皇はこの噂の真偽を確かめるために、テストをやることを思いつかれた。天皇は『古今集』のテキストを開けて、「その月、何の折、その人のよみたる歌はいかに」と質問される。間には几帳があるから、女御の方からテキストは見えない。

女御はテストされているのだなと気づいて、天皇の面白い趣向に感心する一方、〝もし忘れたり、まちがえたらどうしよう〟と、胸をどきどきさせながら、それでも誤りなく答えていく。「さかしう、やがて末まではあらねども、すべて、つゆたがふ事なかりけり」というのだから、一首全部を声高々と朗詠するわけではない。「さかしう」利口ぶって、そんな答え方をしたのではかえってぶちこわしになってしまう。帝が「雲林院の木の蔭にたたづみて読みける僧正遍昭の歌は」とお聞きになると、女御は「わび人のわきて立ち寄る木の本は（頼む蔭なくもみぢ散りけり）」というように、『古今集』巻五・秋下の、歌の上の句あたりまでを答えるというやり方である。

十巻までやって、一つも間違いがない完全な答え方なので、もうこれで終わりと、一度お休みになった帝は、〝いやいや明日に延ばすと今夜準備の余裕を与えることになる〟と、また起き出して、夜更けまでテスト続行。女御の家の方では父の師尹が娘のテスト結果を案じて神仏に願をかけるというおまけの話までついている。

この話は、清少納言が宮仕えに出てまだ間もない、正暦五年（九九四）二月の頃、定子が、『古今集』の歌の上の句を読みあげて、女房たちにその下の句を答えさせるというテストを行なった時、全員成績がかんばしくなかった後を受けて語られた、昔の実例である。

宮中に仕える女性たちは、こういう具合に、いつ不意打ちのテストを課されるかわからないのである。出題者は、あらかじめテストに出題する範囲を示したりはしない。また特別に学習時間を設定することもない。宮仕えの場は、何げない日常会話一つに及ぶまで、何時それがテストの問題になるかわからないのである。テストを受ける側は、数次のテストに合格さえすれば、一定の資格が与えられて、以後はテストの責め苦から解放されるという保障なしに、絶えず緊張を持続し、いつ出題されるかわからぬ問題に向かって万般の教養を積み続け、これに備えねばならぬのである。生涯教育の原形みたいなものが、ここにはある。

女性たちにとって、宮仕えという生活の場が、そのまま高等教育のための機能となっていたわけである。

ただ、ここにあげた実例からは、先に述べた清少納言の于公高門の故事のような漢籍の知識は、少なくとも師尹などの女性高等教育の目標事項には入っていない。このあたりの問題を次に考えてみたい。

6　教養課題拡大の契機

同じ『枕草子』に、もう一つ村上天皇の時代の話が見える。雪のひどく降った日、天皇はこれを器に盛って、梅の花を挿して、お側にいた兵衛の蔵人という女性に向かって、「これに歌よめ。いかが言ふべき」とお尋ねになった。雪はすでにやんで、月が冷たい空に輝く夜であった。彼女は、天皇のご下命に対して、「雪・月・花の時」とお答えした。

これは、『白氏文集』の「殷協律ニ寄ス」という詩に「琴詩酒ノ伴《とも》ハ皆我ヲ抛《なげう》ツ、雪月花ノ時最モ君ヲ懐《おも》フ」とある一句を引いたものである。〝琴詩酒の友は皆私を見捨てて散り散りになってしまったが、雪月花の折々、思い出すのは君のことだ〟というこの白楽天の詩は、『和漢朗詠集』（交友）にも見えて、当時多くの人の知るところであったと思われる。

月明の夜、器の雪に梅の花が挿してある。ここに雪・月・花の道具立てがそろっている。そこから、とっさに、これは白楽天の詩の趣と同じだと判断できるというのは、才女の条件の一つである。

次に、彼女は、「雪・月・花の時」と答えて下の句の「最モ君ヲ懐フ」は口にしない。これを言外にこめて、彼女が帝を思う気持ちは直接ことばに出さない。これは女性らしいひかえ目な態度をどんな時も忘れない配慮である。これも才女の条件の一つである。

第三に、「これに歌よめ」と命ぜられた時でも、より効果的な自己表現を見つけた時は、一瞬のうちにその効果を判断して、和歌でなく漢詩に切りかえる自由柔軟な姿勢である。

こういう才女の条件を生かすためには、応用可能な領域をできるだけ広く持っておく方がよい。先の話に出てきた女御芳子のような最高級クラスの女性には、そこまでの頭の回転の早さは要求されないが、そういう最高級クラスの女性のまわりにいる女性たちは、男性のおもて芸である漢籍の知識まで、時あっては利用しながら対応できる能力が要求されることになるのである。この兵衛の蔵人の答えを村上天皇は「歌などよむは世の常なり。かく折に合ひたる事なむ言ひがたき」とおほめになったという。女性が漢籍の知識を使っても賞讃の対象となりうるということが、村上天皇の讃辞によって公認されたのである。少し前まで、あの紀貫之すら、仮名で日記を書く時には女性に仮託して、「男もすなる日記といふものを、女もしてみむとてするなり」と書き出さねばならなかった。漢文が書けること、漢籍の知識があることは、当初、女性の教義にそぐわぬものという認識があった。しかし醍醐・朱雀・村上と、三朝の時代の移り変わりの中で、漸次こういう変化が生まれたのである。

兵衛の蔵人の話は、『枕草子』の中に、何のことわりもなく昔の打聞きという形で記されている。おそらくこれも、宮仕えに出てから、清女は、何かの折、定子からでも聞いたのだろう。定子は、兵衛の蔵人の逸話を語ることによって、自分の身辺でも女性たちが、漢籍の知識に基づく会話を交してさしつかえないことを公認し、それを促進する姿勢を示したわけである。それは清女に、自分の備えている才能をすなおにおもてに出していってもかまわないのだという自信を与えることになる。

兵衛の蔵人は天徳四年（九六〇）三月の内裏歌合や、康保三年（九六六）閏八月十五日の内裏前栽合に参加している歌人である。康保三年といえば、清女が誕生した頃であって、清女誕生の頃にはすでに清女に似た才女が宮廷にあらわれていた。それは、女御芳子などより、もっと自由な自己表現のできる女性だったわけである。

7 educator の役割

村上天皇と兵衛の蔵人との対応は、天皇と臣下、奉仕される者と奉仕する者という関係を離れて、そこに才能を引き出す機会を作る者と、その機会をとらえて才能を伸ばす者という、いわば教師と生徒の原型があるように私には感じられる。才能を引き出す（educe）者と引き出される者との関係である。これをもっとはっきり示すのは、次の話である。

同じ村上天皇が、同じく兵衛の蔵人をお供にして、殿上の間におられた時、火櫃から煙が立つのを目にされた帝は、「かれは何ぞと見よ」と、彼女にお命じになる。彼女は見に行き、帰って来て、こう報告する。

わたつ海の沖にこがるるもの見れば　あまの釣してかへるなりけり

〝海の沖に漕ぐものをよく見たら、それは漁夫が釣から帰るところでした〟──歌のおもての意味はこうなる。歌の裏の意味は、「おき」すなわち赤くおこった炭火に、「こがるる」焦がるる（すなわち火に焼けているさまである）、その正体をよく見たら、「かへる」蛙であったという返事である。この話、「火櫃に煙の立」っていたのは、「蛙の飛び入りて焼くるなりけり」と説明がついている。

ただ、読者はこの話のおかしなところに気がつくはずだ。火櫃は冬の暖房用に用いられる具である。『禁秘抄』によると、殿上の間の調度として「火櫃二」とあるが、これは「十月ヨリ三月ニ至リ、四月ニ至リ撤ス」とある。四月以降は火櫃は殿上の間にない。蛙の出廻るのはちょうどこの火櫃のない季節である。とすれば、火櫃に火のおこっている冬期、何かの事情で冬眠から目ざめた蛙が、のこのこと階を這い上り、殿上の間に侵入し、しかもうまく火櫃の火中めがけてダイビングを試みたことになる。が、こういう事態の起こる確率はきわめて少ない。

そこで、蛙が自分の意思で火中に飛びこむはずがないとすれば、火中の蛙は人為的に投ぜられたものと判断せざるをえない。おそらく村上天皇は、先の、器に盛った雪に梅の枝を挿そうと庭の梅の木のもとにお立ちになった時、もずか何かが枝に突きさしていた蛙のミイラを、これも何か役立つかもしれぬとお持ち帰りになり、このミイラの蛙をあらかじめ火中に投じて、煙の昇る頃あいをはかって、兵衛の蔵人に、煙の正体の偵察を命ぜられたものと推定される。

このような推定は、事実か否か確かめようもないが、もしこう考えた場合、村上天皇は、一方では兵衛の蔵人がどんな報告をするかを楽しみにしておられたであろう。他方、村上天皇は、兵衛の蔵人が才能を発揮できる場面を人為的に準備されたことにもなる。村上天皇は、宮廷生活の中で、そこに仕える女性たちの才能を引き出すためのeducator の役割を果たしておられたのである。

当初の educator は、こういうふうに男性であった。しかし清少納言の仕えた定子の場合を考えてみよう。そこでは educator は定子である。村上天皇の時代から、冷泉・円融・花山の各天皇の時代を経ていくうちに、宮廷の宮仕えの生活、すなわち、女性高等教育の場での educator は、男性から女性へと変わったわけである。完全に変わりおおせたというのではない。女性の educator の進出が目立つようになったということがいいたいのである。

有名な香炉峯の雪の話にしても、定子は、「雪のいと高う降りたる」日に、普通なら雪見としゃれていいところであるが、「例ならず御格子参りて」外を見えぬようにしておいてから、「少納言よ、香炉峯の雪、いかならむ」とお尋ねになる。清女の才能をひき出すための場面設定である。加えて、「外の雪景色が見たい」などという散文的ないい方はしないで、「香炉峯の雪、いかならむ」と、正解答を出すためのキーワードを、質問の中に用意してあるのである。

いうまでもなく、清女が御簾を高々とあげる演技でこれに答えたのは、『白氏文集』にある詩による。

日高ウシテ睡リ足リテ尚ホ起クルニ慵《ものう》シ、小閤衾《ふすま》ヲ重ネテ寒サヲ怕《おそ》レズ、遺愛寺ノ鐘ハ枕ヲ欹《そばだ》テ聴キ、香炉峯ノ雪ハ簾ヲ撥《かか》ゲテ看ル（下略）

「撥簾」という「撥」の字は、本来、簾を高々と巻きあげるような動作を意味しない。大体、白楽天は、日が高くなってもベッドの中でごろごろしているのであって、布団を重ねたバリケードの中で暖をむさぼり、遺愛寺の鐘も、〝雪の中、あそこまで行く必要はない、こうしていても寺の鐘の音は聞えるじゃないか〟などと考えているのである。だから、高々と簾を巻きあげて室内の暖気を逃がしてしまうような無駄は、省エネルギーの観点からいっても、いっさいしない。ベッドの上から手をのばして、ブラインドの端をめくり、ちょいと峯の雪景色を眺めると、すぐまたベッドへもぐりこむという具合である。それが「撥簾」の意味である。

だから清女は、『白氏文集』の詩の本当の意味などちっともわかっていないのであって、競争意識の強い紫式部などからは、「さばかりさかしだち、真名書き散らして候ふ程も、よく見れば、まだいと堪へぬ事多かり」（『紫式部日記』）と批評されることにもなる。

しかし、学問には、真理追求を厳格にやらねばならぬという専門深化志向と、それをどのように応用展開していくかという境界領域総合化志向とがある。定子後宮で要求されているのは、教養を社交の場の中でうまく利用して、その場の人をはっとさせる着想の妙である。それは、定子の父道隆などがよく口にする冗談とも通ずるものだ。中宮から、「香炉峯の雪」というキーワードまで与えられている限り、出題者の意図を顕彰するためにも、清女の大袈裟な身振りは必要不可欠のものだったわけである。これは課題方式による学習成果の発表上、おのずから求められる展開であり、清女は、いつまでもかつての兵衛の蔵人などと同じ姿勢を取り続けてはならなかったのである。換言すれば、新しい社会的要請に応ずる対応のしかたを生み出さねばならなかったのである。

8　学習成果としての著作

『枕草子』は定子皇后の崩じた長保二年（一〇〇〇）以後も書き加えられ、推敲を加えられながら現在の形になっていったようであるが、その中の一部分はすでに長徳二年（九九六）に完成し、世に流布していた。この事情は、『枕草子』の跋文に、次のような記事が見える。

伊周が定子に紙を献じた時、定子が「これに何を書かまし」とご下問になり、清少納言が「枕にこそは侍らめ」と答えたところ、〝ではお前にあげよう〟ということになって、清女はその紙をいただき、これに書いた記事が、『枕草子』という書名で世に流布したのだという。「枕にこそは」とは、どういう意味なのか、学者の間にもさまざまな説があるが、今、あまり立ち入らぬことにしておく。

当初、清女は、この内容は「ただ心一つに、おのづから思ふ事を、たはぶれに書きつけ」たものだから、人に見せるつもりはなかったと言っている。だが、ある日、左中将源経房が、まだ伊勢守と呼ばれていた時代――というのだから、長徳元年（九九五）正月から同三年（九九七）正月までの間であるが、彼が清女の里を訪問した。清女は部屋の隅にあった座布団を、〝どうぞ〟と差し出したら、その座布団の上に「この草子乗りて出でにけり」ということになった。座布団の上に『枕草子』がのっているのに気がつかぬというのでは、清女はよほどの近眼ででもあったことになる。おそらく、〝読んでみてください〟と自著をさし出す普通のやり方では満足できない、清少納言の演技であろう。経房はこれを持ち帰って、それ以後、『枕草子』は「歩きそめたるなめり」という。座布団に座って人前に出た『枕草子』は、著者の意思とはかかわりなく、世間へ向かって「歩き」始めたわけである。

当初の『枕草子』には、「歌など」や「木・草・鳥・虫」などについての随想が含まれていたらしい。「鳥は」とか「虫は」とか、「木の花は」とかの書き出しでまとめられた、物づくし類聚段などである。また、「はづかしきなんどもぞ見る人はし給ふ」という『枕草子』を読んだ人の世評を記しているところから見ると、日記的実録的章段の一部も含まれていたであろう。『枕草子』を読んで「めでたし」と批評するならわかるが、これを「恥づかし」と批評する読者がいたということは、読者が日記的実録的章段を読んだことを裏づけている。「はづかし」というのは、相手の顔を正視できないという感情であって、おそらく読者は、自分でも記憶にないある日の自分の姿が、『枕草子』の中に描かれているのを見て、〝こんなにまで見つめられ、観察されていたのか〟と、てれる。この感情が「はづかし」である。

日記的実録的章段に記されているのは、宮仕えという後宮生活の高等教育の場の中で、どのような教育実践が行なわれたかの、現場の記録である。物づくしの類聚段すら、定子のまわりで日常語られる会話・思考の、共通理解の水準を整理記述した、一種の指導要領のようなものだったかと考えられもする。それらは『枕草子』という一書にまとめられ、定子後宮の文化的教養の到達点を示す恰好のリポートになっているのである。

高等教育に関する成果の報告書は、いつでも『枕草子』のような形で書かれるとは限らない。清女が宮仕えに出る前、すでに女性を中心とした文化グループを形成していた大斎院選子のところでは、『大斎院前の御集』と呼ばれる歌集の形で、その成果の報告書がまとめられている。ここでも、大斎院自身は、定子と同じように、すべての活動のかなめの位置に座っていればいいのである。まわりの馬の内侍その他の女房たちが、時々刻々に起こる場面を記録し、集成し、報告書にまとめていく。定子と大斎院選子とに共通するところは、かつて村上天皇が果たしていた educator の役割を、女性が受け持つようになっている点である。

9　自由裁量と創造性重視の指導体制

定子が崩じる長保二年（一〇〇〇）に、道長の娘彰子は中宮に、定子は皇后となっている。皇后といい、中宮といい、この両者には身分の違いはない。同年十二月、定子が崩じた後、一条天皇の時代の後宮の中心には、左大臣道長をバックにした彰子が君臨することになる。

定子は、先輩格の大斎院選子に相当気を遣っていた。斎院へ出す手紙、あるいは斎院から来た手紙への返事を書く時、定子は「心ことに、書きけがし多う」、書き損じを重ねて特別の配慮を払っていた（『枕草子』雪山の段）。この定子の配慮は、おのずから仕えている清女たちの気持ちにも反映する。清女が「物語は」の段の冒頭にまず『住吉物語』をあげているのは、『住吉物語』が本来大斎院を中心とする文化サークルの中で形を整えた作品であるところに起因すると私は考えている。

ところが、彰子となると状況は変わってくる。斜陽化した中関白家の一員として体面を維持していかねばならなかった定子とは違って、彰子の方は、後ろに権力者道長がいる。誰に何の気がねをする必要もない。自主的な判断に基づいて、万事を自由裁量で進めることができる。批判力を生かしながら創造性を伸ばしてゆける土壌がそこにはある。定子に対しては、いわば優位に立って指導的な立場にあった大斎院が、彰子に対する時、微妙な変貌をとげる。

ある春の日、大斎院から彰子のところへ、〝春の日のつれづれをまぎらわすために、何か面白い物語はないか〟という依頼がくる。彰子は女房たちを召集して、どんな物語を斎院へさしあげるか協議する。たかが物語一つを選ぶのにそうまでしなくてもと考えるのは、実状にうとい現代人の受け取り方であって、今日でも他人へ贈るおくりものの選定に、相手の趣味や各種の条件を考え合わせて、ああでもない、こうでもないと気を配る。めったなものを贈れば、相手から趣味の悪さを笑われることになりかねないからだ。

紫式部はここで、〝古い物語では、陳腐。ここはひとつ新しく作ってさしあげてはいかがか〟と提案し、彰子はこの案に賛成する。〝ではお前がお作り〟と、紫式部に全権を託した。こうして『源氏物語』が作られたという、物語成立の伝説である（『古本説話集』）。

伝説とはいうものの、私にはこれはありうる事実だという気がする。まず紫式部がその場にい合わせたのだから、これは彼女が宮仕えに出た寛弘二年（一〇〇五）末以後、季節は春だから、寛弘三年か四年のことであろう。寛弘五年（一〇〇八）になると、もう『源氏物語』は宮中の話題になって、一条天皇も道長も、この本について相当の知識を持っているのだから（『紫式部日記』）。

宮仕えに出たばかりの頃、紫式部はなかなか新しい環境になじめず、「恥かしいみじと思」って里へ逃げ帰り、「はかなき物語につけて」「そぞろごとにつれづれをば慰めつつ」日を送っていたという（『日記』）。夫宣孝を失って、幼い賢子を抱えた紫式部であるが、里へ帰って賢子の世話をするよりも、「はかなき物語」に没頭するというのである。他人の書いた物語でもかまわぬわけだが、どうもこれは当初の雇用目的を変更して、〝出仕は気の向いた時だけでよろしい、自宅研修中は物語創作に専念せよ〟という具合になっていたのではないかと考えられる。寛弘三年（一〇〇六）中には、夫と死別以来、書き継いでいた『源氏物語』もある程度まとまって、最終整理段階にあったであろう。

彰子のご下問に、新作物語を斎院に献ずることを提案するからには、物語新作の作業も併せて命ぜられることになる可能性も計算の中に含まれていなくてはなるまい。自信はあっても、新作完成に一年も二年も日時を費やすわけにはいかない。紫式部は、ほぼ完成した原稿が里の書斎に積んであることを頭において答えたはずだ。とすれば、大斎院からの物語注文は寛弘四年（一〇〇七）春だったというのが可能性としては大きい。

彰子はまだその新作物語が、どのような出来ばえかは知らない。しかし、紫式部の自由研究を許し、紫式部がそれをいよいよ発表したいというなら、彼女の才能を全面的に信頼して、彰子は決断する。創造性を伸ばすための自由裁量である。ディレクターとして役割と責任を果たす彰子の姿をそこに見る。

ところで、寛弘四年といえば、大斎院選子は四十歳を越えている。四十歳を越えて、なお物語に熱中し、何か面白い物語はないかと彰子のところへ打診してくるというのは、本心から物語が読みたかったというよりは、儀礼的な申し出であったろう。ちょうどこのころ、彰子は二十歳ばかりで、それは大斎院が『住吉物語』などを与えられたのと同じ年齢に当たる。大斎院のところで『住吉物語』は改訂されたりして、それは大斎院のところの文化的営為を活発にするエネルギー源となった。かつて物語を与えられる側であった大斎院は、今、彰子のところへ物語を求めることによって、彰子の後宮にひとつの活力を与えようとしたのである。物語注文は彰子の後宮をにぎわすことになる。そう考えての儀礼的な要請であったと私は解したい。

村上天皇の例、定子の例は、後宮社会を女性の高等教育の場として機能させる際、小単元を基礎にした課題方式を採った。大斎院は、その課題をより拡大し、新しい物語創作に向けて活動が開始できるような条件を作り、課題の細部については、当事者たちの自由裁量にまかせるという、新しい方式を編み出したわけである。そして、彰子の側はこれを受けて新しい課題に十分応えうる実績を示した。またそれを可能にする人材をそろえていたわけでもある。文化の成熟度がそれを可能にしたのだと申してもよかろう。

10　おわりに――一つの壁――

『源氏物語』は、物語の形式の中に文化のあらゆる要素を採り入れた。歴史学も政治学も、人間関係論・女性論・書道論・歌道論・物語論・教育論等々。後代、一流歌人らも『源氏物語』を必読の参考書とした。女性の手によって書かれた報告書は後の高等教育・一般教養の必須テキストになったわけである。

しかし、本来、高等教育課程の到達水準を示すためのリポート、報告書であった著作が、間もなく高等教育のためのテキストに使われるようになると、その規範性が学習者の自由を拘束する方向で働くようになる。宮廷の宮仕えが、そこに身を置く女性たちの高等教育の場として活発に機能しにくくなる。新しい創造へ向かうよりも、『源氏物語』を踏まえて、その活用をはかる活動だけが主流を占める結果を生むのである。平安時代後期の物語は、『源氏物語』の亜流になったし、宮廷の行事が『源氏物語』を模した趣向で行なわれたりするようにもなる。かつて、『白氏文集』など、今まで男性の世界のものだった中国の典籍などを、女性の世界へ持ちこむことによって、新しい文化を創造していく道を見出した学習者たちは、新しい素材に挑戦する冒険をやめて、すでに完成されている『源氏物語』の世界の中で、そつなく動き廻るだけで終わるようになっていく。指導要領が出来るとそこから抜け出す実験がやりにくいのと同じ事態であろうか。

しかし、こういう形で指導要領に準ずるテキストが出来ると、これに応じた新しい現象も生まれる。宮廷社会という高等機関に入らなくても、テキストを通して高等教育を自習することが可能になる。それは平安時代なりの大学開放、高等教育の開放現象であり、大衆化された高等教育の問題と似た要素をそこに見ることもできよう。

男性のための大学があり、次にこれとは設置形態を異にする宮廷社会サロンが女性の高等教育のための機能を果たすようになる。その女性高等教育の機能の拡充の中で、そこから生み出された文化的成果は男性の教養へも影響を及ぼすようになる。しかし、そこで確立された成果は、一方ではその機能が本来持っていた自由な創造性を拘束するように働き、他方では学習するのに教育棟も教師も必要とせず、意思さえあれば誰でも自由に学習できる教育の形態をも生み出した――こういうまとめ方をすると、それは千年昔のことではなく、現代の流動する高等教育の問題の縮図のようにも思われてくる。

後半、多少論旨をはしょったところがあるが、以上で題目にかかげた問題の素描を終わることとしたい。

※初出　広島大学大学教育研究センター『大学論集』第一〇号（昭和五六年一一月）

散文表現の転換期・一条朝

1　『落窪』の表現と『源氏』の表現

A、「銀を筆の形に作りて」蓮の蕾の造花の表現性に着目させようとした『落窪物語』の作者。

B、「蓮の中の世界にまだ開けざらむ心地」と、浄土の下品下生の境涯を仮名散文の表現に定着した『源氏物語』（初音）の作者。

両者はいずれも、「蕾」のまま「まだ開けざ」る蓮を手がかりにして、浄土の「下品下生」、九品の最下位という仏教の観念を仮名の文学的散文で表現しようとした。前者Aは、人々が皆「銀、金の蓮の開けたる」造花を献ずる法花八講五巻の日、「私は浄土の片隅で結構」という、人の意表をついたアイデアを生かした男を描く。後者Bは、この世の浄土ともみえる光源氏の六条院の中にも、寵薄いなげきを抱く女性がいることを叙した文脈である。

浄土の下品下生は、開かぬ蓮の中で十二大劫の間、仏を見ず、正法を聞かず、仏を供養せずという三つの障りに耐えて待たねばならないのである。

私は『落窪』の成立を寛和元年（九八五）以前の成立と考える。（拙著「新潮日本古典集成」解説）。十一世紀初頭に成った『源氏』と、『落窪』の間の約二十年間に、散文表現の質が急速に変化していった具体相を、右の一例から理解していただけるかと思う。

この二十年間に、清少納言と大斎院選子がいる。この二人は、この時期、どんな役割を果たしたであろうか。

2　村上天皇と兵衛の蔵人

『落窪』が出来た頃、宮仕え前の清女は、寛和二年（九八六）六月の小白河八講などに顔を出している。八講直後に起こった花山天皇の突然の出家、その後を追うように出家した義懐のことを、清女は『枕草子』の中で感慨深く回想している。そして間もなく清女は宮仕えに出た。

宮仕えに出た頃、中宮定子がお話しになった「村上の先帝の御時」の話を、清女は『枕草子』に記録した。次のような話である。

大雪がはれた月明の夜、村上天皇は器に雪を盛り、それに梅の花をさして、兵衛の蔵人という女性にお示しになり、「これで一つ歌を詠んでみよ」とおおせになった。兵衛の蔵人はこれに対して『白氏文集』の一句を引いて「雪・月・花の時」とお答えして、天皇からおほめのことばを賜ったというのである。

漢籍による機智を発揮するのは、清少納言の専売特許のように考えられがちだが、清女にはこういう先輩がいた。「雪・月・花」の道具立てが期せずしてそろっている。それを「白楽天の詩の趣きと同じだ」と、とっさに判断できることが、才女の条件の一つである。また「雪・月・花の時」とのみ言って、下句の「最モ君ヲ懐フ」は言外にこめ、彼女が帝を思う気持を披露した機転が才女の条件の第二である。そして一瞬の間にその効果を判断したら、たとえ「歌を詠んでみよ」と命ぜられた時でも漢詩文の引用に切りかえる自由柔軟な姿勢、これも才女の資格に数えてよい。そういう先輩の例があって、清女も自信が持てるようになるわけである。

3　蛙は自発的に火中へ身を投ずるか

「村上の先帝の御時」の段には、前半に右の話を書き、後半には次のような話を加えている。同じく村上天皇と兵衛の蔵人の話である。

殿上に誰もいなかった時、火櫃から煙が立ちのぼっていた。村上天皇が「あれは何か。見て来い」とお命じになる。帰って来た彼女は、次の歌でお答えした。

わたつ海の沖にこがるるもの見ればあまの釣してかへるなりけり

歌の表面は、「沖を漕ぐものは何かと目をこらして見たら、海士が釣を終わって帰るところでございました」となる。裏の意味は、「火のおきに焦げているのは、かへる（蛙）でした」という答えになる。

この話にはおかしな点が多い。「火櫃」は殿上の間の調度として確かに備えられているが、『禁秘抄』によると「十月ヨリ三月ニ至リ、四月ニ至リ撤ス」――すなわち冬の間のものである。「蛙」は言うまでもなく夏のもの、冬眠中の蛙が起き出して、あろうことか殿上の間の奥までのこのこと這いこみ、あそこが最も暖かそうだと、火中に身を投じて、逃げ出すこともなく黒焼けになる確率は、まずゼロに等しい。偶然で起こりえぬとすれば、これは人為的に、計画的に行なわれたであろう。

帝は彼女に偵察を命ずる前から、焼けて煙を出しているのが蛙であるとご存知だったのだ。聖王であった村上天皇が、生きた蛙を火中に投じたりなさることはあるまいから、これはモズか何かが枝にさしておいた蛙のミイラだろう。「雪・月・花の時」の話のお膳立てをなさる時、梅の花を折りに行って偶然目にされた蛙のミイラを、村上天皇は懐中に入れてお持ち帰りになり、これを利用されたのかもしれない。

4　場面の条件設定者と話題の完成者

村上天皇の、以上二つの話に見られる役割は、話題になりそうな場面の条件設定であるといえる。兵衛の蔵人という女性は、その与えられた条件・状況の中で、これを話題たりうるように完成する役割を果たす。村上天皇は、ご自分で設定した条件をみごと利用できる才能の持ち主を、人選する権利を持っておられるわけである。兵衛の蔵人は、こういう期待にいつでもおこたえできるように、さまざまな利用できそうな知識を準備しておくことになる。「蛙」の歌にしても、彼女の自作ではなく、同じ時代の、隠し題の歌ばかり作る天才藤原輔相《すけみ》の『藤六集』でみかけたものを、「いつか使うチャンスがあろう」と頭に刻みこんでおいて、ここで使ったわけである。

こうして完成された「話題」は継承されて中宮定子から清少納言に語られ、清女はこれを文字に定着する。しかし話題の継承者は、常にその役割に留まるのではない。定子は、この話題の中から、「場面の条件設定者」の重要な役割に気がつき、これを自分で実行することになる。宮仕えに出たばかりの頃、緊張してコチコチになっている清女（たとえば「はじめて宮に参りたる頃」の段など）に、その活動するきっかけを与える定子は、「場面の条件設定者」である。定子はいつもそういう形で、新しい話題完成のきっかけを作る。有名な香炉峯の雪の話にしても、「例ならず」格子を全部おろしてしまっている場面の設定は、案外、定子の発案だったかもしれない。「香炉峯の雪、いかならむ」と尋ねる時、はじめから格子があけたままになっていては、演技の効果は半減するのである。

「村上の先帝の御時」の話と、『枕草子』に出てくる定子と清女とのやりとりとの相違は、次の点である。前者は、男である帝の条件設定に応じて女性である兵衛の蔵人がこの話題を完成する。それに対して後者は、ともに女性である。男の文学から女の文学へ、そして、女だけで完成できる話題の世界がここに開けてくるのである。

5 「話題」一般と、身内の「話題」――『住吉物語』のことども――

定子が「村上の先帝の御時」の話題を語る時、それは、定子にとって祖父帝にかかわる話題である。村上天皇の子、円融天皇（一条天皇の父帝）が、仮に定子と同じように「村上の先帝の御時」の話題の中から、《話題となりうる場面の条件設定者》の役割というような課題を析出していたとしたら、それはどのように働いたであろうか。

私は、古本『住吉物語』は、円融院のきもいりで永観二年（九八四）頃に作られ、院の同胞である斎院選子に与えられたのではないかと推定している（拙稿「延喜・天暦と『源氏物語』とを結ぶもの—大斎院のもとにおける新版『住吉』の成立」『源氏物語　その文芸的形成』昭和五三年、大学堂書店刊所収）。源為憲が作って尊子内親王に献じた『三宝絵詞』も、背後のスポンサーは円融院で、『住吉』・『三宝絵』などみな同じ頃、同じような形で作成されたと考える。それは、村上天皇とはちがった形での、新しい「話題」の条件設定の試みであったであろう。

一方、同じく村上天皇の皇女である斎院選子は、この古本『住吉』を土台にして寛和二年（九八六）頃、新版『住吉』を作ることで、《与えられた条件を使っての話題の完成者》となると同時に、新たな《条件設定者》への一歩を踏み出した。すなわち、「古本『住吉』の紛失」という条件を設定し、女房たちに「古本『住吉』の筋に基づく新版『住吉』の作成」を命じたのである。この結果、寛和二年頃、選子のもとでは、物語司・和歌司の役所が新設され、両司の分業分担方式で新版『住吉』作成作業が急ピッチで進められた。

古本『住吉』の主人公は「侍従」であったが、寛和二年、十三歳という若年の伊周が侍従になったことは、古本改修のきっかけの一つになったであろう。恋物語の主人公侍従が十三歳では不似合いだからである。かといって、「もっと年配の侍従だ」と説明すると、「現実の伊周の方が物語の主人公より立派に見える結果にもなりかねない」――こうして、寛和二年末段階であらわれた道長の「四位の少将」の官を借り、新版『住吉』の主人公は、「侍従」

から「四位の少将」へ書き改められ、その他細部にわたっても衆知を集めて改作が行なわれた。各種アイデアを出し合っての作業だったから、この辺で、大綱の筋は同じだが、細部は広狭さまざまに異なる現存『住吉』の異本群の種がまかれたわけである。

6 「物語は」の段のトップに据えられる『住吉』

『枕草子』「物語は」の段のトップには諸本すべて『住吉』をあげている。これはこの物語が斎院のところで作られた話題作であったことへの敬意のあらわれかもしれない。『枕草子』の「雪の山」の段の話にも見えるように、定子は、選子のところへ送る手紙には「書きけがし多う」文章に意を配る。叔母に対する配慮である。そういう定子の斎院尊敬の念を見ている清女は、「物語は」の段のトップに『住吉』を位置づけたのであろう。『枕草子』の第一次本の出来た長徳二年（九九六）頃のことだから、新版『住吉』の完成後十年ほどした時期の状況である。

ところで、それからさらに十年ほど経た寛弘の初めの頃になると、定子はすでに世を去り、一条天皇の後宮は完全に彰子を中心に動く時代になっていた。選子は四十歳を越え、彰子はかつて選子が『住吉』を円融院から与えられた年頃に近くなっている。

伝説に言う、大斎院選子から上東門院彰子へ、「何か面白い物語があったら見せて欲しい」という要請があったのはこの頃のことになる。選子の年齢からみて、もう彼女は物語を読みたいと考えるような年ではない。これは、大斎院がかつての「物語を与えられる立場」にあった時のことを思い出し、「彰子の後宮をにぎわすための儀礼的な申し入れ」を行なったものであろう。『大鏡』によると伊周の弟隆家は、斎院を「追従ぶかき老い狐かな」と評したという。彰子の後宮をにぎわすために、すなわち新しい「話題」の条件設定をどのようにして整えればよいかという立場に立って、大斎院選子は、彰子のところへ、物語を要請したのであろう。

7　儀礼的要請とその反応

大斎院からの物語注文。要請を受け取った時、彰子の後宮ではこれにどう反応したであろうか。もちろん大斎院は彰子にとっても夫君一条天皇の叔母であって、尊敬すべき人物ではある。しかし、道隆が死に、伊周たちが不始末をしでかして頼るところのない長徳二年（九九六）頃の定子に比べると、彰子には道長という絶対的な支えがある。彰子の後宮では大斎院尊崇に終始する必要は毛頭ないのである。

同時に、大斎院からの儀礼的要請に——すなわち《与えられた条件》に、いかに巧みに対応して、この《「話題」の完成》を目ざすかが最大の課題となる。彰子の下問に答えて紫式部は「古物語では面白くない、新しく作ってさしあげては」と提案した——伝説ではそう伝えている。

〝新作の物語を献ずるためには、その新作が既存のどの物語に比べても質・量ともにすぐれたものでなくてはならない。かつ、要請を受けた後、二年も三年も経って、忘れた頃に「これが前にお約束した物語」と贈呈しても、これはタイミングが合わない。しかし自分の里の書斎には、この条件に合う自作の物語がある〟——そう考えて、紫式部は物語新作の提案をしたであろう。

『紫式部日記』に見える紫式部の対斎院対抗心が、いつ頃から彼女の心の中に根をおろしていたものかは定かでないが、紫式部はこの機会に、大斎院の文化サークルより一段と高い彰子後宮の文化水準を世に示すことこそ、宮仕えに召し出された期待に応える道だと考えたに違いない。

彰子は紫式部の提案を採用して、紫式部はすぐさま旧稿の推敲に取りかかった。これまでの最高長編物語である『宇津保』より大きな作品にせねばならぬ。とすれば、少なくとも『源氏物語』第一部、藤裏葉巻までは、ここでまとめられたはずである。大斎院のところで作られた『住吉』を踏まえながら、玉鬘物語を書いた（あるいは加筆した）のは、一種のサービスであると見てもよかろうか。『源氏物語』が延喜・天暦期を時代背景にしているように読める作意もサービスのあらわれであろう。

こうして、大斎院のところへ贈られた『源氏物語』は、「二半紙」版で、「梅の唐紙、薄紅梅の表紙」だったと、中世に成った『源氏』の注釈書、了悟の『幻中類林』には記されている。

8　おわりに

一条朝を散文の文学表現の転換期であると考え、最初に『落窪』と『源氏』との表現の差を例示した。その変化を、文章表現そのものに内在する事象を通して追うのではなく、私はこの両者の間にある二十年間、表現を支える人間が、社交の世界、対話の世界で、どんなことを意識しながら活動していただろうかという視点から、一つの仮説のようなものを組み立ててみたわけである。

最初に示した村上天皇の話は、「話題」——いわば歌語りにも似た短編の「話題」成立の原形である。《話題を生みうる場面設定者、条件設定者》と、その《与えられた条件をうまく利用する話題の完成者》という二つが、小さな「話題」の構成要素として意識されるようになっていたとするならば、それは「場面」「状況」の中に動く人間の心理とか、人物関係の組み合わせ構造についての、方法論的反省の芽ばえともいえよう。《身内の話題》は《一般的な話題》よりも、関係当事者にとっては強く意識されることになる。これは当然の理である。そこから生まれた教訓は、次第に形を変えつつ、《「物語」を生み出しうる条件設定者》の出現をもうながすようになるのではないだろうか。

このあたり、私の考えはまだ十分に熟さぬところがあり、教育研究会国語部会へおまねきいただいてお話しした時にも、また、その話を文字化する今の段階でも、なお一つ割り切れないところが残っている感じがする。

出来上がった「物語」は、それ自体が一つの話題となる。批評・注釈というのは、新しい話題の一変種といえよう。「研究」と呼ばれる堅い感じの労働すら、文学に関する限り、本質的には一つの「話題提供」でなくてはならないと考える。注釈は先行の説を継承しながら増殖する性質を持っているから、「話題」としての性格が薄れやすいが、中世に入ってからでも新しい話題提供をめざす注釈は数々あった。本来は、そういうあたりまで話をのばし、「表現」の問題を古典全体の中で考えたいと意図していたが、国語研究部会でお話しする時も、またそれを原稿化する時も、果たしえなかった。特集の題目にそぐわぬものとなったことを、おわび申しあげる。

※初出　『岡山高校国語』第一五号（昭和五四年三月）

「隠身」と「変形」・序説

1 「隠身」の源流

本稿は、ヨーロッパや中国の話にまでは、わたらないこととする。

光源氏は某院で「夕露に紐とく花は」の歌を詠じて、「露の光やいかに」と夕顔に尋ねるまでは、顔を隠していた。「顔はなほ隠したまへれど、女のいとつらしと思へれば」というわけで、ようやく源氏は素顔をあらわす。顔の隠しかたについて、『花鳥余情』は「狩衣の袖などを覆面にせるにや、又扇などさしかざして半面にはたかくれたるにや、覚つかなし」と言い、今川範政は『源氏物語提要』で「そのかみは覆面をしてありきけるが、ここにてうちとけて顔をあらはし」たのだと説明する。

覆面をした光源氏像は、おそくとも十四世紀ごろまでに、一つの解釈として相当広く採用されていたようである。面《おもて》を隠すだけで、面を確認されぬ限りは、完全に姿をあらわしたことにはならない。素性を隠すためには、覆面だけで十分なのである。

一方、夕顔の方は、「あらはさじと思ひつる」源氏が正体を明かして「今だに名のりしたまへ」と恨んでも、「海《あ》士《ま》の子なれば」と答えて、名のろうとはしない。源氏も「なほかの頭中将の常夏疑はしく」と内々には彼女の正体を推量しているものの、右近を詰問して無理に聞きだそうとしたりはしない。彼が彼女の正体を確認するのは、彼女の死後のことである。

男も女も、自分の正体を明らかにしない、つまり《身を隠す》あり方を、ここでは《隠身》の一形態と位置づけておく。

一体「隠身」ということばは、『古事記』冒頭にあらわれる神々が「独神《ひとりがみ》」として《身を隠す》時に使われる字面である。私は『古事記』を読むたびに、ここにひっかかる。なぜ、神々は「独神」として《身を隠す》と表現されねばならなかったのだろうかと。天之御中主神というのは観念的な神であり、神統譜の原点として後から付け加えられたものであるという類の説明は、私を十分納得させてくれない。それは、その神を「独神」とし、《身を隠す》神として書かねばならなかった理由、語られねばならなかった理由の説明になりきっていないからである。

ところで、これが男女の対偶神を述べる部分になると、もちろんこれは「独神」とは書かれない。また《身を隠す》と書くかわりに、「神避《かむさる》」と書かれる。イザナギ・イザナミの二神は国生み・神生みの果てに、イザナミは火神を生んで「神避」る。「神避」りました女神イザナミは、比婆山に葬られるまでは《身を隠す》わけではない。かつ、葬られた後の女神は、黄泉国にあって、そこまで追って来た夫イザナギを出迎え、ことばを交すのだから、この時点でも《身を隠す》状況にはない。

「独神」として《身を隠す》神々については、これを葬り、またその行方を尋ねる配偶者や肉親がいないから《隠身》はそこで完成する。しかし、女神イザナミは配偶者イザナギがいるために、彼女の《隠身》は探索され、《隠身》は実質的には成就されない。《隠身》の完成されたかたちと、《隠身》が《隠身》になり難いかたちとが、「独神」たちの世界と、対偶神たちの世界との対比となっているわけであろうか。

《隠身》の謎・秘密は、それを解こうとする相手がいる場合、はじめて物語となるだろう。それが光源氏と夕顔の物語における《隠身》とつながる糸であるように思われる。男女の愛の強さを確かめるための物語構造の一つの基底としての、《隠身》の位置づけである。「長恨歌」や「長恨歌伝」を支えるものも、また、それを下敷きにした『源氏物語』の桐壺巻をはじめとする巻々も、紫の上の死んだ後の御法・幻巻の世界も、さらには光源氏自身の遁世・死に相当する雲隠巻も、この《隠身》のモチーフとのつながりで考えることができるわけである。

2 「変形」の意味

さて、《隠身》の実相を確かめるために黄泉へ旅した男神イザナギがそこで見つけたものは、《隠身》が実は完成されていないという事実であった。生の世界と死の世界とは往還可能な道であり、《隠身》とはいわば天岩戸に隠れた天照大神のように、時がくれば、再度もとの姿にもどる可能性を含むものであるかに見えた。しかしこの幻想は打ちくだかれる。女神は「うじたかれころろきて」、体の各所には八雷神が蟠居していた。《隠身》とは、実は《変形》の別名だったわけである。

この瞬間、イザナギは妻への愛を忘れ去る。《変形》の恐怖が、《隠身》の妻への愛を凌駕したのである。この場合、《変形》は即、愛の終焉に結びつき、死の国から逃亡する男神は、両界をつなぐ入口を千引の石でふさぎ、両界の交流はここに断たれることになった。そうは言うものの、この後も黄泉・冥界へ行き来する者はいたようだが、これは今当面の話題ではない。

ここで注意しておきたいのは、黄泉における女神は迎えに来た男神を戸口から出て出迎えていることである。当然、女神は、戸口から出て来た時と、男神が殿中にわけ入って小さな火燭の光をたよりにかいま見た時とでは、その相貌を異にしていたはずである。彼女の《変形》は絶対的なものではなく、《変形》の自由もまた保証されていたことになる。イザナギが恐怖した女神の姿は、《変形》の裏に隠された実相の方であり、戸口に迎えた女神の姿は《変形》の仮相の方だったことになる。

しかも、彼女のこの《変形》は、かたちを変えることはあっても、心まで変えるものではなかった。愛する夫が迎えに来てくれれば、愛する人のもとに帰りたいと思う。《隠身》・《変形》は、心を変えるものではないのである。

これは、海幸・山幸の話でも同様である。ワタツミの宮の海神の娘豊玉姫は、三年ともに暮らしたホヲリノ命が陸へ去った後も、彼のことを忘れない。出産のために夫の国へ出向き、未完成の産屋で出産する時、彼女は「本の国の形」となる。これは《変形》である。「八尋ワニ」となった妻の姿に驚く夫のありようは、全く男神イザナギと同じである。イザナギは自らの手で黄泉比良坂を千引の石で塞いだ。海幸・山幸の話では「海坂」を塞ぐのは豊玉姫の方である。しかし、豊玉姫は自分の産んだウガヤフキアヘズノ命を夫に託し、また、夫が約束を破って彼女の「本の国の形」を見てしまったことを恨みはするものの、「不レ忍二恋心一」夫に歌を送るし、夫の方も「妹は忘れじ」とこれに応える。《変形》が相手に与える反応は、イザナギとホヲリとの場合、微妙に違うが、《変形》の当事者の心は、《変形》の前も後も、変わってはいない。

《変形》するのは、必ずしも女性の方だけとは限らない。三輪山伝説などでは、《変形》するのは男の側である。これ以上、細かく比較するのは、これも話が中心からはずれるので略そう。

このあたりの話になると、《隠身》は、『古事記』冒頭の「独神」の《隠身》とは違って、海幸・山幸の場合で言えば、「本の国の形」を隠蔽する《変形》であり、《隠身》は即、《変形》に通ずることになる。こういう《隠身》は相手の愛をつなぎとめ、あるいは強めるという効果を生み、《変形》はその手段となるが、《変形》の継続が終わった時、往々にして両者は袂を分かたねばならなくなる。しかしこういうパターンは、次第に結末のつけ方が変わってくるようである。

3　《隠身》・《変形》の変質

『日本霊異記』の中から、こういう《変形》と《隠身》にかかわる話を拾ってみよう。

「聖徳皇太子の異《くす》しき表《しるし》を示したまひし縁《こと》第四」という話がある。太子が病の乞食を見て着衣を恵んでやったという話であるが、後日譚がついている。太子が帰途、同じ場所を通ったら、与えた衣だけは木の枝にぶらさがって残っていたが、乞食の姿は見えなかった。太子がその衣を取って着用しようとするので側近の者が「賤しい者の膚に触れた衣を、わざわざお召しにならなくても」と、言ったら、太子は一言、「汝知らじ」とおっしゃったという。また、この乞食が死んだという報告を受けた太子は、これを丁重に葬ってやった。後日、その墓へ使いをやって調べさせてみたら、墓の口はもとのままだのに、中の遺体は消えうせていた。知らせを聞いた太子は、黙して語らなかった。話の最後に、『霊異記』は、こう書いている。

　誠に知る、聖人は聖を知り、凡人は知らず。凡夫の肉眼には賤しき人と見え、聖人の通眼には隠身と見ゆと。

この場合の「隠身」とは「本身を隠して人間の姿となり、この世に現われている人」（小学館「日本古典文学全集」本、頭注による）を言う。『古事記』の場合とは違う《隠身》である。「凡夫の肉眼」によってではなく、「聖人の通眼」によってのみ《隠身》は見えるのである。「通眼」によって見えるものの本体と、「肉眼」によって見える仮相との間をつなぐのは《変形》に外ならない。

同じ『霊異記』にこんな話がある。美濃国の男が、偶然に道できれいな娘に出会って結婚する。そのうち男の子が生まれた。ところが家の飼犬が、いつもこの妻に吠えかかる。妻も犬におびえる。とうとうある日犬が妻にとびかかった。妻は飛びあがって籬の上へ……と見ると、狐である。主人は狐に向かって言う。

汝と我との中に子を相生めるが故に、吾は汝を忘れじ、毎《つね》に来りて相寝よ。

狐は主人のことばに従順である。「夫の語《こと》を誦《おぼ》えて来り寝き、故、名づけて岐都祢《キツネ》とす」と。結末は落語のオチのようになってしまうが、ともかく、彼女は、紅の裳をつけて、窈窕と裳すそをひいて帰っていく。本来の狐の姿を隠し《隠身》、美しい女となって《変形》、男の前に現われるところまでは、イザナギ・イザナミの話や、海幸・山幸の話と類するが、本性が狐であると知れたとたんに、相手の前から姿を消さねばならぬはずのところ、彼女は恥じて身を隠したりはしない。夫もこれを嫌悪したり驚いたりはしない。ここでは、《変形》は、仮に露見しても、不幸を導くモチーフではなくなってしまっている。この狐の話と関連して唐代小説「任氏伝」や、大江匡房の「狐媚記」ほか関連説話には今触れない。『霊異記』の世界の中では、《隠身》も《変形》もその持つ意味を変えてきているのである。

《隠身》の意味がこのように変化し、《変形》という技術が、相手をだましたとか、だまされたとかいう感情を伴わぬようになったところで、『竹取物語』は成立した。いや、そういうことを思い出させたりしないようにして、『竹取物語』は書かれていると言い直した方がよいかもしれない。

『竹取物語』のかぐや姫は、月世界の女性が身を変え、《変形》して人の世の存在となり、竹の中から誕生し、世の男どもを悩殺した挙げ句、再度《変形》して、もとの天女となり、天上へ去っていく物語である。彼女は天女であるという素性を、月世界へ帰る時期の来る直前まで隠し続ける。《隠身》である。ここにはついに「聖人の通眼」

はなかった。彼女は最後まで「凡夫の肉眼」を《変形》の技術であざむき通した。

彼女の《変形》譚には二つの特徴がある。一つは彼女が《隠身》の術を心得ていることである。彼女は帝のたってのお召しに対処するために、帝が輿をお寄せになると、「きと影になりぬ」——姿を消すのである。驚いた帝が「もとの御かたちとなり給ひね」と懇願すると、「かぐや姫もとの形に成りぬ」という具合で、変幻自在である。ここでは《変形》と《隠身》とは一体のものである。

次に、もう一つの特徴は、今までの《変形》譚の当事者が、《変形》しても心は変わらなかったのに対して、彼女の場合は、羽衣を着れば「心異になる」——下界の人であった時とは違う完全な別人格になるのである。《変形》が持っていた一種の連続性が、ここではたち切られたということである。(注)

4 《隠身》・《変形》の術、その現実化

かぐや姫の《隠身》・《変形》は、彼女が月世界の人であったから可能であった。論理的な説明を求めるならば、そう言うしかない。では、現世の人にはこれが可能か不可能か。可能であるとすれば、それはどういう手順で可能になるのか。

『霊異記』にもあり、『三宝絵詞』(巻中)にも見える話に、こういうのがある。病気の老僧に仕える弟子は老師のために魚を食べさせたいと考えた。魚を買いに行った童は帰途で見とがめられた。さげていた櫃から魚の汁がしたたり、魚の臭がぷんぷんしていたからである。童はそれでも「中味は法花経であって、魚ではない」と弁解する。ついに中味を改めることになった時、童は心中に発願する。「我が師の年頃読み奉り給ふ法花一乗、我を助け給へ。師に恥見せ給ふな」と。櫃を開いて見たところ、魚八匹は八巻の法花経になっていた。「まさに知るべし、法《のり》のために身を助くれば、毒も変じて薬となる。魚も化して経と見ゆ」というのである。身を変える《変形》ではないが、

物の形を変える《変形》の例である。

《隠身》は、どうやって可能となるか。これは、薬または隠れ蓑・隠れ笠を用いることが常識だったらしい。『今昔物語集』巻四の第二十四語によると「隠形ノ薬」の製法は、「寄木《ヤドリキ》ヲ五寸ニ切《キリ》テ陰干《カゲボシ》ニ百日干《ホシ》テ、其レヲ以テ造ル薬」だという。「其木ヲ髻《モトドリ》ニ持シツレバ隠蓑ト云ラム物ノ様ニ形ヲ隠シテ、人見ル事ナシ」。ここでは薬と隠れ蓑との混線があるようであるが、この混線は同じ話を扱う諸説話に共通するようで、『打聞集』「竜樹菩薩隠形事」に見える製法も同様、また『古本説話集』の第六十三話では「寄木を三寸に切りて、陰に三百日干して」製するものを「隠れ蓑の薬」と呼んでいるが、同話の題名には「隠れ蓑笠を以て」と、その使用する行為を呼んでいるから、「隠形の薬」といい、「隠れ蓑笠」といい、ものは同じものと見てよい。説話集に見える竜樹の話は、「竜樹菩薩伝」や『法苑珠林』の同伝によるもので、原典でも「隠身之薬」「隠身法」などと書いている。

話は竜樹菩薩が俗人だった時代、この秘法をマスターして仲間を語らい、姿の見えぬのを幸いに王宮に入って后たちを犯したが、王はこの対策として粉（あるいは灰・細土などとも）をくまなく王宮の中に撒いた。「身は隠すものなりとも、足形付きて、行かむ所はしるく顕はれなむ」（『古本説話集』）という判断。かくて仲間二人は「足形つく所を、おし量りに切」られてしまったが、竜樹は「后の御裳の裾をひきかづきて臥し」て難をのがれたという。かぐや姫はどういう術で姿を隠したのか、竜樹の場合のように工夫すれば、かぐや姫の足形だけは発見できるものだったのかどうか、これは明らかでない。が、隠れ蓑を着ても足形は残るという発見は、架空のものである隠れ蓑を、一歩現実に近づける効果は果たしているように思われる。

それでも、隠れ蓑は容易に手に入らぬ品であった。『拾遺集』巻十八の平公誠の歌に、

忍びたる人の許に遣しける

隠れ蓑隠れ笠をも得てしがなきたりと人に知られざるべく

とあるのは、容易に手に入らぬ品だから歌になりうるわけである。しかし隠れ蓑は次第に身近なものに感じられるようになっていった。『枕草子』「淑景舎、東宮に参り給ふ」の段に、

隔てたりつる御屏風もおしあけつれば、垣間見の人、隠れ蓑取られたる心地して、あかずわびしければ、

というように文飾として使われるようになる。

『枕草子』「虫は」の段に、蓑虫は鬼の子供で、蓑は親が着せた衣だとあるし、「円融院の御果ての年」の段では「蓑虫のやうなる童」を、後で「鬼童」と呼んでいるのを見ると、隠れ蓑も本来は鬼の所有物だったのかもしれない。もしそうだとすると、隠れ蓑は、本来《隠身》・《隠形》の用具だったのが、もとの姿形を見られぬように隠蔽するだけの用具に転じていったと考えてもよい。蓑虫は、隠れ蓑の俗化した、現実的な形態ということになるだろう。それは《隠身》・《変形》の俗化・現実化でもある。

5　主役条件に欠ける「隠れ蓑」の主人公

一条朝前後の、以上のような状況を背景において考えると、「隠れ蓑」という散逸物語登場に一つの視点が生まれてくる。この物語には、隠れ蓑を着用する男の行動はさまざまに描かれてはいても、隠れ蓑を手に入れる過程は話の中心になっていなかったようである。

不思議な品を手に入れる話というのは、『宇津保』の俊蔭が琴を手に入れる伝奇性に通ずるものになるであろう。

が、「隠れ蓑」の物語は、そういう古『宇津保』のような骨組みではなく、手に入れた不思議な力を持つ品をいかに使うかに中心が置かれた物語であったろう。相対的に伝奇性から脱却した物語として、これを位置づけてよいかと思われる。

「隠れ蓑」の物語については、すでに松尾聡博士の詳しい御論考(『平安時代物語の研究』)があるので、これに譲り、本稿の主題に即して若干述べておく。

まず、「所々見ありき侍りける頃、法師の、女の手をとらへて侍りけるに、仏の宣ふやうに耳に言ひ入れ」た歌(『風葉和歌集』釈教)とか、「所々見ありきける頃、前斎宮に大弐」が「近づき寄りけるを、大神宮と思はせて、さまざま申しけるに」、大弐が「おそれて、おこたり申して出でにければ」という場面で斎宮の詠んだ歌(同・神祇)などがある。これは隠れ蓑を着用して行なう行為で、神・仏の行なうところを代行しているわけである。《隠身》・《変形》の本来持っていた役割とつながる点である。

しかし、神・仏の行なうところを代行して女性の危機を救う主人公も、現実の世界での恋愛となると、あまりはかばかしい成果はあげていない。歌を「夏、さつきの頃、女のもとにつかはした」主人公と、これに答える中納言家宰相と呼ばれる女房の贈答(『風葉和歌集』夏)を見ても、また「つれなく侍りける女のもとに」(同・恋一)送った歌にしても、《隠身》の時の神通力は《変形》後にそのまま通用したようには見えない。

より具体的に彼の行動を眺めることのできる資料は、『光源氏物語抄(異本紫明抄)』黒川本に見える逸文である(拙稿「『交野の少将』と『隠れ蓑の中将』は果して兄弟か—黒川本『光源氏物語抄』の資料を中心に」『源氏物語を中心とした論攷』昭和五二年、笠間書院刊所収に全文を引用したので、引用は略する)。この場合、「大納言殿、御祓し給はんとて、御方々、君達ひきつれて、水無瀬へ渡り給ひぬ」と書き出されているので、私は仮に「水無瀬の段」と呼ぶ。「亮の君も渡り給ひぬ」というのが「隠れ蓑の中将」である。大納言はその父。大納言の水無瀬別荘の近くに前左大臣の所領があり、北の方は夫と死別した後、ここに住んでいるのである。長女は院の二の宮へ参り、三の君はまだ独身で、あちこちから懸想文が来る。

こういう状況描写の後、「東宮の亮」（主人公）が、北の方の邸へ忍びこんで中の様子を眺める場面となる。三の君のところへ来た懸想文を、隠れ蓑に身を隠した亮がのぞいて見ると、彼の兄源中将から来たものであった。亮はこの兄の手紙をのぞき見て「さも至らぬきはなき御文かな」と感心する。邸の者たちも「書き配る所の多かればにやあらむ、見給ふるごとに、よくもなるかな」と、手紙の書きざまをほめる。北の方の質問に答えて、長男兵衛督は「只今、帝より始め奉りて……この人をめでぬはいづこにか侍らん、げに見給ふるにも、いとめでたくなん侍る」と賞讃する。こういう賛辞を、隠れ蓑に身を隠した主人公は、じかにその場にあって聞いているのである。

すなわち、「隠れ蓑」の主人公は、隠密行動ができるという特性を身に備えているために主人公ではあるものの、恋物語の主人公という観点からすると、彼よりもその兄源中将の方が脚光を浴びている。恋物語では脇役に甘んじなければならぬ宿命を負った男である。

6　一条朝の文芸は「隠れ簑」に冷淡だった

業平から光源氏まで、平安時代の物語の主人公は恋の立役者でなくてはならなかった。しかるに「隠れ蓑」の主人公はその枠から外れてしまっている。松尾聡博士（前掲）、小木喬氏（『散逸物語の研究　平安・鎌倉時代編』）が、この物語を『源氏』以前の物語と認めておられる。しかるに『枕草子』「物語は」の段などにはこの物語の名があらわれない。この理由の一つは、上述の主人公の性格が原因となっているのかもしれない。

しかしさらに言えば、物語名としての「隠れ蓑」は、この物語の実体成立後につけられたのではあるまいかと私は考える。理由はこれも『光源氏物語抄』が引く、次の注である。

交野の少将は、隠れ蓑の中将の兄也。但、隠れ蓑は、中将の時にあらば(ずカ)、隠れ蓑の東宮亮といはれし人也。狛野の物語の始めの巻也。交野の少将も中将の時の事なれども、物語のやう、みなかやうにとりなして書けり。交野は少将の時もありと見ゆる所は侍る也（「ノートルダム清心女子大学古典叢書」複製により、適宜漢字を宛てた）。

交野少将と隠れ蓑の中将とは兄弟で、「交野」・「隠れ蓑」・「狛野」の三散逸物語は、実は三部作だというのである。先に引用した「水無瀬の段」の筋書でわかるように、兄源中将の特色は、すでに知られている交野少将と一致している。恋の物語の主人公にちなんで物語名をつけるとすれば、「交野」あるいは「交野少将」がえらばれる。裏方としての活躍の特色に注目すれば「隠れ蓑」が物語名となりうる。それは「竹取翁物語」と「かぐや姫物語」が表裏一体をなすのと似た関係である。

『枕草子』「物語は」の段には「交野少将」「狛野」が出てきて、「隠れ蓑」は見えない。『源氏物語』にも「交野少将」「狛野」は出てくるが「隠れ蓑」は見えない。『光源氏物語抄』の言うように三部作であるとすれば、この現象は少し変だが、「隠れ蓑」が「交野」の別名であれば、これは自然である。

「狛野」にも「隠れ蓑」を着用した人物が登場していたらしいことは次の例から推測できる。『光源氏物語抄』の末摘花巻に「こまのの物語にあり」として引かれた逸文があり、これは、主人公の男が、故大納言の姫君たちの前栽合に参加する場面だと解されてきた（堀部正二『中古日本文学の研究』昭和一八年刊）。だが、「故大納言の君達、かたわきて前栽合し給ふと聞きて、例のかたちどもゆかしくて、入り給へれば」という主人公の行動は、前栽合に参加したところで、「ゆかしく」思う姫君の「かたち」を垣間見ることは不可能なはずだから、解釈を変えねばならぬ。主人公が交野少将の方なら従来の解釈通りにとって、万一の僥幸をたのんで歌合に参加したと見てよい。彼の好色者ぶりがそこににじみ出ているわけである。が、私はここも「参り給へれば」ではなく「入り給へれば」とある点に着目して、主人公が「隠れ蓑」を着用して、こっそり前栽合の場へ忍びこんだのだと読みたい。

こういう読み方で、『光源氏物語抄』の言う、「交野」・「隠れ蓑」・「狛野」が、同一の兄弟を主役とした一連の物語だという説は、信じてよい根拠があると私は考える。

『光源氏物語抄』の空蟬物語の注の中に次のような引用がある。

> こまのの物語に云、
> こま人の御この歳十三ばかりなるが、殿上などしてなんいひ出でける、すけの君いかで近うきこえさせせん。この消息しつる小君にていひける。

断言はできないが、ここに出てくる「高麗人」とか「殿上などし」た「小君」とかいうことばから、私は、「狛野物語」と『源氏物語』の桐壺・帚木・空蟬あたりの巻々との照応関係を予想する。「光源氏名のみことごとしう」と書き出された帚木冒頭にも「交野の少将」の名が出てきたことを思いあわせると、紫式部は、そこに登場した兄弟の中、好色者交野の少将の方に強い関心を持ち、「隠れ蓑」の伝奇性は無視していると言えはしないだろうか。

今引用した「狛野」の断片には「亮の君」のことばが見える。亮は「隠れ蓑」の主人公の呼び名である。「隠れ蓑」の主人公は、『風葉和歌集』によると最終官は左大将であった。『狭衣物語』によると中納言と呼ばれている。「左大将」「中納言」に昇ったのは、物語の最後にちょっと触れてあるだけ、「隠れ蓑」の主人公の活躍時代はずっと「亮」だったのだろうか。一こと疑問の形でつけ加えておく。

紫式部は「隠れ蓑」を知っていた。しかし紫式部は《隠身》・《変形》のモチーフを、本稿の最初に引いた光源氏と夕顔との交渉に見られたような形でしか使わなかった。あるいは、紫の上の死とそれを悲しむ光源氏というような設定などに《隠身》の応用編を見てよいかもしれない。ただ《隠身》・《変形》のなまの形は避けた。伝奇性のなまの形を避けたのだ。

7　《隠身》・《変形》拡大再生産の平安後期文芸

ここでようやく本稿の「平安後期物語の形成」という主題にたどり着いた。平安後期の物語作者は、紫式部が避けた《隠身》・《変形》の側面を「隠れ蓑」の中から拡大再生産したのではないだろうか。「隠れ蓑」が「交野」と交替して物語の名となり、定着したのも、こういう平安後期物語の時代の尚好と歩調をあわせてのことではなかったろうか。『狭衣』が随所に「隠れ蓑」の名を引くのをはじめ、『夜半の寝覚』・『とりかへばや』・『有明の別』・『松浦宮』の物語や、『今鏡』など歴史物語にまでその影響を考えることができるからである。

「隠れ蓑を得給はねども、おのづから高きも賤しきも尋ね寄りつつ」(『狭衣』、朝日古典全書一九三ページ)

とか「隠れ蓑の中納言の二の舞にやならむと」(三六一ページ)と書く『狭衣物語』の直接的な関係は、今省略する。一つの小道具として《隠身》・《変形》を話題とするのでなく、これを一編の柱に据える作品に、平安朝後期の物語の特色を見たい。

『とりかへばや』は同胞である男女が、性を「取りかえる」《変形》の物語である。男は女に、女は男に「身を変える」、複合・連動した《変形》の物語である。ただしこの場合、《変形》は舞台の上で演ぜられる大魔術とは違って、彼と彼女は一度世間の眼のとどかぬ所に身を隠し、男女の体を取りかえた形で再登場する。《変形》のために《隠身》は不可欠の条件であった。『とりかへばや』は鈴木弘道氏の言われるように「性転換とその物語」であるが(『平安末期物語の研究』)、その現象面での猟奇性よりも、私はその根底にある《変形》・《隠身》のモチーフに興味を持つ。

今本『とりかへばや』の主人公たちは《変形》のための《隠身》の場所として吉野を使い、そこに吉野宮と姫君たちを登場させている。松尾聡・小木喬氏は、古本『とりかへばや』に吉野の舞台を予想させる資料が残っていないこと、古本に出てくる「みてものの聖」が今本の吉野宮に当たるかと推定しておれらる。ともかく、古本は今本のように「かたみにもとの人になりかはりて出で来たる」筋書ではなく、「もとの人々みなうせて、いづこなりしともなくて新らしう出で来たる」(『無名草子』)ありさまで書かれていたらしい。古本の方に《隠身》のなまなましさが生かされていたことは疑いない。

『無名草子』は「隠れ蓑」と『とりかへばや』を「ひとてに言はるる」作品だと批評している。『とりかへばや』の方に即していえば、男と女との同胞が性を取りかえるところに中心があるのだから、「隠れ蓑」の兄弟も、好色の典型である兄が、弟の「隠れ蓑」を借用して、二人の役割が一時交替するというような話があって、そこに着目した『無名草子』が「ひとてに言はるる」作品だと批評したのかもしれない。が、これは確証はない。両作品の《隠身》・《変形》というモチーフに注目した批評であるとするならば、『無名草子』の作品分析は強い抽象能力を備えたものだったことになる。

『有明の別』は大槻修氏の研究(『在明の別の研究』、同「対訳日本古典新書」)などによって広く現代の読者にも行きわたるようになったが、ここでも事情は相似たものがある。主人公の大臣の姫君は、実在しない兄の役割まで果たすことになる。昼は男子として公務につき、夜は天性備わった「身を隠す」術を使って「隠れ蓑などいひけるやうに、至らぬ里なく紛れ歩」く。「隠れ蓑」そのままの《隠身》である。探索の結果、彼（実は姫君）は、ふさわしい配偶者で、かつ、後嗣となるべき子を懐妊している女性を見つけ、彼は不用になった架空の兄役から、もとの女性にもどる。《変形》である。『とりかへばや』と『有明の別』との類似点・相違点については「対訳日本古典新書」版の付録に原田明美氏の詳細な論があるので、それに譲る。

8　おわりに

古代における《隠身》と《変形》およびその関連構造の中で、当初《隠身》は男女の愛を深め、確かめる働きを助長するものであると私は考えた。《変形》はその両者を訣別させる要因をなすかに見えた。『源氏』以前の中古の物語では《隠身》・《変形》を俗化・現実化する方向が主流をなしたが、それでもなおそこに感じられる伝奇性・超自然性を、紫式部は採らなかった。「隠れ蓑」物語と一連の「交野」・「狛野」の中から、紫式部はその《隠身》の方を捨て、《好色》に的をしぼって、それを乗り越える物語の創造を果たした。平安朝後期物語は、無視された《隠身》のモチーフと《変形》を結びつけながら、新しい伝奇性追求にこれを利用した。叙述は多岐にわたったし、《隠身》・《変形》の概念についても、曖昧な点を残したが、本稿で述べようとしたのは、以上のようなことである。

私は別に「延喜・天暦期と『源氏物語』とを結ぶもの——大斎院のもとにおける新版『住吉』の成立」という長い題目の論を書いたことがある（『源氏物語　その文芸的形成』昭和五三年、大学堂書店刊所収）。古本『住吉』と新版『住吉』の交替期を一条朝初期におき、あわせて『源氏物語』の形成に当たって働いた力の一つとして大斎院選子からの儀礼的要請と、これに応える儀礼的技巧がかみ合っているということを述べたものであった。《隠身》と《変形》とを軸に述べてきたところもこれにかかわる。だが、長くなるのでこれを略した。意のあるところを当該論文についてご推測いただければ幸いである。

〔注〕本稿を書き終えた後、この中の部分的な補足として「かぐや姫の〈隠身〉の術」(『書斎の窓』三〇六号、昭和五六年八月)と「後期物語の精神と支盤」(『国文学』昭和五六年九月)とを書いた。「序説」に当たるこの稿が続稿より後になったが、あわせてご覧いただければ幸いである。

※初出「論集中古文学」第四巻『平安後期―物語と歴史物語―』(昭和五七年二月　笠間書院)

〔コラム〕

かぐや姫の〈隠身〉の術

「消えうせなむず」という伏線

かぐや姫は〈隠身〉の術を駆使した。これはあまり人に注目されていない事実である。竹の筒の中から発見された時の身長は三寸ばかり、それが三月の間に通常の丈に伸びる「高度生長」の術と、天の羽衣という優雅な宇宙開発機器を使って天空を飛ぶ「空中遊泳」の術の方は、どなたもご存知のところであるが、〈隠身〉の術の方は、案外に読者から見落とされてきた。

では、かぐや姫が〈隠身〉の術を実演してみせる現場は、どんなぐあいになっているのか。世の中の男どもを悩殺し、期待をになって登場した五人のエリート貴族たちも姫の難題の前にあえなく敗退した後、最後の挑戦者として、エース級の帝が登場する。求婚者たちを一歩も寄せつけぬ誇り高きかぐや姫の噂を耳にした帝は、まず彼女の器量の実地調査に着手する。派遣された使いは、姫との対面を拒否されて、「国王の命に背くとは何ごとぞ」といきまいてみせるが、姫は「国王の仰せごとを背かば、はや殺し給ひてよかし」と、動ずるけはいもない。

帝は第二弾、強権を発動し、竹取の翁に姫を奉れと命ずる。成功報酬としては貴族にとり立ててやるというえさまで用意して、おどしと懐柔、硬軟とりまぜて脅迫するのだが、翁の懇請に対して、かぐや姫は「さやうの宮仕へ仕うまつらじと思ふを、強ひて仕うまつらせ給はば、消えうせなむず」と答える。〈隠身〉の術の行使を示唆したことばであるが、ここではことばを次いで「なほ、そらごとかと、仕うまつらせて、死なずやあると見給へ」とも言うものだから、「消えうせる」ということばに籠められた〈隠身〉という意想外の意味合いは朧化されて、「死」の決意表明という一般的な理解しか読者にはできないおもむきになっている。〈隠身〉の術をかぐや姫が実際に行使した時になって、読者ははじめて、姫の「消えうせなむず」ということばの本当の意味に気づかされるという、物語作者の慎重な筆の運びをここに見てよいであろう。後になって、あのことばにはこういう意味がこめられていたのかと読者に気づかせる楽しみを意図して、説明的に流れそうな筆をじっと抑制する表現意識がここにはある。

「影」になる〈隠身〉

帝はかぐや姫を呼び寄せることはあきらめて、ではこちらから出向いてみるかと、ようやくおみこしをあげる。しかし帝の方が折れたというのでは恰好がつかないから、狩の行幸というふれこみで、山の麓にある竹取の翁の家に出かけることになる。「光満ちて清らにてゐたる人」を確認して、帝は近寄るのだが、姫の袖をとらえようとすると、姫は面をおおって顔も見せない。ともかく都へ連れ帰ろうと乗り物に乗せようとした時、かぐや姫は〈隠身〉の術を実行に移す。原文には、次のように書いてある。

「猶率《ゐ》ておはしまさむ」とて、御輿を寄せ給ふに、このかぐや姫、きと影になりぬ。

姫の姿が、かき消すように消えても、あわてふためいたりしないところが、今までの求婚者たちとは違う王者の貫禄である。「連れては行かぬ、もとの姿にもどっておくれ」と懇願すると、たちまち「かぐや姫、もとのかたちに成りぬ」というのだから、〈隠身〉の術は、術として完全である。〈隠身〉まではできたが、もとの姿に顕在する段になって、「しまったそこまではまだ練習していなかった」などと騒ぐようなぶざまなことは一切ない。『竹取物語』を読む限り、「高度生長」の術を使う時も、〈隠身〉の術を用いる時も、「空中遊泳」の術をこころみる時も（実はこれら三者を〈変身〉の術と総称してもよいのだが、そのことは後に触れる）、彼女は常に失敗などはしない。

ここに至って、読者は「いよいよとなったら姿を消すまで（「消えうせなむず」）」と言ったかぐや姫のことばの真の意味を知る。同じ「消えうせる」にしても、「死」ぬのは消えっぱなしになる。〈隠身〉の術は変幻自在、「消え」てもまた「もとのかたち」になれる相違は注目しておかねばならない。「消えうせなむず」とは、変幻自在の自信に裏付けられたことばだったのである。

「影」の思想

「消えうせる」〈隠身〉の術を「影になる」と表現した理由は何であろうか。「影」は、そもそもどんな構造を持っているのであるか。『古今集』にこんな歌がある。

曇り日の影としなれる我なれば目にこそ見えね身をば離れず

（恋四・七二八）

この歌の上の句は、科学的・論理的に説明しようとすれば、いろいろ解釈もあろうが、要するに「影」は「目には見えなくても身を離れぬ」ものなのである。同じく『古今集』に、

寄るべなみ身をこそ遠く隔てつれ心は君が影となりにき

（恋三・六一九）

近づこうにも拠り所がないので、あなたと距離的には離れているが、心はあなたに寄りそって離れないのよという、遠くにあるものへの強い憧憬の恋心を詠んだ歌である。「影」は、目に見えなくても身を離れぬものなのであるが、仮に「身」を「隔て」ても、「心」は「影」となって、思う人にひたと寄りそうことができるのである。

単に「消えうせる」だけでなく、「きと、影になりぬ」と書かれたかぐや姫の〈隠身〉の相の表現には、形の上では帝の要請をこばみ、「身を」「遠く隔て」てはいるものの、自分の「心

は」実は帝の思し召しの有難さにひかれているのだという彼女の心情がこめられているのかもしれない。また、たとえそういう理解のしかたが誤解であるにせよ、帝はこの時、『古今集』の歌などを思い浮かべて、かぐや姫の〈隠身〉の行為にこめられた真情はこれだと思ったところで、その誤解は責めらるべきではない。恋は、多くは誤解の上に成り立っているものなのだから。

　しかも、かぐや姫は、いよいよ昇天の直前になって、手紙を送り帝に自分の本心を打ちあけている。『宮仕へ仕うまつらずなりぬるも、かくわづらはしき身』の上を思ったからのこと」云々と、地上の恋の許されぬ身の上を述べ、「君をあはれと思ひ出でける」と歌に真情を述べる。羽衣を着れば「心異になる（人間界の人とは心の働きの軸が違ってしまう）」ことを前提にして、はじめて最後の瞬間に人間界での真情を口にしたわけである。ここまできた時、先の〈隠身〉を「影になる」形で示したのは、実は彼女の真情を示す手段だったのだと、帝とともに私ども読者も事実の真相に思い当たる——そういう読み方は、先に「消えうせなむず」と書いて〈隠身〉の術を行使する予想を婉曲に読者に与えておいた作者の筆法に照らしても許されるであろう。引歌による文章作法のルールがまだ熟し切っていなかった『竹取物語』の時代には、より自由な、より幅広い先蹤詠利用の途が、可能性としては存在していたのではないかと私は想像する。

〈隠身〉の源流と展開

「身を隠す」〈隠身〉の所見は『古事記』の冒頭部分にある。『古事記』上巻の冒頭には「独り神」として「身を隠す」神々が、列記されている。「独り神」とは、「並ぶ兄弟《ハラカラ》のなきを独子《ヒトリゴ》といふが如く」（『古事記伝』）、独身の神様の称である。さしずめ誰とも結婚せずに天上へ帰ったかぐや姫と対比することもできよう。「身を隠す」とは「御身の隠りて、見え顕はれ給はぬ」さまであって、「御形体《カタチ》のなきをかくいふと心得るは後世のなまさかしらなり」と宣長は言う。見えていたものが見えなくなるのか、本体をもともと隠していたのか、『古事記』の〈隠身〉の実体は分からぬところがまだ一つ残っている。けれども、「独り神」ではないイザナギ・イザナミの男女対偶神、夫婦の神様と比べてみると、その辺の事情が少しわかるように思う。国生み・神生みの生産活動の果て、イザナミは火神を生んだ時の火傷がもとで死ぬ。その死は「身を隠す」のではなく「神避《カムサル》」と書かれている。「神避」りましたイザナミは、葬られた後も「黄泉《ヨミ》の国」にあって、妻恋しとはるばる追って来た夫イザナギを迎え、ことばを交すのだから、「身を隠す」状況ではない。

　短絡していえば、葬り、その行方を尋ねる配偶者や肉親がいないからこそ、「独り神」の〈隠身〉はそこで成就完成するのである。配偶者などがいると、たとえ〈隠身〉を願っても、探索されてしまって「隠身」は実質的には成就されないことになる。

ここで愛する者同士が完全に訣別するためには〈隠身〉によるのではなく、ある種の〈変形〉の契機が必要となる。イザナギは黄泉の国で、「ウジタカレコロロキテ」肉体腐敗、燐光を放つイザナミの〈変形〉の相を見るに及んで、妻への愛を忘れる。〈変形〉を契機として、イザナミ・イザナギは、死の国と生の国を境する扉を隔てて、人類の将来の人口計画を主題に、壮絶な夫婦喧嘩の果てに袂を分かつ。

後世、愛執を断つための一つの方法として出家があるが、これも「かたちを変える」〈変形〉の一種であり、また出家遁世は〈隠身〉の一つの現実的な形態でもあった。ここまでくると、〈変形〉と表裏一体をなすことによって〈隠身〉は心をまでも変えてしまうことになる。

かぐや姫の場合は、心まで変えてしまうためには天の羽衣を着るという優雅な〈変形〉を必要とした。そして彼女の〈隠身〉の術は心まで変えてしまう種類のものではなかった。この種の〈隠身〉は技術的な側面を強化して「隠れ蓑」というような珍品を生むことにもなる。「隠れ蓑」の製法や使用実例となると、『今昔物語集』や『古本説話集』から、さらに仏典にまで及ばねばならぬ。また、ジキルとハイド、カフカの『変身』にも及ぶ。忍者小説も無縁とはいえない。が、今は、かぐや姫の〈隠身〉の術の周辺の素描だけにとどめて筆をおくこととしたい。

（散逸した物語に「隠れ蓑」と呼ばれる作品がある。これについては「『交野《かたの》の少将』と『隠れ蓑の中将』は果たして兄弟か——黒川本『光源氏物語抄』の資料を中心に——」という長々しい題の論を書いたことがある〈『源氏物語を中心とした論攷』昭和五二年、笠間書院刊所収〉。直接本論とは関係ないが、〈隠身〉の類例としてご参照いただければ幸いである。）

※初出　『書斎の窓』No.306（昭和五六年八月　有斐閣）

〔口述筆記〕

物語流通機構論・序説

伝えようとする手段はあとから工夫されるものである。まず最初は、人をそばに呼び寄せる、これが文学の第一歩というふうにわたくしは考えている。情報の発信者である、そういう点で、文学とほかの世界における、宣伝・広告の類と、この両者の間には、本質的な区別はない。これがわたくしの序説である。

1

人を集めるために手を尽くした結果、どうなるか。集めるだけではなくて、自ら相手の方へ出かけていくケースが生ずる。

たとえば、『万葉集』の竹取の翁のお話。彼は、春、山に登って、先客で山の上に集まった乙女たちが春の若菜を摘んで、羹を作っている場面に遭遇する。ここで彼は、乙女たちの招きに応じて、そばに寄って、乙女たちがやりわずらっていた、火を焚く作業の手伝いから始める。そして仕事が終わった時、集まった乙女たちは、「このおじいちゃん、誰が呼んだの？」と、あまり歓待しないそぶりを見せはじめる。そんな時、こそこそと逃げ隠れするタイプもいる。このタイプは、文学や情報提供を行なう者としては失格である。竹取の翁は、ここで、「申し訳ない。出過ぎたことをして、みなさんの中に入ってきてしまった。ひとつ、この罪ほろぼしに、わたくしの歌でも聞いていただいてご機嫌を直していただこうか」と提案する。こうして翁は、『万葉』に見える長歌を、みんなの前で披露する形になるのである。

この長歌、原文は極めて難しい表現になっている。しかし、大筋から言えば、今みんなから嫌われているこの老人が、実は若い時には、人々からもててもててしょうがないほど、すばらしいダンディーな男であったということを、生まれた時の自分の姿かたち、あるいは衣服の類から述べ始める。これが『万葉』の長歌のスタートラインである。

若い時にはみどりの黒髪、というふうに髪の描写から始まっていく長歌である。髪型は、大人になるに従って、幼児の髪から、少年、青年の髪へと移行していく。そして最後に、その自分がもてでしょうがなかった若いころにくらべて、今はみんなから疎まれるようになる、年はとりたくないものだ、というような結末をつけてみせるのである。そして付け加えて、しかし若いみなさん、わたしにもあなたたちと同じ若い時があった、あなたたちだってもうしばらくすれば、わたしのような年になって、みんなから相手にされなくなるんだよ、と諭すわけなんですね。こうなりますと、乙女たちは、身につまされる思いもあって、今度は、おじいちゃんにサービスをしようと、自ら申し出る格好になる。

2

『万葉』の長歌はこういう形で進行するけれども、もしこの翁が、みずからは年寄りであるにもかかわらず、歌だけを朗詠しているのであれば、あまり聴衆の興味・関心を惹かないであろう。翁はおそらく、歌を口ずさむと同時に、若いときの自分の服装や、若々しい自分の容貌を、身振り手振りを入れて、演じて見せたであろう。すばらしい帯をキュッと締めて、この腰はじが蜂のように細くてね、というような中国風な表現まで加えて、これはおそらく演技を加えなければ効果は上がらないのである。

もともとこのじが蜂のように細い腰というのは、中国においては若い女性の表現である。それを年取った老人が演じて見せる、見ている乙女たちはここでワッと笑うであろう。若かった時の翁が町を歩くと、みんなが振り返る。野原へ行くと、小鳥たちはもちろんのこと、空をゆく雲までが立ち止まって彼に見惚れるという、このあたりも演技を加えながら、翁は歌を朗詠し続けるわけである。

一人で、若かった時の自分と、それを見てくれる人たちの様子を再現してみせるという、これは、文学の世界の中でも、いわば一種の演技である。この演技のすばらしさを、読者たちは、同時に、ビジュアルに眺めながら、しだいに翁の語りの中に溶け込んでいくことになる。文学の世界に、詩の朗詠と、演技という演劇性と、こういう諸要素が総合的に組み込まれていくわけである。『万葉』の翁の長歌には、こういう原始的な形での文学の発生、および文学が語られる場面というものが、おのずから示されているというふうにわたくしは考えます。

3

こうして、翁は自分を語っていくわけであるけれども、この中に、ヨーロッパの歌劇と同じような形の舞台が形成されることになる。この舞台、最後は、「年はとりたくないものよ。しかし、みなさんだって」という形で、返す刀で乙女たちに教訓を授けている形になる。こういう一種の教訓性を帯びた内容、広く言えば宗教的なものにもつながる内容は、素材としては、中国の、自分のおじいさんを捨てる、爺ころばし、婆ころばしというお話、細かくは略すけれども、元国の『二十四孝』などに出てくる素材である。その中国の故事を、『万葉』は、おじいちゃんを捨てに行くために持っていた車を「持ち帰りけり、持ち帰りけり」という形で、竹取の翁は、歌の中に詠み込んだりする。こういう教訓性は、ヨーロッパの歌劇の原型にあたるアウディーの類と共通する性格をも備えていることに注意しなくてはならない。

翁の歌が終わると、乙女たちは一人ひとり、今度は翁に答えて、自分たちが「我も寄りなむ」と、翁に好意を示す短歌を朗詠し始める。十二人の乙女たちはおのおのこういう短歌を口々に口ずさむことになるわけであるが、考えてみると、はじめ翁の一人舞台であった歌劇の舞台は、いつの間にか乙女たちの大合唱という形で終局を迎えることになる。すなわち、乙女たちが参加することによって、歌劇は完全に完成することになる。

4

乙女たちの参加によって完成した歌劇の舞台、これは実は、当初から設定されていた舞台が、舞台の中のもうひとつの舞台という二重構造になるわけであって、乙女たちが舞台の上に駆け上って大合唱を始める時には、山の上の野外劇場には、いつの間にかこれを眺める観客たちが、自分たちの観客席からこれを眺めるという形に変わってくると、わたくしは考えています。

こうして、発信者が設定した新しい舞台が、いつの間にか発信者以外の人を巻き込んだ大きな舞台に変わっていく、いわば翁は、発信者であると同時に大きな舞台の設定者、あるいはそれを指揮するディレクターというような位置を占めることになる。翁は、ディレクターであり、かつその劇の中の主役として、長歌も口ずさみ、演技もまじえ、万能の能力のある名俳優だったことになる。

しかし、名俳優も、これを繰り返すうちに、本当に年をとってくる。また、同じ繰り返しであっては観客の方も飽きてくる。それに気づく翁は、新しい舞台装置を考えなくてはいけなくなるであろう。この場合、どんな配役の変化や舞台装置の変化を考えることができるであろうか。

ひとつは、翁を主人公とする舞台から、若い男性を主人公とする舞台へ変えることもできる。しかし、若い主人公が登場して乙女たちと対応する、この様式は、中国の『遊仙窟』、ちょうど『万葉』の時代には、『遊仙窟』が遣唐使たちの手によって日本に持ち帰られ、当時の男性知識人の間のひそかなベストセラーになっていたころである。その二番煎じがあってもかまわないわけであるが、ここで翁は、若い新しい主役を設定する代わりに、自分の後継者として、乙女たちの一人を主役に据える、という筋書きを考えたであろう。

5

翁主人公の舞台を、乙女中心の舞台に変えていく、この移行措置のために、いろいろなケースが考えられる。

ひとつは、十二人の乙女の中の一人を、翁はこっそりと自宅へ連れ帰った、というような設定を考えることもできる。連れ帰ったのはいいのであるが、この乙女は翁の養女という形で引き取られているから、彼女のところへ求婚者が押しかけてくる。翁はこれを、いろいろな解決不能な課題を与えて追い返すわけであるが、これを繰り返しているうちに、翁は撃退の方法に困ってしまう結果になるであろう。

翁は最後に考えた。このままここに住んでいたのでは、求婚者たちとの対応に窮してしまう。こうして翁は、乙女を他の場所に隠し、そして、あの乙女は月の世界からの使者であって、すでにこの世から消えてしまった、というような結末をつけるかもしれない。平安朝に読まれていた「かぐや姫」の誕生である。

このかぐや姫の誕生と同時に、主役は翁から乙女に移った。ここで、『万葉』の「竹取の翁の物語」から、かぐや姫中心の平安朝の「かぐや姫の物語」が誕生するわけであるが、あくまでそのスタートラインが「竹取の翁の物語」であったがために、平安朝になってからも「かぐや姫の物語」という名称よりも「竹取の翁の物語」という物語名称が固有のもののように使われていたことになるであろう。

6

こうして、かぐや姫も演技を続けるわけであるが、この演技にもさまざまなバラエティーが持ち込まれ、帝の求婚に応じて一度は結婚し、そして帝の前から消えていくかぐや姫、あるいは最後まで帝の求婚を拒否し続けるかぐや姫、などなど、いろいろなタイプが平安朝には生まれていた。

また、当初の十二人の乙女たちが、ある場合にはもっと数が少なかったと想像されるように、かぐや姫に求婚する求婚者たちも、五人の貴公子に限らず、『源氏物語提要』に見られるような四人の貴公子のものもあったし、『今昔』に伝えられる、三グループの求婚者たちにおのおの共通課題を与えるというようなタイプ、これらは演出する際の、配役の担当者数に応じて、臨機応変に処理されていたであろう。こういう演技性が徐々に浸透していくと、今度は舞台装置を抜きにして、読者が、作者の立場として、作品の中に口を出すという新しい形式を生むことになる。

醍醐天皇の御代、あるいは宇多天皇の末年に、伊勢の御が、長恨歌の絵を見ながら、玄宗皇帝の立場になったり、楊貴妃の立場になったり、いろいろな登場人物になり代わって歌を詠むというのもこの形である。

さらに、その応用として、生田川の話のように、本来は一人の女性と二人の男性の三角関係だった物語が、『大和物語』に伝えられるように、死んだ男の立場になり代わって歌を詠んだり、女性の立場になり代わって歌を詠んだり、というような、新しい、なり代わって歌を作ることによって、内容の新しい展開を図る、というようなケースも生まれてくることになる。

7

こういう繰り返しの中で、作者の才能を持った人物たちは、作中に現れた人物になり代わって、次々に新しい歌を作り、新しい場面を作り上げることになっていく。それは当然、現実に生きている人たちが、自分の生活のひとこまひとこまを、歌物語的に面白いお話にしていくという技術とも結びついていくことになるであろう。『伊勢物語』の業平一代記というようなものは、伝奇的な『竹取』とは違った形で、この現実に使われていた、歌を中心とする個々の場面を、一代記として、つまり完成することで、新しいタイプの物語を生むきっかけにもなっていくわけである。

こういう作業は、おそらく、『古今集』前後から『後撰集』時代にわたってぐんぐんと開発されて、そして、歌集の歌物語化、あるいは『後撰集』のような、歌物語的内容を持った勅撰集を生むということにもなるであろう。『後撰』から『拾遺』という、この三代集の後半の展開は、こうして文学の発生が物語の世界を豊かなものにしていくという文学史的事実とどこかでつながっていった、というふうにわたくしは考えている。

8

「沖つ白波立田山」の、あの左注に出てくる、同じ素材を取り上げながら微妙にニュアンスの違う伝承を生んでいった背景も同じように考えることができようし、それは『大和物語』で、同じ素材を、女性心理を深めるやり方や、誇張表現を加える新しい技術の追加、等々によって、すでに出来上がっているものを改作する、という方向へも向かう。『住吉物語』と『落窪物語』、このいずれが先行するか、というのはなかなか難しい問題ではあるけれども、これらの背後にあるものも、同じような発想に支えられているのであろう。

そういう、既存のものに手を加えて改めていこうとするやり方を、組織的に、集団の組織によって行なおうとしたのが、大斎院選子である。これはもう明らかに、物語を改造するという目的を最初に設定して行なわれた『住吉物語』

の改作であったと、わたくしは位置づけている。

『宇津保物語』には、絵詞と呼ばれる、あるいは作品の解説文に近い、通常物語文体とは異なるものが加わっていて、いろいろ問題にされるのであるが、これらも、作者自身が下書きを書いたものをふくらませていく時の技術、あるいは、それを読んだ人が説明のために新しく付け加えた要素をどういう形で補うかという局面とつながりを持っていたかと思われる。

9

そういう物語文体がまだ未完成だったものを、紫式部のあたりになると、もっとうまく処理することになる。絵詞の類も自然に消滅してしまうことになるであろう。しかし、絵詞と呼ばれる部分自体が、絵とともに鑑賞されていた物語、いわ……（テープ断絶あり）……の時代には、実際の人物が、演技とともに朗詠していた物語を、今度は、絵画と作品という関係の中で新しく処理する方法であったから、『源氏物語』ができたあとも、物語を絵画化するという方法は依然として残り、そして絵巻には絵詞がくっつく。……（テープ断絶あり）……これを要するに、文学というのは、ある個性的な作者が新しいひとつの試みを行ない、「竹取の翁」あるいは『宇津保』の作者、源順、こういうような人は個性的な発想で新しい物語を書いたであろう。そして、それをいかに改作しいかにふくらませていくか、これも物語の重要な要素だったと考える。

片桐洋一氏が最近のご本に書いていらっしゃる、異本の、付け加えられた部分というものの重みを評価しようとする立場、あの考え方を、わたくしも前から重要な文学の要素と考えていた。原作のありのままの姿を考えることも大事であるけれども、それにどういう要素が付け加わっていったかという流動の姿というものは、文学の世界で決して無視すべきものではない。むしろ、付け加わったものと原作の形、これはおのおの同等の評価を与えてよいものであろうとわたくしは考えている。

（本稿は、平成十三年一月に、入院中の病床で口述された内容をテープから起こしたものである。文章としてやや違和感がある部分や、途中とぎれている箇所もあるが、特に手を加えずそのままにしている。題名は、著者がこの口述に込められた思いを忖度して、仮に付けたものである。〈妹尾好信〉

※初出　広島平安文学研究会『古代中世国文学』第一七号（平成一三年九月）

〈解説〉

〈作者〉から〈享受者〉へ——ある文学史の試み

田中貴子

私は旧制高校時代に、独断的な文学史を書いてみたいという夢を持ったことがある。文学史には疑問を感じるようになったが、それに代る ものが「流通機構」である。

一九九三年に発行された『源氏物語の研究　物語流通機構論』（笠間書院、以下、「先著」と略称）の「あとがき」には、稲賀敬二先生のこのような言葉が記されている（以下、敢えて「先生」という称は使わないことにする。失礼の段をお許しいただきたい）。「流通機構」という国文学では耳慣れない用語は、稲賀氏が独自の文学史を記述するための「方法」として創造されたものであった。

「物語流通機構論の構想」と名づけられた本書は、『古事記』『万葉集』から一条朝にかけての文学的営為をたどり直した書き下ろし・未発表の「第一部　主役交代の現象学」と、それに関連する数編の既発表論文をまとめた「第二部　物語の形成過程と流通機構」とで構成されている。章によって文体の硬軟が見られ、いくつかは内容的に重複する部分を含んでいるが、全体を貫くテーマは「物語流通機構」、その一語につきている。

では、「物語流通機構」とはどのような概念だろうか。先に挙げた著書で、氏は「物語流通機構」を次のようにおおまかに定義している。

物語流通機構とは、「作者」の「作品」製作から、これを受け取る「読者」の「作品」享受までを含む全過程である。（中略）通常の作者・作品解説で使う「執筆」「完成」「流布」「影響」などの項目設定では、この複雑な機構内部の体系化に不便を感じるので、レベルの違う用語の使用を考えた。

氏が「不便を感じ」たいくつかの用語とは、古典文学作品や作者について書かれた辞典類で必ず目にする項目であり、通り一遍の知識や研究の現状を把握するときには誰もがとくに違和感なく接しているものでもある。しかし、これらの項目はそれぞれが相互の交渉を持たずに記述されることが多く、そうした断片的な知識はあるテクストを統一的にとらえようとする場合ほとんど役に立たない。また、「執筆」や「完成」という言葉には、特定の一人の作者が一つの作品を生み出すといった、きわめて近代文学的な発想によるという欠点がある。商業的出版文化が花開いた近世はやや事情が異なるので除外するが、古代から中世にかけての時代において、作者とは誰を指し、作品とはいったいどの時代におけるテクストを指すのかは必ずしも明確ではないはずである。氏の言挙げは、そうした近代における古代・中世国文学研究の「常識」を破るインパクトを有していると論者は考える。

氏の提唱した「流通機構」論とは、簡単にいえば、文学的活動の流れのなかでは作者や読者が固定化されないという発想であり、「源氏物語は紫式部が書いた日本最高の文化的作品です」などというような教科書的言説とは一線を画する。物語が「最初の作者」の手を離れて読者の手にゆだねられた瞬間から、享受というものは始まるはずである。享受のなかでは物語の改作や続編の製作といった行為によって「第二、第三の作者」が生まれ、「作品」そのものが時代や社会の流れに沿って変容を来してゆく。

本書第一部「四　読者が参入する物語世界」「五　物語の制作工房」では、『大和物語』のいわゆる「生田川」章段や『住吉物語』が題材となって、そうした変容の有様が具体的に検証されている。とくに、「生田川」の段は『万葉集』以後の「伝承の変容」といった見地から語られることが多いが、その「変容」がなぜ、どのように起こったのかという問題について言及する研究はあまり見られず、単に「変化した」という指摘がなされるにとどまっていた。しかし、氏の論証はきわめて具体的であり、「変容」の中心人物として伊勢という人物まで想定するのである。『伊勢物語』の増補者として伊勢の名を挙げることはしばしばなされてきたが、『大和物語』の「増補・改作」を「絵画」を軸として伊勢に結びつけるのは少しく大胆に思えるかもしれない。しかし、敢えて可能性の一つを提示することは研究の進展に欠かせないと思われる。

第二部最後に置かれた「物語流通機構論・序説」（編集に当たって付けられた仮題）という病床における口述筆記には、こうした「流動するテクスト」への明確な意識が表れている言葉が見受けられる。

片桐洋一氏が最近のご本に書いていらっしゃる、異本の、付け加えられた部分というものの重みを評価しようとする立場、あの考え方を、わたくしも前から重要な文学の要素と考えていた。原作のありのままの姿を考えることも大事であるけれども、それにどういう要素が付け加わっていったかという流動の姿というものは、文学の世界で決して無視すべきものではない。むしろ、付け加わったものと原作の形、これはおのおの同等の評価を与えてよいものであろうとわたくしは考えている。

「（テープ断絶あり）」という断り書きがはさまった口述筆記であるが、口調には毅然としたものが漂い、氏が構想した「物語流通機構」論の大きさや広がりを感じ取らずにはいられない章となっている。本書における氏の主張は、ほとんどこの一文に集約されているといっても過言ではなかろう。

物語とは静止的なテクストではあり得ず、常に流動するものである。物語という「運動」はその享受者が何度も「物語を物語る」という行為を繰り返すことによって成長を続け、それはいつの時代になっても休むことがない。氏の視点は、おそらく現代を通り越して未来における物語享受にまで向けられていたのではないだろうか。現在のインターネットに代表される電子メディアの隆盛をもし氏が目にしていたら、また別の「物語流通機構」論が生まれたかも知れない、と思うと残念でならない。

ただし、氏は「流動的な物語」への提言を怠らなかった反面、「作家」という概念へのこだわりを捨ててはいなかったかに見える。「作者は死んだ」といわれて久しいが、文学研究の動向に敏であった氏がそのような言説を知らなかったとは考えにくいので（氏が意外な書物まで読んでいたことは知る人ぞ知るところで、論者はあるとき「荒俣宏はおもしろいね」という言葉を耳にしたことがある）、この「作家」という概念を氏がどのようにとらえていたのか、論者にはその真意が充分くみ取れないうらみがある。

たとえば、第一部「五　物語の制作工房」末尾において、大斎院選子周辺の女房たちによる『住吉物語』改作から『源氏物語』への道筋を示した後、氏はこのように述べるのである。

しかし、ここでは、男性知識人に替わって女性たちが物語制作の中心を担うことにはなったが、まだ個人としての作家の個性は明確になっていない。

氏は明言していないが、ここからは『源氏物語』には紫式部という「個人としての作家」の「作品」という側面がある、という主張が読み取れる。また、第二部「構想と表現」は、作者は、ある「動機」に動かされて、一定の「主題」を表現するために全体の構想を立て、部分から全体へと、効果的な「構成」を試みる。

という、あたかも「作者」が自明のものであるがごとき一文で始まっている。「六　文壇と社交」「七　女流作家の書斎」には、複数のテクストが並存する世界や多様な読みが生まれる世界を想定しつつも、紫式部を「個人」たる主体に還元する傾向が見られるように思え、論者はいささかの違和感を禁じ得ない。古代・中世に主体としての個人を認めることをしないという考え方もあるからである。ただ、「個人としての作家」というとらえ方は、氏が新典社の「日本の作家」シリーズに『紫式部』と『中務』を執筆していることと無関係ではないだろうし、作家主体の文学論が主流であった時代性を無視することもできまい。しかしそれは氏の限界としてとらえるべきものではなく、文学という営みの多様性を複数の角度から検証しようとしたのだと理解しておきたい。

享受には単に「読み、作る」という行為だけではなく、「研究」も含まれている。藤原定家や源光行の源氏研究をはじめとして、室町時代の学者や連歌師たちによるさまざまな目的に即した研究があったことは、すでに氏が『源氏物語の研究――成立と伝流』（笠間書院、一九六八年）で論じた問題である。本書では「八　晩年の思惟と模索」「九　非系列化作品の運命」において、『源氏物語』の別系統物語である「巣守」と「桜人」について論述がなされている。「匂宮」「紅梅」「竹河」という、『源氏物語』のなかではあまり本筋に関係ないとして比較的軽視されてきた三巻が、実は光源氏死後の物語主要人物を決めるための模索によって生まれたという論は示唆に富む。私的な事柄を引き合いに出して恐縮であるが、論者は氏の大学院の授業で「テクストはなるべくそのままで意味を考えること。意味を通すための安易な校訂はつつしむこと」といった内容の忠告をよく聞いた記憶がある。どんなに「不自然」に見えるものにも何らかの意味があり、「不自然」になった理由がある、ということをそれによって学んだように思う。また、「不自然」という感覚があくまで現代人読者によるものであり、ほかの時代ではそうではなかったかも知れない可能性も考慮に入れるべきなのだ。そういった意味で、「匂宮」「紅梅」「竹河」三巻は、『源氏物語』の本筋を乱す余計なものではありえないのである。

さて、こうした享受史的視点は今日では半ば常識化しているが、氏が研究の道に進んだころに『源氏物語』の成立論や作品論、作者論などが研究の中心にあったことを考慮すれば、氏はまさに時代を先取りしていたといえよう。論者が専門としている中世文学の分野では、「中世日本紀」や「中世太子伝」、そして中世における各種古典の注釈活動の研究がさかんであるが、氏の四十年以上前の享受史研究はその萌芽としても位置づけられるべきであろう。注釈活動や梗概書制作が平安時代と中世とを、また、物語と説話・伝承とを結ぶものであることは既に周知されていることと思われる。

「文学」が時代や分野といった近代的な研究の枠組みにとらえられている限り、「文化のなかの文学」という視点は持ち得ないものであるし、知識の断片が羅列されているような従来の文学史とは異なる新たな文学史を構築するためには、まったく別の角度からテクストを見ることが必要なのである。氏は文学史には疑問を持ったと述べてはいるが、「流通機構」論はやはり文学史への一つの試みであったと思われる。

＊

本書にはさらにユニークな視点も盛り込まれている。それは「芸能」と「絵画」という二点である。「一　主役の座・竹取の翁の退場」では、まるで猿楽の翁を思わせるような「竹取の翁」の一人舞台から「かぐや姫の物語」や「竹取の物語」と呼ばれる物語群が生まれた経緯が、軽妙で親しみやすい口調によって綴られている。竹取の翁が自作自演の「語り」を行い、それを見ていた娘たちがまるで視聴者参加型テレビ番組のように翁と掛け合いを始める。そしていつしか観客であった娘たちが登場人物となり、またそれをとりまいて見ている観客がいる……。

この構造は、芸能と文学の発生という折口信夫以来の重要な問題を含んでいるだけではなく、そのままテクストと読者との関係にも当てはめることが出来るものである。「主役交替」によって別の物語が生まれる現象は、あるテクストを読んだ読者が読書行為によって主体的に新たなテクストを生成する過程と似ていないであろうか。テクスト論や読者論といった近代文学研究で主に使われる概念を、氏は海外から輸入された文学理論などにもたれかかることなく、易々と、しかも具体例をあげつつ論じきっているのである。

絵画についての論も示唆的である。昨今、美術史と文学研究や歴史学研究とは限りなく接近しつつあるが、たとえば「長恨歌」の絵をはじめとする散逸したであろう数多い物語絵を題材に、その絵の「絵解き」（これは立派な注釈活動である）や、作中人物になり代わって和歌を詠んだり、あるいは絵を見て別の角度から物語の続きを作ったりする活動について氏が推測を交えながら説くくだりは、訳知り顔に絵を「読み解く」と称する某歴史学者の数倍も興味深い。特別に絵画云々と言い立てることなく、さりげなく重要な提言を行うのは氏の独擅場である。

＊

氏は、しばしば「憶説」や「推測」という言葉を用いたし、本書でも散見される。この言葉を以て実証的でないと反論する研究者もいるようだが、氏の行動は確信犯である。現代人にとって過去の資料は限られており、そのことはいかんともしがたいことである。その資料と資料とのはざまを埋めるための一手段として、氏は「可能性のある推測」を行ったと思われる。その背後には、おそらくまったく別の可能性をも認める柔軟な態度が存在したと論者は推測する。それは実証（ばかり）を重んじる歴史学者にとってはタブーとされることであろうが、過不足なく資料が残っているわけではない現代において、すべてが資料の博捜によって実証出来ると考える態度の方こそ論者にとってはうさんくさい。資料の山を積み上げた上で少し「飛んで」見せる氏の論は、あくまで「ある可能性」を示唆したものであり、それはテクストの「本質」や「真実」偏重ではなく一種の「運動体」としての文学の有様（＝

「流通機構」）を尊んだ結果であろう。

ただし、このウルトラCは氏だからこそ出来ることであり、余人が論文に臆面もなく「憶説」などと付けるのは噴飯ものであろう。「憶説」と言い切るためには覚悟が必要であり、氏は飄々とした姿の懐にいつも覚悟をしのばせていたように思う。そのような背骨の強靭さは、一見すると韜晦にしか見えないような文中から如実にうかがうことが出来る。たとえば、氏は先著冒頭の「私の源氏物語——古典を味わう」において、次のように述べる。

「古典を味わう」のにも、公的な形と私的な形とがある。幼稚な読みの浅さを人前にさらすのは気恥かしいから、従来、私はこの私的な形の方は公開しないことにしていた。／では、公的な形の方はどうなるかというと、これは資料やら文献やらを手ぎわよく配置して、「私」の生まの声はできるだけ抑制することになる。「私」の方は背後に姿をくらまし、本音は語らぬように擬装工作することになる。

「古典を味わう」というと、有名な作家や評論家が「感性」に従って「美」を語る、といった場合や、一般読者（別の言葉で言えば素人）が何の根拠もないアナーキーな「読み」にふけるような場面などを想起しがちだ。しかし、氏はそうした行為を慎重に、しかしきっぱりと回避している。氏の研究態度がきわめてストイックであり、文献主義的であることを否定する人はいないであろう。二十代前半から三十代にかけての論考は、難解であるといってもいいほどの緊密な記述と考証に満ちている。だがそれは、『源氏物語の研究——成立と伝流』の「あとがき」にある、二度と読むものかと大学入学前に源氏を捨てた、という内容の独白が表すものと表裏一体をなしている、と論者は読む。後年、氏の文体は次第に平易に変化するが、そこで語られる内容は決して「やさしい」ものではなかった。ウルトラC的な「推測」という飛翔は、長年のストイックな研究に裏付けられたものであり、かつ、「実証」からはみ出てしまう部分を何とかするために意図的に行われたものだったのではないだろうか、と論者は考えている。

氏のわかりやすさの追求は、多くの起伏ある時代を経験した大学教育者という立場から生まれたものである（第二部には「女性高等教育の段階的移行」と題された論考が収録されているが、これは国文学研究と教育実践とが巧妙に結びつけられており、研究と教育とを分け隔てしなかった氏の生き方と深く関わっている）。氏は複雑な概念を一言で表すためにしばしば独特な用語の使い方をした。本書でも「個別課題」「養蚕事業振興策」「課題解決能力」などなど、一見近代的な言い換えが用いられている。こうした言い換えは微細なニュアンスを表すには問題があるかも知れないが、相手に端的に主張が伝達されるという強みを持つし、読み手も明確なイメージを得やすいという利点がある。また、（これは氏の想定外のことであろうが）今となってはほんのりとしたレトロスペクティヴな味わいが言説の鋭さを和らげ、親しみやすさを生んでもいる。まるで『大鏡』の翁の語りを聞いているように感じるのは、論者だけであろうか。

翁としての読者＝語り手＝研究者、というように読むことが出来る氏の論述姿勢は、次のような一文にも彷彿としている。

「模擬読者」の設定という私の立場は、実は「模擬読者」を設定した「私」が、物語られる世界の一員になることを意味する。

これも先著からの引用であるが、語り手の竹取の翁が観客の娘たちを巻き込んでゆくように、氏も翁の語りを演技することによって「研究」という「物語」を生み出し、「研究」を読む人々の「読み」もまた一つの享受として「物語」化されてゆく、というプロセスを体現して見せる結果になっているのである。「物語流通機構」とはまさにそうした流れそのものを意味する構想であったと思われる。

このダイナミックな構想は伏流水のように研究者たちの脳裏にしみこみ、意識の有無に関わらず今なお大きな影響を与え続けている。こうして稲賀氏は、研究という「物語」のなかに「物語られる世界の一員」としての生を確実に刻み込んだのであった。

物語流通機構論《ものがたりりゅうつうきこうろん》の構想《こうそう》　稲賀敬二コレクション1

2007年5月31日　初版第1刷発行

著者　稲賀敬二

発行者　池田つや子
装幀　右澤康之
発行所　有限会社　笠間書院
〒101-0064　東京都千代田区猿楽町2－2－3
電話　03-3295-1331(代)　FAX03-3294-0996

ISBN 978-4-305-60071-4　C3395　印刷・製本：モリモト印刷